BLT

Mit der Welt
auf Buchfühlung

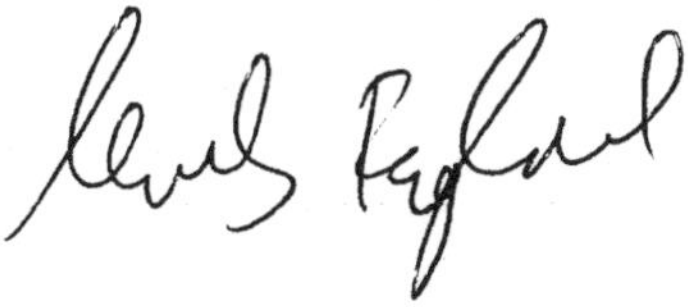

Andreas Englisch, Jahrgang 1963, studierte Literaturwissenschaft und Journalistik und arbeitet seit vielen Jahren als Korrespondent der WELT, der WELT AM SONNTAG, der BERLINER MORGENPOST, der BILD, sowie der BILD AM SONNTAG in Rom. 1995 wurde er in den Pool der sechs Vatikan-Journalisten aufgenommen, die den Papst bei seinen Reisen im päpstlichen Flugzeug begleiteten. Nach *Der stille Gott der Wölfe*, der in einer Neuausgabe bei BLT erscheint, ist dies sein zweiter Roman. Mit dem Sachbuch *Johannes Paul II. Das Geheimnis des Karol Wojtyla* (2003) stand er monatelang auf den vordersten Plätzen der SPIEGEL-Bestsellerliste.

Dieser Roman basiert auf drei Büchern, aus denen einige Sätze zitiert werden:

1. Die Petrusakten: Der Text entstand um das Jahr 150 nach Christus.
2. Die Heilige Schrift. Als Vorlage diente die »Einheitsübersetzung«, herausgegeben von der deutschen Bischofskonferenz.
3. Die Legenda Aurea von Jacobus de Voragine aus dem 13. Jahrhundert.

Um allen Vermutungen vorzubeugen, es könne sich bei dem Hinweis auf die drei Bücher um einenn dichterischen »Trick« handeln, und um zweifelsfrei zu dokumentieren, daß es die Petrusakten und die Legenda Aurea tatsächlich gibt, sind Auszüge aus diesen beiden Büchern und aus der Heiligen Schrift am Ende des Romans (S. 299 ff.) wiedergegeben.

Andreas Englisch

Die Petrusakte

Thriller

BLT

BLT
Band 92211

1. Auflage: Mai 2005

Ich widme diesen Roman meiner Frau Kerstin,
weil er ohne ihre Mitarbeit nicht entstanden wäre,
und meinen Eltern in Dankbarkeit.

Vollständige Taschenbuchausgabe

BLT in der Verlagsgruppe Lübbe

Umschlaggestaltung: Atelier Versen, Bad Aibling
Titelbild: akg-images/Joseph Martin,
Ausschnitt aus »Tod Mariä«, von Hugo Goes, 1478
Autorenfoto: Privatfoto
Druck und Verarbeitung: GGP Media GmbH, Pößneck
Printed in Germany
ISBN 3-404-92211-5

Prolog

Pater Pedro Altavilla de Jerez blinzelte in Minutenabständen um die Ecke der Mauer. Doch der Hausmeister, der seit mindestens zwei Stunden Feierabend haben mußte, saß noch immer in seinem Stübchen hinter der Glastür und sortierte Briefe. Der Pater lehnte sich enttäuscht an die Wand und blickte durch das romanische Fenster in den vernachlässigten Garten, der einmal das Schmuckstück des umbrischen Klosters gewesen sein mußte, bevor die Franziskanermönche in ein kleineres Haus umgezogen waren. Seitdem der Konvent als Tagungsstätte vermietet wurde, beschränkte sich der Gärtner darauf, nur noch den Rasen innerhalb des Kreuzgangs zu mähen. Die Antiken Rosen waren nicht beschnitten worden, und die Orangen verfaulten an den Ästen. Pater Altavilla de Jerez band seinen Schal fester. Ihn fröstelte. Das Fenster stand offen, aber die warme Frühlingsluft schien einen Bogen um die Korridore des Konvents zu machen, genau wie die Vögel, die sich nicht auf die Fensterbank aus Granit setzen mochten.

Der Pater konnte jetzt hören, wie sich Stockwerk um Stockwerk über ihm leerte. Die Holztüren mit den Milchglasscheiben, die an Badezimmertüren erinnerten, aber nur weitere Korridore freigaben, klirrten nicht mehr so oft. Teure Ledersohlen schlurften nur noch gelegentlich über das graue Linoleum, das durch unzählige Schichten von Bohnerwachs glatt wie eine Eisbahn geworden war. Der Auszug nach dem dreitägigen Seminar zum Thema »Pastoraltheologie«, das mehr als hundert hochkarätige Theologen unter ein gemeinsames Dach zusammengeführt hatte, verlief leise und freudlos. Am Portal tauschte niemand Adressen aus. Weder stolze Eltern noch hüpfende Kinder holten die Teilnehmer am Portal ab. Nur große schwarze Limousinen rollten über den Kies, nahmen eilige Männer in schwarzen Kutten an Bord und verschwanden. Durch das offene Fenster konnte der Pater zwei Priester sehen, die zu Fuß langsam den Hügel hinabgingen, offenbar auf der Suche nach einer Bushaltestelle.

Ein Stuhl wurde gerückt, eine Tür klirrte, und endlich polterte der Hausmeister durch den Gang, Zellentür um Zellentür auf ihren abgeschlossenen Zustand prüfend.

›Na also‹, dachte der Pater und suchte in seiner Kutte nach einem Stück Papier. Der Hausmeister war am Ende des Ganges angekommen und verschwand über die Treppe. Der Pater rief den Aufzug, kritzelte ein »O. k.« auf den Papierfetzen und ließ ihn auf den Fahrstuhlboden fallen.

Wenige Augenblicke später setzte sich der Lift in Bewegung, fuhr drei Stockwerke hinauf, dann wieder hinab. Pater Altavilla de Jerez rieb sich die Hände warm, als Monsignore Joseph Cunnings, Professor für Moraltheologie, aus dem Aufzug trat.

»Ist der Hausmeister weg?« fragte er.

»Ja, er ist endlich gegangen.«

»Unser Mann wird gleich die Mitteilung finden, daß er hier herunter in die Kapelle kommen soll. Haben Sie den Schlüssel?«

»Nein, nicht nötig, die Kapelle ist nicht abgeschlossen.«

»Wir brauchen trotzdem den Schlüssel«, sagte Professor Cunnings. »Wir müssen uns mit ihm einschließen. Sonst wird er wahrscheinlich einfach auf dem Absatz kehrtmachen. Er dürfte nicht gut auf uns zu sprechen sein.«

»Wir haben ihm doch nichts getan«, antwortete Pater Altavilla de Jerez.

»Mein Gott, versetzen Sie sich doch einmal in seine Lage. Wir laden ihn ein und lassen ihn wochenlang ein Referat vorbereiten, das er dann nicht vortragen darf. Er wird sich fragen, wer ihm diesen üblen Streich gespielt hat.«

»Wir konnten den Mann doch nicht ernsthaft auf die Referentenliste setzen«, empörte sich Pater Altavilla de Jerez, Leiter der Philosophischen Fakultät der päpstlichen Universität Urbana. »Er hat ja nun gewiß nicht unser Niveau.«

Professor Cunnings zog die Brauen hoch. »Das haben wir ihm auch deutlich genug klargemacht. Und deswegen wird er jetzt bestimmt nicht nett mit uns plaudern wollen.«

»Gut«, lenkte Pater Altavilla de Jerez ein, »aber wir können ihn trotzdem nicht einschließen. Wenn er sich umdreht und hinausgeht, müssen wir eben einen anderen Kandidaten suchen.«

»Das wäre gefährlich«, warnte Professor Cunnings. »Wir haben schon zuviel Aufhebens um seine Auswahl gemacht.«

Die beiden Theologen hörten jetzt Schritte. Professor Xian Li Kim, der junge koreanische Kirchenrechtsexperte, kam die Treppe herunter. Professor Wilhelm Meinhard von Hohendorff, der mit Dreißig schon das Biblicum leitete, schritt hinterher. Pater Pedro Altavilla de Jerez nahm ein Etui und ein Feuerzeug aus der Tasche seiner Soutane und zündete sich eine Zigarette an. Er hatte kaum zwei befreiende Züge getan, als er hörte, daß der Aufzug wieder anfuhr. Er drückte die Zigarette am Fensterbrett aus, fand keinen Abfalleimer, steckte die Kippe in sein Etui und folgte den anderen in die Kapelle.

Gemeinsam traten die vier Geistlichen vor den Altar, knieten nieder und bekreuzigten sich.

Keiner der vier Professoren hatte Vikar Vincenzo Peo in der Menge der Geistlichen während des Kongresses erkennen können, denn sie wußten nicht genau, wie er aussah. Sie hatten zahlreiche Informationen über ihn gesammelt und stellten sich den Vikar als einen dünnen, bleichen, unsicheren jungen Mann vor, der verstimmt darüber sein würde, daß er seinen bedeutungslosen, von ihm selbst jedoch grenzenlos überschätzten Vortrag nicht hatte halten dürfen.

In diesem Punkt irrten die Wartenden. Die schwarze Aktentasche, die an der Hand von Vincenzo Peo über den Flur in Richtung Kapelle getragen wurde, war leer. Der Vikar hatte kein einziges Wort eines Vortrags zum Thema »Pastoraltheologie« schriftlich vorbereitet, sondern auf seine Intuition vertraut. Er hätte einfach über praktische Erfahrungen in der Gemeindearbeit gesprochen. Denn davon hatte Vikar Peo in seiner bisherigen Priesterlaufbahn reichlich gesammelt.

Er war von der katholischen Kirche bisher vor allem dafür eingesetzt worden, junge Menschen durch ein konkurrenzloses Freizeitangebot in den Bann der Gemeinde zu ziehen. Er besaß das Talent, mit Kindern umzugehen, und konnte Baumhäuser bauen, bolzen, boxen und segeln. Außerdem kannte er neben Kirchenliedern, die sich am Lagerfeuer klampfen lassen, auch alle Beatles-Songs. Daß sein Bericht über Pfadfinderfreizeiten und Jugendmessen bei diesem Seminar der Elite des Kirchenstaates schlecht angekommen wäre, war Vincenzo Peo erst aufgegangen, nachdem er zwei Vorträge über Syntaxprobleme der Sprache Jesu (Altaramäisch) und über die Systematik der vatikanischen Diplomatie in bilateralen Fragen gehört hatte.

Deshalb hatte Vincenzo Peo ein Dankgebet gesprochen, als er entdeckte, daß sein Name auf der Referentenliste des Seminars fehlte.

Als Vikar Peo jetzt die Tür zur Kapelle aufstieß, verstand Professor Cunnings sofort, warum die meisten Menschen, die er befragt hatte, sich so genau an diesen jungen Priester erinnern konnten, auch wenn sie ihn nur kurz getroffen hatten. Es lag daran, daß der Vikar den ersten zerknitterten Priesterrock trug, den Professor Cunnings je in seinem Leben gesehen hatte. Vincenzo Peo trug seine Soutane, wie ein Detektiv einen Trenchcoat trägt.

Er sah aus wie ein Mann, der seinen Lebensunterhalt als Profisportler verdient und sich aus einem unerfindlichen Grund als Priester verkleidet hat. Daß niemand ihn auf den ersten Blick für einen Priester hielt – selbst in der Soutane nicht –, lag vor allem daran, daß nicht nur der Mantel, sondern die ganze Erscheinung etwas zutiefst Unordentliches ausstrahlte. In seinem Gesicht waren wegen einer oberflächlichen und hastigen Rasur dunkle Bartstoppeln stehengeblieben, die auf den Wangen, am Hals und am Kinn wie Akzente zur Betonung wirkten, daß er nichts von einem konservativen Erscheinungsbild hielt. Sein schwarzes kräftiges Haar, obwohl kurz geschnitten, sah wegen der zahlreichen Wirbel auf seinem Kopf strubbelig aus, selbst wenn er es gerade gekämmt hatte, was selten genug vorkam. Er war groß und schien die an ihm herunterbaumelnden Arme nicht in eine harmonische Bewegung des Körpers einfügen zu können, und seine hastigen Schritte erinnerten eher an das Gewetze eines Fußballers auf dem Rasen als an das Schreiten eines Priesters zum Altar. Am erstaunlichsten aber waren seine strahlend blauen Augen. Selbst wenn er nachdenklich war, verärgert oder ernst ins Gebet versunken, ließen seine fröhlich leuchtenden Augen keinen Zweifel daran, daß es für ihn ein ziemlicher Spaß war, Vincenzo Peo zu sein.

Doch die vier Theologen waren nicht nur von Peos Äußerem, sondern auch von seinem forschen Auftreten überrascht. Cunnings, Li Kim und von Hohendorff blickten irritiert zu Boden, als der Vikar seine Tasche auf eine Kirchenbank knallte und die vier Priester musterte, ohne etwas zu sagen. Niemand rührte sich. Nur die Sonne unternahm in diesem Augenblick etwas. Sie richtete ihren Strahl auf das bunte Glasfenster mit dem Mariä-Heimsuchungs-Motiv und tauchte die Kapelle in schillerndes Licht. Peo, der hier in den vergangenen Tagen an Messen teilgenommen hatte, kam es vor, als könnte der Lichtstrahl endlich den Geruch von weißen, im Matsch eines Friedhofs zertretenen Chrysanthemen vertreiben.

Pater Altavilla de Jerez hatte sich als erster gefaßt. »Wir freuen uns sehr, daß Sie unserer Einladung Folge geleistet haben«, sagte er. »Nehmen Sie doch Platz.«

Der Satz stoppte Peos Ansatz einer Bewegung. Er hatte gerade losgehen und den Herren, die in einem Halbkreis vor dem Altar standen, die Hand geben wollen, hielt jetzt aber inne und setzte sich in eine Kirchenbank.

»Wir hätten Sie gern unter anderen Umständen gesprochen, aber wir kommen nur selten zusammen. Deswegen haben wir Sie hierher zu diesem Seminar gebeten. Andernfalls hätten wir natürlich ein persönlicheres Gesprächsumfeld vorgezogen«, sagte Meinhard von Hohendorff und stellte sich vor, wie seine Mutter die Augenbrauen hochziehen würde, wenn er es tatsächlich wagte, Peo auf den Sommersitz der Familie einzuladen, und der Vikar in seiner liederlichen Soutane zum Abendessen anträte, um sich mit Bauernappetit über die Pâté herzumachen.

Professor Cunnings sah Peos Blick an, daß er alle vier Theologen erkannt hatte und endlich so etwas wie Ehrfurcht empfand. Als er schließlich antwortete, konnte es keinen Zweifel mehr geben: Er war beeindruckt. »Daß Sie mit mir sprechen wollen, ehrt mich natürlich. Aber was könnte ich schon für Sie tun?«

»Kommen wir gleich zum Punkt«, sagte Li Kim. »Sie haben sich auf eine Stelle in Palermo beworben, in einer schwierigen Pfarrei. Das spricht für Sie. Aber wir möchten Sie bitten, die Stelle nicht anzutreten. Wir möchten, daß Sie in drei Monaten, im August, als Vikar nach Ariccia gehen. Kennen Sie Ariccia? Es liegt nur ein paar Kilometer vor Rom in den Albaner Bergen.«

»Ich war dort einmal auf einem Fest. Alle aßen fettes Spanferkel auf einer enormen Brotscheibe«, sagte Peo.

»Porchetta. Das gilt als Delikatesse«, präzisierte Cunnings.

»Warum brauchen Sie mich in Ariccia?«

»Ich bedaure. Wir können Ihnen keine einzige Frage beantworten.« Meinhard von Hohendorff sprach den Satz so entschieden aus, daß Peo sich fragte, ob er die Betonung vorher geprobt hatte.

»Was soll das bedeuten?« wollte Peo wissen.

»Daß wir Sie einfach bitten, uns zu vertrauen«, antwortete der Leiter des Biblicums.

»Das klingt ja sehr geheimnisvoll. Darf ich wenigstens fragen, wie Sie auf mich verfallen sind? Man rechnet in Palermo mit mir, und ich würde dort sehr ungern so kurzfristig absagen.«

»Lassen Sie das unsere Sorge sein«, beschwichtigte Professor Cunnings.

»Solange Sie mir nicht sagen wollen, welche Aufgabe ich dort für Sie erfüllen soll, kann ich nichts versprechen. Vielleicht bin ich der Sache nicht gewachsen«, wandte Peo ein.

Professor Cunnings durchmaß den Raum und stellte sich dann vor den Vikar. »Wir trauen Ihnen zu, alle Probleme zu bewältigen.«

»Welche Probleme?«

Cunnings schwieg.

»Ich will es mir überlegen«, sagte Peo, nahm seine Tasche, stand auf, nickte den Herren zu und ging.

Seine Schritte waren noch zu hören, als von Hohendorff sagte: »Vielleicht hätten wir etwas vorsichtiger sein sollen.«

»Das frage ich mich gerade auch«, pflichtete Cunnings bei.

I

Simonetta Fracassi hatte in ihrer Bar in Ariccia ihr Leben lang wenn nicht auf den Zuckertopf auf der Theke oder in das Gesicht eines Kunden, so doch auf das geschaut, was man eben durch die Glastür des Eingangs sehen konnte: auf das seit Menschengedenken geschlossene Portal des 500 Jahre alten Palazzo Chigi auf der anderen Seite der Straße. Sie konnte sich an die mit zuviel Leim auf die Flügeltüren geklebten Plakate eines Zirkus erinnern, die nur sehr langsam vergilbt waren. Sie konnte sich an die dunklen Tage im Herbst erinnern, an denen der Dauerregen das Holz der Türen durchweicht hatte. Sie erinnerte sich an die Frühlingsmorgen, an denen die Sonne das alte Bronzeschloß im Licht erglänzen ließ, und sie erinnerte sich an die Sommerabende, an denen die Tauben, die im Obergeschoß des Hauptflügels hausten, hinunterflatterten, um vor dem Eingang ein paar Körner zu picken, die eine alte Frau dort regelmäßig ausstreute.

Simonetta Fracassi war auch an jenem Abend in ihrer Bar gewesen, als etwas Ungeheuerliches geschah: Eine junge Frau mit einem Metallkoffer in der Hand tauchte vor dem Schloß auf. Es gehörte eine gewisse Erfahrung dazu, die Simonetta Fracassi durchaus besaß, um zu erkennen, daß die junge Dame sehr wahrscheinlich eine ausgezeichnete Figur hatte. Simonetta tippte sofort auf eine Ausländerin, obwohl die Fremde nicht größer als eine durchschnittliche Italienerin war. Aber sie hatte mit einer Windjacke und einer weiten Hose alles getan, um ihren hübschen Körper zu verstecken. Für eine Italienerin war das kaum begreiflich. Simonetta hatte vor allem unten in Rom immer wieder junge Ausländerinnen gesehen, die offenbar mit allen Mitteln vermeiden wollten, daß ihre hübsche

Figur wahrgenommen wurde, vermutlich, weil sie fürchteten, dann nicht mehr ernst genommen zu werden.

Auch das schulterlange blonde Haar hatte die junge Frau auf eine so einfallslose Art frisieren lassen, daß es signalisierte: Ich lege keinerlei Wert darauf, daß man mir hinterherschaut. Simonetta Fracassi sah ihr zu, wie sie vor dem Schloß auf und ab ging und sich Notizen machte. Sie schien sich nicht im geringsten bewußt zu sein, daß man ihr zusehen könnte, denn sie ging eigentlich nicht, sie stapfte wie ein Cowboy über den Vorplatz des Schlosses.

Simonetta konnte das hübsche, schmale Gesicht, dem nur ein Hauch von Lippenstift gegönnt worden war, erkennen. An der Art, wie sie die Stirn kraus zog, sich mit dem Finger an der Nase kratzte, erkannte Simonetta, daß die junge Frau vermutlich auch Grimassen schnitt, unkontrolliert laut in der Öffentlichkeit lachte und all die Dinge tat, die junge Damen unvorteilhaft aussehen lassen konnten.

›Was könntest du aus dir machen, wenn du so aussähst‹, dachte Simonetta gerade, als die junge Frau mit dem Metallkoffer plötzlich an das Portal klopfte.

Simonetta hatte sich das Lachen nicht verkneifen können und ihren Mann rufen lassen. Es war ihr so absurd erschienen, an dieser Tür zu klopfen, als hätte jemand gegen die Kacheln im Waschraum ihrer Bar geschlagen und erwartet, daß Schnaps herausflösse.

Doch dann war ein Fenster aufgesprungen, und der junge Fürst Alessandro Chigi hatte sich herausgebeugt und die Dame gefragt, was er für sie tun könne. Die Frau hatte geantwortet, daß sie den Palazzo besichtigen wolle. Eine Minute später war eine der verschlossenen Flügeltüren geöffnet worden, und die Fremde war in den Palast getreten.

Was danach geschehen war, wurde in zahllosen phantasievollen und schlüpfrigen Geschichten kolportiert. Denn die Dame, eine achtundzwanzigjährige Architekturstudentin aus Deutschland mit Namen Marion Meiering, war geblieben.

Sie zog in die ehemalige Waffenkammer im Erdgeschoß des verlassenen 126-Zimmer-Palastes ein und war für eine Weile die meistbeneidete Frau der Stadt, während die Bewohnerinnen Ariccias sich fragten, warum sie niemals auf die Idee gekommen waren, einfach an das Palasttor zu klopfen und sich auf diese Weise einen Prinzen zu angeln – wenn auch einen verarmten.

Der Neid legte sich erst, als nach Monaten noch immer keine Hochzeit angekündigt worden war. Niemals sah man den Fürsten mit seiner deutschen Geliebten in der Öffentlichkeit. Es schien, als sei neben Alessandro Chigi, der wie ein Einsiedler lebte, eine weitere Einsiedlerin in den Palast eingezogen, um die Abgeschiedenheit des Ortes mit den 120 Rehen und Hirschen im Schloßpark zu teilen.

Als unerträglich exzentrisch galt Marion Meiering schließlich, als sie mit einem Sportdrachen, den ihr ein römischer Club geliehen hatte, am Himmel über dem Park des Palazzo Chigi auftauchte. Schon als sie zum erstenmal das Segel des Drachenfliegers auf dem Sattelplatz hinter dem Schloß ausgebreitet hatte, war das nicht unbeobachtet geblieben. Von der alten Brücke aus konnte man, seitdem die Rehe sich explosionsartig vermehrt hatten, die tiefe Schlucht einsehen, die zum Park des Palastes gehörte. Das dichte Unterholz war verschwunden, die Blätter und Zweige, die die Wege und Tempelchen und die sagenumwobenen Grotten verdeckt hatten, waren alle abgefressen worden.

Als der Blick frei war, nahm man in Ariccia mit Befriedigung auf, daß es die Grotten wirklich gab, von denen man sich seit Jahrhunderten erzählt hatte. Es war also tatsächlich wahr, daß vor langer Zeit die Fürsten Chigi so überspannt gewesen waren, im Winter mit großen Pferdewagen Schnee von den Abruzzen nach Ariccia bringen zu lassen, der dann in den tiefen Felsgrotten gelagert wurde, um im Sommer die Gäste der Kardinäle, Bischöfe oder Prinzen Chigi in Form von Sorbet mit Zitronensaft in maßloses Erstaunen zu versetzen. Den mit steinernen Drachen und Krokodilen geschmückten Weg, der aus der Schlucht hinauf zu den Höhlen führte, konnte man jetzt von der Brücke aus klar erkennen. Der Wald verbarg nicht mehr den von Tunneln durchzogenen Felsen, der ein Lager der Armee der römischen Kaiser an der Heeresstraße Via Appia gewesen war. Die Fürsten Chigi hatten ihn als Sockel für ihr schnörkelloses, mit großen Fenstern ausgestattetes Renaissanceschloß benutzt. Dieser von zahllosen Gängen zerfressene Felsen war lange als Weinkeller benutzt worden. Der Sattelplatz, auf dem Marion den Rahmen des Drachens zusammensetzte, lag hinter dem Haupttor, durch das jahrhundertelang die Wagen der Gäste der Chigis gerollt waren. Allein dieser Sattelplatz mit den anschließenden Höfen war so groß, daß die komplette Altstadt von Ariccia darauf Platz gefunden hätte. Das Dorf war wie eine Vorgartendekoration des Palastes auf dem Hügel angelegt worden, und seine Bewohner hatten das auch immer so empfunden.

Auf der Brücke hatten sich schließlich mehrere Dutzend Zuschauer versammelt. Hausfrauen, die an der nahen Haltestelle gewartet hatten, und Verkäuferinnen, die gerade Mittagspause machten, sahen zu, wie der Drachen immer mehr Form annahm.

Das Gebilde aus Plastik und Metall war von weitem klar zu erkennen, das Segel hatte die Farbe des Meeres auf einer Urlaubspostkarte und bildete einen scharfen Kontrast zu dem Palast, dessen Ockergelb der Regen und die Zeit in eine unendliche Zahl von Varianten des ursprünglichen Farbtons verwandelt hatten. Als sie schließlich startete, sahen ihr an diesem heißen Sommertag mehr als hundert Leute von der Brücke aus nach. Das war kurz bevor zur allgemeinen Überraschung ein Trupp Antiquitätenhändler aus Rom anrückte, der aus dem Palast Tische, Stühle und Kommoden abtransportierte. Die Spekulationen darüber, auf welche Weise das exzentrische Liebespärchen jetzt das Geld verjubeln würde, wurden jäh unterbrochen, als Handwerker eintrafen, alle zerbrochenen Scheiben im Palast herausschlugen, die in den Räumen nistenden Tauben vertrieben und die Fenster reparierten. Auf diese Weise erwarb sich die reservierte Deutsche den Ruf von Tüchtigkeit. Das Privileg, das der Verlobten des Prinzen Alessandro Chigi zustand, nämlich an jedem zweiten Donnerstag im Monat mit den Ehegattinnen der Mitglieder des Pfarrgemeinderates in Gianfrancos Trattoria zu Abend zu essen, wurde ihr gewährt.

Zunächst zeigte sich die Deutsche sehr bemüht, verteilte kleine Geschenke, wollte sogar Fotos von den Damen für einen geplanten Bildband über italienische Frauengesichter machen. Sie interessierte sich dafür, ob die Italienerinnen noch in der Landwirtschaft hatten helfen müssen (kaum), ob Frauen geschlagen wurden (wieso?) und welchen Anteil die Männer an der Erziehungsarbeit übernahmen (warum sollten sie?). Als die Damen sie schließlich als festes Mitglied der Runde akzeptiert hatten und ihr Tips gaben, wie sie ihren Fürsten halten und zur Heirat bewegen könnte, nämlich mit Marmeladen, Braten und Pastagerichten, Reizwäsche und anderen weiblichen Tricks, da begann Marion Meiering sich vom führenden Damenzirkel von Ariccia zu distanzieren. Eines Tages sagte sie zu Carla Tartarella, sie könne in absehbarer Zeit nicht mehr zum Donnerstagabendessen kommen, sie habe keine Zeit.

»Keine Zeit?« schrie wenige Stunden später Enza La Scarpa, die gerade im Gemeindeheim Würste für hungrige Katholiken in der russischen Diaspora machte. Als hätte sie, die ihr Haus, einen Weinberg, drei Enkel und die schwerkranke Schwiegermutter zu versorgen habe, etwa Zeit. Als müßte sie diesen einen Abend, den man sich traditionell gönne, nicht nacharbeiten. Was bildete sich diese krautfressende Deutsche eigentlich ein? Nur weil sie gelegentlich im Auftrag der Kirche ein paar Bücher übersetzte, hatte sie an den Damen-Donnerstagen keine Zeit?

Auch die Mattioli hatte die Tücke, die in Marions Weigerung steckte, sofort erkannt. Jetzt würde sie sich anhören müssen, daß die Deutsche nicht nur kein Geld in Gianfrancos Trattoria verjubelte, sondern in dieser Zeit sogar noch dazuverdiente, was sie laut Lucio ja auch mal tun könnte.

Simonetta Fracassi schaute an diesem Donnerstagabend über ihre Bartheke hinweg auf die inzwischen gereinigten und frisch gewachsten Flügeltüren des Palastportals und sah, daß in der ehemaligen Waffenkammer im Erdgeschoß das Licht eingeschaltet wurde. Der führende Damenzirkel von Ariccia würde also in Gianfrancos Trattoria wieder einmal vergeblich auf Marion Meiering warten. Zweifellos würden die Gattinnen der Mitglieder des Pfarrgemeinderates den Rest des Abends über die arrogante Deutsche herziehen, die jetzt schon ihren zweiten Sommer im Schloß von Ariccia verlebte. Dabei kannte eigentlich niemand in der Stadt sie wirklich, dachte Frau Fracassi.

II

Nachdem sie die Umzugskisten und Koffer auf den Bordstein gestapelt hatten, verabschiedete sich der junge Prälat, der Vincenzo Peo nach Ariccia gebracht hatte. Es begann dunkel zu werden, und Peo war froh darüber, daß er so rasch allein gelassen wurde. Er setzte sich auf eine der Kisten, wischte sich den Schweiß von der Stirn und sah dem kleinen Lastwagen nach, der in der Dämmerung des immer noch heißen Abends zur Hauptstraße hinauffuhr und in Richtung Rom verschwand. Er wußte, daß er jetzt den Lohn für die endlosen Stunden im Priesterseminar ernten würde, daß er über diese Treppen zu seiner Wohnung in das Leben hineinlaufen würde, auf das er so lange gewartet hatte.

Das Haus lag in einer engen Seitengasse, hatte aber nach hinten hinaus einen eingezäunten Garten, der sich über mehrere Ebenen erstreckte. Peo nahm sich vor, als erstes in Erfahrung zu bringen, wie viele Kindergartenplätze in seiner Gemeinde fehlten. Dann würde er den Müttern den Garten anbieten. Er sah Kinder zwischen den Aprikosenbäumen spielen. Die Frauen würden sich bei der Aufsicht ablösen, und ab und zu würden die Väter kommen. Wenn er es dann geschafft hatte, dem ersten arbeitslosen Vater einen Job zu vermitteln, wenn er seinen Gemeindemitgliedern klargemacht hatte, daß er für sie da war, daß Kirche eine Solidargemeinschaft sein mußte, daß es nicht darum ging, bei der Sonntagsmesse den neuen Wagen oder den neuen Anzug vorzuführen, dann hätte er gewonnen.

Peo schleppte die erste Kiste die Treppe hinauf. Die Tür war nicht abgeschlossen. Er schaltete das Licht an, setzte seine Last im Korridor ab, betrat das angrenzende Wohnzimmer und stellte zufrieden fest, daß es groß genug war, um die Jugendlichen zum Tanzkurs einzuladen. Er kannte einen Pater, der ausgezeichnet Walzer unterrichtete. Er sah sich im Raum um, in dem nur zwei alte Sofas standen, und konnte sich sehr lebhaft das Klavier vorstellen, das Getrappel der Schritte, die schüchternen Jungs und Mädchen, die in all den Türen stehen würden, die von dem Raum hinaus in den Garten führten.

Er schleppte weitere Kisten hoch, lehnte seine Ski an die Wand, ließ ein paar Fußbälle in den Flur rollen und stieg dann die Treppe zu dem Stockwerk hinauf, in dem sein Schlafzimmer liegen mußte. Er wunderte sich gerade über die ziemlich gewagten Kalenderbilder an der Wand, die nicht von seinem Vorgänger stammen konnten, als er ein Geräusch hörte, das wie ein Räuspern klang. Er meinte schon, sich geirrt zu haben, da hörte er es noch einmal deutlicher.

Die erste Tür im Obergeschoß war nur angelehnt. In dem Raum stand ein breites Bett. Auf dem Stuhl daneben saß eine alte Frau mit einem Knoten im weißen Haar. Alles an ihr, von der Frisur über den gestärkten Kittel bis zu den ausgetretenen Sandalen, wies darauf hin: Vor ihm saß keine Person, sondern eine menschgewordene Dienstleistung. Sie saß da, als hätte sie stundenlang an einem Totenbett gewacht.

»Sind Sie Vikar Peo?«

»So ist es. Was machen Sie hier?«

»Brauchen Sie Bettzeug?«

»Nein«, sagte Peo. »Wieso?«

»Haben Sie ein paar Töpfe für die Küche, oder essen Sie immer mit uns? Ich bin Valentina, die Haushälterin des Propstes.«

»Ich koche selbst«, sagte Peo.

»Wer soll denn Ihren Haushalt führen? Ich habe dazu keine Zeit.«

»Ich brauche niemanden«, sagte Peo. »Ich habe immer alles allein gemacht.«

»Wäsche gewaschen und Socken gestopft?«

»Natürlich.«

»Das sieht man«, antwortete die Haushälterin und deutete auf das zerknitterte Hemd und die fleckigen Jeans. »Aber was soll's? Daß Sie mich nicht brauchen, ist um so besser.«

Sie stand auf, ging an Vikar Peo vorbei aus dem Zimmer und stieg die Treppe hinunter. Peo schätzte sie auf Mitte Sechzig. Am Fuß der Treppe blieb sie stehen und drehte sich nach ihm um.

»Kann ich Ihnen eine Erfrischung anbieten?« fragte Peo.

»Nein«, sagte sie.

Peo folgte ihr trotzdem und ging an ihr vorbei in die Küche, die komplett eingerichtet war, nahm zwei Gläser von der Spüle und füllte sie mit Leitungswasser.

»Ich will nichts«, sagte die Haushälterin.

Er stellte das volle Glas wieder zurück auf die Spüle. Sie blieb im Flur stehen und sah ihn immer noch an.

»Kann ich sonst etwas für Sie tun? Warum starren Sie mich so an?« fragte Peo.

»Ich will wissen, wie ein Vikar aussieht, der etwas ausgefressen hat.«

»Wie kommen Sie darauf, daß ich etwas ausgefressen habe?«

»Niemand wird hierher versetzt, wenn er nicht etwas angestellt hat.«

»Aber das ist meine erste Gemeinde.«

»Dann müssen Sie sich im Seminar eine Menge Eskapaden geleistet haben.«

»Habe ich nicht. Wie kommen Sie darauf?«

Vincenzo Peo fielen jetzt erst ihre strahlend blauen Augen auf, die im Kontrast zu dem mürrischen Gesicht standen.

»In Ariccia hat es seit Ewigkeiten keine Pfarrei San Nicola mehr gegeben. Der Dompropst aus Genzano hat diese Pfarrei mit betreut. Er kam an den Sonntagen einfach herüber, um die Messe zu lesen. Und jetzt schicken sie plötzlich gleich zwei Priester in die Gemeinde von San Nicola, in der es seit Ewigkeiten keinen Propst mehr gegeben hat.«

»Wirklich?« fragte Peo.

»Ja. Wußten Sie das nicht?«

»Nein.«

»Was meinen Sie denn, was das hier für eine Wohnung ist? Das ist doch kein Pfarrheim. Das ist eine angemietete Wohnung, wie mein Propst sie auch hat. Seit Jahren jammert die Diözese, sie habe kein Geld. Wir haben nicht mal neue Meßgewänder bekommen. Aber jetzt schicken sie meinen Propst und einen Grünschnabel von Vikar an eine Stelle, wo vorher niemand war, und zahlen zwei Wohnungen. Die ganze Pfarrei San Nicola besteht aus einem Dutzend alter Witwen.«

»Das wußte ich alles nicht.«

»Dann hätten Sie sich vielleicht mal erkundigen sollen. Ich habe im Pfarramt nachgeblättert. Seit 1957 war hier kein Propst mehr im Dienst. Der letzte wurde davongejagt.«

»Warum?« fragte Peo.

»Das weiß ich nicht. Aber Sie sind ja ein ziemlich blauäugiger Mann. Wenn Sie mal einen Blick ins Kirchenverzeichnis geworfen hätten, bevor Sie hier mit Sack und Pack anrückten, dann wüßten Sie, daß in die Kirche San Nicola seit dem Mittelalter nur Priester abgesandt wurden, die man strafversetzen mußte.«

Der Vikar sah sie an.

»Da frage ich mich doch: Was machen wir hier? Der Propst redet nicht mit mir darüber, weil er sich schämt, daß sie uns aus unserer feinen Propstei in Itri hierhergeschickt haben. Ich dachte, Sie wüßten, wozu das alles gut sein soll.«

»Ich weiß von nichts«, sagte Peo.

Sie lehnte sich an eine der Kisten. »Ich hatte mit dem Propst ein ruhiges Leben. Er ist alt und steht kurz vor der Pensionierung, genau wie ich. Ich lasse ihn nicht allein, bis er wirklich pensioniert wird. Aber ich habe auch kein Verständnis für diese Sperenzchen. Wissen Sie wenigstens, wie lange das gehen soll?«

Der Vikar schüttelte den Kopf. »Ich weiß überhaupt nichts«, gab er zu.

»Dann halten Sie mal Ihre Augen auf, und sagen Sie mir Bescheid, wenn Sie was hören!«

Die Tür schlug hinter ihr zu.

III

Als der Bus hielt, die Tür quietschend aufsprang und Marion Meiering ausstieg, fiel die nachmittägliche Lethargie plötzlich von ihr ab. Ein Hauch kühlerer Luft stahl sich unter ihr blaues Strandkleid und war ihrer Haut so willkommen, daß es keinen Zweifel mehr daran geben konnte, daß sie zu lange in der heißen Augustsonne gelegen hatte. Sie nahm ihre Strandtasche, ging über den Domplatz von Ariccia und fand wieder einmal, daß ihre Rücksichtnahme bisher zu weit gegangen war.

Sie nahm die Straße hinunter zur Kirche von San Nicola, obwohl sie wußte, daß sie jederzeit Alessandros mürrischem Gesicht begegnen konnte. Er würde es nicht akzeptieren, daß sie in einem Strandkleid zur Kirche ging. Marion beschloß, sich heute über diesen Unsinn hinwegzusetzen, zumal das Kleid wadenlang war und einen der dezentesten Ausschnitte hatte, den man in Ariccia zu sehen bekam. Ihr vom Salz verkrustetes Haar war streng zurückgekämmt.

Dem neuen Vikar würde sie nicht unangenehm auffallen, und wenn, dann war es ihr ab heute egal. Die Vorschrift, die ihr verbot, in einem Strandkleid das Kästchen neben der Kirche mit den Botschaften für den Pfarrgemeindebrief zu öffnen, gehörte in die gleiche unsinnige Kategorie des »Das macht man in Ariccia nicht« wie das Baden im Meer.

An klaren Sommertagen konnte man von Ariccia aus den nahen Strand von Tor Vaianica sehen. Trotzdem fuhr nur eine Handvoll Menschen hinunter ans Wasser. Auch Alessandro hatte sie eindringlich davor gewarnt, sich in Tor Vaianica an den Strand zu legen, hatte ihr den unglaublichen Dreck geschildert und etwas davon gefaselt, daß man, wenn man schon baden gehen wollte, das doch bitte an den Küsten Capris tun sollte. Später hatte sich herausgestellt, daß Alessandro überhaupt noch nie am Strand vor Ariccia gewesen war.

Tor Vaianica war nicht schmutziger als die Strände Capris, aber fest in der Hand von Pasta essenden Großfamilien aus niederen Einkommensschichten, die hier unter selbstgebastelten Sonnenschutzdächern auf mitgebrachten Campingstühlen den ganzen Sommer verbrachten. Die Dame, die im Schloß von Ariccia wohnte, durfte nicht am gleichen Strand mit Menschen baden, die Alessandro »diese Leute« nannte.

Marion nahm den Schlüssel aus der Badetasche und öffnete das kleine grüne Kästchen am Zaun neben der Kirche, in das die Gemeindemitglieder ihre Mitteilungen für den Pfarrgemeindebrief warfen. Sie ließ die handgeschriebenen Zettel in ihre Tasche gleiten. Hinterbliebene luden die Verwandtschaft zum Totenamt ein, Meßdienerführer vertagten Gruppensitzungen, und die Damen, die den Blumenschmuck für das Pfarrfest basteln sollten, trafen sich in dieser Woche im Haus der Familie Giusti.

Der angesichts der aufzuwendenden Arbeitszeit extrem gut bezahlte Job, die Zettel abzutippen, hatte ihr der Priester aus Genzano überlassen, weil er es leid war, bis nach Ariccia zu fahren, um das Kästchen zu leeren. Die Druckerei verlangte, daß die Vorlage für den Pfarrbrief als Computerdiskette abzugeben sei. Da sie die einzige im engeren Umfeld der Pfarrei war, die einen Computer besaß, kam nur sie für den Job in Frage.

Marion sah zur Vikarswohnung hinauf. Die vertrockneten Blumen auf der Treppe, die zu seinem zweigeschossigen Haus hinaufführte, ließen erkennen, daß er ein nachlässiger Mensch war. Marion ging zurück zur Hauptstraße.

Die Hitze des Tages legte sich. Die tiefstehende Sonne tauchte die gelben Häuserfassaden in goldenes Licht. Marion hatte noch keine Lust, jetzt schon in ihre Kammer zurückzukehren, zumal dort nur der vermutlich schlechtgelaunte Alessandro auf sie wartete. Weil Simonetta Fracassis Bar auf dem Platz noch geschlossen war, wartete sie auf der Straße darauf, daß Carla Baglioni ihr Sanitärgeschäft öffnete. Denn sie hatte ihr etwas zu sagen.

Es war besser, es gleich hinter sich zu bringen. Und heute fühlte sie sich in Form. Trotz der schlechten Nachricht würde sie bei Carla Baglioni einen eisgekühlten Tee bekommen.

Sie stellte sich an die Bushaltestelle der Hauptstraße. Den Tip hatte sie auch von Carla. Eine junge Frau durfte in Ariccia nicht ohne Grund unbegleitet am Straßenrand herumstehen. Marion hatte von Jugendlichen, die auf ihren Vespas vorbeiratterten, ein paarmal den spöttischen Zuruf »Keine Kundschaft?« gehört. Dabei war sie niemals aufreizend gekleidet. Sie trug meistens lange Hosen, Pullover, schwarze Jacken. Im Gegensatz zu Carla, die ihre großen schönen Brüste, zwischen denen ein kleines Kruzifix baumelte, stets tiefdekolletiert zur Schau stellte, damit aber offenbar nicht gegen Anstand und Moral verstieß.

Was Marion dachte, wenn sie das Kruzifix sah, hatte sie Carla nicht gesagt. Sie wollte ihre Freundin nicht beleidigen. Sie hatte ihr viel zu verdanken, denn sie war die einzige gewesen, die sich irgendwann getraut hatte, im Laden ganz offen mit ihr zu sprechen.

»Du bist also die Fremde, die sich den Fürsten geangelt hat!« hatte Carla festgestellt.

»Geangelt?« hatte Marion empört geantwortet. »Ich bin hierhergekommen, weil ich an einer Doktorarbeit schreibe über die Architektur des fünfzehnten Jahrhunderts. Alte Schlösser sind sozusagen mein Beruf.«

Carla hatte ihr Haar zurückgestrichen und sich nach vorn über den Tresen gebeugt, so daß man ihre ganze Pracht sehen konnte. Marion hoffte, daß sie das nicht machte, wenn verwirrte kleine Jungs bei ihr einkaufen wollten.

»Und dann bist du gleich über Nacht geblieben, und er hat dir ein Zimmer eingerichtet?«

»Herrgott noch mal«, hatte Marion gesagt. »Er jammerte mir vor, das Schloß breche zusammen, es regne durch das

Dach, und er fragte mich, ob ich ihm nicht bei der Restaurierung helfen könne. Schließlich bin ich Architektin.«

Klar hatte sie helfen können. Er brauchte doch nur zu wissen, welche Anträge er auszufüllen hatte. Der europäische Denkmalschutz hatte für Renaissanceschlösser zumindest genug Geld, um sie vor dem Einsturz zu bewahren, wenn der Eigentümer nicht mehr zahlen konnte.

»Daß du das erledigt hast, ich meine, die ganzen Handwerkeraufträge für das Schloß, die du uns beschafft hast, dafür sind wir dir doch dankbar«, sagte Carla. »Laß die Mädels ruhig über dich lästern. Es ist ja nur Neid. Aber, meine Liebe, daß du mehr als ein Jahr ganz allein mit dem Fürsten im Schloß zusammengelebt hast und da nichts gelaufen ist, das glaube ich dir nicht«, hatte Carla hinzugefügt und war danach ganz Ohr gewesen.

»Auf solche Fragen antworte ich nicht«, hatte Marion zunächst gesagt und gelächelt. Sie hatte dann aber doch keine Spielverderberin sein wollen.

Es war schon beinahe beleidigend gewesen, daß sie wochenlang in der ehemaligen Waffenkammer schlief, nur ein paar Meter von ihm entfernt, und er niemals auch nur den geringsten Annäherungsversuch unternahm. Irgendwann im Sommer hatten sie abends auf dem Vorplatz gesessen, und da war sie aufgestanden und hatte ihn plötzlich auf den Mund geküßt.

Das hatte sie Carla gegenüber zugegeben. Was dann geschehen war, daß sie bei Alessandro eine Leidenschaft ausgelöst hatte, die ihr am Anfang durchaus schmeichelte, ihr später aber immer unheimlicher wurde, das hatte sie für sich behalten.

Ein Bus fuhr vorbei. Carla sollte jetzt als erste erfahren, daß sie sich entschlossen hatte, aus Ariccia fortzugehen. »Du willst ihn verlassen?« würde Carla fragen. »Warum?«

Es war sicher besser, sich jetzt schon eine Antwort einfallen zu lassen. Sie hatte geglaubt, daß er irgendwann die Schweigsamkeit ablegen würde, die sie anfangs für Schüchternheit gehalten hatte. Aber er war so verschlossen geblieben wie am ersten Tag und wurde ihr dadurch immer fremder. Seine körperliche Nähe war ihr unangenehm geworden.

»Er kennt einfach keine Zärtlichkeit«, würde sie Carla gestehen, und Carla würde sie fragen: »Wann willst du gehen?«

Ja, wann? Das war das Problem. Zunächst mußte sie noch zwei Bücher für den Kirchenverlag übersetzen, die ihr ein gewisses finanzielles Polster garantierten.

Die Türen des Sanitärgeschäftes wurden jetzt aufgeschlossen, und Marion überquerte die Straße.

Sie erkannte Carlas Mann an der Kasse. Er sagte nur: »Carla kommt heute nicht.«

»Dann schaue ich ein anderes Mal vorbei«, versprach Marion und ging.

IV

Hatten sie es gesagt, das »Und mit deinem Geiste«? Hatten ihre schmallippigen Münder es schon gemurmelt? Zur Sicherheit wiederholte Vikar Vincenzo Peo noch einmal: »Der Herr sei mit euch«, und er hörte ein zischelndes Summen aus der Reihe, in der die vier einzigen Meßbesucherinnen saßen, so unbeweglich in ihre schwarzen Tücher gehüllt, daß sie, vom Altar aus gesehen, wie Fliegen wirkten. Wo war er jetzt eigentlich? Das Meßbuch war aufgeschlagen, der als Lesezeichen dienende rote Faden bestätigte die Seite, aber hatte er die Lesung über den Auszug von Og, dem König von Baschan, mit all seinem Kriegsvolk aus dem Buch Mose wirklich schon vorgetragen? Und warum hatte er ausgerechnet diese Stelle statt der empfohlenen Lesung ausgewählt? Welchen Anlaß hatte es gegeben?

Das müßte man uns im Studium beibringen, dachte Peo, was man tun soll, wenn man den Faden verliert, einfach neben sich steht. Er hatte im Geiste die Messe längst beendet, war nach Hause gegangen und hatte im Kopf einen Brief an den Bischof geschrieben, in dem er um seine Versetzung bat, obwohl ihm klar war, daß die Bitte unmöglich erfüllt werden konnte, weil er seine neue Stelle erst vor zwei Wochen angetreten hatte. Er hatte im Geiste Argumente für seine Bitte gesammelt, während er – ja, was denn? Die Lesung vortrug? Aber welche? War König Og schon ausgezogen? Wenn er etwas vorgelesen hatte – was war es dann gewesen?

»Wir singen das Lied Nummer zweihundertneun.« Ein dünnes Fisteln setzte ein, schon in der zweiten Zeile sang er: »Herr, wir loben deine Stärke« statt, wie es richtig gewesen wäre, »wir preisen deine Stärke«. In der dritten Strophe brach er einfach ab. Er hörte nicht, ob sie weitersangen. Zum erstenmal bemerkte er, wie sehr ihm jene Dame aus seiner Heimatgemeinde fehlte, die in jeder Messe als einzige laut sang, weil sie sich als Vorsitzende des Kirchenchors dazu verpflichtet fühlte. Er schlug das Evangelium auf: »Aus dem heiligen Evangelium nach Lukas.« Ganz leise meinte er ihr kraftloses »Ehre sei dir, o Herr« zu hören.

Was ist also zu tun, wenn die Messe seelenlos heruntergespult zu werden droht, wenn selbst das Evangelium zur Leier wird? »Ihr müßt euch selbst ganz einbringen, verknüpft euer Leben mit dem Wort Gottes, denkt euch in die Personen hinein«, hatte Theologieprofessor Desanni gesagt.

Als wäre das so einfach. »Ein Mann ging von Jerusalem nach Jericho hinab«, las Peo vor und erinnerte sich daran, wie er aus Rom in Ariccia angekommen war.

Er hatte gleich am Morgen nach seinem Umzug die Stadt erkundet. Er hatte die Stunden nutzen wollen, in denen er noch ein anonymer junger Mann war und nicht der neue Vikar, dem man mit Neugier und Respekt begegnen würde. Er hatte die Stadt einmal so erleben wollen, wie sie wirklich war, noch unberührt von Erinnerungen, Enttäuschungen, Befürchtungen. Er hatte sie anprobieren wollen, so wie man einen Handschuh anprobiert, von dem man weiß, daß man ihn viele Jahre tragen wird. Er war am Schloß vorbeigeschlendert, dessen Ausmaße den Rest des Städtchens wie eine Vorgartenanlage erscheinen ließen. Er hatte die nahezu verlassene Altstadt durchquert und war dann in das Villenviertel hinaufgestiegen.

Die bleierne Stille, die scharfen Hunde in den gepflegten Vorgärten, die hohen Zäune und Alarmanlagen, die grimmige Rechtschaffenheit des Wohnviertels hatten ihm klargemacht, daß der Handschuh nicht paßte. Ariccia war eine Stadt aus zu Stein gewordenen Buchhalterträumen. Ihre Bewohner hatten sich ihr Einfamilienhaus in der Vorstadt durch das verdient, was sie ehrliche Arbeit nannten. Sie hatten ihre Ellbogen eingesetzt, Stöße ausgeteilt und eingesteckt, und jetzt verlangten sie vom lieben Gott vor allem, daß er sie in Ruhe ließ und ihnen nicht voreilig eine Vorladung zum Jüngsten Gericht schickte, obwohl sie der Meinung waren, auch dort nichts zu verbergen zu haben.

»Evangelium unseres Herrn Jesus Christus.«

Peo hörte diesmal deutlich das »Lob sei dir, Christus«. Erstaunlich geräuschvoll angesichts der Tatsache, daß die mageren alten Frauen federleicht sein mußten, ließen sie sich nieder. Er begann mit der Predigt, einer, die er schon viermal gehalten hatte und die maßgeblich aus dem Vergleich der Barmherzigkeit des Ausgestoßenen mit der Herablassung der Reichen und Mächtigen bestand.

»Was hatte diesen Mann dazu bewogen, hinab nach Jericho zu gehen? Was hatte er dort gewollt? Was hatte er dort erwartet?« rief Peo in die leere Kirche hinein, während er sich selbst fragte, was er denn wohl von Ariccia erwartet hatte.

»Offenbar hat man mit Ihnen Wichtigeres vor«, hatte Don Luigi in Palermo zu ihm gesagt, als Peo sich dafür entschuldigte, daß er ihm nun doch nicht zur Hand gehen könne. Wichtigeres? Aber was?

Sein neuer Vorgesetzter Propst Sante della Cave hatte ihn jedenfalls alles andere als freundlich aufgenommen. Er war noch mürrischer als seine Haushälterin gewesen und hatte statt einer Begrüßungsansprache Gift und Galle gespuckt. Ob der Schnösel glaube, der Propst gehöre schon zum alten Eisen und habe deswegen auf einer neuen Stelle einen Vikar nötig, hatte er ihn gefragt. Daß es ihn überhaupt nicht interessiere, welcher von den Großkopfeten in Rom auf die Idee verfallen sei, ihm in so einer kleinen Gemeinde auch noch einen Hilfspriester auf den Hals zu hetzen, hatte er klargestellt. ›Ich habe nie Priester in einer Stadt wie Ariccia werden wollen‹, dachte Peo. ›Gott kann mich nicht für so eine Aufgabe vorgesehen haben.‹

»Gott will das nicht«, hörte er sich in der Predigt sagen, an einer Stelle, an der der Satz überhaupt nicht paßte, was seine vier Zuhörerinnen aber nicht irritierte.

›Ich hätte niemals nach Ariccia gehen dürfen‹, dachte Peo,

›weil ich auch in meinem Heimatort niemals Gemeindepriester werden wollte. Ich bin nicht dafür gemacht, mir mein Leben lang die Sticheleien und Grobheiten der Nachbarschaftsstreitereien im Beichtstuhl anhören und dann vergeben zu müssen.‹

Ihm war als Kind schon die reservierte Art der Priester in seinem Heimatort zuwider gewesen. Erst als Don Silvio Pasquarelli aus Rom im Sommer zur Aushilfe in das Kaff in Norditalien gekommen war, hatte er zum erstenmal daran gedacht, Priester zu werden. Pasquarelli schwitzte immer, rauchte ständig, lief mit offenem Priesterkragen herum und schockierte die Brautpaare, die sich trauen lassen wollten, mit der Frage: »Wenn ihr glücklich miteinander seid, warum wollt ihr dann heiraten?« Pasquarelli erfand nicht, so wie der Propst, abendliche Pfarrgemeinderatssitzungen, weil er Angst vor dem Alleinsein hatte. Er gab offen zu, daß er nicht allein sein wollte, lud in sein Haus zum Pizzaessen ein und redete nächtelang über Fußball, Frauen und Gott. Peo hatte Pasquarelli später in Rom besucht, wo er mit einem gelegentlich rückfällig werdenden Drogenabhängigen zusammenwohnte, der phantastische Paella kochen konnte, was er bei einer spanischen Hure gelernt hatte. Pasquarelli kannte Dutzende von Priestern in Rom. Einer glaubte, daß Tiere in den Himmel kommen, und ließ deshalb seine Bulldogge mit am Altar sitzen. Ein anderer richtete eine Sprechstunde für homosexuelle Geistliche ein. In den Kreis solcher Priester hatte Gott ihn bestellt, davon war Peo überzeugt.

Die Predigt war jetzt zu Ende. Er brach die Hostie und segnete den Wein. »Nehmt und eßt alle davon.« Er hatte die Händewaschung vergessen, was die Frauen bestimmt gar nicht gesehen hatten. Immerhin unterschied sich damit die Messe von heute von der von gestern und der von morgen.

»Denn mein Fleisch ist wirklich eine Speise, und mein Blut ist wirklich ein Trank. Wer von diesem Brot ißt und von meinem Blut trinkt, wird leben in Ewigkeit.« Er sah hinunter in den Kirchenraum, in die Gesichter der vier Frauen, in denen neben der auf den ersten Blick willenlos erscheinenden Ergebenheit er doch auch den Vorwurf zu erkennen glaubte, daß er ihnen zum zweitenmal abverlangte, sich hinzuknien. »Agnus Dei, Lamm Gottes, du nimmst hinweg die Sünden der Welt, erbarme dich unser. Lamm Gottes, du nimmst hinweg die Sünden der Welt, gib uns deinen Frieden.«

Hatte er es zwei- oder schon dreimal gesagt? Hatte er ein Lamm Gottes vergessen? ›Warum kann ich mich nicht auf meine Aufgabe konzentrieren?‹ dachte Peo und blickte auf den Weihwasserkessel. Schon war er in Gedanken mit der zweiten Pflicht beschäftigt, die er verabscheute: Haussegnungen nach Vorschriften des Propstes zu zelebrieren.

Er sah sich mit dem Weihwasserkessel und dem Schwenker in der Hand in einer Wohnung, deren Haustür ein junger Studienrat überrascht geöffnet hatte, der nicht die Kraft fand, den Vikar gleich wieder vor die Tür zu setzen. Der Lehrer war wahrscheinlich ganz in Gedanken gewesen, hatte gegessen, ferngesehen oder einen Brief geschrieben, als der Vikar mit den Geräten in der Hand klingelte. Nur weil der Studienrat nicht energisch genug war, um den Vikar auf nette Weise hinauszukomplimentieren, und weil er nicht schlecht genug gelaunt war, um dem Geistlichen die Tür zu weisen, hatte er ihn hereingelassen. Dann passierte das Unangenehmste, was Peo sich vorstellen konnte. Er segnete die Wohnung, spritzte Weihwasser auf den Parkettboden, aber der Studienrat, weil er eben nicht gläubig war, hatte den Rosenkranz nicht mitgebetet und kein Lied mitgesungen, sondern nur höflich darum gebeten, daß Peo mit seinem Weihwasser doch bitte nicht die Bücherwand bespritzen möge. Die Buchrücken bekämen so leicht Flecken.

Vikar Peo teilte jetzt das Abendmahl aus. Alle vier kamen zur Kommunion und gingen ächzend vor ihm auf die Knie. Sie würden ihn erst, nachdem das Schlußlied gesungen worden war, in der Kirche allein lassen. Aber vor dem Segen gingen sie nicht. Ja deswegen, weil er sagte: »Es segne euch der allmächtige Gott, der Vater und der Sohn und der Heilige Geist. Gehet hin in Frieden«, deswegen kamen sie überhaupt nur in die Kirche. Weil sie glaubten, dieser Satz aus seinem Mund und die ausgestreckten Hände könnten sie vor Autounfällen und Taschendieben und ihre Enkelinnen vor ungewollten Schwangerschaften schützen. Er segnete sie und erinnerte sich plötzlich an das Fest nach seiner Priesterweihe im Haus seiner Mutter.

Sie hatte in der Nachbarschaft Stühle zusammengeliehen, damit all die Gäste Platz fanden. Es gab Berge von belegten Broten, Tische voller Torten und literweise dampfenden Kaffee. Er hatte den ganzen Nachmittag neben ihr sitzen bleiben müssen, aber er war miesepetrig gewesen. Ein anderes Wort traf es nicht: miesepetrig. Er wußte nicht, warum. Auch er hatte sich auf den Tag gefreut, auf den Triumph der Mutter, die als Witwe große Opfer bringen mußte, um den Sohn studieren zu lassen. Er hatte es ihr damals nicht erklären können, daß er alles so abscheulich fand, weil die Nachbarn, für die er ein dummer, eingebildeter Junge gewesen war, dieselben Nachbarn jetzt vor ihm knieten und seinen Segen wollten, als wäre er ein ganz anderer Mensch geworden, ein Zauberer mit übernatürlichen Kräften. Irgendwann hatten alle seine schlechte Laune bemerkt und waren gegangen, nach und nach.

»Gehet hin in Frieden«, sagte Peo. »Zum Abschluß singen wir das Lied einhundertneunzehn.«

Als alle gegangen waren, hatte er mit der Mutter in der Küche gesessen. Sie hatte nicht geweint, sie hatte nur gesagt: »Du kannst, wenn du willst, deine Wäsche auf die Treppe werfen«, so wie er immer seine Schmutzwäsche auf die Treppe zur Waschküche geworfen hatte.

Nach der ersten Strophe des Schlußliedes huschten die Damen hinaus. Peo sang weiter, die zweite und auch die dritte Strophe, ganz allein in der hallenden Kirche, als könnte er dadurch etwas wiedergutmachen. Dann nahm er den Kelch und die Hostienschale und trug sie, als hätte er das schon jahrzehntelang und nicht erst seit zwei Wochen getan, in die Sakristei, wo er über die von einem längst verstorbenen Küster stehengelassene Schnapsflasche hinwegsah, als hätte er sie schon hunderttausendmal gesehen. Er zog das Meßgewand aus, nahm die Schlüssel, schaltete das Licht aus, ging durch die dunkle Kirche und schloß alle Holztüren ab. Seine persönliche Liturgie sah nun vor, am Altar vorbei in die Sakristei und aus der Kirche nach Hause zu gehen, wo er sich nach einem kurzen Imbiß für die Haussegnungen umziehen mußte. Aber er setzte sich auf die Stufe neben den Altar. Er hatte vergessen, die Kerzen vor dem Herz-Jesu-Altar auszublasen. Peo sah in die Dunkelheit der Kirche, als wäre dort eine Antwort verborgen, als könnte er irgend etwas in der Schwärze erkennen, und sei es nur ein vergessener Regenschirm.

Aber da war nichts, und da würde auch nichts sein. ›Vermutlich haben sie dich hierhergeschickt, weil irgendeiner die neue Stelle sofort besetzen mußte, sonst wäre sie vielleicht gestrichen worden, und die ganze Heimlichtuerei war nur eine Show‹, dachte er. Er stand auf, um die flackernden Kerzen auszublasen, als er einen Mann mit einem großen schwarzen Hut und einem dunklen Mantel in der hintersten Kirchenbank knien sah.

Peo rührte sich nicht. Er fürchtete, schon durch das Geräusch seines Atems den Fremden aufzuschrecken und ihn wie ein Gespenst verschwinden zu lassen. Doch der Mann ließ sich nicht stören. Peo konnte jetzt das leise Gemurmel seiner Gebete hören. Er wußte nicht, wie lange der Mann betete, fünf Minuten vielleicht, vielleicht eine Viertelstunde. Doch plötzlich stand der Fremde auf und ging im Schein der Kerzen quer durch die Kirche, nicht direkt auf Peo zu, aber doch in Richtung Altar. Er konnte erkennen, daß der Mann eine rote Schärpe trug, wie ein General oder ein Botschafter.

Er nahm seinen Hut ab und sah Peo an. »Ich bin Alessandro Chigi. Seit Jahren kümmere ich mich um diese Gemeinde. Ich bin gekommen, weil ich Ihnen helfen möchte, wo immer ich kann.«

Er hatte ein seltsam bleiches Gesicht, von einer solchen Blässe, daß er sich im Sommer nur unter Sonnenschirmen und im Schatten aufhalten konnte. Sein Gesicht, seine seltsam hohe Stirn und die Nase wirkten nur deshalb so unansehnlich, weil die Lippen so schmal waren, daß kaum eine Spur von Rot zu erkennen war. Wenn er sprach, schien ein Loch in seinem Gesicht zu klaffen. Dennoch war er von jener Art von Häßlichkeit, die aus ihm einen Typ machte. Er war sehr dünn und wirkte dadurch größer, als er tatsächlich war. Seine ondulierten schwarzen Haare, die Spuren von weißem Puder in seinem Gesicht verrieten eine nahezu unheimliche Korrektheit. Er machte auf Peo den Eindruck eines Menschen, der zu jedermann fair und gerecht war, der auch liebevoll sein konnte und dennoch zu kaum jemandem eine herzliche Beziehung aufbaute, weil er sich nicht gehenlassen konnte. Peo wunderte sich jetzt nicht mehr über seine umständlichen Gesten, die nur verrieten, wie krankhaft menschenscheu er sein mußte.

»Ich brauche im Moment keine Hilfe«, sagte Peo.

»Das bedaure ich sehr«, sagte der Fürst. Seine Stimme hatte einen eigenartig tonlosen Klang. Er sprach ein äußerst korrektes Italienisch, das auf sehr teure Schulen hindeutete und nicht nur seine ausgezeichneten Manieren unterstrich, sondern eine schier unüberwindbare Distanz zu seinem Gegenüber schuf. Es fiel Peo schwer, seinen braunen Augen standzuhalten, weil sie verrieten, daß sich hinter der Höflichkeit nichts weiter verbarg als Standesdünkel und Arroganz.

Peo bedauerte ihn, ganz gewiß war dies ein Mann, der nie an ein pickliges Mädchen ein schlechtes Liebesgedicht geschrieben, nie nach einem Sieg beim Fußball zuviel getrunken hatte und der die Bude eines Studenten, in dem stinkende Socken und schmutzige T-Shirts herumlagen, alles andere als originell fand.

Peo erklärte ihm, daß nicht einmal für ihn genug zu tun wäre.

Wie er in die Kirche gekommen sei? Ach so, er habe einen Schlüssel vom Propst, dann gehe das ja wohl in Ordnung. Nein, das Pfarrfest brauche er nicht vorzubereiten, das mache jetzt Peo selbst, er werde sich aber an ihn wenden, wenn es etwas zu tun gebe. Ja, ja, er wisse Treue zur Gemeinde zu schätzen, aber jetzt, wo zwei Priester da seien, könnten die emsigen freiwilligen Helfer ein wenig ausruhen. Enttäuscht wandte sich der Mann schließlich ab und verschwand durch das Seitenportal.

Pfarrbrief der Gemeinde von San Nicola

10. bis 16. August

»Wir preisen dich, Gott, wir preisen dich; dein Name ist denen nahe, die deine Wunder erzählen.« (Psalm 75,2)

Propst Sante della Cave lädt alle Gemeindemitglieder ein, das Pfarrgemeindefest festlich zu begehen.

Sonnabend:

Ab 12 Uhr:	Aufbau des Festzeltes, mit reger Unterstützung wird gerechnet.
Ab 14 Uhr:	Eröffnung des Festes. Ministranten, Seniorengruppen, Sportvereine präsentieren die Schaubuden auf dem Platz vor der Kirche.
18 Uhr:	Heilige Messe.
20 Uhr:	Gemütliches Beisammensein im Festzelt.

Sonntag:

8 Uhr:	Frühmesse.
Ab 9 Uhr:	Aktivitäten auf dem Kirchplatz beginnen. Gruppenleiterrunde »Die Sophisten« führen Zaubertricks vor. Marion Meiering zeigt einen Drachenflug. Katholischer Jugendsportverein gibt eine Turnstunde für alle Kinder am Reck.
9.30 Uhr:	Prozession um die Kirche.
10 Uhr:	Hochamt.
12 Uhr:	Das Rote Kreuz spendiert Mittagessen aus der Gulaschkanone.
17 Uhr:	Vesper.
18 Uhr:	Abendmesse.

Montag:

Ab 8 Uhr:	Großreinemachen auf dem Vorplatz der Kirche. Mit reger Beteiligung wird gerechnet.

V

Valentina nahm mit den Augen lange Maß und schnitt dann mit einer Schere ein Rechteck aus dem Papierbogen, das genau in das obere Fach des Küchenschranks paßte. Sie sah den Propst an, der einen Teller aus der Spüle nahm, ihn sorgfältig abtrocknete und ihn ihr dann reichte. Sie plazierte den Teller im Schrank. Valentina warf ihm weder sein mürrisches Schweigen vor, noch daß er die alte Soutane angezogen hatte. Propst Sante della Cave erkannte daran, daß seine Haushälterin in diesem Augenblick glücklich war.

Die Sonne schien durch das offene Fenster und trocknete die Stellen am Fensterrahmen, die der Propst mit weißer Farbe übertüncht hatte. Valentina legte das Besteck in die Spüle und schnitt mit der Schere einen länglichen Papierstreifen für den Besteckkasten zurecht. Der Propst blickte aus dem Fenster. Er konnte die Hauptstraße und einen Teil des Palastes der Chigi sehen.

Er war froh, daß Valentina sich ganz auf das Besteck konzentrierte und ihn nicht beachtete. Er ertrug es nur schwer, wenn sie ihn musterte. Er sah sich selbst nur dann im Spiegel an, wenn es wie beim Rasieren unvermeidbar war. Er verabscheute sein alt gewordenes, von kurzgeschnittenen weißen Haaren eingerahmtes Gesicht, das an eine Landkarte erinnernde System der roten Äderchen, das die Wangen und die klobige Nase überzog. Er war immer stolz auf seinen großen, schweren Körper gewesen. Er hatte es genossen, daß seine schiere Masse ihm die Aufmerksamkeit in jeder Versammlung gesichert hatte. Sein Körper hatte der Stimme, vor allem, wenn er vor den Gefahren der Sünde warnte, immer einen überzeugenden Nachdruck verliehen. Er hatte gern mit angepackt, wenn das Zelt für das Gemeindefest aufgebaut werden mußte oder Holz für das offene Feuer, auf dem in der Fastenzeit die Hungersuppe gekocht wurde, zu hacken war. Aber jetzt war ihm sein schwerer Körper nur noch eine Last. Er bewegte sich langsamer und behäbiger, als sein leichtes Rheuma ihm auferlegte. Genau diese Art zu gehen war es, die ihm, ohne daß er es beabsichtigte, in den Augen seiner Gemeinde Würde verlieh. Zwei scharf eingeschnittene Grübchen am Mund zeigten, daß er keinen Widerspruch duldete, daß er Erfahrung darin hatte, sich, wenn es sein mußte, rücksichtslos durchzusetzen. Erst spät hatte er bemerkt, wie sehr Valentina unter seiner strengen Kompromißlosigkeit gelitten haben mußte. Seitdem versuchte er etwas gutzumachen, obwohl es sich seiner Ansicht nach nicht wiedergutmachen ließ. Er sah, wie unten auf der Straße ein Mann in einem altertümlichen schwarzen Umhang, der ein Wägelchen mit einer Kiste darauf hinter sich herzog, die Straße zu überqueren versuchte. Die Autos stoppten nicht, als der Mann mit dem auf dem Kopfsteinpflaster bedrohlich schaukelnden Wägelchen auf die Fahrbahn trat. Sie umfuhren ihn in gefährlichen Schlangenlinien.

Der Propst wusch die Messer ab, trocknete sie und gab sie an Valentina weiter, die sie noch einmal polierte und dann in den Besteckkasten legte. Er verachtete sich an diesen Tagen, an denen er keine andere Wahl hatte, als Valentina bei der monatlichen Grundreinigung im Haushalt zur Hand zu gehen, so als wäre er ihr Ehemann. Er haßte dieses Spiel, das Valentina das Gefühl gab, keine alte Jungfer zu sein, obwohl sie immer behauptete, es erinnere sie nur an die Zeit, als sie mit ihrer Mutter im Haus gearbeitet habe.

Propst Sante della Cave polierte gerade die Gläser, als es an der Tür klingelte. Er legte das Geschirrtuch auf den Küchentisch und sah, wie Valentina ihre Enttäuschung nur mühsam unterdrückte. In diesen Momenten fürchtete er sie fast.

»Was wollen die Leute denn schon wieder?« keifte sie.

Er ging zur Küchentür, schloß sie hinter sich, durchquerte den Flur und öffnete die Haustür.

Der Mann mit der Kiste stand vor ihm. Die roten Flecken in seinem Gesicht unterstrichen noch seine Blässe.

»Ich bin Fürst Alessandro Chigi«, keuchte der Mann, und der Propst erkannte an den Schweißperlen, die ihm auf der Stirn standen, daß unter dem schwarzen Umhang kraftlose Arme und ein schwacher Brustkorb verborgen sein mußten.

»Kommen Sie herein«, sagte der Propst.

Der Mann setzte die Kiste im Flur ab.

»Das ist für Sie«, sagte er. »Sie sind doch der neue Propst?«

Della Cave nickte. Sie gaben sich die Hand.

»Wir brauchen ja nicht hier im Flur stehen zu bleiben, kommen Sie doch herein!« forderte der Propst seinen Gast auf und führte ihn in sein schmales Arbeitszimmer, in dem nichts weiter stand als ein kleiner Schreibtisch und zwei Stühle. Sante della Cave hatte sich nicht darum bemüht, das große Wohnzimmer in ein Arbeitszimmer umzuwandeln. Er wußte, daß Valentina nicht zugestimmt hätte. So lag das Wohnzimmer am Ende des Ganges, mit dem großen Tisch und den acht Stühlen, wie sie es vorgefunden hatten – allein dazu bestimmt, daß Valentina dort am Sonntag nach dem Hochamt mit dem Propst zu Mittag aß.

Der Propst ließ Alessandro Chigi am Tisch Platz nehmen. Der Fürst legte den Umhang nicht ab. Della Cave setzte sich ihm gegenüber.

»Darf ich Ihnen etwas anbieten?«

Der Fürst winkte ab.

»Was haben Sie mir denn da gebracht?« fragte der Propst. Der Fürst besaß seltsame blaue Augen, sein Haar war an den Schläfen schon ergraut. Der Propst fragte sich, ob er eher dreißig oder vierzig Jahre alt war.

»Ich weiß nicht, ob Sie es wissen«, begann Alessandro Chigi. »Der Bruder meines Großvaters war im Jahr 1957 der letzte Propst von San Nicola. Er machte zwei Testamente, eines für die Familie und eines für seinen Nachfolger. Ich bin sicher, er hätte gewollt, daß ich Ihnen den Nachlaß sofort übergebe, auch wenn es etwas ungewöhnlich ist, daß ich Ihnen unangemeldet meine Aufwartung mache.«

Der Propst überlegte, ob der Vorwurf, den er aus der Rede herausgehört hatte, tatsächlich in ihr enthalten gewesen war. Hatte der Fürst ihn darauf aufmerksam machen wollen, daß er es versäumt hatte, sich gleich bei Amtsantritt im Schloß vorzustellen?

Er blickte in die blauen Augen des Fürsten und erkannte, daß er es genau so gemeint hatte.

»Vielleicht öffnen wir die Kiste jetzt gleich, dann können Sie sehen, was Ihr Großonkel weitervererben wollte«, schlug Propst Sante della Cave vor.

»Nein«, sagte Alessandro. »Es handelt sich da doch um eine sehr vertrauliche Angelegenheit. Ich bin sicher, er hätte gewollt, daß dieser Nachlaß allein Sache der Kirche bleibt.« Er schwieg einen Augenblick. Dann ergänzte er: »Der alte Mann war ein wenig eigen. Manche hielten ihn für überspannt.«

Der Fürst stand auf. »Ich hoffe, Sie beehren uns bald einmal im Palast. Über Jahrhunderte gingen die Beichtväter bei uns ein und aus wie Familienmitglieder. Es würde mich freuen, diese Tradition wiederbeleben zu können. Freunde des Hauses betreten das Anwesen durch den Parkeingang. Das Zahlenschloß hat die Nummer 666.«

Der Propst bedankte sich für die Einladung und begleitete den Fürsten über den Flur zur Haustür.

Als er in die Küche zurückkehrte, stand Valentina an der Spüle und wusch schweigend weiter ab. Sie sagte auch nichts, als er sich bückte und Hammer und Meißel aus dem Werkzeugkasten nahm, der am Fenster neben den Pinseln und der frischen Farbe stand. Er schloß die Tür hinter sich und ging in den Flur.

Es war eine einfache Holzkiste. Die einstmals hellen Kiefernlatten waren dunkel angelaufen und schienen morsch zu sein. Er konnte die oberen Latten mit zwei Hammerschlägen lockern. Darunter lag ein rotes Samttuch, das irgend etwas umhüllte. Er zog vorsichtig das Tuch heraus und sah jetzt, daß er die Kiste an der falschen Stelle geöffnet hatte. Obenauf hatte ein großer Briefumschlag gelegen, der jetzt zur Seite gerutscht war. Außer dem Brief befanden sich nur noch ein Stapel Bibeln und andere Bücher in der Kiste.

Er nahm vorsichtig den Briefumschlag heraus, auf dem in schnörkeliger, vergilbter Schrift stand: »An den Propst von San Nicola«. Sante della Cave riß ihn auf.

Der Brief war eine Enttäuschung. In umständlichem Stil griff der Schreiber, Propst Salvatore Chigi, einen Kurienkardinal an und bat seinen eventuellen Nachfolger, mit allen Kräften jenen Mann zu bekämpfen, von dem Propst della Cave wußte, daß er vor mindestens dreißig Jahren gestorben war.

Dem Brief war eine lange Liste beigefügt, die vom Generalvikar unterschrieben worden war und aus der hervorging, daß Salvatore Chigi 1957 aus Ariccia entfernt und danach ein ums andere Mal strafversetzt worden war. Im Jahr 1960 hatte man ihm sogar das Recht zu predigen entzogen und ihn im Winter 1960 in ein Kloster verbannt. Salvatore Chigi war aus dem Verkehr gezogen worden, weil er immer wieder behauptet hatte, die Heilige Schrift beinhalte einen Fehler.

Der Propst nahm die Bücher aus der Kiste: Es waren in Leder gebundene, wertvolle Bibeln. Er erhob sich mühsam und trug die Werke in das Arbeitszimmer. Bevor er sie in seinen Bücherschrank stellte, blätterte er darin herum. Die Bibeln schienen kaum benutzt worden zu sein. Da stieß er plötzlich auf eine schwarz angestrichene Seite: Im Kapitel acht der Apostelgeschichte waren die Abschnitte 18 bis 20 mit daumendicken schwarzen Strichen übermalt. Irgend jemand hatte mit einem sehr breiten Kohlestift eine Zahl hinzugefügt. Eine 23.

Der Propst ergriff eine andere Bibel und blätterte durch die Apostelgeschichte. Im achten Kapitel waren die Verse 18 bis 20 ebenfalls ausgestrichen. Wieder hatte jemand eine 23 hineingemalt – fast wie von Kinderhand. An den Rand war das Wort Ariccia gekritzelt worden.

Della Cave kontrollierte jetzt die anderen Bibeln. Alle waren an der gleichen Stelle mit den Zahlen markiert. Er setzte sich an das Tischchen und wischte sich den Schweiß von der Stirn. ›Hoffentlich war er tatsächlich verrückt‹, dachte er.

VI

»Aveee Mahh-riehh-jaahhh.« Vikar Vincenzo Peo blickte der Prozession hinterher, die durch das weit geöffnete Ostportal zog. Propst Sante della Cave führte den Zug an. Seine einsame Stimme ging im rhythmischen Klingeling-Klingelöng der Meßdiener beinahe unter. Ihm folgte eine kräftige, aber unmelodische Sängergruppe, die der Bürgermeister, der Stadtrat und der Pfarrgemeinderat bildeten, anschließend erklang glockenhell der Kirchenchor, und schließlich fielen in den Singsang alle anderen Gemeindemitglieder ein, die nach und nach die Kirche verließen, bis das Ostportal zuschlug.

Peo wischte sich mit einem Taschentuch den Schweiß von der Stirn. Die Scheinwerfer, alle Lampen und sämtliche Kerzen waren zum Patronatsfest in der Kirche angezündet worden. Peo fühlte zum erstenmal nicht den Drang, sofort aus dem Rampenlicht in den Schatten zu treten. Dabei saß vor ihm in den Bänken hinter der gleißenden Wand aus Licht, respektvoll die ersten drei Bänke frei lassend, bereits ein Häuflein Gläubige, die gefürchtet hatten, nach dem Umzug keinen Platz mehr für die Messe zu bekommen. Sie starrten ihn an. Daß es ihm nichts ausmachte, konnte daran liegen, daß er heute die Gemeinde und den Propst erstmals wie ein Hausherr begrüßen durfte. Es konnte auch daran liegen, daß er heute ein Priestergewand trug, das er aus einem vollen Schrank spontan ausgewählt hatte. Peo hatte die Vorschrift, zu welcher Gelegenheit Violett, Grün oder Blau zu tragen sei, nie zweifelsfrei anwenden können und war immer froh, wenn ihm der Propst bereits das richtige Kleidungsstück hinlegte.

Doch während er die übrigen bauschigen Meßgewänder nur ungern trug, gefiel ihm dieser alte, brokatbestickte Umhang, weil er ihm nicht das Gefühl gab, sich zu verkleiden. Der Umhang war eine schmeichelhafte Erinnerung an die Zeit, als Männer noch reich bestickte Gewänder tragen durften, ohne darin lächerlich zu wirken.

Er strich den weißen Stoff des Ärmels glatt und hörte, wie sich der Zug dem Westportal näherte. Irgend etwas schien die Meßdiener aus dem Takt gebracht zu haben. Das regelmäßige Klingeling-Klingelöng war zu einem Klingeling-Klingelöng-Klingelöng verkommen. Ein immer stärker anschwellendes Getuschel und Gemurmel löschte das Ma-riii-jaa aus. Von der Spitze des Zuges her ebbte der Gesang Meter für Meter ab, bis schließlich auch jene Gemeindemitglieder verstummten, die noch am Ostportal standen.

Peo war nicht sicher, ob er wirklich einen Schrei gehört hatte. Durch das Westportal polterte jetzt Propst Sante della Cave mit der Monstranz in der Hand, die er wie eine Keule hielt. Hinter ihm, kaum Schritt haltend, eilte die Gruppe der vier Meßdiener, die den Baldachin trugen, herein, ihnen folgten die Kinder mit den Schellen, die nunmehr nur noch ein konfuses Klingeling in den Kirchenraum schickten. Der Propst nahm nicht den für die Prozession vorgesehenen Weg, sondern stapfte quer durch die Kirche, als erste verwirrt blickende Gläubige hinter ihm auftauchten.

Della Cave schien sie gar nicht zu bemerken. Er setzte die Monstranz auf dem Altar ab, kniete kurz nieder, sah Peo bittend an, erhob sich und eilte in die Sakristei. Peo winkte die Meßdiener zur Seite und gab ihnen zu verstehen, daß sie den Baldachin gegen eine Kirchenwand lehnen sollten, während zwei weitere Meßdiener versuchten, das Weihrauchfaß wieder anzuzünden, dessen Glut während des eiligen Marsches durch die Kirche erloschen war.

Peo schlug das Meßbuch zu, stieg die Altarstufen hinunter und öffnete die Tür zur Sakristei.

Propst Sante della Cave saß, noch immer im Meßgewand, aber mit einem Glas Wasser in der Hand, vor dem Tisch, an dem sie sich normalerweise umzogen. »Machen Sie es!« sagte der Propst. »Ich kann nicht. Gehen Sie, bitte! Sie kommen alle schon herein! Gehen Sie! Lassen Sie mich allein!«

Peo wollte seinen Vorgesetzten fragen, ob er einen Arzt brauche, aber irgend etwas hielt ihn zurück. Die groben schwieligen Hände des Propstes, die an einen Mann denken ließen, der sein Leben lang Steine geschleppt und Mörtel gemischt hatte, und nicht an einen Priester, der goldene Kelche polierte und Meßbücher aufschlug, diese Hände also, die jetzt untätig, resigniert auf dem Tisch lagen, und das Wort »bitte«, das der Propst zum erstenmal zu Peo gesagt hatte, bändigten seinen Widerspruchsgeist.

Peo schloß die Tür und kehrte zum Altar zurück. Die Gemeinde war jetzt fast vollzählig. Peo sah, wie schwer es den Grüppchen und Familien fiel, die im Sonntagsstaat durch das Portal in den Kirchenraum strömten, fromme Gesichter aufzusetzen. Er hörte ein Tuscheln und Tratschen, das die ganze Kirche zu erfassen schien, aber er sah den aufgeregten Gesichtern an, daß nichts Ernstes passiert sein konnte, daß die Menge vielmehr zufrieden wie nach einem ereignisreichen Ausflug in die Kirche strömte.

Er sah, daß auf der Schalttafel das Lied Nummer 530 angekündigt war. Es mußte also alles in Ordnung sein. Jetzt erst erkannte er Alessandro Chigi, der sich mit der Schärpe eines Ritterordens geschmückt hatte. Er stand unten an den Stufen vor dem Altar und winkte ihm zu.

Der Vikar gab den Meßdienern ein Zeichen zu warten und stieg zu dem jungen Fürsten hinab, der nicht laut sprechen, sondern ihm etwas ins Ohr flüstern wollte.

»Sagen Sie doch bitte dem Propst: Es ist nichts weiter passiert. Marion ist unverletzt, sogar der Drachen ist heil geblieben.«

»Ich verstehe kein Wort«, sagte der Vikar.

»Meine Verlobte sollte das Gemeindefest mit einem kunstvollen Drachenflug zieren. Sie startete gerade, als die Prozession um die Kirche zog. Doch irgend etwas ging schief. Sie stürzte ab, aber Gott sei Dank fiel sie auf das Dach des Festzeltes. Ihr ist überhaupt nichts passiert.«

»Ich werde es ihm sagen.«

Alessandro Chigi verbeugte sich und verschwand wieder hinter der Lichtwand. Vikar Peo ging zurück zur Sakristei, klopfte kurz an und öffnete die Tür, ohne eine Antwort abzuwarten.

Der Propst hatte das Meßgewand immer noch nicht abgelegt, aber eine Bibel aufgeschlagen und zwei Kerzen angezündet. Er strich sich durch die dünnen weißen Haare, sah dann auf und polterte Peo an: »Was ist, warum fangen Sie nicht an?«

»Fürst Chigi bat mich, Ihnen auszurichten, daß gar nichts weiter geschehen sei. Die Frau, die den Drachenflug vorführen sollte, blieb unverletzt.«

»Das weiß ich«, sagte der Priester. »Sie fiel auf das Zelt.«

»Ich meine, da gar nichts weiter passiert ist: Wollen Sie nicht doch mit mir gemeinsam die Messe lesen?«

Der Propst richtete seine klaren blauen Augen auf ihn, als hätte er die Frage nicht verstanden. Dann erhob er sich und sagte ganz leise: »Wenn da draußen nichts passiert wäre, meinen Sie dann, ich würde meine Pflichten vernachlässigen und am Patronatsfest die Messe nicht lesen? Wenn da nichts geschehen wäre, meinen Sie, ich würde mich dann hier einschließen? Also, ich bitte Sie, gehen Sie jetzt!«

Der Vikar ging hinaus, trat an den Altar, und schon als er das erste Lied anstimmte, als er sah, daß die, die kein Gesangbuch dabeihatten, in das ihres Nebenmannes blinzelten und mitsangen, da wußte er, daß er diese Messe gut zu Ende bringen würde.

Als der Gesang einsetzte, stand Propst Sante della Cave auf und schloß die Tür zur Sakristei ab. Er ging in den Vorraum, in dem die Meßdiener sich umzogen und in dem er vor jeder Messe vor einem mannshohen Holzkruzifix ein Gebet zu sprechen pflegte, und kniete nieder. Er kniete sich so dicht vor das Kreuz, daß er die Holzfüße des Gekreuzigten umfassen konnte. Propst Sante della Cave rang um den Satz, den er beten wollte. Er hörte, wie Peo mit der Lesung begann, er hörte die Lieder, die Gebete, das Evangelium. Aber erst als Peo seine Predigt fast beendet hatte, flüsterte er leise: »Gott, ich habe in Deinem Namen einen Menschen ermorden wollen. Bitte zeige mir, daß der Tod, den ich in Deinem Namen herbeiflehte, doch nicht Deinem Willen entsprach.«

VII

Der Arbeitstag begann für Marion Meiering wie an jedem Morgen gegen 9 Uhr mit der Frage: »Crema?« Denn Simonetta, die pausbäckige Besitzerin der Bar gegenüber dem Palazzo Chigi, konnte einfach nicht einsehen, daß es Menschen gab, die auf die Puddingcreme in den Frühstückshörnchen freiwillig verzichteten, zumal sie das gleiche kosteten wie die ungefüllten Cornetti.

Marion antwortete wie jeden Morgen mit einem einsilbigen »No«, trank einen Schluck Cappuccino, und erst dann setzte sich ihre Gedankenwelt in Gang. Vor dem Frühstück war Marion nicht ansprechbar. Nur wenn sie außergewöhnlich gute Laune hatte, setzte sie sich an eines der Tischchen vor der Bar, weil sie wußte, daß sie sich dann nicht über den nie abreißenden Verkehr aus Rom ärgern würde, der genau vor dem Palast die Innenstadt durchquerte, statt um Ariccia herumgeleitet zu werden.

Nach dem Frühstück ging sie im Bewußtsein, daß der Blick der Barbesitzerin ihr folgte, die Seitengasse neben dem Palast hinunter zu dem alten Gitter, das sie mit einer Fahrradkette gesichert hatte. Sie schloß auf und sorgsam wieder ab, um die Wilderer nicht in Versuchung zu führen, sah an der Tränke nach, ob genug Wasser für die Rehe da war, stieg dann durch die künstlichen Grotten, die der überspannte Erbauer des Palastes hatte anlegen lassen, zum Innenhof und betrat ihr Zimmer.

Auf der rechten Seite des Schreibtischs stand ein alter Computer mit einem noch älteren Schreibprogramm. Links stapelten sich die Notizen für den Pfarrgemeindebrief. In der Mitte lagen die Bücher, die sie zunächst durchlas und dann Satz für

Satz ins Deutsche übertrug. Sie setzte sich und nahm die unterbrochene Arbeit an einer 110-Seiten-Erzählung wieder auf. Diesmal hatte der Verlag den Namen des Autors nicht genannt, was schon gelegentlich vorgekommen war; ab und zu schrieben Schriftsteller anonym für den Kirchenverlag.

Die Geschichte handelte von einem Mädchen, das in Deutschland aufwuchs. Nicht nur wegen der zufälligen Parallele, daß dieses Mädchen in einer nicht genannten Stadt ausgerechnet im Ahornweg wohnte – das war auch ihre erste Adresse gewesen –, war Marion von der Erzählung fasziniert: Sie beschrieb ihr eigenes Milieu in stark geraffter Form.

Die Fenster in der ehemaligen Waffenkammer lagen sehr hoch unter der Decke, und um beim Nachdenken nicht auf die kahle weiße Wand vor sich starren zu müssen, hatte Marion dort ein Poster angebracht, das die Tür eines toskanischen Landhauses zeigte.

Schon als Kind war sie in Büchern versunken. Jedesmal wenn sie ein neues Buch aufschlug, stellte sie sich vor, eine lange Treppe hinunterzusteigen, bis sie zu einer Tür kam. Sie stieß die Tür auf, indem sie das erste Kapitel las.

Diesmal befand sie sich in einer Küche. Am Küchentisch saß das Mädchen, während seine Mutter am Herd stand, ihm den Rücken zudrehte und in einem Topf rührte. Die Mutter hörte aufmerksam zu, während das Mädchen vom Englischunterricht berichtete. Offenbar wollte die Mutter die Gelegenheit nutzen, gemeinsam mit ihrem Kind die Sprache zu erlernen.

›Schon wieder eine Parallele‹, dachte Marion.

Dann fragte das Mädchen Vokabeln ab. Sie pickte aus einer Liste besonders komplizierte Wörter heraus: »Accomodation.«

»Ach du liebe Güte, das habe ich vergessen.«

»Glove?«

»Das weiß ich: Handschuh.«

›Unglaublich‹, dachte Marion, ›sind denn alle Kinder so?‹

Dann drehte die Frau sich um, und Marion sah sie an, fassungslos: Sie stand da und war die »Tochter eines Seilers aus einem Bergdorf im Allgäu, die die zwei Zimmer im Haus, die sie mit Schwiegermutter, Schwägerin und ihrer Tochter bewohnte, mit selbstgemalten Aquarellen verschönerte«. Sie stand da, zwanzig Jahre jünger, als sie heute war, wo sie in ihrem Dorf bei Hamburg wahrscheinlich gerade auf einen Anruf von Marion hoffte. Sie drehte sich vor dem alten Herd zu ihr um, und alles andere war plötzlich auch wieder da: das Glas mit den Kaulquappen auf der Fensterbank, der mächtige braune Küchentisch mit großen Mehl- und Zuckertüten, die das Mädchen Marion nicht müde wurde, auf einer Hauswaage abzuwiegen. Und auch das Foto von dem an Krebs gestorbenen Vater war wieder da.

Marion schloß das Buch und stand auf. Sie ging in den Flur hinaus, überquerte den Hof und stieß die Tür zur Palastküche auf, in der die Feuerstelle des offenen Kamins mit einem festungsartigen Rauchfang zu einem wahren Monstrum vermauert worden war. Spieße, an denen einst ganze Spanferkel gebraten worden waren, steckten immer noch in den Holzhalterungen. Der Herd war praktisch unbenutzbar, wenn nicht ständig baumstammgroße Scheite darin brannten. Marion ging zu dem winzigen Herd, den sie an eine Gasflasche angeschlossen hatte, goß sich Kaffee ein und nahm ein Joghurt aus dem neuen Kühlschrank.

Sie ging mit der Kaffeetasse in der Hand zurück zu ihrem Zimmer, schloß hinter sich ab und prüfte, sie wußte nicht, warum, ob die Tür auch fest verschlossen war. Dann setzte sie sich an den Schreibtisch und schlug das Buch wieder auf.

Die Erzählung schilderte in raschen Sprüngen die Schulzeit des Mädchens. Schon hatte sie das Abitur in der Tasche und zog in eine Großstadt. ›Wie Millionen andere‹, dachte Marion. Sie schrieb sich an der Uni ein und erlitt allerlei Rückschläge. Das Studium schien ein Reinfall zu sein. ›Wie bei Millionen anderen auch‹, dachte Marion. Aber dann ging die junge Frau nach Hause in ihre Studentenwohnung, schob ihr Fahrrad an diesem Jägerzaun vorbei, der einen Spielplatz abtrennte, schob es vorbei an den schmalen Fenstern, die den bleiernen Himmel reflektierten, an den Hauseingängen des langgezogenen Nachkriegsklinkerbaus. Sie schloß auf, trug das Fahrrad in den Keller, kam wieder herauf, ging an dem Anschlag vorbei, der das Treppenputzen regelte, stieg in den ersten Stock und schloß auf.

›Es ist alles da‹, dachte Marion. ›Hast du, Schreiberling, wer immer du sein magst, den Kühlschrank geleert, steht nur eine Flasche Ketchup darin, liegen nur ein paar Nudeln im Regal, oder hast du das vergessen?‹ Aber die Duschkabine, die nachträglich eingebaute Duschkabine, die nur in der Küche Platz hatte, die stand da. Im Nebenzimmer lag eine Matratze auf Holzpaletten, nun gut, damals hatte fast niemand ein richtiges Bett. Ein Radio stand herum, aber dann lag er da, der hellbraune Teppich, das große Stück Auslegeware, den sie nicht abgeschnitten, sondern nur umgeknickt hatte, weil sie hoffte, irgendwann einmal in ein größeres WG-Zimmer ziehen zu können.

Marion zog die Schreibtischschublade auf und nahm eine Zigarette heraus. Sie hatte wochenlang nicht geraucht. Sie zündete sie an, trank einen Schluck Kaffee und las weiter.

Das Studium schleppte sich dahin, es gab zahlreiche Reisen, und plötzlich war sie in Italien, an einem Strand voller kleiner Kieselsteine. Es war Spätsommer, das Wasser wärmte die nackten Füße, selbst jetzt am frühen Morgen, während das Dorf noch schlief und nur ein paar Fischerboote auf dem Wasser tuckerten. Da sah sie alles gleichzeitig: das Zelt am Strand, das Motorrad, den jungen Mann, der nur Jan sein konnte, und dann schoben sich die Planen des Zelts auseinander, und zum erstenmal sah sie sich selbst. Es war nicht das hennarote Haar, es war auch nicht das blaue Batikkleid, das sie so sicher sein ließ. Es war die Mullbinde um ihre linke Wade. Das verdammte heiße Auspuffrohr. Es war diese Wunde, die die junge Frau jetzt im Meer auswusch, während der Mann am Strand sich bemühte, einen Kaffee auf dem Campingkocher zuzubereiten.

Sie wußte, was jetzt gleich geschehen würde. Gerade wenn er begonnen hätte, das Wasser heiß zu machen, würde sie ihm zurufen: »Ach laß doch, laß uns in der Kaffeebar einen Cappuccino trinken, den mag ich sowieso viel lieber.«

›Was war ich doch damals für eine Ziege‹, dachte Marion.

Jetzt konnte sie nicht mehr aufhören zu lesen, gierig fraß sie die Zeilen in sich hinein, die den Italienurlaub abbrachen, das Studium beendeten und sie in einen Zug nach Italien setzten, mit dem Projekt für eine Doktorarbeit. Sie hatte nicht mehr den geringsten Zweifel. Ja, da kam sie schon in »einem Ort bei Rom an, klopfte am Portal eines Palastes, weil sie ihn besichtigen wollte«.

Mit Herzklopfen las sie weiter, aber wer immer die Geschichte auch geschrieben haben mochte, er hatte diese erschreckenden, alles wegschwemmenden Sexszenen ausgelassen, die sie mit Alessandro in den ersten Monaten erlebt hatte. Sie errötete heute noch, wenn sie in die Gartenlaube, durch den leeren Ballsaal, in die staubige Bibliothek ging. Einige Sätze später war sie schließlich hier angelangt, saß da in dem hohen Zimmer der ehemaligen Waffenkammer und las, verdoppelt: eine gelesene Marion schaute eine lesende Marion an, und beide wünschten sich, ihre Gesichter in diesem Spiegel würden zerspringen.

Sie blätterte die letzte Seite um und las die Schlußsätze: »Ihr Tod kam unerwartet. Sie starb zwei Tage nach ihrem dreißigsten Geburtstag. Ungewöhnlich war an ihrem ganzen Leben nur ihr Begräbnis, denn eine seit Jahrhunderten zugemauerte Kapelle unter der Kirche wurde aufgebrochen und ihr Leib in der kühlen Krypta bestattet. Dort endet unsere Geschichte.

›Noch sechs Monate und vier Tage‹, dachte Marion.

Pfarrbrief der Gemeinde von San Nicola

17. bis 23. August

»So spricht der Herr: Der Himmel ist mein Thron und die Erde der Schemel für meine Füße.« (Jesaja, 66,1)

Sonnabend:

15 Uhr:	Probe der Jungministranten »Kirchenmäuse« entfällt. Martin ist krank.
18 Uhr:	Heilige Messe.

Sonntag:

7 Uhr:	Frühmesse. Mit Rücksicht auf die älteren Gemeindemitglieder, die besonders unter der großen Hitze leiden, beginnt die Messe eine Stunde früher.
10 Uhr:	Hochamt. Predigt: Propst Sante della Cave.
17 Uhr:	Vesper.
18 Uhr:	Heilige Messe.

Dienstag:

14.30 Uhr:	Der Blockflötenkreis probt. Es wird darum gebeten, daß alle erscheinen.

Mittwoch:

16 Uhr:	Seniorengruppe »Agathenkreis« trifft sich zur Vorbereitung des Gründungsfestes.

Wir wünschen Marion Meiering gute Besserung mit den Bibelworten: *»Auf dem Krankenbett wird der Herr ihn stärken.«* (Apostelgeschichte, Kapitel 8, Vers 10)

VIII

»Sie sind zu früh«, schnarrte die Haushälterin. »Der Propst hat mir nichts davon gesagt, daß er schon für drei Uhr jemanden bestellt hat.«

Als Peo versicherte, jeder Irrtum sei ausgeschlossen, der Propst müsse einfach vergessen haben, ihr Bescheid zu sagen, nahm die Haushälterin diesen Umstand als weiteren Beweis dafür, daß die Welt aus Mißachtung, Lüge und Enttäuschung gemacht war. Sie ließ ihn in der geöffneten Haustür stehen und drehte sich um, was Peo als Aufforderung zum Hereinkommen auslegte.

Er schloß die Haustür hinter sich und folgte ihr in einen mit Linoleum ausgelegten Flur. Die Haushälterin mußte in einem der beiden Zimmer verschwunden sein, deren Türen nur angelehnt waren. Ein sauber abgebürsteter schwarzer Priesterrock hing an dem einzigen Möbelstück im Flur, einem vor Politur glänzenden Kleiderständer. Der vor Jahrzehnten verlegte Fußboden war spiegelblank, das sorgfältig aufgetragene Bohnerwachs ließ keinem Fußabdruck, keinem Schlierstreifen eine Chance. Der Raum schien dafür geschaffen worden zu sein, einst der Ewigkeit übergeben zu werden als Beispiel dafür, wie ein wirklich sauberer Flur im Haus eines Propstes auszusehen hatte.

Peo hörte leise Stimmen, schob sich ein Stück an der Wand entlang, stupste vorsichtig die erste Tür an und blickte in ein Schlafzimmer, das durch die Dinge auffiel, die nicht da waren. Da lag kein Buch auf dem Nachttisch, es gab keinen Stuhl, über den ein paar Kleidungsstücke geworfen worden wären, kein Paar Pantoffeln lugte unter dem Bett hervor, ja nicht einmal eine Vase, ein Tischchen oder wenigstens ein Bild an der Wand waren zu sehen. Der einzige Schmuck bestand in einem schlichten Kruzifix, das über dem Kopfende des Bettes mit hohem, schwerem Holzrahmen hing.

Die Sprungfedern des Bettgestells mußten ausgeleiert sein. Die durchhängende Matratze und die zurückgeschlagene Wolldecke sprachen von der Anstrengung, die es den Propst gerade eben gekostet haben mußte, sich aus diesem Bett herauszuwälzen. Ein Bein hatte sich tief in die Decke gegraben und einen Abdruck hinterlassen, während das andere ein paar Zentimeter weiter Halt gesucht hatte, um den schweren Körper aus dem Bett zu entlassen. Der leicht verrutschte Bettvorleger verriet, daß der Propst eine Pause gemacht hatte, bis er endlich in der Lage gewesen war, sich aufzurichten. Das Bett hatte nichts mit Ausschlafen, Entspannen, Träumen zu tun. Es schien nur für den einzigen Augenblick gemacht zu sein, in dem es eine Hauptrolle spielen würde – für den Augenblick, in dem der Propst spürte, daß er gleich in diesem Bett sterben würde.

Peo zog die Tür zu und schlich leise ein paar Meter weiter. Er konnte durch die zweite angelehnte Tür den Hinterkopf des Propstes und die Hände der Haushälterin sehen, die an seinem Kragen zupften. Jetzt nahm sie einen Kamm in die Hand, strich durch das dünne weiße Haar des Propstes, und Peo konnte an den mit aller Kraft auf die Oberschenkel gestemmten Händen seines Vorgesetzten erkennen, welche Anstrengung er aufbringen mußte, um nicht aufzuspringen und zu schreien: Laß mich endlich in Ruhe!

Der Kamm wurde zur Seite gelegt, der Propst stand von seinem Stuhl auf, drehte sich um, nickte Peo nur kurz zu und wies auf eine geschlossene Tür auf der anderen Seite des Flurs. Dahinter lag ein schmales Zimmer, dessen gesamte Einrichtung aus einem dunklen Holztisch, zwei Stühlen und einem fast leeren Bücherschrank bestand. Sie setzten sich einander gegenüber, und Peo meinte den Blick zu spüren, den die Haushälterin zweimal am Tag in das Zimmer warf, um nachzusehen, ob ein Staubkorn auf den Tisch gefallen sei. Wie ein bunter Harlekin hatte sich in diesen düsteren Raum ein lilafarbener Pfarrgemeindebrief aus hundert Prozent Altpapier eingeschlichen. Er lag auf dem Tisch.

Der Propst schob ihn Peo hin. »Ist Ihnen nichts aufgefallen?«

Peo überflog die Mitteilungen.

Die Meßdiener trafen sich diese Woche nicht, weil der Gruppenleiter die Grippe hatte.

Die Frühmesse war wegen der großen Hitze auf sieben Uhr vorverlegt worden.

Die Jugendgruppe wünschte der abgestürzten Marion Meiering rasche Genesung mit der Bibelstelle aus der Apostelgeschichte 8,10: *»Auf dem Krankenbett wird der Herr ihn stärken.«*

»Also?« fragte der Propst.

»Mir fällt da nichts auf.«

»Sagt Ihnen Apostelgeschichte 8,10 etwas?«

»Ja, natürlich.«

»Dann wissen Sie wohl auch, daß sie über dem Portal unserer Kirche eingemeißelt ist.«

»Das war mir entgangen.«

»Und Ihnen als Priester ist also auch entgangen, daß in der Apostelgeschichte 8,10 kein Wort von einem Krankenbett steht?«

Peo heftete seinen Blick, um den Propst nicht ansehen zu müssen, auf das einzige, was sich ihm bot: ein schwarzes Holzkreuz an der Wand. Er sah es so fest an, als wollte er das Kreuz zwingen zu verschwinden. Der hohe Turm, auf dem Peo in seinem Inneren balancierte, war eingestürzt, mühsam richtete er aus den Trümmern ein Türmchen wieder auf und sagte dann: »Ich habe nie behauptet, ein guter Bibelkenner, geschweige denn ein herausragender Theologe zu sein.«

»Über unserem Kirchenportal steht: *›Das ist die Kraft Gottes, die man die Große nennt.‹* Das ist Apostelgeschichte 8,10.

Und worum geht es an dieser Stelle der Apostelgeschichte? Um einen ›*Mann namens Simon; er trieb Zauberei und verwirrte das Volk von Samarien*‹.«

Es herrschte vollkommene Stille. Die Haushälterin mußte irgendwo sein und ihren Atem anhalten, bewegungslos. Den Uhren schien das Ticken verboten zu sein, kein Kühlschrank summte, keine Waschmaschine sprang an.

»Und jetzt denken Sie«, polterte der Propst plötzlich los, »irgend jemand wollte dieser Marion Meiering gute Besserung wünschen und hat sich schlicht im Bibelzitat vergriffen. Verwechselt den Psalm 41,4 mit der Stelle, die an unserer Kirche angeschlagen ist. Das denken Sie, nicht wahr? Aber ich will wissen, wie das da in den Pfarrbrief kommt.«

»Das wissen Sie doch besser als ich«, entgegnete Peo. »Neben der Kirche steht ein Kasten, da kann jeder eine Notiz einwerfen, die dann im Pfarrbrief erscheint. Das sollte doch bestimmt nur eine nette Geste sein, ein paar Jugendliche dachten: Das war doch cool, dieser Drachenflug beim Gemeindefest, jetzt grüßen wir die Fliegerin mal. Ich kann wirklich nichts Schlimmes daran finden. Ich habe die Bibelstelle ja auch verwechselt.«

Der Propst schwieg wieder, sah auf die Tischplatte und schien zu warten.

Peo wußte nicht, wieviel Zeit vergangen war, Minuten vielleicht. Dann räusperte er sich und fragte: »War das alles?«

Der Propst nickte. Peo stand auf und ging zur Tür. Er hatte noch nicht die Klinke erreicht, an der er sich hätte festhalten können, war aber schon außerhalb der Reichweite seines Stuhls, so daß seine Hände an ihm herunterbaumelten, als der Propst sagte: »Moment noch mal.«

Peo drehte sich um.

»Was wissen Sie über Simon?«

Peo versuchte es mit der einzigen Methode, die ihm über die Examensprüfungen hinweggeholfen hatte. Er stellte sich sein Bücherregal vor und nahm im Geiste die einzelnen Bücher heraus. Das rote über Moraltheologie war es nicht, Kirchengeschichte, der blaue Einband, auch nicht. Im dritten Regal fand er den weißen Einband, »Die Entstehung des Neuen Testamentes«, und jetzt fiel es ihm wieder ein.

»Das ist der Zauberer, nicht wahr? Simon der Zauberer. Er glaubt, Petrus und Paulus seien auch mächtige Zauberer. Dann bekehrt er sich aber. Ich glaube, im Mittelalter haben die Leute ihn für den Antichristen, also den ersten Feind Christi gehalten.«

Der Propst sah ihn an. »Wußten Sie, daß Simon der einzige aus der Bibel ist, der einen Pakt mit dem Satan eingeht? Judas ist schlecht und geldgierig. Herodes ist ein Mörder. Aber nur Simon verläßt sich auf den Teufel. Wußten Sie das?«

»Nein, das wußte ich nicht.«

»Gehen Sie zu dieser Marion Meiering. Machen Sie bei ihr einen Hausbesuch. Fragen Sie sie, wer sie darum gebeten hat, beim Patronatsfest mit diesem Drachen herumzufliegen. Ich möchte das wissen.«

»Gut«, sagte Peo.

Der Propst nickte ihm zu. Peo ging hinaus. Die Tür fiel hinter ihm ins Schloß.

Der Propst wartete. Er lauschte, konnte aber ihre Schritte nicht hören. Erst nach langer Zeit öffnete sich die Tür, und sie blickte ihn an.

»Es ist spät. Sie haben Ihre Tropfen noch nicht genommen.«

Der Propst starrte vor sich hin.

IX

Das Buch lag aufgeschlagen auf dem Tisch neben einem weißen Blatt Papier und einem sauber gespitzten Bleistift. Bücher, Postkarten, ja selbst den Computer, alles, was auf dem Schreibtisch gewesen war und irgendwie hätte ablenken können, hatte Marion Stück für Stück ins Regal geräumt. Sie hätte jetzt anfangen können und tat es nicht. Statt dessen stand sie auf und stellte sich vor den Spiegel.

Von der Bar aus, gleich nach dem Frühstück, hatte sie den Verleger angerufen.

»Nein, ich weiß beim besten Willen nicht, wie der Autor heißt. Bei allem, was mir heilig ist«, hatte er versichert.

Das käme häufig vor, das wisse sie doch. Er könne da absolut nichts machen, es wäre ihm und jedem anderen unmöglich herauszufinden, wer das geschrieben habe.

»Aber warum regen Sie sich denn so auf?« hatte er gefragt. »Es ist doch nur eine harmlose kleine Erzählung. Wenn Ihnen das Buch nicht gefällt, müssen Sie es natürlich nicht bearbeiten«, hatte er sie beruhigt.

Sie hatte ihm geglaubt, er wußte es wahrscheinlich wirklich nicht. Sie mußte einen anderen Weg finden. Irgendwo in dem Buch mußte der Autor eine Spur hinterlassen haben, einen Hinweis darauf, wer er war. Dort mußte sie suchen. Das war ihre einzige Chance. So schwierig konnte es nicht sein. Sie mußte sich an eine bestimmte Stelle heranlesen, etwa dorthin, wo sie als Schülerin mit ihrer Freundin Frauke im Eiscafé Rialto saß, aus Glasbechern, die auf Chromtellern thronten, Bananasplit aß und auf die Straße hinausschaute, die damals noch die Steinerstraße und keine Fußgängerzone war.

Wer immer es geschrieben hatte, mußte sie dort gesehen haben, mußte wissen, daß sie mit Frauke oft in diesem Eiscafé gewesen war. Sie mußte sich neben Klein-Marion setzen und alles noch einmal ganz genau lesen, dann würde sie ihn vielleicht entdecken, während er sie durch das Fenster der Eisdiele beobachtete. In diesem Moment blieb ihr nichts weiter zu tun, als aufzuspringen, hinauszulaufen und ihn oder sie zu stellen, und sie würde den Autor mit Sicherheit sofort erkennen, denn wer immer es auch geschrieben hatte, sie mußte ihn gut kennen.

Marion musterte ihr ungeschminktes Gesicht im Spiegel, hob den großen rechteckigen Rahmen vom Haken und lehnte ihn gegen die Wand, so daß sie sich ganz sehen konnte. ›So geht es nicht‹, dachte sie. Sie trug ihre bunte Bluse mit dem knielangen Rock, der ihre Formen verschwinden ließ. Sie fiel damit niemandem auf, sie konnte aus dem Haus gehen, ohne sich umzuziehen, und trotzdem war es bequem genug, um den ganzen Tag im Haus zu bleiben, kurz: Es waren schreckliche Klamotten. Sie zog den Rock und die Bluse aus, stellte sich vor den großen Schrank, in dem einmal Gewehre gelehnt hatten, wühlte sich durch Sommer- und Winterkleider, fand schließlich ein schwarzes T-Shirt, eine schwarze Jeans und eine alte, schwere Lederjacke. Das Ding hatte sie seit einer Ewigkeit nicht mehr angehabt. Sie zog die Jacke an, krempelte die Ärmel hoch und betrachtete sich im Spiegel. Sie strich die Haare zurück und dachte: ›Du bist zwar lächerlich, aber so wird es gehen.‹ Sie setzte sich vor das aufgeschlagene Buch und blätterte zurück.

Zwei Verdächtige hatte sie ausgeschlossen: ihre Mutter und Alessandro. Ihre Mutter konnte nicht einmal einen ordentlichen Brief schreiben. Und Alessandro verfaßte zwar regelmäßig so etwas wie eine Fortsetzung der Chronik seiner Familie, aber in einem unlesbaren Stil. Sie hatten beide auf keinen Fall genug Talent, um eine Erzählung zu schreiben. Sie blätterte zurück. Sie hatte sich die Frage, wem sie einen Roman zutrauen würde, schon gestellt, aber keine Antwort gefunden. Dann plötzlich las sie sich fest und entdeckte eine Spur.

Marion, bereits in der zehnten Klasse, ging gerade mit ihren Klassenkameradinnen durch die mit Waschbetonplatten ausgelegte überdachte Pausenhalle zum Physiksaal und stieg die Treppe hinunter in den Keller, um eine Klassenarbeit zu schreiben. Einige Schülerinnen flüsterten aufgeregt, die meisten waren mit sich selbst beschäftigt. Der Lehrer schloß die Tür zu dem Raum auf, den sie den Bunker nannten. Die Fenster waren vergittert. In dem Raum standen 46 Einzeltische. Marion setzte sich und packte ihre liebevoll mit roten Kringeln und dem Namen einer Pop-Band bemalte Tasche aus.

Links neben ihr nahm Stefanie Platz, die mit ihrer Superfigur und den langen blonden Haaren schon aussah wie eine Achtzehnjährige und die sie aus ihren Rehaugen flehend ansah. Sie zwinkerte ihr zu. Keine Angst, sie würde ihr helfen. Auch die anderen Mädchen setzten sich auf ihre Plätze. Carola kam herein und suchte Marions Blick. Die beiden würden, wie immer, unter sich ausmachen, wer die beste Arbeit schrieb. Sie sprachen fast nie miteinander, aber Marion erkannte das freundlich gemeinte, aufmunternde Lächeln, das bedeutete: Na, dann wollen wir beide mal.

Marion sah sich um. Es waren jetzt fast alle da. Als letzte erschien Bärbel, die pummelige Bärbel, die ihrem Haar immer geschmacklose Fönfrisuren verpaßte. Sie schlenderte verträumt durch den Raum, setzte sich und packte zufrieden ihre Tasche aus, um eine Zwei zu schreiben. Sie schrieb in allen Fächern eine Zwei. Jedesmal, wenn eine Klassenarbeit bevorstand, antwortete Bärbel mit einer Zwei. Sie lächelte Marion zu, packte dann ihr Etui aus und malte sich einen Fingernagel mit dem Filzstift rosafarben an. Marion ließ nun die Schülerin Marion ihre Klausurbögen auspacken, die sie am Nachmittag zuvor bei Picker am Markt gekauft hatte, und ging hinüber zu Bärbel.

Hatte sie in der Tasche neben sich noch diese abgehobenen Gedichte? Erinnerte sie sich noch daran, daß Marion ihre Poesiealben in den Fluß geworfen hatte, glühend vor Bewunderung für die wahre Kunst, die sie in Bärbels ersten Gedichten entdeckt zu haben glaubte? Vielleicht hatte sie nie wieder in ihrem Leben irgend etwas geschrieben. Vielleicht aber doch. Sie wußte alles über Marions Kindheit, sie kannte ihre Mutter gut, sie konnte eine Menge über Marions Studienzeit herausgebracht haben. Aber das Schloß in Ariccia? Und Alessandro? War sie heimlich hiergewesen, hatte sie in der Stadt von Marion gehört? »Nein«, lautete die Antwort.

Die Klassenarbeit begann, die Mädchen schrieben schon.

Marion klappte vorsichtig das Buch zu. Sie nahm einen Schluck aus dem Wasserglas und wollte eine Notiz auf den weißen Bogen schreiben, ihr fiel aber nichts mehr ein. So zeichnete sie ein Strichmännchen und stand auf. Durch das hoch liegende Fenster konnte man ahnen, daß jetzt die heißeste Stunde des Tages anbrechen würde.

›Bärbel scheidet aus‹, dachte sie. ›Bärbel hat kein Motiv.‹ Warum hätte sie ihr das Buch unterschieben sollen? Wartete sie in einer Pension in Ariccia, um abends plötzlich vor ihr zu stehen und triumphierend lächelnd zu fragen: »Na, bist du drauf gekommen, daß ich es war?« ›Absurd‹, dachte Marion, ›viel zu unwahrscheinlich.‹ Sie mußte nach jemandem suchen, der einen Grund dafür hatte, sie zu Tode erschrecken zu wollen. Sie blätterte durch das Buch, übersprang ihre Studienzeit, war schon in Ariccia angekommen, als sie plötzlich den Menschen fand, der sie abgrundtief haßte.

Die Szene begann an einem Abend in Rom. Sie war mit Alessandro hinunter in die Stadt gefahren, um ein paar Besorgungen zu machen. Es wurde schon dunkel, als er fragte: »Hast du nicht Lust, ein paar alte Freunde von mir kennenzulernen? Sollen wir einfach mal bei denen vorbeischauen? Die hocken da heute alle zusammen.«

Warum sollte sie nein sagen?

Er steuerte den Wagen in eines dieser teuren Stadtviertel von Rom, und schon als sie die Eingangshalle eines monströs eleganten Wohnhauses betraten, dämmerte ihr, daß sie sich hatte hereinlegen lassen. Als die Tür aufging und ein Butler mit einem Schwalbenschwanz ihr die zerknitterte Regenjacke abnahm, um sie in einen Schrank mit eleganten Mänteln zu hängen, wollte sie auf der Stelle kehrtmachen. Aber es war schon zu spät.

Prinzessin Antonella Aldofranchi, sozusagen eine Nachbarin der Chigis, die einmal einen Palast in Ariccia bewohnt hatte, tauchte auf, umarmte Alessandro herzlich, und da war Marion endlich klar, daß sie auf einer mondänen Party ihrer einzigen ernst zu nehmenden Vorgängerin gelandet war. Antonella war nicht wirklich schön, hatte aber einen phantastischen Friseur und ausreichend Ski- und Segelkurse belegt, um lange, schlanke Beine zeigen zu können, die in ihrem Cocktailkleid von Chanel perfekt zur Geltung kamen. Sie war reizend zu allen, begrüßte Marion überschwenglich und verschwand dann mit dem plötzlich aufgekratzten Alessandro, der den ganzen Tag stumm wie ein Fisch gewesen war, in der Menge.

In ihrem dunklen Leinenkleid kam Marion sich vor wie einer der prall gefüllten Müllsäcke, die im Hof des Hauses dezent hinter Chromeinfassungen verborgen wurden. Sie ging mit gesenktem Blick in das enorme Wohnzimmer, das eher eine Vorhalle war und in dem blaue chinesische Teppiche, auf die dezentes indirektes Licht rieselte, jedes Geräusch dämpften. Mit der Brosche, hatte sie fluchend gedacht, mit der verdammten Brosche von ihrer Freundin aus Jerusalem hätte das Kleid nicht ganz so schäbig ausgesehen. Im Auto hatte sie keinen Kamm gefunden, und ihre Lippen hatte sie vor Urzeiten, am Morgen, zuletzt angemalt. Sie stellte sich neben das Büfett und hörte Alessandro, dessen aufgeregte Stimme den Partylärm übertönte. Er schien gegenüber Antonella immer wieder den gleichen Satz zu wiederholen: »Das müßten wir eigentlich noch mal machen.« Dann lachte er und sagte etwas Lächerliches: »Weißt du noch, Huba-Buba?«

Sie wußte, was jetzt wirklich geschehen war und worüber in dem Buch nur Ungenaues stand. Der einzige Mensch, der sich auf der Party gelangweilt hatte, ein ältlicher Nachbar, hatte ihr einen Teller mit Schnittchen bringen wollen, aber bevor ihm das gelang, verließ Marion ihre Ecke und ging quer durch das Gewusel der Party zu den Türen, hinter denen das Badezimmer und der private Teil der Wohnung liegen mußten. Sie hatte Damen mit nachgezogenem Lippenstift aus dieser Richtung kommen sehen. Sie ging an der Badezimmertür vorbei und gelangte bis an das Ende des Flurs, der durch eine Schiebetür abgetrennt war. Sie zog sie auf und stand in einem mit hellem Holz verkleideten Korridor, der an ein elegantes Kreuzfahrtschiff erinnerte. Der Flur war mit angeleuchteten japanischen Seidendrucken geschmückt. Zu beiden Seiten gingen mit Stoff bezogene Türen ab. Sie öffnete die erste, dahinter lag ein weiteres Badezimmer, dann öffnete sie die Tür daneben und stand im Dunkeln. Die Schwärze vor ihren Augen tat ihr gut, sie konnte einen Moment nachdenken.

Antonella hatte ein Motiv, ohne jeden Zweifel, sie haßte sie, weil Marion sie an eine verpaßte Gelegenheit erinnerte. Möglicherweise gab es einen Beweis dafür, daß Antonella das Manuskript an den Verlag geschickt hatte, sie konnte die Bestätigung eines Einschreibens finden oder ein paar Manuskriptseiten. Sie traute Antonella sogar zu, Alessandro heimlich zu treffen und ihn so systematisch auszuhorchen, daß sie nahezu alle Einzelheiten ihres Lebens erfuhr. Das war möglich. Nur eines paßte nicht: Wegen seiner seltsam heftigen Eifersuchtsausbrüche hatte sie Alessandro nie Einzelheiten aus ihrem Leben mit Jan erzählt, und trotzdem fuhr sie in dem Buch mit Jan durch Italien. Hatte Antonella ihre Mutter angerufen?

Aber das hätte Marion mit Sicherheit erfahren. Sie konnte ihre Mutter förmlich hören, die genau wissen wollte, warum sich eine fremde Italienerin für Marions Vorleben interessierte. Nein, auch Antonella schied aus.

Es klopfte plötzlich. Dann stieß jemand die Tür auf, einen Moment lang fiel ein Lichtstrahl in das Dunkel des Zimmers, und dann war die Tür wieder zu. Es hatte nur einen Augenblick gedauert, aber sie wußte sofort: Das war er oder sie. Das war der Autor, der das Buch geschrieben hatte, er stand dort irgendwo im Dunkeln, lehnte an der Wand. Er würde ihr nichts tun, er war nur wieder hinter ihr hergekommen, um zu sehen, was sie tat. Es klopfte noch einmal, energisch.

Marion erhob sich und öffnete die Tür ihres Arbeitszimmers.

Alessandro stand davor und sah sie betreten an. »Was hast du da an? Was ist mit dir los?«

»Nichts«, sagte sie, »gar nichts.«

Er hielt den Autoschlüssel in der Hand. »Ich fahre nach Rom, warum kommst du nicht mit, du mußt hier mal raus, seit Tagen schließt du dich ein. Was ist bloß mit dir los?«

»Nichts«, sagte sie, »gar nichts.«

Er schob sich ins Zimmer. »Dann will ich mit dir reden, ich will endlich wissen, was mit dir los ist.«

»Verschwinde«, sagte sie kalt, »hau ab. Ich kann es dir nicht sagen. Tu mir den Gefallen und hau ab.«

Sie erschrak über ihre Worte, sah seinem Gesicht die Überraschung an. So hatte sie noch nie mit ihm gesprochen. Er drehte sich um und ging. Sie schloß die Tür hinter ihm.

Das Buch lag noch aufgeschlagen auf dem Tisch. Marion brach erneut ihren Vorsatz und zündete sich eine Zigarette an. Vielleicht hatte es doch jemand geschrieben, der wollte, daß sie sich mit Alessandro stritt, der wollte, daß sie seltsam wurde und verschroben, der sie erschrecken wollte, um das zu erreichen. Sie lauschte. Alles war still. Es mußte jemand sein, der genau wußte, wie sie in diesem Palazzo lebte, dem es möglich war, an den Türen zu lauschen, wenn sie mit Alessandro redete oder Kaffee in der Küche kochte. Sie drückte die Zigarette aus, ging zur Tür und riß sie auf. Im Nachmittagslicht lag da der heiße Hof.

Oben im dritten Stock, unter dem Dach, gab es einen sehr langen Flur. Seine Fenster zum Hof waren notdürftig vernagelt worden. Auf dem Boden lagen zerbrochene Möbel, Reste der

Fensterrahmen und Federn und Kot von den unter der Decke gurrenden Tauben. In einem der Zimmer, die vom Flur abgingen, stand ein altes Bett. Darauf lag eine zerschlissene Matratze, ein paar Lumpen stapelten sich, aber es gab Wasser und Licht. Konnte es sein, daß ein Bruder, ein versteckter Onkel, die angeblich unter rätselhaften Umständen verstorbene Mutter Alessandros, über deren Tod nie gesprochen wurde, irgendwo da oben hauste, daß einer von ihnen alles mitbekommen hatte und sie mit diesem Buch aus dem Haus treiben wollte?

Sie stieg die Treppe hinauf, fiel im ersten Stock in einen leichten Trott, rannte die Stufen hinauf, bis sie die zerbrochene Glastür im dritten Geschoß erreichte, sie aufstieß und den Flur mit all dem Unrat sah. Dann schrie sie: »Ist da wer?«

Sie hörte nur das Rauschen des Windes.

›Paß auf, daß du nicht verrückt wirst‹, dachte Marion.

X

Unmittelbar vor ihren Augen sah Marion die mit schwarzen Läusen übersäten Blätter des Kirschbaums im Schloßgarten. Alles andere war durchsichtige Helligkeit. Sie ließ den Ast los, als sie Schritte hörte, und ging, von der Mittagssonne geblendet, durch die flimmernde Augusthitze den Hügel hinauf in einen dunklen, blinden Grundriß, hinter dem sich der Sattelplatz vor ihrer Kammer verbergen mußte. Der Mann, der dort wartete, hätte Vikar Vincenzo Peo sein können, wenn er nicht Jeans getragen und in der Hand einen Blumenstrauß gehalten hätte. Erst als der Besucher sagte: »Priester können ja auch einmal mit Blumen statt mit dem Weihwasserkessel kommen«, erkannte sie das, was von dem Vikar übrigblieb, wenn er keine schwarze Soutane trug: ein glänzend gelaunter Mann, dessen zu lange Arme und Beine nicht ganz zu dem Rest des Körpers zu passen schienen und dessen fröhliches Jungengesicht eine Mischung aus Naivität und Bauernschläue verriet.

Vor ihren Augen waren immer noch das Licht und der Ast und die damit verbundene Frage, ob sie ihn abschneiden solle, als sie sagte: »Alessandro ist leider nicht zu Hause« und Vincenzo Peo antwortete, er sei ja auch gekommen, um sie zu besuchen.

Marion ließ ihn durch die sperrangelweit geöffnete Tür vorangehen, die in die verwirrende Dunkelheit des endlich warmen Raumes führte, in dem die Schimmelflecken, die sie wieder und wieder mit weißer Farbe übermalt hatte, zu kleinen grauen Punkten zusammengeschmolzen waren. Zunächst tauchte aus der Schattenwelt vor ihren jetzt schon weniger blinden Augen das Bücherregal an der Wand ihres Arbeitszimmers auf, dann sah sie den Stuhl vor dem Schreibtisch, auf den sie sich setzte. Erst als Peo zu ihr sagte: »Ich habe Sie bei der

Gartenarbeit gestört«, spürte sie die grünen Gummihandschuhe und die Gartenschere, die sie in der linken Hand hielt. Es mochte daran liegen, daß Peo, unaufgefordert, genau an der Stelle auf dem Sofa Platz genommen hatte, an der sonst mit dem Blick eines geprügelten Hundes Alessandro saß, daß es Marion so vorkam, als habe Vikar Peo schon jahrelange Erfahrung damit, auf den Sofas junger Frauen zu sitzen.

Sie nahm dieses für eine Frau durchaus spannende Flackern in Vincenzos Augen wahr, als sein Blick über ihre nackten Schultern, Arme und Beine streifte.

Er hatte die Beine übereinandergeschlagen und es sich so auf dem Sofa bequem gemacht, daß es keinen Zweifel daran geben konnte, wie außergewöhnlich angenehm er diesen Raum fand. Marion war sicher, daß es jetzt keine peinliche Pause geben würde, daß Peo zu plaudern verstand, und während er artig erklärte, wie sehr er sich freue, daß sie sich Zeit für ihn nehme, spürte Marion, daß Peo zu der seltenen Art von Männern gehörte, die man, gleich nachdem man sie hinauskomplimentiert hatte, schon wieder vermißte. Jene Art von Männern, die eben dableiben konnten, ohne einem auf die Nerven zu fallen.

Er zupfte seine Hose zurecht, dann sagte er: »Der Propst hat mich hergeschickt, weil Ihre Freunde ihm nicht bibelfest genug sind.«

»Was für Freunde?« fragte sie.

»Die Ihnen nach dem Absturz gute Besserung wünschten, obwohl Ihnen, soweit ich weiß, gar nichts passiert ist. Die haben das Bibelzitat verwechselt.«

»Ich habe keine Ahnung, wer das sein soll. Ich habe damals diesen vermaledeiten Drachen nur geflogen, weil ich als Programmpunkt im Pfarrbrief angekündigt worden war. Ich dachte, der Propst oder irgendeiner der Organisatoren hätte das so gewollt.«

»Es müssen ein paar übermütige Meßdiener gewesen sein, die Sie am Himmel segeln sehen wollten und, ohne jemanden zu fragen, den Programmpunkt in den Kasten der Notizen für den Pfarrbrief geworfen haben.«

»Ein Spektakel haben sie ja zu sehen bekommen.«

Sein Blick glitt im Slalom an ihrem Sommerkleid hinauf und übersprang schamhaft die Stelle, wo vermutlich durch den dünnen Stoff ein Stück ihres verschwitzten Spitzen-BHs zu sehen war. Sie spürte die grünen Grasflecken an den nackten Armen, die vom Schlitz im Kleid freigegebenen Knie und ihre von der Sonne verbrannten nackten Schultern. Es war ihr nackter, lebendiger Körper, der zum Vorschein kam, nicht das fröstelnde, starre Stück Fleisch, das sie im Winter in diesem kalten Schlafzimmer aus den Kleidern schälte, um es so schnell wie möglich wieder in eine Decke zu rollen.

»Wenn Sie schon hier sind, könnten Sie mir eigentlich einen Gefallen tun«, sagte sie.

»Jeden«, antwortete der Vikar.

»Kennen Sie Don Bozzi?«

»Den Mann vom Kirchenverlag, der die frommen Zeitschriften herausgibt? Für solche Leute bin ich nicht heilig genug.«

»Don Bozzi gibt auch Bücher heraus. Einige davon übersetze ich«, sagte Marion.

»Gut, ein bißchen kenne ich Don Bozzi auch. Ich habe ihn hin und wieder gesehen, aber er weiß mit Sicherheit nicht, wer ich bin.«

Ihr wurde plötzlich bewußt, daß Peo ohne Soutane gekommen war, wie ein abenteuerlustiger Mann den Ehering zu Hause läßt. Und dann hatte er noch einen Blumenstrauß besorgt. Sie prüfte seine Augen und war sich nicht sicher, ob das Lächeln darin ihr wirklich sagen wollte: Hör doch nicht auf den Mund, der dir jetzt etwas von Erfahrung mit Männern wie Don Bozzi erzählt, was dich ebensowenig interessiert wie mich. Das ist nur der Sicherheitsgurt, der verhindert, daß die Hände das nachmachen, was die Augen jetzt tun, nämlich deine Wangen und deine Schultern berühren.

›Er versucht, mir zu gefallen‹, dachte sie, legte die Gartenschere auf den Schreibtisch und zog die Handschuhe aus, während Peo ihr dabei zusah.

»Was halten Sie davon, wenn Sie Don Bozzi anrufen und ihm sagen, Sie hätten mich auf einer Party kennengelernt und ich hätte Ihnen von einem sehr interessanten Buch erzählt, das ich derzeit für ihn übersetze, und jetzt würden Sie von ihm gern erfahren, wie der Autor heißt?«

»Warum sollte ich, also ich meine, warum sollte ich ihm etwas vorflunkern?«

»Weil es sehr wichtig für mich wäre, und weil man mir den Namen des Autors nicht verraten will.«

»Warum ist das so wichtig für Sie?«

Sie sah einen Augenblick in sein glattes Jungengesicht mit den für einen Priester entschieden zu strubbeligen Haaren.

»Es ist derzeit die wichtigste Frage in meinem Leben«, sagte sie.

Sie sah ihn an, und er nickte und sagte: »Gut, dann wollen wir ihn anrufen. Haben Sie ein Telefon?«

Sie stand auf. »Es ist in der Pförtnerloge, das heißt in der ehemaligen Pförtnerloge.«

Sie ging vor ihm her über den Platz und tauchte in den schwarzen Tunnel des Torbogens ein, der zum fest verschlossenen Eingangsportal führte. Rechts neben dem Tor lag ein kleines Zimmerchen. Ein schwarzes Telefon hing an der Wand. Sie ging hinein, und – sie wußte nicht, warum, aber sie konnte nicht anders – statt sich einfach neben den Tisch zu stellen, setzte sie sich so auf die Tischplatte, daß ihr Kleid sich schlitzte und der Sonnenstrahl, der sich durch das kleine vergitterte Außenfenster kämpfte, einen handbreit sichtbaren Teil ihres nackten Schenkels beleuchtete. Er blieb neben ihr stehen, während sie die Zentrale anwählte und sich verbinden ließ. Dann gab sie ihm den Hörer.

Er machte seine Sache gut und ließ sich von der Sekretärin nicht abwimmeln, obwohl die eine Menge Erfahrung mit

Priestern hatte, die den Don um irgendeinen Gefallen bitten wollten. Marion fragte sich gerade, worum die Geistlichen in der Regel wohl so baten, um Gratisabonnements der frommen Heftchen oder um die Teilnahme an einer Pilgerfahrt nach Lourdes, da hatte Peo den Don schon am Apparat. Nur einmal wollte er zwischendurch wissen: »Wie heißt das Buch noch gleich?«

»Einfach ›Die Geschichte‹«, antwortete sie.

Das Gespräch zog sich noch ein paar Minuten hin, bis er auflegte und sagte: »Er weiß nicht, wie der Autor heißt. Ich glaube ihm. Warum sollte er es mir nicht sagen?«

Sie ging vor ihm her zurück über den Platz, und sie wunderte sich nicht, daß er ganz selbstverständlich wieder mit ihr kam und sich auf das Sofa fallen ließ.

»Wenn Sie möchten, können Sie ein Glas Eistee haben, bevor Sie gehen«, sagte sie. Er nickte, und sie ging hinüber in die Küche. Sie prüfte im Spiegel neben der Tür ihr Gesicht, das, seitdem sie die Haare nur noch kinnlang trug, manchmal einen Zug von Härte bekam. Sie hatte gelernt, daß die Zeiten vorbei waren, in denen ein bißchen Schminke ihr Gesicht verändern konnte. Sie sah oft so aus, als sei es ihr unangenehm, angeschaut zu werden. Manchmal aber machte ihre gute Laune sie wieder richtig hübsch. So wie heute. Sie entfernte eine Klette aus dem blonden Haar, strich es glatt, nahm den Krug aus dem Eisfach und holte zwei Gläser aus dem Schrank.

Peo lehnte an ihrem Schreibtisch und ließ sich ein Glas Tee einschenken. »Warum also ist diese Geschichte so wichtig für Sie, wenn ich neugierig sein darf?« fragte er.

Marion sah ihn an, senkte dann den Blick, wartete eine Weile und sagte schließlich: »Es ist meine Geschichte.«

Sie ging um ihn herum zum Schreibtisch, holte eine Zigarette aus der Schublade und zündete sie an. Sie nahm das Buch vom Schreibtisch und setzte sich wieder in den Sessel.

Er lachte nicht. Sie sah ihm direkt ins Gesicht – aber er lachte nicht.

»Ihre Geschichte? Sie meinen, Sie können sich mit der Romanfigur identifizieren?«

»Nein«, sagte sie, »ich bin die Romanfigur.« Sie schlug das Buch auf. »Es ist wie ein Kaleidoskop meines Lebens, jedes Detail stimmt haargenau. Egal, welche Seite man aufschlägt: Alles ist richtig.«

Sie las: »Nach der Abiturfeier wanderte sie durch die Stadt, obwohl alle Klassenkameraden für das Abschlußfoto auf den Domtreppen posierten.«

»Das kann auf Millionen Menschen zutreffen«, warf er ein. »Ist Ihr Name genannt?«

»Natürlich nicht«, sagte sie. »Die Einzelheiten, für sich allein genommen, könnten auf Tausende zutreffen, aber alle zusammen habe nur ich erlebt.«

Er trank einen Schluck. »Vielleicht wollte Ihnen jemand einen Streich spielen.«

Sie stand auf, das Buch in der Hand. »Nein«, sagte sie und las weiter vor: »Ein klappriger grüner Simca stoppte und bot den beiden Mädchen an, sie bis zum Bahnhof nach Reggio di Calabria zu bringen. Ein alter, grauhaariger Mann fuhr sie durch die Berge, stoppte dann vor einem Haus und bat sie mitzukommen, um eine Erfrischung aus dem Kühlschrank zu holen. Während ihre Freundin beim Wagen wartete, folgte sie ihm ins Haus. Der Mann zwang seine Bauernhand zwischen ihre Schenkel und warf sie auf das Sofa. Sie floh unbeschadet aus dem Haus, aber jahrelang konnte sie seinen nach rohen Zwiebeln und billigem Rotwein stinkenden Atem nicht vergessen.«

Vikar Peo war errötet.

»Es war wirklich ein verdammter grüner Simca, und es war ein alter Mann aus Palmi. Ich habe sehr genau nachgedacht, tagelang. Ich bin zu dem Schluß gekommen, daß ich diese Geschichte nur einmal erzählt habe, einer Studienfreundin, sonst niemandem, nicht einmal meiner Mutter.«

Peo schwieg, und sie sah, daß er nachdachte, aber sie sah

auch, daß er ihr glaubte. Sie stand auf, wandte ihm den Rücken zu und blickte zur Wand.

»Ich würde mich normalerweise nicht so aufregen, aber der Roman endet mit meinem Tod in wenigen Monaten. Ich weiß, daß das absurd ist, und ich weiß, daß es irgendeine rationale Erklärung geben muß, aber das hilft mir nicht weiter. Sie wissen, daß Sterbende die Bilder ihres Lebens noch einmal vor sich ablaufen sehen: So ist das Buch für mich.«

Sie zündete sich noch eine Zigarette an.

»Ich denke seit Wochen nach, aber mein Verstand kapituliert«, sagte Marion. »Er kann es nicht erklären, aber das ist nicht das schlimmste. Das schlimmste ist, daß ich beginne, an eine Erklärung zu glauben, und wissen Sie, was ich glaube?«

Peo sah sie an.

»Ich glaube, ich weiß, warum das Buch geschrieben wurde. Ich weiß nicht, wer es hat schreiben können, aber ich glaube zu wissen, warum. Irgend jemand will mir zeigen: Siehst du, das weiß ich von dir und das und das, und überlege mal, ob ich das eigentlich wissen kann. Und da ich es gar nicht wissen kann, da niemand es wissen kann, wie willst du noch daran zweifeln, daß ich weiß, daß du bald sterben und in einer alten Kapelle unter der Kirche San Nicola begraben werden wirst?«

Der Vikar stand auf und schenkte sich ein weiteres Glas Tee ein.

Marion fuhr fort: »Ich meine, für Sie ist der Gedanke an den Tod vermutlich ein Teil Ihres Berufs. Ich habe nie darüber nachgedacht. Der Tod war irgendwo weit weg, manchmal dachte ich vielleicht daran, in einem Bett friedlich zu entschlafen, alles in allem konnte ich mit dem Tod aber nichts anfangen. Das ist nun anders. Mein Gehirn kann sich den Tod jetzt vorstellen, verstehen Sie das? Ich meine, der Tod hat nicht unbedingt eine Form oder eine Gestalt, aber er ist jetzt da, und ich hätte nie geahnt, daß alles, was in mir lebt, mein Herz, meine Lunge, mein Gehirn, vor kaltem Entsetzen zusammenfährt, wenn der Tod in meinem Kopf Gestalt annimmt.«

»Aber es ist ja nur eine Geschichte, die Sie da bedroht, ein paar gedruckte Worte, keiner will Ihnen das Leben nehmen«, sagte er.

Sie setzte sich wieder in den Sessel. »Eine Geschichte ist schlimmer als jede Waffe. Für mich ist diese Geschichte das Schlimmste, was mir je passiert ist.«

Sie drückte die Zigarette aus.

Peo stand auf und lehnte sich an den Stuhl. »Ich bin noch nicht lange hier, aber es würde mich doch sehr wundern, wenn eine zugemauerte Kapelle unter der Kirche läge. Der Propst hat mir nichts davon gesagt, und in dem Buch, das die Baugeschichte der Kirche erzählt, steht nicht ein Wort über eine zugemauerte Kapelle. Vielleicht gibt es die gar nicht.«

Sie sah ihn an.

»Warum schauen wir nicht einfach nach?«

Sie stand auf. »Ist das Ihr Ernst?« fragte sie.

»Ja, klar. Heute ist Freitag, der 23. August. Ich lese meine nächste Messe am Dienstag nachmittag. Kommen Sie um halb vier, ich warte auf Sie. Dann ist die Kirche leer. Der Propst wird nicht dasein. Wir können ungestört eine zugemauerte Kapelle suchen.«

Sie stand auf, dankte ihm und wunderte sich nicht, daß er ihr zum Abschied einen Kuß auf die Wange gab, an dem nichts auszusetzen gewesen wäre, hätte er ihn nicht ein paar Zentimeter zu nah an ihrem Mund plaziert.

XI

Erst als der Kellner im hinteren Teil des Cafés, das im römischen Wohnviertel Prati lag, verschwunden war und sie ihn nicht mehr sehen konnte, riß Marion die Plastikverpackung in der Einkaufstasche unter dem Tisch auf, knüllte die darin enthaltenen Bettlaken zusammen und stopfte sie in eine mitgebrachte Tüte. Sie nippte an der Kaffeetasse und sah aus dem Fenster hinaus auf die Straße.

›Du bist einfach zu feige‹, dachte sie. Ihr fiel nur ein einziger Tag ein, an dem sie nicht feige gewesen war. Sie wußte nicht mehr genau, wo es gewesen war, aber das war im Grunde auch gleichgültig, denn die Szene spielte in einem Zug.

Ein Mann, der allein mit ihr im Abteil gesessen hatte, war in den Speisewagen gegangen und hatte seine Aktentasche liegenlassen. Sie hatte nach ein paar Minuten seine Brieftasche herausgenommen und das Geld gezählt. Es hätte gereicht, um einen neuen Computer zu kaufen. Sie hatte die Brieftasche in ihrer Handtasche versteckt. In den gleichgültigen Fluß des Tages, der Woche, des Jahres hatte sie damit, wie ihre deutliche Erinnerung an den Tag bewies, ein Komma getrieben, eine leicht erkennbare Zäsur. Sie hatte etwas getan. Aber dann hatte sie die gefüllte Brieftasche doch wieder in die Aktentasche zurückgelegt.

Aus dem Palazzo gegenüber kam jetzt die dickliche Sekretärin mit dem rosigen Gesicht, der man auf den ersten Blick ansah, daß sie eine Seele von Mensch war. Sie ging die Straße hinunter, ohne sich umzusehen.

Die Begegnung mit dieser Frau war das einzige gewesen, was heute geklappt hatte. Sie hatte ihr erst einmal einen Kaffee gemacht, nachdem Marion die Fahrt in dem überfüllten Bus von Ariccia hinunter nach Rom hinter sich gebracht und das Büro des Kirchenverlags im obersten Stock eines bürgerlichen Wohnhauses in der Nähe des Petersdoms gefunden hatte.

Sie hatte ihr versichert, daß sie selbstverständlich gleich zu Don Bozzi ins Zimmer gehen könne, er würde sich gewiß sehr freuen.

Das hatte er dann auch getan, der baumlange Mann, der hinter einem unaufgeräumten Schreibtisch saß und telefonierte, während sie an einer Reihe vermutlich vollgestopfter Schränke vorbei in das Arbeitszimmer mit der Aussicht über das römische Häusermeer geführt wurde.

»Endlich sieht man Sie mal«, hatte er an der Muschel des Telefons vorbeigemurmelt. Er hatte noch zwei Sätze mit seinem Gesprächspartner gewechselt, die wartende Marion aber aus Höflichkeit gleich mit eingeflochten. Seine begabteste Übersetzerin, die er bisher nur durch ihre ausgezeichnete Arbeit kenne, sei zu seiner Freude aufgetaucht. Als er aufgelegt hatte, war es ihm nicht sofort gelungen, den Telefongesprächston mit dem abwesenden Gesprächspartner auf die anwesende Marion zu übertragen. In seiner offenkundigen Hilflosigkeit hatte er keine Unterhaltung begonnen, sondern versucht, was gar nicht angefangen hatte, zu vertagen. Statt aufzustehen, ihr die Hand zu geben und sie zu begrüßen, hatte er sie beschworen, auf jeden Fall zum Mittagessen zu bleiben, weil er viel mit ihr zu besprechen habe. Bis dahin war eigentlich alles glattgegangen, aber nur bis dahin.

Sie hätte dann vielleicht doch nicht gleich mit der Tür ins Haus fallen sollen. Denn er hatte nur noch einmal geschworen, daß er nicht wisse, wer der Autor dieser Geschichte sei. Und nach ein paar peinlichen Augenblicken, in denen der Don verzweifelt auf das Telefon gestarrt hatte, das nicht klingeln wollte, wußte sie, daß sie besser in Ariccia geblieben wäre. Er hatte schließlich nur noch fahrig in seinen Unterlagen gewühlt und kommentiert, daß sie sich da wohl in etwas verrannt habe. Also ihre eigene Geschichte könne das ja beim besten Willen nicht sein, es sei denn, man hätte sich einen Scherz erlaubt. Sein Lächeln war ihm mißlungen. Vom gemeinsamen Mittagessen war keine Rede mehr gewesen, und schon nach wenigen Minuten hatte sie wieder im Vorzimmer gestanden.

Die Seele von Mensch hatte ihren Mantel in das Besucherzimmer gehängt, an einen Kleiderständer neben einer Glastür. Sie führte auf eine triste Dachterrasse, die den Palazzo mit dem Nachbargebäude verband. Eine Frau mit einer Schürze war aus dem gegenüberliegenden Treppenhaus herausgekommen und hatte ihre Wäsche an den langen, zwischen Betonpfeilern gespannten Leinen aufgehängt.

Marion hatte bemerkt, daß die Terrassentür des Besucherzimmers nicht abgeschlossen war. Die Frau, die dort draußen mit ihrer Wäsche hantierte, hatte sie zwar gar nicht gesehen, aber für einen Augenblick war es Marion möglich erschienen, daß sie jetzt hereinkommen und auf irgendeine Weise in das Geschehen hätte eingreifen können, daß diese Frau Don Bozzi dazu hätte bringen können, ihr den Namen des Autors zu verraten. Erst auf dem Weg hinunter im Aufzug war der Plan plötzlich dagewesen. Sie hatte problemlos ein Kaufhaus mit einer Wäscheabteilung gefunden, in dem sie auch einen passenden Korb erstand.

Marion sah jetzt die Basketballerstatur Don Bozzis aus dem Eingang kommen. Er blickte die Straße hinunter, offenbar unschlüssig, welche Richtung er einschlagen sollte, sah dann einem Bus nach, rannte ein paar Schritte hinterher, erreichte den Bus, zwängte sich durch die Vordertür und war verschwunden.

›Ich bin gespannt, was ich jetzt tun werde‹, dachte Marion, als der Kellner aus der Küche zurückkam. Sie bestellte zwei Gläser mit Wasser und drückte die Zigarette aus. Der Kellner stellte die Gläser ab und nickte, als sie fragte, ob sie ihren Mantel einen Augenblick hier liegenlassen könne. Sie wartete, bis er wieder hinter der Küchentür verschwunden war, öffnete dann die große Plastiktüte und goß die beiden Wassergläser hinein. ›Bisher ist es nur ein naß gewordener Einkauf‹, dachte sie. Dann sah sie, daß der Pförtner aus der Haustür gegenüber kam, sich die Hände an seinem blauen Kittel abwischte und in einem Schnellimbiß neben dem Hauseingang verschwand.

›Du mußt es jetzt machen oder es lassen‹, dachte sie. ›Laß es lieber.‹

Dann stand sie aber doch auf, nahm die beiden Plastiktüten, nickte dem Kellner zu und überquerte die Straße.

Der hohe, mit gelben Marmorplatten verkleidete Hauseingang war leer. Sie kam ungesehen bis zum Aufzug, stieg ein und drückte den Knopf für den sechsten und letzten Stock. Sie riß während der Fahrt die nassen Laken aus der Tüte, befreite den Korb aus der Umhüllung, legte die Wäsche hinein und ließ die Tüten einfach auf den Boden fallen.

Als der Aufzug stoppte, nahm sie den Korb und stieg aus. Es war still im Haus, stiller als heute morgen. Sie entschied sich für eine braun gestrichene Wohnungstür, an der eine Bastelarbeit hing, und klingelte. Eine brünette kleine Frau öffnete. Sie zog eine Wolke von Fettgeruch hinter sich her. Einen Augenblick fürchtete Marion, daß ihr die Zunge versagen werde, aber dann sagte sie, ohne zu zögern: »Meine Cousine, bei der ich gerade wohne, hat mich heraufgeschickt. Ich soll die Wäsche aufhängen. Sie ist jetzt nicht da, und ich weiß nicht, wo der Terrassenschlüssel ist. Könnten Sie ...«

Die Brünette nickte. »Aber natürlich, ich komme gern mit.«

»Nein, nicht nötig, es geht ja ganz schnell. Da unten lungern außerdem immer so komische Typen herum. Nachher sagt man noch, ich hätte Sie aus der Wohnung gelockt.«

Die Brünette wischte sich die Hände an der Schürze ab, sah Marion einen Moment mißtrauisch an, fischte dann aber einen Schlüssel aus der Schürzentasche und legte ihn auf den Wäschekorb.

»Ich bringe ihn gleich zurück«, versicherte Marion, stieg die Treppe hinauf und hörte, daß die Wohnungstür zugeklappt wurde.

Marion schloß die Tür zur Terrasse auf. Der Wind riß sie ihr fast aus der Hand. Dann stellte sie den Korb zwischen den Wäscheleinen ab, an denen Laken im Wind flatterten. ›Du hast höchstens fünf Minuten Zeit‹, dachte sie und ging zur gegenüberliegenden Terrassentür. Sie ließ sich einfach aufstoßen. Marion zog sie hinter sich zu.

Zunächst war es ganz still, dann hörte sie einen Wasserkasten rauschen. In der Nähe klingelte ein Telefon, zweimal, fünfmal, niemand hob ab. Sie öffnete die Tür zum Flur, die Seele von Mensch war erwartungsgemäß nicht da. Sie betrat das Zimmer von Don Bozzi. Im Schrank fand sie nur Papierstapel, zerfledderte Bücher, eine alte Schreibmaschine. Auf dem Tisch herrschte ein Chaos aus Briefen und Manuskripten. Postkarten lagen herum. Sie fand einen Gruß der Mutter von Don Bozzi. ›Es ist zu spät‹, dachte sie, ›verschwinde, hier ist nichts.‹ Sie blätterte in dem großen Tischkalender.

›Im Juli hast du das Manuskript bekommen‹, überlegte sie. Im August war außer ihrem eigenen Treffen (»26. August, Frau Meiering«, zweimal unterstrichen) überhaupt keine Eintragung im Kalender, im September nur Verabredungen zum Essen. Im Juli aber fand sie es, mit einem Kugelschreiber hingekritzelt. Unter Dienstag, 16. Juli, stand da: »Die Geschichte. Wichtig!« Und zwei Tage später noch einmal: »Die Geschichte, a. s. j. s. a. Tochter.«

›Tochter? Was für eine Tochter?‹ dachte Marion. Irgendwo im Haus ließ jemand Wasser in die Badewanne ein. Sie verließ das Zimmer und blieb vor dem Schreibtisch der Sekretärin stehen. Auf dem Tisch lagen nur ein paar Schmierzettel herum. Das Telefon schrillte. Marion raffte wahllos die bekritzelten grünen und blauen Merkzettelchen zusammen, hastete durch das Besucherzimmer zurück auf die Dachterrasse und warf die Wäsche über die Leine. ›Ich habe die Wäscheklammern vergessen‹, dachte sie, ›ansonsten ist es perfekt.‹

Sie suchte den Schlüssel in ihrer Hosentasche, fand ihn schließlich im Wäschekorb, nahm den Korb, schloß hinter sich ab und lief die Treppe hinunter. Die Brünette stand vor der geöffneten Wohnungstür, die Arme vor der Brust verschränkt.

»Herzlichen Dank«, sagte Marion und konnte nicht verhindern, daß sie rot anlief, als die Brünette zischte: »Welche Cousine haben Sie denn hier im Haus?«

Marion blickte zu Boden, murmelte: »Na, dann noch mal danke«, drückte ihr den Schlüssel in die Hand und lief die Treppe hinunter. Der Hausmeister stand im Eingang und sah ihr nach, wie sie die Straße überquerte und in der Bar verschwand.

Auf ihrem Tisch standen noch die beiden leeren Wassergläser, sie ließ sich auf den Stuhl fallen, bestellte einen Tee und versuchte, ihre zitternden Hände unter dem Tisch zu verstecken. Sie sah zum Hauseingang hinüber, aber es kam niemand heraus. Es gelang ihr, eine Zigarette anzuzünden, dann nahm sie die bunten Zettel aus der Tasche und strich sie glatt. Es handelte sich um Telefonnummern, einen Einkaufszettel und eine komplizierte Rechnung. Ihre vage Hoffnung, einen Hinweis auf das Buch zu entdecken, schwand. Dennoch drehte sie einen Zettel nach dem anderen um. Dann sah sie die hingekritzelte Notiz: »An seine jungfräuliche, schön aufgewachsene Tochter.«

XII

Der Krach der Automotoren, das mahlende Geräusch der abrollenden Reifen und der Lärm der Hupen nahmen mit jedem Schritt ab, nachdem Marion die Straße vor dem Palast überquert hatte und nun die Gasse zur Kirche San Nicola hinunterging. Auch die schreiend bunten Werbeplakate, die die Straßen säumten, wurden seltener. Immer mehr Vorhänge waren zugezogen, immer mehr Fensterläden geschlossen, je näher sie der Kirche kam. Es schien Marion, als duckten sich auch die Häuser tiefer. Schließlich zeigte sich nicht einmal mehr ein Hund oder eine Katze. So als habe die Kirche, die doch Erhabenheit ausstrahlen wollte, statt dessen die Straßen ringsum durch Stille erstickt.

Die Tür zur Sakristei mit dem eingelassenen Kreuz sah aus wie ein Eichensargdeckel. ›Unsinn‹, dachte Marion. ›Was denkst du da für einen Unsinn.‹ Sie nahm sich vor, laut an die Tür zu klopfen und dann geduldig und ruhig zu warten, bis ihr jemand öffnete.

Sie hatte die Hand kaum ausgestreckt, als die Tür aufgerissen wurde, Vincenzo Peo ihr die Hand gab, sie zu sich in die Sakristei zog und die Tür hinter ihr schloß. Überflüssigerweise, sie hatten sich schließlich schon die Hand gegeben, küßte er sie zur Begrüßung noch auf beide Wangen, zog sie am Arm hinter sich her und suchte ganz offensichtlich ihre Nähe, was ihr nur recht war. Denn in seinen Bluejeans und dem knallgrünen Pullover schien Peo genauso ein Eindringling zu sein wie sie, die zum erstenmal die in der Dunkelheit blitzenden Kultgeräte, die silbrig glänzenden, zum Auskühlen aufgehängten Weihrauchfässer, die wie Soldaten aufgereihten Kerzenleuchter und die matt schimmernden Kupferschellen betrachtete.

Peo bewegte sich vorsichtig und erklärte ihr flüsternd, daß er kein Licht anmachen könne, weil man es von draußen sehen würde.

Sie folgte ihm quer durch die Sakristei, vorbei an den Schränken mit den gestärkten weißen Chorhemden, den schillernden violetten Priestergewändern für die Karwoche und den schwarzen Umhängen für die Totengottesdienste. Sie blieb ganz dicht bei ihm, bis er ihr eine Kerze in die Hand drückte. Dann stieß er die Tür auf, und sie traten hintereinander in die stockdunkle, riesige Halle. Zum erstenmal in ihrem Leben kam ihr eine Kirche nicht einfach wie ein besichtigenswertes, museumsähnliches architektonisches Kunstwerk vor, sondern es schien ihr, als seien die Seelen vor der kreischenden Welt geflüchtet und hierher geflohen, um sich in den dunklen Nischen zu verstecken, von wo aus sie heute zusahen, wie ... ›Unsinn‹, dachte Marion. Sie entdeckte am Haupteingang weit unten einen Lichtschein.

»Was ist das?«

»Die Kerzen vor dem Franziskus-Altar brennen immer«, sagte Peo.

Er stieg ein paar Stufen neben dem Altar hinunter und blieb vor einer Eisentür stehen. Sie spürte, wie aufgeregt und gutgelaunt er war.

»Heute sind wir sozusagen das Gegenteil von Goldgräbern. Wir hoffen, daß wir nichts finden. Stimmt's?«

Er probierte zwei Schlüssel an dem rostigen Schloß aus.

»Wir suchen eine zugemauerte Kapelle unter der Kirche. Also müssen wir sozusagen im Keller der Kirche suchen, und der Keller der Kirche heißt Krypta.«

»Ich weiß, was eine Krypta ist«, sagte Marion. Ihr war kalt. Sie ärgerte sich, daß sie nicht darüber nachgedacht hatte, wie kalt es auch Ende August in einer Krypta sein würde. Welcher Teufel hatte sie geritten, ausgerechnet zu dieser Verabredung ein Kleidchen mit Spaghettiträgern anzuziehen?

Keiner der Schlüssel paßte. Vincenzo zog plötzlich ein Taschenmesser aus der Hose, und nach ein paar Augenblicken sprang die Tür auf.

»Gratuliere«, sagte Marion.

»Ich war lange in der Jugendseelsorge, da lernt man so was.«

Die Kerzen konnten gegen die Schwärze des Raumes wenig ausrichten, sie erkannte ein Gurkenglas, das vor einem stark verwitterten Madonnenfresko auf dem Steinboden stand und in dem eine nicht mehr frische Rose steckte. Irgend jemand mußte regelmäßig hier hereinkommen. Bis auf die Vase war das Gewölbe vollständig leer. Irgendwo tropfte Wasser von der Decke.

»Sehen Sie – nichts«, sagte Peo. »Und zugemauert kann man das Eisentürchen, durch das wir gekommen sind, ja nun nicht nennen.«

Marion sah sich den abblätternden Putz der Wände an, darunter tauchten wie unter abgeschürfter Haut die großen Travertinblöcke auf, das Skelett des Kirchenbaus.

»Oh, Mist. Das könnte es sein«, sagte Peo.

Sie ging zu ihm hinüber und hielt ihre Kerze hoch, die einen honiggelben Ausschnitt auf der Wand beleuchtete. Ein Türsturz zeichnete sich ab, auf dem noch die verblassenden Buchstaben G und K zu sehen waren, auch die abgetretene Schwelle und die Seitenwände der Tür waren klar zu erkennen. Mit roten Ziegelsteinen, die vor Feuchtigkeit fast schwarz waren, hatte man die Tür zugemauert.

»Klopfen Sie mal«, flüsterte Marion.

Peo schlug mit der Faust erst gegen die Wand, die stumm blieb, und dann gegen die Ziegelsteine. Was immer auch dahinterlag, schickte ein dumpfes, langgezogenes Echo zurück.

»Das verdammte Buch hat recht gehabt«, flüsterte Marion.

»Beruhigen Sie sich, das wissen wir ja noch nicht, vielleicht ist dahinter gar nichts.«

»Das glauben Sie doch selbst nicht. Sie wußten nichts davon, in der ganzen Stadt weiß keiner etwas davon, aber hier ist, genau wie im Buch beschrieben, eine zugemauerte Tür, hinter der mein Grab liegen soll. Wie kann ich mich beruhigen? Das verdammte Buch hat recht. Es gibt eine zugemauerte Kapelle, und das verdammte Grab wird es da ebenfalls geben, und vielleicht liegt da tatsächlich einer drin, dessen Geist aufgewacht und in mich gefahren ist, so daß ich nicht mehr ich selber bin.«

Ihre Kerze erlosch.

»Bleiben Sie doch ruhig. Sie sehen ja Gespenster. Bisher vermuten wir nur, daß es eine Kapelle geben könnte, das ist doch nicht weiter tragisch.«

Auch seine Kerze erlosch.

»Aber woher zum Teufel weiß der Autor denn, daß es diese Kapelle gibt, und warum erfindet er einen Zusammenhang mit mir und meinem Grab?«

Marion fühlte sich plötzlich in die Arme genommen, sie spürte den Waschpulvergeruch seines Hemdes. Irgendwie tat ihr das gut.

»Ich will hier raus. Wir sollten jetzt gehen«, sagte sie und machte sich los. Sie tasteten sich zurück zur Tür, und sie hörte, wie er hinter ihnen abschloß.

Sie stiegen die Stufen zum Altar hinauf.

»Ich bin wieder in Ordnung«, sagte sie. »Die Dunkelheit und dieser Muff da unten – ich muß die Nerven verloren haben.«

Sie durchquerten leise die Sakristei.

»Wenn da unten wirklich eine Kapelle ist, dann müßte irgendwo in der Chronik der Kirche ja etwas darüber stehen. Kommen Sie, wir schauen oben im Archiv nach«, sagte Peo.

Sie blieb einen Augenblick unschlüssig vor dem großen schwarzen Kreuz in der Sakristei stehen. Dann folgte sie ihm. Er schob einen violetten Vorhang neben einem Schrank zur Seite, und sie stiegen eine schmale Treppe hinauf. Es roch nach würzigen Soßen und fettem Fleisch. Oben standen sie auf einem Korridor. Links gab es eine Holztür zum Archiv. Der Gang endete vor einer zweiten schwarzen Tür.

»Wohin führt die?« fragte Marion.

»In die Wohnung des Propstes. Der kann direkt in die Kirche gehen.«

Peo probierte gar nicht erst seine Schlüssel aus, sondern nahm wieder das Taschenmesser. Das Schloß sprang aber nicht auf. Marion starrte den Gang entlang auf die Türklinke der Propstwohnung, als könnte sie mit der Kraft ihres Blicks die Klinke hochdrücken, sobald die beginnen sollte, sich zu senken. Peo gab auf. Das Schloß ließ sich offenbar nicht öffnen. Dann hörte sie ein metallenes Pling, und plötzlich hob Peo die Tür aus den Angeln.

»Lassen Sie das doch! Lassen Sie uns gehen! Am besten, wir hängen die Tür wieder ein.«

»Kommen Sie schon«, sagte Peo.

Sie schlüpften in den Raum. An einem langen Holztisch standen zwei Stühle. Sie standen so nah nebeneinander, daß die beiden, die darauf gesessen hatten, sich an den Knien berührt und sich etwas ins Ohr geflüstert haben mußten. Es war, als hinge das Flüstern noch im Raum. Hohe braune Holzschränke füllten die Wände aus.

»Wie wollen wir uns hier zurechtfinden?« fragte Peo.

Marion öffnete vorsichtig eine Schranktür. Auf den übereinanderliegenden Brettern standen Bände mit der Jahresangabe 1927 bis 1937 und in der obersten Reihe die Bände »Taufen«, in der Mitte »Hochzeiten« und in der untersten »Beerdigungen«. Sie öffnete alle Schränke und fand immer nur die gleichen dicken blauen Registerbücher. Zwei nahm sie heraus. Sie enthielten lange Kolonnen von Namen und Daten.

»Lassen Sie uns hier nachsehen«, sagte Peo.

»Was steht da?« fragte sie und schloß ihren Schrank.

»1947 bis 1957.« Er zeigte auf das Regal mit dem Registerhinweis 1957.

»Warum interessiert Sie ausgerechnet dieses Jahr?« fragte Marion, die zu ihm getreten war.

»Weil der letzte Propst von San Nicola damals verbannt wurde.«

Oben stand der Band »Taufen«, darunter die Reihe mit den Hochzeitsregistern und darunter der Band »Beerdigungen«, aber neben dem letzten Register lehnte ein andersfarbiger Ordner. Sie nahm ihn heraus. Man konnte sehen, daß die Akte einmal ziemlich dick gewesen sein mußte. Jetzt lag nur noch ein Blatt darin. Marion hielt den Ordner ins Licht und wunderte sich über den Staub, den sie aufgewirbelt hatte und der jetzt in dem Lichtstreifen tanzte, der auf das Papier fiel.

»Es ist nur eine Quittung«, sagte Peo. »Ein gewisser Giorgio Vissani bestätigt, zweihundert Lire empfangen zu haben.«

Marion sah sich den Zettel an und riß ihn heraus.

»Was soll das?«

»Ich sammle Zettelchen«, sagte sie. »Das einzig Interessante, was ich bisher gefunden habe, war der seltsame Satz ›An seine jungfräuliche, schön aufgewachsene Tochter‹.«

»Wie bitte?« fragte Peo.

»Ja, seine jungfräuliche, schön aufgewachsene Tochter. Es muß so etwas wie ein Codewort sein, das der Autor des Buchs benutzt.«

»Wie kommen Sie darauf?«

»Ich habe es in Don Bozzis Büro entdeckt.«

Peo schloß den Ordner und stellte ihn wieder ins Regal. Dann nahm er plötzlich einen Bilderrahmen von der Wand und pfiff durch die Zähne. »Na endlich, hier ist etwas.«

»Was denn?« Sie trat neben ihn.

»Das ist die sauber gerahmte Abschrift einer Urkunde aus dem vierzehnten Jahrhundert. Da steht, daß alle Pfarrer von San Nicola schwören müssen, die Kapelle niemals öffnen zu lassen.«

»Wie können Sie diese schnörkelige Schrift so schnell entziffern?«

»Das lernt man, wenn man Theologie studiert. Da steht ...«

»Ich weiß, was da steht«, schnauzte eine Stimme.

Sie drehten sich um und blickten zur Tür, in der Propst Sante della Cave stand und sie anstarrte.

XIII

Marion hatte ihn noch nie mit einem Spazierstock in der Hand gesehen. Er mußte ihn als Waffe gegen Einbrecher ergriffen haben, als er Geräusche aus der Sakristei hörte.

»Was machen Sie hier?« bellte der Propst, während Peo versuchte, mit Anstand den letzten offenen Schrank zu schließen, bevor er es wagte, seinen Vorgesetzten anzublicken und zu antworten: »Ich mußte etwas nachsehen.«

»Und dazu hebeln Sie hier die Tür aus, ohne auch nur den Versuch zu machen, mich zu fragen, ob ich Ihnen den Schlüssel gebe – ganz abgesehen davon, daß ich Ihnen den nicht gegeben hätte. Wissen Sie, was ein Disziplinarverfahren ist, Herr Vikar?«

Marion verschränkte die Arme vor der Brust, hob endlich den Blick, der sich am Boden festgekrallt hatte, sah den Propst an und sagte: »Ich war es, die hier hereinwollte. Es ist meine Schuld.«

»Und dann haben Sie den Vikar angestachelt?«

»Ich mußte etwas sehr Wichtiges nachsehen.«

»Halten Sie es denn für normal, in eine Kirche einzubrechen?«

»Ich habe ein ungewöhnliches Problem, und deswegen muß ich auch ungewöhnliche Wege gehen.«

»Da bin ich aber mal gespannt, was für ein Problem das sein soll, daß Sie hier die Tür aufbrechen müssen.«

»Ich mußte nachsehen, ob hier etwas über die zugemauerte Kapelle in der Krypta in Erfahrung zu bringen ist. Denn darin soll ich begraben werden.«

Sie sah auf die hochroten Wangen, die von einem dichten Netz geplatzter Äderchen durchzogen waren, sah auf seinen

Mund, aber es geschah nichts. Der Propst verspottete sie nicht und warf sie nicht hinaus. Er blieb nur stumm und blickte sie an.

»Hängen Sie die Tür wieder ein«, sagte er schließlich zu Peo. »Heute will ich Sie nicht mehr sehen.«

Dann deutete er mit dem Stock auf Marion. »Mit Ihnen möchte ich sofort sprechen, kommen Sie bitte mit.«

Er ging voraus durch den engen, dunklen Flur, öffnete eine Tür, die auf einen weiteren Flur führte. Ein schwerer Geruch nach fettem Essen hing in der Luft. Sie kamen an einer Tür vorbei, die einen Spaltbreit geöffnet war und durch die die Augen der Haushälterin Marion voller Neugier fixierten.

Der Propst stieß die Tür zu einem schmalen Arbeitszimmer auf. Ein Tisch mit zwei Stühlen stand in der Mitte, an der Wand erhob sich nur ein mächtiger, fast leerer Bücherschrank. Er setzte sich auf einen der beiden Stühle und deutete auf den anderen.

»Ich bleibe lieber stehen«, sagte Marion und lehnte sich mit dem Rücken an den Heizkörper neben der Tür.

Der Propst sah sie an. »Warum haben Sie vorhin zu mir gesagt, daß Ihr Grab unter der Kirche liegt?«

»Weil ich das leider befürchten muß.«

»Und wie kommen Sie darauf?«

»Es gibt da ein Buch. Ich habe es übersetzt. Es ist eine etwas komplizierte Geschichte, aber der Kern ist, daß es meine Lebensgeschichte erzählt, und die endet mit meinem baldigen Tod. Ich werde beerdigt in dieser Kapelle, von der ich bis heute nicht wußte, daß sie überhaupt existiert.«

»Ein rätselhaftes Buch also. Und wer hat es geschrieben?«

»Das weiß ich eben nicht und bekomme es leider auch nicht heraus.«

»Und warum glauben Sie dann eine so verrückte Geschichte mit einer so absurden Prophezeiung Ihres Todes?«

Sie sah auf den Tisch, auf dem der Propst seine groben Hände ausgebreitet hatte. Es war ein alter Tisch, aber nie hatte eine Kinderhand ein Männchen hineingeritzt, kein einziger Tintenfleck hatte sich in die Oberfläche geätzt, keine Kante war angestoßen. Der Tisch war mit einer düsteren Würde gealtert. ›So müssen Tische aussehen, an denen man Todesurteile unterschreibt‹, dachte Marion. Dann antwortete sie endlich: »Ich weiß nicht, warum mich das so mitnimmt. Aber da ist irgend etwas in mir, das mir keine Ruhe läßt, das mir den Schlaf raubt, ich kann an nichts anderes mehr denken als an diese Geschichte, und ich will endlich wissen, was dahintersteckt.«

»Da ist also etwas in Ihnen, das gleiche, das Sie damals beim Pfarrgemeindefest auf die Idee brachte, mit dem Drachen über der Kirche aufzukreuzen.«

»Nein, wieso? Ich erfuhr aus dem Pfarrbrief, daß ich dort starten sollte.«

»Ein Drachenflug ausgerechnet während der Prozession!«

»Ich nahm an, es sollte ein Beitrag zum Stadtfest sein. Da spielt doch auch die Feuerwehrkapelle, und die Theatergruppe tritt auf.«

»Sie haben sich also nichts dabei gedacht, über die Kirche zu fliegen?«

»Nein, die Leute haben Beifall geklatscht. Alle sahen zu mir hoch.«

»Und nicht auf den Leib Christi, den ich trug. Und dann sind Sie abgestürzt, plötzlich.«

»Ich war ja nicht sehr hoch, irgendwie habe ich mich nicht konzentriert.«

»Und dann haben Sie an das Grab unter der Kirche gedacht?«

»Nein – ich habe gar nichts gedacht. Plötzlich saß ich auf dem Zeltdach und hatte nicht einmal eine Schramme.«

»Und dann hat man Ihnen mit der falschen Bibelstelle gute Besserung gewünscht.«

»Ich weiß nicht, wovon Sie reden.«

»Das wissen Sie also nicht?«

»Beim besten Willen nicht.«

Der Propst sagte nichts. Dann stand er plötzlich auf und griff in seine Soutane, zog ein schwarzes Lederbeutelchen hervor, öffnete es und nahm einen kleinen, schillernden Rosenkranz heraus, den er ihr hinhielt.

»Nehmen Sie das!«

»Ich will das nicht«, sagte sie. »Vielen Dank.«

Der Propst stand jetzt ganz nah vor ihr. »Das willst du also nicht? Wie? Das willst du nicht in die Hand nehmen?« Er drehte sich um, nahm ein Buch aus dem Schrank und hielt es ihr wie eine Waffe hin.

Es war eine Prachtausgabe der Bibel mit einem großen aufgeklebten goldenen Kreuz darauf.

»Und das, das willst du auch nicht in die Hand nehmen, was?«

»Natürlich«, flüsterte Marion. »Warum denn nicht?«

»Weil du da drinstehst: Apostelgeschichte 8,10. Deswegen willst du es anfassen, aber den Rosenkranz, den willst du nicht, den kannst du nicht anrühren.«

Er stand jetzt vor ihr und wollte sie am Arm packen, aber Marion drehte sich um und schlug die Tür hinter sich zu.

XIV

Alessandro Chigis Jacken und Mäntel unterlagen im Gegensatz zu seinen Schuhen nicht dem Ordnungsprinzip, das auf ihrem Abnutzungsgrad basierte. Sie waren nach geschätztem Wert sortiert. Die Reihe der sorgfältig in Plastikschonern verpackten Winterkleidung begann ganz links mit einem Allerweltsregenumhang und endete rechts mit einem von seinem Urgroßvater geerbten Ledermantel, der ihm viel zu klein war. Im Schuhregal stand zuoberst ein nur einmal getragenes Paar handgefertigter Budapester, während Alessandro ganz unten seine ausgetretenen Tennisschuhe aufbewahrte, die er seit seiner Jugend nicht mehr benutzt hatte. Er änderte gerade wie an jedem Morgen die Position der sorgsam gefalteten und auf Seidenpapier gestapelten weißen Oberhemden im Kleiderschrank, um den Stoff gleichmäßig zu strapazieren und gelbliche Flecken an den Rändern zu vermeiden, als er die Glocke am Haupteingang hörte. Schon sein Großvater hatte die Postboten angewiesen zu klingeln, denn im feuchten Marmorschrein an der Palazzofront, der als Postkasten diente, verfaulten die Briefe in kürzester Zeit.

Da der Brief von Don Bozzi war, sah es Alessandro als seine Pflicht an, ihn unverzüglich zu lesen. Auf dem Weg zurück in seine Kammer überflog er ihn und las ihn dann an seinem Schreibtisch noch einmal aufmerksam. Obwohl er anschließend damit begann, das Zeitungspapier in den Lederschuhen auszutauschen, weigerte sich seine Welt, sich nach der ungeheuerlichen Mitteilung Don Bozzis wenigstens eine rudimentäre Ordnung geben zu lassen. Es schien ihm, als wäre seine Kammer vom Chaos und der Unordnung, die in den 126 Zimmern des Schlosses mit ihren zerbrochenen Stühlen und morschen Bettgestellen herrschte, zurückerobert worden. Er schlüpfte in den Burberry seines Vaters, steckte den Brief in die Tasche und zog die Tür so kräftig hinter sich zu, daß sie krachend ins Schloß fiel.

Dennoch blieb der ehemalige Sattelplatz vor der Tür leer und Marions dunkel gestrichene Holztür verschlossen. Seit es Sommer geworden war, wartete sie morgens nicht mehr auf ihn. Während des Winters hatte er sich jeden Morgen im Mantel und den weichen Pantoffeln, in denen er auch schlief, gleich nach dem Aufstehen in Marions Kammer begeben, weil ihr Kamin ausgezeichnet zog. Er hatte fast den ganzen Tag in die Glut gestarrt, während sie arbeitete. Jetzt war die verschlossene Tür wieder der unmißverständliche Ausdruck ihres eigenbrötlerischen Wesens. Sie hatte von Anfang an die Waffenkammer als ihre Behausung gewählt, die Wände gestrichen, den Boden gefliest.

Seit sie da war, schlug er jeden Abend in seinem Zimmer nur die linke Seite seines Doppelbettes auf und ließ die rechte unbenutzt. Sie hatte noch nie darin geschlafen. Seine Bitte, doch zu ihm zu ziehen und ihn zu heiraten, hatte sie damals, ohne zu zögern, ausgeschlagen: »Ich will erst einmal mein eigenes Reich haben. Das brauche ich«, hatte sie gesagt und dann auf ihre so irritierend direkte deutsche Art hinzugefügt: »Aber mach dir keine Sorgen, das heißt nicht, daß wir nicht auch weiterhin miteinander schlafen.«

Besteigen darfst du sie, da kannst du immer ran.

Er erteilte sich einen Verweis, den er in das Vorbereitungsgebet aufnehmen wollte.

Mit sich selbst sprach Alessandro oft in einer derben Sprache, die er den Bordellton nannte, ja, er versuchte sogar während der Herrenabende in der Bar noch derbere Ausdrücke aufzuschnappen, um seinen Wortschatz zu vergrößern. Er suchte nach immer brutaleren Worten, weil es ihm vorkam, als schleife er einen schwarzen stinkenden Diamanten, der ihm die wahren Abgründe seiner Seele zeigte, die er ganz und gar erkennen mußte, um wirklich aufrichtig bereuen zu können. Wie die Mehrzahl der Männer des Dorfes war er im übrigen der Meinung, daß es keinen Sinn hatte, sich über Frauen etwas vorzumachen, weil sie schließlich alle geile Nutten waren und nur durch die Kirche und aufmerksame Ehemänner davor bewahrt wurden, mit jedem ins Bett zu gehen. ›Pfui‹, dachte Alessandro und erteilte sich den zweiten Verweis.

Er setzte sich auf den »Schandstuhl«, der nicht etwa ein Stuhl, sondern eine alte Steinbank im Hof war, von der man hinunter in den Park des Schlosses schauen konnte, der jetzt nur noch ein wildes Gestrüpp voller Rehe war. Sein Vater hatte auf dem Stuhl Platz genommen und sein Großvater und er selbst auch, und er konnte sich genau an den Tag erinnern, an dem er sich als Kind zum erstenmal hierhin setzen mußte, weil er das Tor nicht geschlossen hatte und Katia, der große weiße Maremma-Hirtenhund, weggelaufen war und Hühner gerissen hatte.

»Das ist der Büßerstuhl unserer Familie«, hatte der Vater erklärt. »Hier hat der Urgroßvater gesessen, der den Park verwildern ließ, nachdem er sich die Beine gebrochen hatte und auf einen Rollstuhl angewiesen war. Er ließ die Rehe aussetzen, um dann, jede Waidmannsehre verletzend, die Tiere abzuschießen. Bis ins letzte Glied unseres Geschlechts, bis zum Letzten mit dem Namen Chigi, werden wir uns dafür schämen, daß der halbblinde Großvater den Park von dieser Bank aus in ein elendes Schlachthaus mit angeschossenem, verzweifeltem Wild verwandelte.«

Alessandro sah hinunter in den Park. Zwei Rehe hatten sich einen Weg durch das Dickicht gebahnt und schauten ihn erwartungsfroh an. Er warf ihnen die verschrumpelten Äpfel zu, die er für sie in der Tasche seines Burberry-Trenchcoats aufbewahrte. Dann faßte er in die Innentasche und zog den Brief noch einmal hervor.

Vor allem kam es jetzt darauf an, die erste Nachricht so lange wie möglich vor Marion geheimzuhalten, daß sie nämlich nie wieder ein Buch für Don Bozzi übersetzen durfte. Alessandro ahnte, daß es der monatliche Scheck für ihre Arbeit war, der ihre Behausung im Schloß in eine sichere Festung verwandelte. Er verstand es nicht, aber er wußte, daß sie es nicht ertragen würde, nichts zu tun zu haben. Er konnte sich genau vorstellen, wie sie mit ihren beiden Koffern, einem liebevollen Abschiedsbrief und vor Aufregung geröteten Wangen vor ihm stehen und auf Wiedersehen sagen würde, ohne ihn vorher anzuhören.

Er sah auf die Uhr und stand rasch auf. Es war schon fast zu spät. Er eilte quer über den Sattelplatz, ging die große Prachttreppe in den ersten Stock des Palastes hinauf, strich zufrieden über die genau eingepaßten Fensterrahmen, die dafür gesorgt hatten, daß die schwarzen Schimmelflecken an den Wänden sich nicht weiter ausbreiteten. Er öffnete die Tür und ging durch die Vorhalle, in der die Kisten mit Bildern standen, die der Großvater nach einer Weltausstellung zurückerhalten hatte. Er hatte sie nie wieder auspacken lassen, weil er das Personal nicht mehr bezahlen konnte und deshalb davon ausging, daß die Bediensteten alles stehlen würden, was sich zu Geld machen ließe.

Alessandro durchquerte den Ballsaal, der sich über die drei Stockwerke des Palastes bis unters Dach erstreckte, und sah in der Dunkelheit zu dem seit mehr als einem Jahrhundert leeren Rollstuhl auf der Balustrade hinauf, in dem die Gräfin während eines Festes gestorben war.

Er blickte nach oben, obwohl er wußte, daß dort niemand sein konnte, und dachte an den zweiten Teil des Briefes.

Marion war eine Diebin. Es war unvorstellbar. Sie war am vergangenen Montag in das Büro eingebrochen. Eine Nachbarin hatte sie gesehen. Sie hatte sich über die Terrassentür hineingestohlen und sogar Notizen mitgenommen.

Alessandro schloß die Flügeltür des Ballsaals hinter sich und öffnete das schlichte Türchen zu der kleinen, mit Goldbrokat ausgelegten Hauskapelle. Er schaltete die Glühbirne ein, die über dem schmalen Altar hing. Er hatte sie selbst hier angebracht und auch das Stromkabel verlegt. Es war die einzige Arbeit, die er je im Palast ausgeführt hatte, bevor Marion eingezogen war. Die Nischen um den Altar herum waren vor langer Zeit mit Trockenblumen geschmückt worden, die mittlerweile aussahen, als würden sie sofort zu Staub zerfallen, wenn man die Glasvasen auch nur leicht berührte.

Alessandro kniete nieder und begann zu beten. Er verließ das Haus nie ohne dieses Vorbereitungsgebet, die geistliche Garantie für eine glückliche Rückkehr nach Hause. Er versuchte, alle Möglichkeiten einzuschließen. So betete er: »Herr, schütze mich vor Unfällen, die andere verursachen könnten, und vor Unfällen, die ich selbst verursachen könnte.« Seinen Körper beschrieb er so genau wie möglich: »Laß mich unversehrt an Herz, Lunge und Magen, unversehrt an allen lebenswichtigen Organen, den Venen und dem Gehirn zurückkommen«, betete er. Angesichts der beiden selbsterteilten Verweise flehte er um Vergebung und bot wie jedesmal, wenn er glaubte, gefehlt zu haben, an: »Herr, wenn du mich gleich strafen willst, strafe mich.« Dann betete er darum, daß Marion nie erfahren sollte, wie sehr sie Don Bozzi verletzt hatte, und schließlich bat er Gott darum, ihm die Kraft zu geben, Marion auf den richtigen Weg zu führen. Aber heute morgen hatte er seltsamerweise das Gefühl, daß Gott ihm nicht zuhörte.

XV

Der Donnerstag bestand für Marion Meiering zunächst nur aus der Befürchtung, der Herbst könnte in diesem Jahr verfrüht einziehen und dem Spätsommer ein jähes Ende bereiten. Sie hatte ihr Zimmer aufgeräumt, ein paar Briefe geschrieben und den ganzen Tag Dinge getan, die sie auch gestern oder morgen hätte machen können. Dabei hatte sie immer wieder besorgt aus dem Fenster geschaut, auf den immer stärker prasselnden Regen. Am Abend bestand der Tag dann nur noch aus Nässe, aus Schmerzen im Nacken und dem Wunsch nach einer heißen Tasse Pfefferminztee, und als sie die schließlich in Simonetta Fracassis Bar trank, beschäftigte sich ihr Geist ausschließlich mit einer Postkarte, die in einem Drehständer in der Bar steckte. Sie war an den Ecken abgeknickt und fleckig und würde wahrscheinlich nie verkauft, nie beschrieben und nie abgeschickt werden. Es war ohnehin ein Rätsel, wie sich diese Postkarte in die Bar in Ariccia verirrt hatte: Sie zeigte den tintenblauen Golf von Neapel und ein kanariengelb gestrichenes Dorf an den Hängen von Capri. Erst in dem Augenblick, als Propst Sante della Cave die Tür zur Bar aufzog und hereinkam, tauchte das ganze Gesindel von Wünschen, Hoffnungen und Ängsten, das tagsüber freigemacht hatte, erneut auf und nahm Marion wieder an die Leine. Sein Gutenabendgruß schien nur an Simonetta Fracassi gerichtet. Er steuerte direkt auf die Bar zu. Marion war sich aber sicher, daß er sie gesehen hatte.

Simonetta Fracassi deutete einen Knicks an und sagte erfreut: »Hochwürden. Was kann ich für Sie tun?«

»Was für ein Regen, schon um diese Jahreszeit fährt er mir in die Glieder. Sie haben doch diesen wunderbaren Kräutertee, ich glaube, der würde mir guttun.«

»Aber gern«, sagte Simonetta, »nur zu gern. Sie wissen doch, ich mische ihn selbst.«

»Ja, man schmeckt die frische Minze. Ich habe, glaube ich, noch nirgendwo etwas so Gutes bekommen.«

»Vielen, vielen Dank«, sagte Simonetta erfreut. Marion sah auf den Postkartenständer. Sie hörte das Geklapper von Dosen und dann die ehrliche Verzweiflung in Simonettas gestotterten Worten: »Ach Gott, das kann ja nicht wahr sein. Ausgerechnet jetzt. Die Dose ist leer.«

»Das macht nichts«, sagte der Propst. »Dann geben Sie mir einen Kaffee.«

»Ach, das tut mir so leid, jetzt kommen Hochwürden extra wegen dem Tee, und dann ist keiner da.«

»Aber nein«, brummte der Propst. »Das macht wirklich nichts. Ich nehme auch gern einen Kaffee.«

»Warten Sie«, sagte Simonetta plötzlich. »Im Lager habe ich vielleicht noch eine Dose, ich muß nur schnell hinunter zur Piazza Nievo.«

»Nicht doch«, wehrte der Propst ab. »Der weite Weg nur wegen des Tees. Herzlichen Dank, das ist wirklich nicht nötig.«

»Ich bin gleich wieder da«, sagte Simonetta. Die Tür schlug hinter ihr zu.

Marion hob den Blick und sah in das Gesicht des Propstes. Er zeigte keines der Merkmale eines Menschen, den man warten läßt. Er pochte nicht nervös mit den Füßen auf den Boden, senkte nicht den Blick, zeigte nicht gespieltes Interesse an der Flaschensammlung hinter der Theke. Er sah sie nur stumm und empört an, die Hände vor der Brust gekreuzt. Und plötzlich gewährte die Bar nicht mehr die Sicherheit neutralen Bodens, er hatte auch hier seine Macht bereits ausgebreitet. Es kam ihr so vor, als seien erst ein paar Augenblicke und nicht schon zwei ganze Tage vergangen, seitdem er sie angebrüllt hatte, seit diesem seltsamen brutalen Du. Der Satz »Aber den Rosenkranz, den willst du nicht, den kannst du nicht anrühren« schien gerade erst gesagt worden zu sein und noch im Raum nachzuklingen. Sie sah auf die Postkarten vor sich, die plötzlich ihre ganze Bedeutungslosigkeit verloren hatten. Statt der Ansichten von Capri und Ariccia steckte ihre Vorstellungskraft wie von selbst Szenen der Geschichten in den Postkartenständer, die man ihr über den Propst erzählt hatte. Der Propst, wie er einen Jungen aus dem Meer rettete, wie er ganz allein einen Einbrecher in der Sakristei verprügelte. Der Propst, wie er mit schneidender Stimme auf der Kanzel die Apokalypse beschwor. Es waren nur Splitter von Geschichten. Mehr wußte sie nicht über ihn.

Dabei steckte in dem Postkartenständer vor ihr, den sie jetzt drehte, nicht einmal eine Karte vom nahen Itri, wo er jahrzehntelang in der düsteren, kalten Kirche in der Altstadt gepredigt haben mußte. Sie konnte sich gut an die Kirche erinnern. Sie war in der Zeit, als sie versucht hatte, Gotteshäuser zu zeichnen, ein paarmal in Itri gewesen. Sie hätte ihn dort sehen können, und es kam ihr jetzt, während sie aufsah und seinem feindseligen Blick begegnete, so vor, als hätte sie ihn damals dort auch gesehen, als wäre sie im Dunkel der Kirche dem gleichen Blick schon einmal begegnet.

Itri paßte zu ihm, es war eines dieser Dörfer, die es nur noch im Süden Italiens gab, die einzig vom Wunsch nach Anerkennung zusammengehalten wurden, deren Bewohner das gemeinsame Schicksal aneinandergekettet zu haben schien. Dort existierte der moderne Kanon der Werte noch nicht, dort wollte niemand, der es geschafft hatte, der mit einem Autosalon oder einem Restaurant zu Geld gekommen war, seinen Reichtum auf einer Insel in der Karibik genießen, denn dort hätte er nichts mehr gezählt. In diesen Dörfern galt noch nicht das Gesetz der größeren Limousine, der prächtigeren Villa, des exotischeren Urlaubs. Dort ignorierte man die Filmstars, die aus dem nahen Sperlonga im Sommer zum Essen auf die Piazza kamen. Was galt, war lediglich der Neigungswinkel des Kopfes von Propst Sante della Cave, der seinen Grad des Wohlwollens ausdrückte, wenn er den Menschen auf der Piazza zunickte. Dort galt als Gradmesser des Erfolgs die Wärme seiner Worte, das Ausmaß des Wohlwollens, das er beim Gemeindefest am Ehrentisch, gemeinsam mit dem Bürgermeister und dem Kommandanten der Carabinieri, den einzelnen entgegenbrachte. Nach diesem Gradmesser funktionierte das Dorf. Dieses Prinzip regelte die Reihenfolge, in der man beim Bäcker, beim Metzger und im Restaurant bedient wurde. Das war die Welt von Propst Sante della Cave.

Sie drehte sich um, ging zur Theke und stellte neben ihm ihre Tasse ab. Er sah sie stumm an.

Sie schluckte, dann sagte sie: »Was ist da unten?«

Sie wußte, daß er sie verstanden hatte, aber er antwortete nicht.

»Sie glauben, daß da unter der Kirche etwas ist, das mit mir zu tun hat«, brummte sie.

»Das sagen Sie«, raunte der Propst. »Sie suchen schließlich Ihr Grab da unten.«

»Aber Sie scheinen sich davor zu fürchten.«

»Es ist sicher nichts Angenehmes, sonst gäbe es das Gelübde nicht, daß die Kapelle verschlossen zu bleiben habe.«

»Und wenn es nur ein Aberglauben ist, wenn da unten gar nichts ist?«

»Glauben Sie mir, ich wäre glücklich, wenn ich das sicher wüßte. Es ist schließlich meine Kirche. Aber es gibt niemanden, der das in Erfahrung bringen kann.«

»Sie wären glücklich? Ist das Ihr Ernst?«

»Mein voller Ernst.« Sie wollte noch etwas sagen, aber er murmelte rasch: »Auf Wiedersehen«, dann drehte er sich um und ging hinaus.

Marion sah ihn mit der Haushälterin am Straßenrand stehen. Sie beobachtete durch die Glastür, wie ein großer dunkler Wagen hielt, der Propst sich auf dem Beifahrersitz niederließ, wie auch die Haushälterin einstieg und sie davonfuhren.

Simonetta Fracassi kam zur Tür herein. »Wo ist er?« rief sie.

»Ich glaube, er mußte gehen.«

»So rasch? Na, wahrscheinlich muß er zum Propst nach Genzano. Der kann nicht warten.« Sie deponierte die Teedose im Regal.

Marion zahlte und stellte sich dann wieder vor den Kartenständer. Sie wartete so lange, bis Simonetta Fracassi jedes Interesse an ihr verlor, die Spiegel zu putzen begann und nicht mehr unfreiwillig den hellen Korridor aus Licht im Auge behielt, der Marions Heimweg vom Eingang der Bar bis zum Schloß ausleuchtete. Sie ging hinaus und verschwand in einer Seitengasse.

Der Regen klatschte ihr ins Gesicht. Sie huschte dicht an der Häuserzeile entlang in Richtung Altstadt. Hätte Laura Locarini aus dem Fenster ihrer Wohnung mit der Hausnummer 16 geschaut, wäre ihr vermutlich aufgefallen, daß eine Frau zunächst unschlüssig vor dem Eingang des gegenüberliegenden Hauses stehenblieb, sich dann aber, als sie die toten Topfblumen auf den Treppenstufen entdeckte, die zur Vikarswohnung führten, für diesen Eingang entschied, hinaufstieg und klingelte. Peo schaltete nicht das Licht vor der Tür ein, ließ sie schon nach dem ersten Klingeln in den Korridor und lächelte sie offensichtlich ehrlich erfreut an. Er trug ein farbbeschmiertes T-Shirt und schmutzige Jeans und hielt einen Pinsel und einen Eimer mit weißer Farbe in der Hand.

Noch als er fragte: »Sind Sie gekommen, um mir zu helfen, oder soll ich uns lieber Spaghetti kochen, oder haben Sie schon zu Abend gegessen?«, hatte sie keinen Plan. Sie sagte einfach das erste, was ihr in den Sinn kam: »Nein, Entschuldigung, ich bin nur hier, weil ich in der Kirche meine Handtasche vergessen habe und sie morgen brauche. Der Propst ist, glaube ich, weggefahren, deswegen dachte ich, daß Sie ...«

»Selbstverständlich«, sagte Peo, stellte den Farbeimer auf die ausgebreiteten Zeitungen und verschwand hinter einer weißen Tür. Marion hörte Wasser rauschen.

»Haben Sie sich von der Schelte unseres Propstes erholt?

Wir beide müssen in Zukunft ganz besonders brav sein«, rief Peo.

»Ja«, antwortete Marion.

Er stand nach ein paar Minuten mit notdürftig gewaschenen Händen und in der Priestersoutane wieder vor ihr. »Gehen wir.«

Während er seine Wohnung hinter sich abschloß, lief Marion die Treppe hinunter und ging dann mit zügigem Schritt die Straße in Richtung Kirche entlang, so daß Frau Locarini, die jetzt tatsächlich aus dem Fenster schaute, den Vikar allein die Straße hinunterschreiten sah, offensichtlich auf dem Weg zur Kirche, während sich weiter unten der Schatten einer Frau entfernte, die offenbar auf dem Weg nach Hause war.

Als Peo Marion im Regen vor dem Kirchenportal wiedertraf, sagte er: »Sie haben es aber eilig«, schloß dann die Kirche auf und betrat mit ihr den stockdunklen Raum.

Er dämpfte seine Stimme: »Ich werde Licht machen gehen, bleiben Sie hier, Sie stolpern sonst gegen die Kirchenbänke.«

Sie ging ein paar Schritte, lehnte sich dann an irgendein festes Holzbrett, das Teil einer Kirchenbank sein mußte, als könnte es ihr Halt geben für das, was jetzt kommen mußte.

»Nein, lassen Sie das Licht aus«, sagte sie in die Richtung, in der sie Peo vermutete.

»Wieso?« hörte sie ihn flüstern, und es schien ihr, als hätten die Heiligenstatuen aus den Nischen geantwortet, deren Schatten sie ahnen konnte.

»Ich habe gar keine Tasche vergessen.«

»Was soll das?« fragte er.

Sie konnte ihn nicht sehen. Statt der Geographie seines Gesichts, der winzigen sich verändernden Erhebungen und Niederungen um seinen Mund, an denen sie hätte ablesen können, ob er sie gleich hinauswerfen würde, sah sie nur Schwärze vor sich. Sie fragte sich, welchen Gesichtsausdruck er jetzt haben mochte, während er flüsterte: »Was soll der Quatsch?«, und sie antwortete: »Ich werde die Mauer der

Kapelle aufbrechen. Ich habe das Einverständnis des Propstes.«

»Das ist doch totaler Unsinn.«

»Nein, er hat mir gesagt, er wäre glücklich, wenn die Kapelle geöffnet würde.«

»Das ist doch keine Erlaubnis dafür, eine Mauer in einer Kirche einzureißen.«

Sie wußte immer noch nicht, wo er jetzt ungefähr war, es kam ihr so vor, als stünden sie beide ganz stumm in der Kirche und würden den Stimmchen zuhören, die irgendwo in der Dunkelheit flüsterten. Sie wußte nicht, wie ernst er es meinte, als er sagte: »Ich habe Ihnen schon einmal geholfen und deshalb erheblichen Ärger bekommen. Ich werde mich nicht für Sie gegen meinen Vorgesetzten stellen.«

Obwohl sie seine Augen nicht erkennen konnte und deshalb nicht wußte, ob sie den Ausgang suchten, durch die er sie hinauszukomplimentieren gedachte, spürte sie plötzlich, daß sie nur noch ein paar Schritte in die Kirche hineingehen mußte, um zu siegen. Sie ahnte, daß hinter seinen Worten nichts weiter war als die Angst, erwischt zu werden.

»Gehen wir«, sagte sie, »hier muß es doch irgendwo Werkzeug geben.«

»Dies ist eine Kirche.«

»In der Sakristei wird sich etwas finden lassen.«

»Hören Sie, ich mache da nicht mit.«

»Um so besser, dann gehen Sie doch.«

Sie tastete sich durch die Dunkelheit. Das Flüstern war jetzt verstummt. Es schien ihr, als schauten die Statuen schweigend vor Überraschung zu, was nun in ihrer Kirche geschehen sollte.

Sie hörte an seinen Schritten, daß er ihr folgte. Während sie durch den Altarraum gingen, vernahm sie laute Stimmen und Gesang. Irgendwo in der Nähe mußte ein Fest gefeiert werden. Die Tür zur Sakristei stand offen. Sie fand Streichhölzer auf einem Brett und zündete zwei dicke Kerzen an. Hinter einer

Metalltür entdeckte sie einen Werkzeugkasten, zerrte ihn hervor und nahm den schweren Hammer, der obenauf lag, und zwei Meißel heraus.

»Das reicht«, sagte sie, »gehen wir.«

»Ich werde das nicht zulassen«, erklärte Peo.

»Was wollen Sie denn machen? Mir eine Ohrfeige geben? Dazu sind Sie zu gut erzogen«, sagte Marion, als sie mit den Kerzen in der Hand zurück in den Altarraum trat. Die Kirche schien ihr gewachsen zu sein. Über ihnen türmte die Dunkelheit gewaltige Kuppeln und Tonnengewölbe auf. Sie tastete sich am Altar vorbei. Sie fürchtete sich nicht im Dunkeln. Was ihr einen Schauer über den Rücken jagte, war die Vorstellung, daß jemand bei der Andacht eingeschlafen war und jetzt in der Kirche aufwachte und sie mit den Kerzen durch den düsteren Dom gehen sehen könnte. Sie stieg die Stufen zur Krypta hinunter.

Peo blieb oben am Treppenabsatz stehen.

»Schließen Sie auf!« rief Marion ihm zu. »Es ist das letzte, worum ich Sie bitte. Machen Sie auf!«

»Man wird Sie hören.«

»Der Propst ist verreist. Das wissen Sie genau.«

»Trotzdem. Der Hammer macht viel Lärm. Man wird Sie hören, und die Polizei wird kommen.«

»Dann werden sie mich eben verhaften. Schließen Sie die Tür auf!«

Er schwieg eine Weile. »Warum geben Sie nicht nach? Was wollen Sie in der Kapelle?«

»Passen Sie mal auf«, sagte sie. »Für mich ist das hier kein Spiel. Ich will wissen, ob mein Leben in ein paar Monaten zu Ende ist. Ich will wissen, ob meine Lungen sich den Geschmack der frischen Luft merken müssen, weil es für die Ewigkeit reichen muß.«

»Nur Gott kennt die Stunde unseres Todes.«

»Das mag ja sein, aber ich will mit eigenen Augen sehen, daß ich da unten in der Kapelle gar nicht begraben werden kann, und ich möchte wissen, was um Gottes willen diese Kapelle mit mir zu tun hat, so daß selbst der Propst sich wie ein Irrer aufführt.«

»Tut er das?«

»Ja.«

»Waren Sie ein rechthaberisches, schwieriges Kind?«

»Ja, sehr schwierig«, sagte sie.

Er kam die Stufen herunter und zog sein Messer aus der Hosentasche. Das Schloß sprang auf.

Sie stellte die Kerzen vor dem zugemauerten Bogen ab und schlug mit dem schweren Hammer einmal gegen die Wand. Ein paar Steinsplitter flogen durch den Raum.

»Es ist zu dunkel«, sagte sie in die Richtung, in der sie Peo vermutete. »Erfüllen Sie mir eine letzte Bitte. Dann können Sie ja gehen: Helfen Sie mir, den großen Kerzenständer hier herunterzubringen.«

»Nein. Hören Sie auf. Sie machen sich ja lächerlich«, sagte Peo.

Sie ging an ihm vorbei zu den flackernden Kerzen vor dem Altar des heiligen Franziskus. »Dann werde ich ihn eben durch die Kirche schleifen müssen.«

Sie hörte Peo hinter sich, sah dann sein Gesicht auftauchen, während sie den bleischweren Leuchter mit etwa dreißig Kerzen hochzuheben versuchte.

Er hatte plötzlich seine Soutane nicht mehr an. Er stand da, mit dem farbbeschmierten T-Shirt und der fleckigen Hose. »Werden Sie mich als Gärtner einstellen, wenn das hier herauskommt?«

Marion nickte. »Ich heiße übrigens Marion.«

»In Ordnung. Ich heiße Vincenzo. Das Brüderschafttrinken müssen wir wohl auf ein anderes Mal verschieben.«

Sie schleppten den Leuchter quer durch die Kirche und die Stufen hinunter, die in die Krypta führten. Das Kerzenlicht spiegelte sich an der feuchten Decke. Es roch nach Fäulnis. Sie stellten den Ständer vor der zugemauerten Tür ab, und Peo nahm den schweren Hammer. Er trieb am oberen Rand des Bogens den Meißel in die Wand. Tiefe Risse, wie auf einem zerspringenden Spiegel, zerfurchten die Mauer. Dann jagte er den zweiten Meißel hinein. Die kräftigen Hammerschläge hallten laut durch die Kirche, als wären sie der Pulsschlag der Dunkelheit.

Vikar Peo lief der Schweiß die Schläfen hinab.

»Wir werden die ganze Stadt aufwecken«, sagte er.

Er schlug noch etwa zehnmal zu, bis einer der Risse einen Kreis in die Wand gezeichnet hatte.

»Warte«, sagte sie, »schlag dahin!«

Peo pochte mit dem Hammer von oben nach unten gegen die Wand. Langsam, so daß Marion genug Zeit hatte, sich in Sicherheit zu bringen, stürzte ein schwerer Brocken aus der Wand und warf den Leuchter um. Es war schlagartig dunkel. Der Lärm dröhnte gewaltig durch die Krypta, brach sich, erreichte das Kirchenschiff, und Marion meinte zu hören, wie die Kirchenfenster klirrten. Ein beißender Geruch nach Erde und Moder strömte aus dem Loch in die Dunkelheit.

Irgend etwas schien befreit worden zu sein, kam jetzt heraus und breitete sich um sie herum mit dem dichten Staub und dem Gestank nach Verwesung und fauligem Wasser aus, als wollte es sie erdrosseln. Marion hatte einen Schrei gehört, wußte aber nicht mehr, ob sie selbst es gewesen war, die geschrien hatte. Steine rollten ihr gegen die Füße. In der Finsternis versuchte sie, einen Schritt nach vorn zu gehen, wußte aber nicht mehr, wo Peo gestanden hatte, und schrie plötzlich vor Angst, in die falsche Richtung zu taumeln und in das Loch zu fallen. Sie tastete sich durch die Dunkelheit, streckte vorsichtig ihre Arme aus, kniff die Augen zusammen, bekam etwas Klebriges, Warmes zu fassen und schrie noch einmal auf.

Peo nahm sie an die Hand. »Ich habe etwas am Bein abbekommen, glaube ich«, flüsterte er.

Sie hörte noch zwei Steine über den Boden rollen, dann

war alles wieder still. Nur ein paar Wassertropfen waren zu hören.

»Beruhige dich doch«, sagte er. »Was hast du denn, mein Gott, du zitterst ja. Es ist doch nichts.«

»Das ist mein Grab. Verstehst du denn nicht? Das ist mein Grab, genauso wie es im Buch steht«, schrie sie.

Er legte den Arm um sie und drückte sie gegen seine Brust. Der Staub in seinem Hemd, der ihre Nase kitzelte, und sein Geruch verscheuchten ebenso schnell, wie sie ihn gesehen hatte, den Tod.

»Ich bin in Ordnung«, sagte sie. Sie machte sich los. »Ist schon vorbei. Bist du richtig verletzt?«

»Ach was, es war nur ein Schlag gegen mein Bein. Ich gehe nach oben und hole neue Kerzen«, sagte er.

»Warte«, sagte sie und nahm wieder seine Hand. »Ich komme mit.«

Sie tasteten sich aus der Krypta hinaus. Peo zündete zwei dicke Kerzen an, die neben dem Altar gestanden hatten, gab ihr eine in die Hand und stieg vor ihr wieder die Stufen zur Krypta hinunter. Sie sah ihn mit der zerrissenen Hose in der Staubwolke, und auf einmal schien ihr, als habe sich in dem schwarzen Loch, das jetzt in der Wand zu erkennen war, ein großer Schatten bewegt.

Peo drehte sich zu ihr um. »Komm schon!«

»Das ist mein Grab, nicht wahr?« flüsterte sie.

»Unsinn«, sagte er. »Komm.«

Sie stiegen über den schlammigen Schutthaufen durch das Loch in die Finsternis.

Es kam ihnen vor, als wären sie in das Innere einer gigantischen Perlenauster gelangt: Unter der gewölbten Decke warfen Abertausende von Blattgold-Mosaiksteinchen die Strahlen des Kerzenlichts zurück. In diesem goldenen Meer aus Steinchen schien ein Mann mit rudernden Armen zu schwimmen. Sie hielten die Kerzen höher und konnten jetzt sehen, daß der Mann in dem wehenden blauen Gewand nicht schwamm, sondern flog, hoch über den Köpfen von zahllosen Zuschauern, die auf Türmen standen, die Arme in die Luft warfen und die Münder aufrissen vor Verwunderung. Sie sahen ihm nach, wie er über die Decke der Kapelle zu fliegen schien, bis er plötzlich trudelte. Das blaue Gewand flatterte, er ruderte hilflos mit den Armen und stürzte schließlich ab, schlug neben einem Mann auf, der einen riesigen Schlüssel am Gürtel trug, am Boden kniete und betete. Am rechten Rand des Bildes war ein Hund zu sehen, und am linken saß der Mann, der vom Himmel gestürzt war, in einem lodernden Feuer.

Marion hätte einen Schritt vorwärts getan, wenn Vincenzo sie nicht plötzlich am Arm gepackt hätte. Sie blickte noch immer zur Decke, hielt die Kerze hoch unter das glitzernde Meer aus goldenen Strahlen. Als sie endlich den Boden vor ihnen ausleuchtete, schrie sie auf, weil sie beinahe die Fußknochen und Unterschenkel zu Staub zertreten hätte, die zu dem Skelett gehörten, das in der schlammigen Fußbodennische vor ihr lag. Beide Kiefer waren weit aufgerissen, als sei der Unglückliche mit einem Schrei gestorben, die Hände lagen, mit einem Draht zusammengebunden, auf dem Beckenknochen.

»Die Grabplatte ist entfernt worden«, sagte Peo.

Der Boden der Kapelle war mit großen, glattgeschliffenen Marmorplatten ausgelegt. Nur die über dem Skelett war herausgehebelt worden. An den Ecken waren noch die Spuren der Werkzeuge zu sehen.

Marion hielt die Kerze noch einmal gegen die Decke, als Peo plötzlich flüsterte: »Still!«

Dann hörte sie es auch. Jemand polterte gegen die Kirchentüren.

»Los«, sagte er, »schnell. Wir müssen hier raus.«

Sie kletterten über den Schuttberg am Kapelleneingang bis hinauf in den Altarraum. Sie meinte Schatten zu erkennen, die sich zwischen den Bänken bewegten, dann wurde heftig gegen das linke Seitenportal geschlagen. Eine Stimme schrie: »Ist da jemand?«

»Laß doch«, war eine andere Stimme zu hören. »Wir müssen dem Propst Bescheid sagen, komm.«

Sie lauschten und starrten auf die Kirchenwand, hinter der sich die Stimmen zum Westportal hin bewegten. Und dann klopfte irgend jemand laut dagegen. »Was geht hier vor?«

»Komm jetzt«, rief eine Stimme. Dann war alles wieder still.

»Zur Sakristei«, sagte Peo, »wir müssen durch die Sakristei raus. In der Gasse kann man sich besser verstecken.«

Sie liefen gebückt durch den Altarraum und stellten die Kerzen in der Sakristei ab. Dann flüsterte Marion: »Du hast die Soutane in der Kirche ausgezogen.«

»Warte an der Tür auf mich«, sagte Peo.

Sie tastete sich durch die Sakristei dorthin. Jemand rüttelte plötzlich heftig an der Klinke. Sie versuchte sich in den Schatten neben der Tür zu drücken und hörte Schritte aus der Kirche, eilige Schritte, es schien ihr, als käme Peo nicht allein. Doch dann tauchte er aus der Dunkelheit auf und hielt die Soutane über dem Arm. Er schloß sehr leise die Tür auf, öffnete sie einen Spalt und sah hinaus.

»Alles still«, sagte er.

»Was machen wir jetzt?« fragte sie leise.

»Zuerst einmal müssen wir hier heraus und von der Straße herunter. Wenn sie uns mit diesen verdreckten Klamotten erwischen, sind wir geliefert. Wir gehen zu mir. Das sind nur ein paar Schritte.«

Er schob sie aus der Tür. Während sie sich gegen die Mauer drückte, schloß er leise ab.

Sie liefen die Straße hinunter. Es war niemand zu sehen, aber die Geräusche der Nacht waren eindeutig: Alle wußten, daß irgend etwas geschehen war. Fenster wurden aufgerissen, Autos hastig angelassen, sie hörten Türen schlagen und Hunde bellen.

Sie glaubten, unerkannt die Treppe vor der Wohnung des Vikars erreicht zu haben, als Laura Locarini, die wegen der seltsamen Unruhe auf der Straße nicht einschlafen konnte, aus dem Fenster blickte und für den Rest der Nacht des Schlafes beraubt war, weil sie nicht wußte, ob sie Signora Sabatini von nebenan erzählen durfte, daß sie mitten in der Nacht Vikar Peo mit einer Frau erwischt hatte, die aussah wie Marion Meiering.

Peo zog die Wohnungstür leise hinter ihnen zu. Marion rang nach Atem.

»Das hätten wir immerhin geschafft«, sagte Peo leise, aber der Satz war noch nicht beendet, als er eilige Schritte hörte, die immer näher kamen, schließlich die Treppe vor der Haustür hinaufflogen, und dann polterte eine Faust gegen die Tür, und die Schelle klingelte schrill.

»Nicht aufmachen«, flüsterte Marion, »wenn sie uns in diesen dreckigen Klamotten finden, sind wir dran.«

Sie blieben regungslos nebeneinander stehen, als sich plötzlich die Klappe des Briefschlitzes hob und eine Taschenlampe aufflammte. Ganz langsam tastete sich der Lichtschein über die Umzugskartons, schob sich über den Boden und hätte in wenigen Augenblicken Marions Füße erreicht, wenn Peo sie nicht blitzartig durch die offenstehende Tür in das große Badezimmer geschoben hätte.

»Der Raum hat Milchglasscheiben. Sie können uns nicht sehen«, flüsterte Peo.

Tatsächlich leuchtete die Taschenlampe jetzt gegen das blinde Glas.

»Runter, sonst sehen sie unsere Schatten!«

Sie ließen sich auf den Boden sinken.

Eine Stimme rief: »Was ist bloß los? Der Propst ist nicht da und der Vikar auch nicht, und das um diese Zeit. Hoffentlich ist ihm nichts zugestoßen.«

Sie hörten Schritte, jemand ging langsam um das Haus herum und rief: »Wachen Sie auf, Herr Vikar, es ist etwas sehr Ernstes passiert.«

»Ich habe in das Schlafzimmer geleuchtet.«

»Wirklich?«

»Er ist nicht da, das Bett ist unberührt.«

»Was machen wir jetzt?«

»Der Kirchenvorstand hat auch einen Schlüssel zur Kirche. Wir gehen zu ihm, du bleibst hier und sagst dem Vikar sofort Bescheid, wenn er nach Hause kommt.«

Sie hörten Schritte, die sich entfernten.

Danach war alles still.

Der Mond warf einen Lichtstrahl auf die Kacheln des Bads, und Marion sah Tropfen aus der zerrissenen Hose des Vikars sickern, der vor ihr kniete.

Eine kleine Blutlache bildete sich auf dem Boden.

»Mein Gott, Sie sind ja doch richtig verletzt.«

»Wir waren schon beim Du.«

»Ist doch egal«, sagte sie, »haben Sie irgendwas zum Verbinden?«

»Ja, da im Schrank.«

»Strecken Sie sich aus«, sagte Marion. Sie ertastete den Badewannenrand und das Waschbecken daneben. Darüber hing ein Schränkchen. Sie fand Mullbinden und schließlich auch eine Flasche Desinfektionsmittel. Peo versuchte, das Hosenbein hochzustreifen, aber der feste Jeansstoff ließ sich nicht über das Knie schieben.

»Zieh die Hose aus!« sagte Marion. »Mein Gott, du bist nicht der erste Mann, den ich in Unterhosen sehe.«

Vincenzo gehorchte. Über seinem Knie hing ein loser Hautlappen. Aus dem Schnitt darunter tropfte Blut.

»Wenn du willst, halte dich an meinem Arm fest. Es wird weh tun.«

Er faßte nach ihrem Ellbogen, und sie träufelte vorsichtig das Desinfektionsmittel auf die Wunde. Seine Finger gruben sich in ihren Arm. Marion verband das Bein.

Plötzlich hörten sie jemand gegen die Haustür poltern. »Vikar Peo!«

Sie blieben ganz still, dann näherten sich wieder Schritte. Vincenzo zupfte die Binde zurecht, während Marion aufstand und zu der Badewanne ging. Sie drehte sich zur Seite, zog ihre Schuhe und die feuchten Nylons aus und hängte sie über den Badewannenrand. Es war warm, und in der Dunkelheit konnte sie sehen, daß Vincenzo einen Bademantel und zwei dicke Handtücher vom Haken nahm und neben sich auf die Kacheln warf. Er flüsterte: »Komm, setz dich einen Augenblick.«

Sie setzte sich neben ihn, strich den Rock glatt und deckte den Bademantel über ihre nackten Beine.

»Was sollen wir jetzt machen?« flüsterte sie.

»Darauf warten, daß sie endlich verschwinden.«

»Wir sitzen in der Falle. Wir hätten zu mir laufen sollen.«

»Dann hätten sie uns auf der Straße erwischt. Nein, wir warten hier einfach. Irgendwann werden sie gehen. In zwei Stunden ist kein Mensch mehr draußen.«

Sie lehnte sich mit dem Rücken gegen den Badewannenrand und streckte die Beine aus wie er.

»Was meinst du, was wir da gefunden haben?« fragte Marion.

»Eine Grabkapelle«, sagte Vincenzo.

»Ja, aber nicht irgendeine. Es ist das Grab eines Mannes, der von irgend etwas herabstürzte.«

Vincenzo lachte. »Das Mosaik, das du da unten gesehen hast, ist nur eine Dekoration. Wenn du in eine normale Grabkapelle schaust, in der ein Kruzifix hängt, denkst du ja auch nicht, daß Jesus Christus dort begraben wurde.«

Sie suchte seine Augen in der Dunkelheit.

»Du willst doch nicht behaupten, daß das alles ein Zufall ist? Ich stürze mit meinem Drachen vor der Kirche ab, und was finden wir? Das Bild von einem Mann, der vom Himmel fällt.«

»Das ist nur die Geschichte von Simon dem Zauberer.«

»Von wem?«

»Von Simon dem Magier aus Samarien, dem die Kirche gewidmet ist.«

»Die Kirche heißt doch San Nicola.«

»Stimmt. Seit dem späten Mittelalter ist sie dem heiligen

Nikolaus geweiht. Da war Simon wohl schon nicht mehr genehm. Ich hatte von der ganzen Sache keine Ahnung. Erst der Propst hat mir die Stelle am uralten Kirchenportal gezeigt, in die ein Satz aus der Apostelgeschichte eingemeißelt ist, der sich auf Simon bezieht.«

»Und wer ist dieser Simon?«

»In meinen Fachbüchern habe ich nicht viel gefunden. In der Bibel wird er nur ganz kurz erwähnt: Er ist ein Zauberer, der das Volk betört. Doch dann läßt er sich bekehren. Aber in der Legenda Aurea, einer mittelalterlichen Sammlung von Heiligenlegenden, wird eine andere, ausführliche Geschichte erzählt: Da fordert Simon, der sich im antiken Rom als Gott verehren läßt, die Apostel Petrus und Paulus heraus. Um seine Macht zu zeigen, steigt er auf das Kapitol und fliegt über dem Forum Romanum. Petrus betet zu Gott, und der läßt Simon abstürzen.«

»Der Mann, der auf dem Mosaik kniet ...«

»... ist zweifellos Petrus.«

»Wieso bist du so sicher?« flüsterte sie.

»Die Figur auf dem Bild trägt einen Schlüssel am Gürtel. Alle Heiligen haben ihr Symbol. Bei Petrus ist es der Schlüssel, weil Jesus in der Bibel zu ihm sagt: Ich werde dir die Schlüssel des Himmels geben.«

»Und warum ist auf dem Mosaik ein Hund zu sehen?«

»In der Legenda Aurea heißt es, daß Simon seine Hunde auf Petrus hetzt.«

»Und das Feuer?«

»Das weiß ich nicht.«

»Aber ich verstehe nicht, wieso in einer Kapelle eine Szene abgebildet wird, die gar nicht in der Bibel steht.«

»Ja, das verstehe ich auch nicht. Welche Schriften zum Neuen Testament gehören, stand eigentlich schon im vierten Jahrhundert nach Christus fest. Aber erst 1546, beim Konzil von Trient, wurde die heutige Bibelfassung offiziell gültig. Bis dahin müssen wohl noch verschiedene Varianten überliefert worden sein. Die meisten Gläubigen kannten die Bibel nur aus Erzählungen. Die Künstler, die im dreizehnten oder vierzehnten Jahrhundert das Mosaik legten, haben vielleicht geglaubt, eine Bibelszene darzustellen.«

»Aber warum soll ich unter dem Simon-Bild begraben werden?«

»Marion, niemand will dich begraben. Du hast doch nur ein Buch gelesen.«

»Und warum hat der Propst dann so ein Theater gemacht, als ich ihm sagte, daß mein Grab da unten liegt?«

»Hat er das?«

»Ja, das hat er.«

»Er ist ein alter Mann«, flüsterte Vincenzo. »Er war aufgeregt. Wir haben in seinem Archiv herumgeschnüffelt, und du hast ihm Dinge gesagt, die in seinen Ohren höchst seltsam klingen mußten. Da hat er die Nerven verloren. Das kann schon sein.«

»Es muß eine Verbindung geben. Jemand wollte, daß ich die Kapelle da unten suche und aufbreche und das Mosaik finde. Und der Schlüssel zu allem liegt in den Worten: Seine jungfräuliche, schön aufgewachsene Tochter. Irgend etwas muß die Jungfrau mit der Kapelle zu tun haben. Du hast mir die Geschichte von diesem Simon nicht richtig erzählt.«

Vincenzo lachte. »Wessen Tochter sollte sie denn sein? Simon, da bin ich mir absolut sicher, hatte weder Frau noch Kinder. Der Hund könnte höchstens Welpen bekommen, und von einer Tochter des keuschen Jüngers Petrus brauchen wir wohl nicht erst zu reden.«

Marion lauschte in die Dunkelheit. Die Konturen des Badezimmers zeichneten sich im Mondlicht jetzt deutlicher ab. Sie sah eine Batterie Shampooflaschen neben der Badewanne stehen. Vincenzo drehte sein Gesicht plötzlich zu ihr. Sie spürte seine Hand auf ihrem Bein.

»Es muß einen Zusammenhang geben. Irgend etwas verbindet mich mit dem Toten, den wir da unten gefunden haben.

Das Buch hat mich in die Kapelle geführt. Ich sollte vor diesem Grab stehen. Ich sollte dieses Bild von dem fliegenden Mann sehen. Ich sollte mich fragen, was das alles zu bedeuten hat. Aber ich verstehe es nicht. Warum hat man mich dort hingeführt? Das muß ich herausfinden.«

»Ich sage dir, es ist Zufall, alles Zufall, glaube mir«, beschwichtigte Vincenzo.

»Nein, das glaube ich nicht. Ich muß immer an diesen Toten denken. Ich hatte, als die Mauer einstürzte, das Gefühl, daß wir irgend etwas befreit haben. Es war nur so eine Idee. Aber ich weiß, daß auch der Propst vor irgend etwas Angst hat, was da unten war.«

»Ach, Quatsch«, sagte er.

Sie schwieg und starrte in die Dunkelheit. Plötzlich schien es ihr, als spüre sie einen ganz leichten, kaum wahrnehmbaren Druck gegen ihr nacktes Bein. Sie sah seine kräftigen Oberschenkel. Sie hätte jetzt einfach ihren Oberschenkel ein paar Millimeter abrücken können, aber sie tat es nicht, und sie wußte auch, warum. Sie wollte wissen, was jetzt geschehen würde. Ihr Bein begann warm zu werden. Sie hielt es starr. Sie wollte es nicht bewegen, weil sie nicht wußte, ob Vincenzo dem eine Bedeutung geben würde. Sie spürte, daß er jetzt auch seinen angewinkelten Ellbogen gegen ihren Arm lehnte, so leicht, daß es Zufall hätte sein können.

Ganz langsam schob Vincenzo seine Hand auf sein Bein, so daß der Handrücken kaum spürbar ihr Bein berührte. Sie mußte schlucken und hoffte, daß er es nicht gehört hatte.

Vincenzo lachte leise. »Eigentlich haben wir beide einen Orden verdient, weil wir einen wunderschönen Kunstschatz wiederentdeckt haben. Die Touristen werden nur so herbeiströmen, und die Kirche wird sich wieder füllen. Der Propst sollte uns dankbar sein.«

Sie lauschten beide eine Weile in die Nacht. Vincenzos Fuß berührte ihren Knöchel. Marion wagte immer noch nicht, sich zu rühren, lauschte auf seinen Atem und fragte sich, ob sein

Mut ausreichen würde, noch einmal mit seinem Fuß über ihren zu streichen, der wie elektrisch aufgeladen war. Sie erschrak fast, als Vincenzo seinen Fuß über ihren Knöchel und ihre Wade wandern ließ.

Sie stand auf und wußte, daß jetzt irgend etwas geschehen konnte. Sie kehrte ihm den Rücken zu. Die Stille war plötzlich so schwer, als könne man sie anfassen. Obwohl sie nicht das leiseste Geräusch gehört hatte, wußte sie, daß er direkt hinter ihr stand. In ihrem Kopf tauchte wie ein Blitz die Frage auf, was passieren würde, wenn sie sich jetzt umdrehte. Sie war fast sicher, daß etwas geschehen würde. Sie zögerte einen Augenblick, drehte sich langsam um, sah seine Augen, die die ihren suchten, und dann fühlte sie sich wie von einem Schraubstock umklammert.

Es war nicht bedrohlich. Sie wußte, daß die leiseste Geste ausgereicht hätte, um ihn in einen beschämten Mann im Dunkel eines Badezimmers zurückzuverwandeln, aber sie wollte das gar nicht. Sie ließ sich wild küssen, und dann ging alles sehr schnell. Sie fühlte sich hochgehoben. Sie hätte jetzt nur ganz leise ein Nein flüstern müssen, aber sie tat es nicht. Sie fühlte, daß er ihren Slip packte, ihn herunterzog, sie gegen das Waschbecken preßte, und dann hörte sie ihn flüstern, er halte jetzt endlich etwas in den Armen, was er nie wieder loslassen wolle. Und dann stieß er seinen Unterleib so heftig gegen sie, daß sie die Hand vor den Mund riß, um nicht schreien zu müssen.

XVI

Marion träumte jetzt nicht mehr, aber sie dachte auch noch nichts. Ihre Welt bestand aus einer Hülle weicher Wärme und nicht aus einer Steppdecke und einem Bett, in dem sie nichts zu suchen hatte. Marions Erinnerung baute auf einer Bühne, die ihre Traumfiguren gerade verlassen hatten, das Bild eines anderen Bettes auf, in dem sie neben einem nahezu unbekannten Mann aufgewacht war. Er hatte lange Locken gehabt und einen athletischen Körper. Er war ein verheirateter Universitätsdozent aus Perugia gewesen. Auf der Party am Vorabend hatte er es eigentlich auf eine andere Studentin abgesehen, aber das war Marion egal gewesen.

Sie kuschelte sich in die Hülle weicher Wärme und nahm im Halbschlaf den Duft von Vincenzo wahr. Er hatte im Mondschein neben ihr gesessen und sie behutsam gestreichelt. Er hatte jeden Zentimeter ihres Rückens, ihres Pos, ihrer Beine gestreichelt, so daß sie darüber eingeschlummert war, bis er es gewagt hatte, sie durch einen sanften Kuß auf den Nacken zu wecken. Sie hatte ihn zu sich gezogen, ihn wie einen Kater auf den Rücken gedreht und sich einfach auf ihn geschwungen, während er schüchtern erst ihre Arme und Schultern, dann vorsichtig ihre Brüste berührte. Sie hatte ihn schließlich dazu gebracht, alle Furcht zu vergessen, bis der Groschen bei ihm gefallen war und ein befreiendes Kribbeln über die Haut ihres Körpers jagte, bis unter die Haarspitzen.

Die Bühne verschwand allmählich. Als Marion eine aufgeplatzte Naht an einer mit gelben Blumen bedruckten Steppdecke wahrnahm, wußte sie, daß der neue Tag den Schlaf besiegt hatte. Sie lag auf einem Kiefernholzbett. An einem dunkelbraunen Wandschrank lehnte ein Paar Ski. Sie hörte

Peos Stimme von unten aus dem Erdgeschoß und eine zweite männliche Stimme, die sie nicht kannte. Trotzdem sprang sie nicht auf. Sie wollte sich weder verstecken noch fliehen, und ihr Verstand brauchte eine Weile, um zu begreifen, warum das so war. Statt sich vor der Entdeckung zu fürchten, fühlte sich Marion plötzlich frei. Sie hatte alle Brücken abgebrochen. Nichts würde mehr so sein wie zuvor. Ihre bedrückende Beziehung zu Alessandro war beendet, besiegelt, und das Siegel war ihr Körper. Ab sofort würde er nur noch ihr selbst gehören.

Marion stand auf. Durch das kleine verwitterte Holzfenster flutete die Sonne in das spartanische Priesterschlafzimmer. Gleich nebenan lag ein kleines Badezimmer mit einer Sitzwanne, die wie in einem billigen Hotel nur mit einem Seifenstück und einer winzigen Shampooflasche ausgestattet war. Marion entdeckte eine neue Reservezahnbürste in einem Kulturbeutel unter dem Waschbecken und beschloß, daß dieser Anspruch an ihn gerechtfertigt war. Sie betrachtete sich im Spiegel, während sie ihre Zähne putzte, und fragte sich, ob sie sich dafür schämen sollte, splitterfasernackt im Badezimmer eines Vikars zu stehen. Sie schämte sich nicht.

Marion stieg in die kleine Wanne, stellte die Brause an, prüfte die Temperatur des Wassers und seifte sich ein. Sie schamponierte die Haare, und zwischen dem Wasserstrahl und den Fliesen, die sie undeutlich erkennen konnte, tauchten für einen Augenblick die verzerrten Gesichter der alten Weiber des Ortes auf, die ihr die Haare schoren und sie dann nackt durch die Stadt jagten.

Als sie schließlich im Schlafzimmer ihre Nylons auf Laufmaschen überprüfte, hörte sie immer noch die beiden Stimmen im Erdgeschoß. Der Unbekannte sagte gerade: »Ich bin gekommen, weil ich in den Frühnachrichten des Lokalradios von dem Einbruch in die Kirche San Nicola gehört habe.«

Als Marion fertig angezogen war, nahm sie ein Buch aus dem Holzregal, stellte es aber wieder weg. Sie würde sich nicht verstecken. Sie prüfte einen Augenblick ihre Frisur im Spiegel, strich die noch feuchten Haare hinter die Ohren und überlegte, ob sie ihm schaden würde, wenn sie jetzt einfach hinunterginge. ›Das hätte er sich früher überlegen müssen‹, dachte sie und stieg die Treppe hinab.

Peo saß in einem Schlabberhemd und kurzer Hose inmitten der Fußbälle im Wohnzimmer. Ein ebenfalls noch junger, aber nahezu kahlköpfiger Mann, der eine schwarze Soutane trug, saß ihm gegenüber. Eine Kaffeekanne und drei Tassen standen auf dem Tisch. Als Peo sich erhob und sagte: »Hoffentlich haben wir dich nicht geweckt«, wußte sie, daß es richtig gewesen war herunterzukommen.

Der fremde Priester stand auf, und Peo stellte ihn vor: »Das ist Monsignore Meinhard von Hohendorff. Er leitet im Vatikan das Biblicum.«

»Ich freue mich, Sie kennenzulernen«, sagte der Monsignore und bat Marion, Platz zu nehmen. Sie sah seinem Gesicht sofort an, daß er die Situation durchschaut hatte, und setzte sich nicht.

»Ich wollte mich eigentlich verabschieden«, sagte Marion.

Von Hohendorff schenkte Kaffee in die dritte Tasse ein und erklärte: »Ich hatte ohnehin vor aufzubrechen. Ich bin nur noch hier, weil Vikar Peo erwähnte, daß er daran denke, die Kirche zu verlassen. Es passiert schließlich nicht alle Tage ...«

Sie spürte, daß sie jetzt doch rot wurde, und hielt das feine Lächeln auf Hohendorffs Gesicht für ein abgefeimtes Grinsen. Obwohl sie wußte, daß es ihr gleich leid tun würde, sagte sie: »Was passiert nicht alle Tage? Sie meinen, es passiert nicht alle Tage, daß Sie mit einem Vikar und dessen Liebchen frühstücken.«

Sie sah, wie Vincenzo in sich zusammensackte. Von Hohendorff hingegen blieb ungerührt.

»Ich muß mich entschuldigen. Ich habe mich mißverständlich ausgedrückt«, sagte er und stand auf.

Peo stellte seine Tasse ab und sah Marion an. »Was redest du denn? Ich liebe dich.«

Von Hohendorff setzte sich wieder, rührte in seiner Tasse und sagte: »Es passiert mir immerhin nicht oft, daß ich gleich beim Frühstück an so bewegenden Szenen teilhaben darf.«

Marion nahm die Tasse, die Vincenzo ihr anbot, rührte um und mußte plötzlich lachen. Von Hohendorff, der sie einen Augenblick unschlüssig angesehen hatte, brach ebenfalls in Gelächter aus und mußte einen Schluck Kaffee trinken, um wieder zu Atem zu kommen.

»Nachdem das also geklärt ist, würde ich gern noch eine Frage stellen: Sie haben keine Erklärung dafür, wie es möglich ist, daß der Grabstein sich nicht mehr in der Kapelle befindet?«

»Nein«, sagte Peo.

»Da kann man wohl nichts machen«, seufzte von Hohendorff und stand auf. »Aber falls Sie Mutter Kirche wirklich adieu sagen wollen, wird es Sie vielleicht interessieren, daß meine Familie eine Privatuniversität in der Schweiz besitzt. Theologen mit Praxiserfahrung können wir immer gebrauchen.« Er nickte Marion zu. »Auf Wiedersehen.«

Marion wünschte dem Monsignore einen guten Tag. Die Haustür schlug zu.

Sie setzte die Kaffeetasse ab und wartete auf ein Anzeichen von Befangenheit, erwartete, daß Vincenzo jetzt seine Selbstvorwürfe vor ihr ausbreiten würde, aber er nahm sie einfach in den Arm und küßte sie. Er hatte schnell gelernt.

Sie löste sich vorsichtig von ihm. »Ich glaube, ich habe dir zu danken«, sagte sie.

»Das verstehe ich nicht«, antwortete er.

»Das macht nichts. Aber du hast mir geholfen.«

»Ich möchte bei dir bleiben«, sagte er.

»Das geht nicht. Ich muß erst mal weg, Vincenzo.«

»Wohin willst du gehen?« Er sah sie an.

Sie streichelte seine Wange. »Wenn du mich wirklich wiedersehen willst, dann wirst du mich schon finden.«

»Und wie willst du das jetzt mit Alessandro machen? Kann ich dich nicht einfach begleiten?«

»Das ist nicht nötig.«

»Und all deine Sachen?«

Sie stand schon im Flur und hatte die Klinke in der Hand. »Mach dir keine Sorgen. Du weißt doch: Ich kann fliegen.«

XVII

Das Klirren von Flaschen, vermischt mit dem Geklapper von Dosen, die zusammengewürfelt in Einkaufstaschen auf den Boden gestellt wurden, verriet Propst della Cave, daß gerade die Einkäufe gebracht wurden. Er versuchte weiter im Brevier zu lesen und das leise Murmeln zu überhören, das jetzt einsetzen mußte. Der Propst hatte es Valentina immer wieder untersagt, es ihr regelrecht verboten, aber trotzdem hatte sie die Einkäufe in all den Jahren immer wieder von wechselnden Krämern nach Hause bringen lassen, um dort, in der Wohnung des Propstes, um den Preis zu feilschen. Er haßte es, wenn sie wieder und wieder zur ewig gleichen Rede ansetzte, daß alles immer teurer werde, daß die Preise unverschämt seien, daß sie mit dem bißchen Geld, das er ihr gebe, nichts Anständiges mehr auf den Tisch bringen könne.

Er hatte es ihr nur einmal zu sagen gewagt, daß er ihre Fleischberge und raffinierten Nudelaufläufe gar nicht wolle, daß er ihre Torten und das kandierte Obst, die mit unendlicher Geduld gefüllten Tomaten nicht vermissen würde, daß er es haßte, immer wieder genötigt zu werden aufzuessen, was sie aus der Küche herbeischleppte. Er wußte, wohin diese Auseinandersetzung führen würde. Sie würde leise, aber scharf sagen, daß ihr Dienst dann ja wohl überflüssig sei, daß sie im Grunde nicht gebraucht werde, daß sie schließlich auch ein Mensch sei und ein Anrecht auf Anerkennung habe und daß sie diese ganze Streiterei mit den Krämern für wen denn wohl auf sich nehme – für ihn selbstverständlich.

Also ließ er alles, wie es war, und das war das schlimmste: Daß sich nie etwas änderte, daß sie immer wieder in seinem Namen um jedes Gurkenglas mit den Krämern feilschte.

Endlich hörte er, wie die Küchentür aufgemacht wurde und kurz darauf die Haustür ins Schloß fiel.

Er versuchte, sich auf das Brevier zu konzentrieren. Aber er wußte genau, was jetzt in der Küche geschah: Sie würde die Mehltüten und Essigflaschen sorgfältig im Schrank verstauen, würde den Schinken und den Käse wie einen bedrohten Schatz in den Kühlschrank legen, und er wußte, daß er jetzt nicht in die Küche gehen konnte, nicht einmal, um ein Glas Wasser zu holen. Die Zeit nach dem Einkauf gehörte ihr. Seine bloße Anwesenheit, sein ausdrucksloses Gesicht würde sie als Vorwurf auslegen. Ein paar Tage lang würde bleiernes Schweigen herrschen, ein unerträglicher stummer Vorwurf in der Luft liegen. Es war also besser, alles hinzunehmen, das wußte der Propst.

Als plötzlich die Küchentür erneut aufgemacht wurde, dachte der Propst zunächst, der Krämer habe noch einen Gehilfen dagelassen, aber dann erkannte er Valentinas Schritte auf dem Korridor, und er wußte, daß etwas Außergewöhnliches vorgefallen sein mußte.

Sie zog die Tür auf und schloß sie rasch wieder hinter sich, bohrte die Hände in die Taschen ihres Kittels. Er sah, daß sie aufgeregt war.

»Es geht um Vikar Peo«, sagte sie.

»Und?« fragte der Propst. »Reden Sie!«

»Frau Locarini hat Marion Meiering zusammen mit dem Vikar in der Nacht, als die Kirche aufgebrochen wurde, in seine Wohnung laufen sehen. Und sie kam erst am nächsten Morgen wieder heraus.«

»Was?« schrie der Propst.

»Es ist wahr, die ganze Stadt redet schon darüber. Sie sollen in dieser Nacht beide sehr schmutzige Kleider getragen haben. Als die Gemeinderatsmitglieder dann beim Vikar klingelten, um ihn zu holen, weil sie den Krach der einstürzenden Kapellenwand gehört hatten, stellten sich beide taub. Sie antworteten nicht, obwohl lange an die Tür geklopft wurde.«

»Entsetzlich«, flüsterte der Propst. Er schlug mit der Hand auf den Tisch.

»Alle wissen es schon. Der Vikar hat mit ihr zusammen die Kapelle aufgebrochen, erzählt man sich im Dorf. Ein ganz schönes Früchtchen«, sagte sie. Dann drehte sie sich rasch um und schloß die Tür leise hinter sich.

Der Propst versuchte seinen Atem zu beruhigen. Er befürchtete einen Asthmaanfall und stand auf, um besser Luft zu bekommen.

›Es ist wahr‹, dachte er, ›es ist wahr, sie hat Simon einen Ausgang geschaffen, und dann hat sie den Vikar verführt. Das Wort ist wahr geworden‹, dachte der Propst. Er wußte genau, was er zu tun hatte, aber dazu mußte er allein sein. Selbst wenn er jetzt in sein Schlafzimmer ging, bestand die Gefahr, daß Valentina unter dem fadenscheinigen Vorwand, wissen zu wollen, wie es ihm ginge, hinter ihm herkäme. In die Kirche konnte er auf keinen Fall gehen. Er konnte sich hier einschließen. In Itri hatte er das nie getan, in den Türen steckten gar keine Schlüssel, aber hier gab es einen. Er wußte, daß sie das Knacken des Schlosses hören, nichts darüber sagen, aber ihm zu verstehen geben würde, daß sie es gehört hatte, daß sie wußte, er glaube es nötig zu haben, sich einzuschließen. Er drehte den Schlüssel, so leise er konnte, im Schloß herum und kniete sich auf den nackten Boden.

Irgendwann in seiner Kindheit hatte er diese geheimnisvolle Kapelle in seinem Inneren entdeckt. Er hatte sein Leben lang darin gebetet, vor einer großen goldschimmernden, verschlossenen Tür, hinter der Gott in ihm wohnen mußte.

Er hatte nur Priester werden können, weil er das glaubte. Er hätte niemals ein normales, sündiges Leben führen können, weil er in dieser Kapelle dann nicht mehr vor sich selbst hätte bestehen können. Er hatte niemals jemandem von diesem Ort erzählt. Er schloß die Augen und war sofort dort, aber bevor er noch Zeit hatte, sich in dem Heiligtum hinzuknien, sah er, daß die goldene Tür offenstand und ein helles Licht herausstrahlte. Er warf sich vor Schreck zu Boden, wie bei seiner Priesterweihe.

»Herr?« fragte er und verspürte ein Gefühl, eine Empfindung, die er in Worte zurückübersetzen mußte, und dann verstand er die Antwort: »Ja, ich bin es.«

»Mein Gott, warum ich?« flüsterte er. »Warum zeigst du dich ausgerechnet mir?«

»Es mußte in Ariccia sein. Es konnte sich nur dort zutragen. Du bist nach Ariccia gegangen.«

»Aber ich bin es nicht wert.«

»Wir kennen uns schon lange, so viele Jahre. Es mußte soviel Zeit vergehen, weil Treue nach Zeit verlangt.«

»Herr, es ist wahr, es waren sehr viele Jahre. Aber ich bin alt. Ich weiß nicht, ob ich noch stark genug bin, um für dein Wort kämpfen zu können.«

»Fürchte dich nicht, du weißt doch, wem ich eine Aufgabe stelle, dem gebe ich auch die Kraft, sie zu erfüllen. Das Wort Gottes wird sich selbst Geltung verschaffen. Du bist nur ein Werkzeug.«

»Ich bin so dankbar, daß es mir widerfahren ist.«

»Du hast die Zeichen erkannt, und du hast die Zeichen richtig gedeutet. Geh jetzt! Es liegt ein langer Weg vor dir.«

Der Propst schlug die Augen auf, erhob sich mühsam und spürte, daß er am ganzen Körper zitterte. Er wischte sich den Schweiß von der Stirn.

»Danke«, sagte er, dann erst hörte er, daß Valentina an die Tür klopfte und rief: »So machen Sie doch endlich auf. Ist Ihnen etwas passiert?«

XVIII

Marion lauschte. Sie versuchte, das Brausen der Autos draußen vor dem dicken Eichenholzportal des Palastes zu überhören, und hielt sogar die Luft an, um sich ganz auf das Lauschen zu konzentrieren. Sie stand vor Alessandros verschlossenem Zimmer, legte ihr Ohr an die Flügeltür, um irgendein Geräusch aufzufangen, das verriet, was er jetzt tat. Das Rücken eines Stuhls etwa, das Quietschen einer Schranktür, das Zuklappen eines Buchdeckels. Doch sie hörte nichts.

Marion ließ die Tür zum Hof laut hinter sich zufallen und ging hinüber zu ihrer Waffenkammer. Der Kies knirschte unter ihren Sohlen. Als sie die Tür öffnete und immer noch keine Schritte zu hören waren, zweifelte sie nicht mehr daran, daß Alessandro ausgegangen war.

Marion betrat ihr Zimmer, schloß die Tür hinter sich und öffnete den großen Kleiderschrank, der noch immer nach Waffenöl roch. Sie wußte genau, was sie jetzt zu tun hatte. Sie wählte aus dem Stapel der Blusen und Pullover nur ihre drei Lieblingssachen aus, ließ alle hochhackigen Schuhe stehen und nahm die Reisetasche aus dem Schrank, die sie in Gedanken bereits gepackt hatte, als sie zu Fuß zurück zum Schloß gegangen war.

Ihre Phantasie hatte sie sogar schon in eine Kneipe irgendwo in Deutschland versetzt, wo sie einer sympathischen Frau, die sie gerade erst kennengelernt hatte, beim dritten Glas Wein erzählen würde: »Weißt du, ich habe mal in einem Schloß gewohnt. Ja, in einem richtigen Schloß in Italien.«

Marion hatte erst die Hälfte der vorgesehenen Schuhe und noch kein einziges Teil Unterwäsche eingepackt, als ihr prinzipiell guter Plan an der zu kleinen Tasche scheiterte. Nicht einmal das Notwendigste paßte hinein. Als habe das Prinzip dadurch grundsätzlich Schaden erlitten, sah sie auch in dem übrigen Plan plötzlich immer mehr Schwachstellen. Wo wollte sie eigentlich hin? Über die sieben Berge zu den sieben Zwergen? Sie hatte niemanden gefragt, ob sie überhaupt kommen könnte. Sie packte langsam alles wieder aus und stellte die leere Tasche zurück in den Schrank. Sie sortierte ihre Wäsche, fand den Mut, einen seit langem unbenutzten Schal wegzuwerfen, und stapelte überflüssigerweise die Unterwäsche auf ihr Bett.

Während sie die gemusterten Slips sortierte, überlegte sie, ob sie gesehen worden war, als sie das Haus des Vikars verließ, die Treppe hinunterlief und in der Seitengasse verschwand. Sie war sich plötzlich sicher, gesehen worden zu sein.

Während Marion immer mehr Wäsche in kleinen Häufchen auf das Bett stapelte, fiel ihr Blick auf eine Teetasse auf dem Schreibtisch und die Wolldecke auf dem Sessel. Ein Rest von zuckrigem Tee war in der Tasse. Er mußte hier nachts auf sie gewartet haben. Sie sah sich in dem Zimmer um, das sie ohne Grund in ein einziges Chaos verwandelt hatte, nahm die Tasse und ging hinaus.

Sie überquerte den Hof und sah, daß die Tür zum Erdgeschoß des Palastes offenstand. Alessandros Zimmertür dagegen war geschlossen. Marion kehrte um und stieg die Freitreppe hinauf, die auf jedem Absatz mit einer kopflosen griechischen Marmorbüste geschmückt war, und entdeckte, daß auch das Portal, das in den Ballsaal führte, weit geöffnet war. Der Saal war leer. Marion war froh, nur ein leises Knistern der Holzbalken zu vernehmen und nichts weiter zu sehen als die prächtigen Fresken, die die Siege von Marcantonio Chigi über die Türken darstellten.

Nachts hatte sie manchmal geglaubt, aus der Ecke, in der jetzt unbenutzt die morschen und verrosteten Harfen, Trompeten und Klarinetten umherlagen, Musik zu hören. Sie hatte nie den Mut gefunden, hierherzuschleichen und durch das

Schlüsselloch zu spähen. Sie war sicher, sie hätte die Geister der Musiker und Tänzer gesehen, die für die gelähmte Gräfin, deren alter Rollstuhl noch immer oben auf der Balustrade stand, einen Rokokotanz aufführten. Sie wollte den Ballsaal schon wieder verlassen, als sie neben der Tür zur Kapelle eine weitere schmale Tür offenstehen sah, die ihr noch nie aufgefallen war.

Sie war gut getarnt gewesen. Die brüchige Stoffbespannung paßte sich der Wanddekoration perfekt an. Marion ging auf die Tür zu und entdeckte einen Treppenaufgang, der so schmal war, daß man aufpassen mußte, nicht mit den Schultern die Wände zu streifen. Sie stieg die Treppe langsam hinauf, erschrak über das Skelett einer Taube auf einer Stufe und tastete sich durch die Dunkelheit, bis sie vor einer weiteren Tür stand.

Einen Augenblick lang fürchtete sie, sie könnte verschlossen sein und die Tür, durch die sie gekommen war, sei zugefallen, so daß sie in dem schmalen dunklen Schlauch wie in einem Grab gefangen wäre. Aber die Tür ließ sich mühelos öffnen.

Die Fenster des Studiolo waren mit Brettern vernagelt worden. Durch die Ritzen fielen nur schmale Lichtstreifen in den großen, hohen Raum. Sie stand in einer Bibliothek. Die vergitterten Wandschränke ringsherum reichten bis an die Kassettendecke aus Holz. Man konnte durch die Gittertüren der Schränke erkennen, daß einige der Regalbretter durchgebrochen waren. Die antiken Bücher waren heruntergefallen und drückten jetzt gegen die Türen. Eines Tages würde die Masse der Bücher auch die morschen Schranktüren durchbrechen und die drei Lesetische und das gute Dutzend Stühle unter sich begraben.

Alessandro Chigi saß an einem dieser Tische vor einem dicken Folianten. Er trug seinen dunklen Umhang, ein Erbstück des Großvaters.

»Was machst du da?« fragte Marion.

»Wie hast du mich gefunden?«

»Die Türen standen auf.«

»Ich habe das Buch hier gesucht. Der Propst hat mich gebeten, es ihm zu bringen. Es gehörte meinem Großonkel, dem letzten Propst von San Nicola.«

»Was ist das für ein Buch?«

»Es ist eine illustrierte Ausgabe der Legenda Aurea, eines mittelalterlichen Werks des Bischofs von Varazze bei Genua, Jacobus de Voragine. Er schreibt über einen gewissen Simon den Zauberer. Der Propst glaubt, daß das Mosaik, das in der Kapelle gefunden wurde, damit zu tun hat.« Er machte eine Pause, holte Luft und sagte dann: »Der Propst glaubt, daß du die Kapelle aufgebrochen hast.«

Die hufeisenförmig zusammengestellten Tische schienen ihr jetzt von Gespenstern besetzt zu sein, die sie allesamt beobachteten und über sie richten würden.

»Du warst es! Wegen deiner unseligen Angst vor dem Grab unter der Kirche. Richtig?«

Marion schwieg.

»Du hast dich die ganze Nacht hindurch irgendwo in der Kirche versteckt, weil der Gemeindevorstand plötzlich kam und alles durchsuchen ließ.«

Sie nickte.

»Wo?«

»Auf dem Dach.«

»Mein Gott, was ist bloß in dich gefahren? Wie hast du es überhaupt geschafft, eine Mauer aufzubrechen?«

Sie trat an den Tisch und betrachtete den Folianten. Alessandro tippte auf eine bestimmte Stelle, und Marion las. Sie las die Geschichte des Mannes, den sie in der Kapelle unter der Kirche San Nicola am Mosaikhimmel hatte fliegen sehen. Simon der Zauberer flog, um Kaiser Nero seine Macht zu zeigen. Da fiel der Apostel Petrus auf die Knie und betete: *»Ihr Engel Satans, die ihr ihn tragt, ich beschwöre euch bei unserem Herrn Jesus Christus: Tragt ihn nicht weiter, sondern laßt ihn herunterstürzen!«* Und sie ließen ihn fallen, Simon stürzte zu Boden, brach sich das Genick und gab den Geist auf.

»Es ist die Geschichte aus der Kapelle«, sagte Marion.

»Du bist vor dem Grab des Fliegers abgestürzt. Du hast den Geist des Mannes geweckt. Er ist es, der dich so verändert hat«, sagte Alessandro. »Hier steht im Kommentar, daß Simon immer mit zwei Attributen dargestellt wird: einem Hund, weil er ihn auf Petrus hetzt, und dem Feuer, weil Simon unbeschadet im Feuer verharren kann.«

»Du spinnst. Und das Gespenst Simon hat dann auch das Buch über mich geschrieben, oder was?«

»Er hat es dir zukommen lassen. Jetzt denkst du nur noch an ihn. Er beherrscht dich. Einen normalen Menschen verstehst du gar nicht mehr.«

»An deiner Geschichte stimmt was nicht«, sagte Marion. Sie blätterte in dem Buch. »Die Geschichte mit Simon dem Zauberer spielt in Rom. Simon stürzt über dem Forum ab. Warum sollten sie seine Leiche hierhergebracht haben, um sie zu begraben? Fünfundzwanzig Kilometer weit? Das ist doch unlogisch. Warum hätten sie ihn ausgerechnet nach Ariccia bringen sollen?«

XIX

Propst Sante della Cave pflügte sich einen Weg durch das vollgestellte Zimmer der Vikarswohnung. Im Takt seines Stocks, den er nach jedem zweiten Schritt dumpf auf den Fußboden stieß, zog sich der junge Mann in Jeans, der nur eine Soutane übergeworfen hatte, als es an der Tür schellte, um. Als der Propst am Ende des Zimmers angekommen war und mißbilligend in das staubige leere Weihwasserschälchen an der Wand blickte, hatte sich Vincenzo, auf dem Sofa sitzend, die Soutane zugeknöpft, das strubbelige Haar glattgestrichen, unter dem Tisch die Turnschuhe abgestreift und war in die schwarzen Lederschuhe geschlüpft. Angetrieben von den Taktschlägen des Spazierstocks hatte sich der junge Jeansträger wieder in Vikar Peo verwandelt.

Aber der Vikar saß nicht demütig, sondern selbstbewußt auf der Sofakante und dachte auch nicht daran, seinem Vorgesetzten etwas Erfrischendes anzubieten.

Propst Sante della Cave stieß mit dem Stock einen Ball beiseite, der über den Fußboden rollte, und schnauzte: »Und dann räumen Sie dieses Zimmer endlich einmal auf. Wenn jemand zu Ihnen kommt, um den Tod eines Angehörigen zu melden, dann muß er sich zwischen dieses ganze Gerümpel setzen. Die Leute denken ja, Sie leben hier in einer Turnhalle.«

»Was die Leute denken ...«

Der Propst unterbrach ihn: »Die Leute sind meine Gemeinde und also auch Ihre Gemeinde, damit das klar ist.«

»Wir haben offensichtlich andere Auffassungen davon, wie man in einer Gemeinde arbeitet.«

Der Propst stand am Fenster und sah hinaus. »Das haben Sie ja allen eindrucksvoll gezeigt.«

Peo betrachtete das Profil des Propstes.

»Man redet über Sie. Überall tuschelt man über Sie. Das Dorf ist ein Wespennest, das ununterbrochen Ihren Namen summt. Man versucht gar nicht erst, es vor mir geheimzuhalten. Viele haben mich angesprochen. Es ist das Schlimmste, was einem Priester passieren kann, und ich dulde das nicht.«

Bei jeder Silbe stieß der Propst seinen Stock auf den Boden, als hätten sich Wespen einen Weg in das Zimmer gebahnt, wo er sie jetzt, Insekt für Insekt, knackend zerstampfte.

»Ich habe mir überlegt, ob ich es überhaupt noch verantworten kann, daß Sie mit Ihren besudelten Händen den Leib unseres Herrn in der Messe austeilen. Ich habe mir überlegt, ob ich Sie nicht mit Schimpf und Schande zurückjagen soll. Aber ich werde es nicht tun. Und ich sage Ihnen auch, warum ich es nicht tun werde. Nichts soll am guten Namen meiner Gemeinde hängenbleiben. Nichts. Heute kam sogar die Polizei zu mir. Wenn ich Sie jetzt wegschicke, ist das ein Eingeständnis der Schuld, und es wäre schlecht für die Kirche. Sie werden Ihre Strafe bekommen, eine harte Strafe. Aber erst dann, wenn ich es sage.«

Peo sah am Gesicht des Propstes vorbei durch das Fenster. Er bemerkte, daß sich die Gardinen am Fenster gegenüber bewegten. Alle wußten, was vor sich ging.

»Die Polizei glaubt, daß jemand in die Kapelle eingebrochen ist, um die antike Sarkophagplatte zu stehlen.«

Peo sah auf. »Das ist unmöglich«, sagte er. »Eine solche Platte müßte mehrere Tonnen wiegen, zehn Männer hätten damit zu tun, sie dort herauszuschleppen.«

»Das weiß ich«, sagte der Propst. »Die Einbrecher waren schon ein paar Augenblicke, nachdem die Mauer aufgebrochen wurde, wieder aus der Kirche verschwunden. Niemand hätte in so kurzer Zeit den Grabstein herausschaffen können.« Er ging wieder zum Fenster. »Trotzdem bin ich gespannt, wie lange die Polizei braucht, bis sie die Täter gefunden hat.«

Peo sah den Propst an, betrachtete die dünnen weißen Haare auf dem großen Schädel, den massigen Körper und dachte daran, daß er nichts über seinen Vorgesetzten wußte, außer, daß er als zu fromm galt, um ein guter Theologe zu sein.

»Ich bin gespannt, wann sie Marion Meiering festnehmen werden.«

»Wieso glauben Sie, daß sie es war?«

»Ich glaube es nicht. Ich weiß es. Sie hat ein paar Stunden, bevor es passiert ist, mit mir gesprochen. Jetzt im nachhinein scheint es mir fast, als habe sie versucht, sich meine Erlaubnis für diesen ungeheuerlichen Plan zu holen. Aber ...«

Peo blickte ihn ungläubig an.

»Aber sie konnte es nicht allein tun. Um die dicke Mauer aufzubrechen, hätte sie zwei stärkere Arme gebraucht, als sie hat. Sie hatte einen Komplizen.« Propst della Cave blickte Peo durchdringend an. »Hat die Polizei Sie danach gefragt?«

»Nein, noch nicht.«

Der Propst stand jetzt mitten im Zimmer, den Stock in der Hand, und Peo sah ihm plötzlich die ganze Härte an. Er sah die kompromißlose Entschlossenheit und meinte zum erstenmal erkennen zu können, was ihm der Prälat erzählt hatte. Daß der Propst aus einer armen Bauernfamilie stammte, daß er alle Entbehrungen kannte, daß er, statt einen Gärtner zu beschäftigen, Feldblumen vor dem Pfarrhaus wachsen ließ, weil sein Vater die neben dem Bauernhaus hatte stehenlassen, als einzigen Schmuck, den seine Mutter je bekommen hatte.

»Haben Sie sich eigentlich überlegt, wie Sie das je wiedergutmachen können? Haben Sie sich überlegt, daß Sie hier auf einer extra für Sie geschaffenen Vikarstelle sitzen, auf der Sie sich gewiß nicht überarbeiten? Wissen Sie denn nicht, daß junge Priester wie Sie für den Glauben hungern müssen und in Gefängnissen sitzen und sich tödliche Krankheiten holen, um den Glauben zu verbreiten, während Sie hier nur alles besudeln?«

Peo senkte den Blick.

»Es hat ihr jemand geholfen. Und am Freitag morgen, nachdem die Kapelle aufgebrochen worden war, kam Marion Meiering aus Ihrer Wohnung – die Nacht davor hat sie nicht bei sich zu Hause verbracht. Alessandro Chigi war auf der Polizeistation und im Krankenhaus, um sie zu suchen, die ganze Nacht lang. Das wissen alle. Es hat nicht einmal einen Tag gedauert, bis auch ich es wußte, und ich war im Dorf bestimmt der letzte.«

Peo starrte auf seine Schuhe. »Vielleicht muß ich überlegen, ob ich überhaupt noch Priester sein will«, sagte er leise.

Der Propst drosch mit dem Stock auf den Holztisch. »Nichts werden Sie sich überlegen. Ich werde Ihnen sagen, wann Sie diesen Talar ausziehen dürfen und wann nicht. Sie haben uns die Suppe eingebrockt, jetzt werden Sie sie auch auslöffeln. Sie werden sich wie ein vorbildlicher Priester benehmen, solange ich es für nötig halte. Statt alles hinzuschmeißen, um sich mit Ihrem deutschen Liebchen zu vergnügen.«

Peo spürte das Blut in seinen Ohren rauschen.

»Was hat sie bloß mit Ihnen gemacht?«

Peo schwieg.

»Was hat sie mit Ihnen gemacht? Was?«

»Ich weiß es nicht«, antwortete Peo. »Ich weiß nicht, warum es passiert ist.«

»Hören Sie mal, das hier ist kein Plauderstündchen, sondern eine Befragung durch Ihren Vorgesetzten. Was Sie sagen, ist mir ein bißchen zuwenig. Ich will wissen, ob sie Sie verführt hat.«

Peo sah auf.

»Glotzen Sie mich nicht so an. Mir sind die Bettgeschichten der Leute und erst recht die von Priestern zuwider, aber für diese Geschichte hier muß ich mich interessieren. Also sagen Sie mir, ob sie Sie verführt hat.«

Peo schwieg.

»Haben Sie ihr etwas versprochen, haben Sie sie überredet,

mit zu Ihnen zu kommen, haben Sie sie betrunken gemacht, reden Sie endlich!«

»Nichts von alledem«, flüsterte Peo.

»Dann hat sie Sie also verführt.« Der Propst stampfte mit dem Stock auf. »Herrgott, jetzt reden Sie doch endlich! Was meinen Sie, wie vielen Seminaristen ich schon die Leviten lesen mußte, weil sie mit einer Frau im Bett gelegen hatten. Alle haben versucht, sich damit herauszureden, daß sie verführt worden sind. Ihnen mache ich es jetzt so einfach, daß Sie nur noch ja sagen müssen, und Sie sitzen da und schweigen«, schrie der Propst.

Peo sagte nichts.

Der Propst stapfte zurück zum Fenster und drehte Peo den Rücken zu. Dann begann er plötzlich zu beten: »Herrgott im Himmel, wenn du kannst, dann vergib uns.«

»Ich kann meinen Schöpfer ganz gut allein um Vergebung bitten, das können Sie mir glauben«, sagte Peo trotzig.

Der Propst drehte sich um. Dann zischte er: »Ich habe ihn um Vergebung gebeten, weil ich einfach nicht umhin kann, in Ihnen eines der kümmerlichsten Werkzeuge zu sehen, dessen Gott sich je bedienen mußte. Aber ich kann jetzt nicht mehr anders. Ich sehe ein, daß es so sein muß.«

Peo starrte ihn an. »Was meinen Sie damit?«

Der Propst kam langsam auf ihn zu und stützte sich auf den Stock. »Daß ich nicht mehr umhin kann zu glauben, daß sich die Prophezeiungen der Petrusakten bewahrheiten.«

»Was sollen ausgerechnet die Petrusakten mit mir zu tun haben?«

Der Propst schwieg einen Augenblick. Dann sagte er leise: »Ich fürchte, Sie sind dazu auserwählt worden, Gottes Wort wahr werden zu lassen.« Er machte eine Pause. Dann fügte er hinzu: »Ich glaube, daß Gott in seiner unendlichen Güte einem seiner ärgsten Gegenspieler, nämlich Simon dem Zauberer, erlaubt hat, sich uns zu zeigen. In der Gestalt Marion Meierings. Das glaube ich.«

Peo starrte ihn an. »Was reden Sie da. Simon ist eine Randfigur in der Apostelgeschichte. Nur in der Legende taucht er überhaupt in Italien auf.«

Der Propst stampfte mit dem Stock auf. »Sie sind ein ungebildeter Dummkopf. Wissen Sie, daß schon der alte Propst Chigi über diese Sache den Kopf verloren hat?«

»Wie kommen Sie darauf?«

»Ich habe seinen Nachlaß gefunden«, sagte der Propst leise. Er ging in den Flur, bückte sich und öffnete seine schwarze Ledertasche, die er neben dem Eingang abgestellt hatte. Er nahm vier Bücher heraus, klemmte sie unter den Arm und richtete sich wieder auf. Er deutete mit dem Stock auf den Tisch, hinter dem Peo saß und der mit Zetteln und schmutzigen Kaffeetassen und Gläsern vollgestellt war. »Räumen Sie den Krempel da weg!«

Peo wollte aufstehen.

»Nein, bleiben Sie sitzen! Schieben Sie das Gerümpel nur etwas zur Seite. Mein Gott, wenn wir hier fertig sind, dann sollten Sie endlich einmal eine menschliche Behausung aus dieser Räuberhöhle machen.«

Peo türmte die Zettel auf einen Haufen und schob das Geschirr zur Seite.

Der Propst baute sich vor ihm auf und legte den Stapel Bücher ab. Dann nahm er das oberste, ein dickes Buch mit grauem Einband, und legte es vor Peo auf den Tisch. »Haben Sie das hier schon mal gesehen?«

»Ich glaube nicht.«

»Schauen Sie mich nicht so an!« schnauzte der Propst. »Ich weiß, daß Sie nichts begreifen, deswegen erkläre ich es Ihnen ja. Das sind die Petrusakten. Eine apokryphe Sammlung von Geschichten über den heiligen Petrus, die aufgeschrieben wurden, vermutlich schon bevor die Evangelien entstanden.«

Er schlug das Buch an einer markierten Stelle auf.

»Lesen Sie das achte Kapitel, Abschnitt dreiundzwanzig!«

»Wieso?«

»Nun lesen Sie endlich!«

Peo nahm das Buch, strich die Seite glatt und las: *»Petrus sagte: Sage, Simon, bist du nicht in Jerusalem mir und dem Paulus zu Füßen gefallen, als du die Heilungen, die durch unsere Hände geschahen, sahest und sagtest: ›Ich bitte euch, nehmt Bezahlung von mir, soviel ihr wollt, damit ich die Hand auflegen und solche Taten tun kann.‹ Als wir aber das von dir hörten, haben wir dich verflucht: ›Glaubst du, du könntest uns in Versuchung führen, weil wir Geld besitzen wollen?‹«*

»Und?« fragte der Propst.

»Wie, und?« sagte Peo.

»Was sagt Ihnen diese Stelle? Was erfahren wir da?«

»Na ja«, sagte Peo. »Das klingt schon ziemlich eigenartig. Dieser Simon glaubt offenbar, die Apostel beherrschten so etwas wie Zaubertricks, und die will er wohl kaufen. Ich meine, das ist schon etwas seltsam, aber alle Geschichten der Apokryphen sind irgendwie seltsam. Sonst gehörten sie ja auch zur Bibel. Die Apokryphen sind halt Geschichten, die sich irgendwer zusammenphantasiert hat.«

»Auch diese Geschichte hier?«

»Ja, auch diese ist wohl frei erfunden.«

»Wer erzählt uns das?«

»Ich weiß es nicht. Irgendein apokrypher Autor, der sich die Stelle ausgedacht hat.«

»Richtig«, sagte der Propst. »So lehrt es die Kirche. Die Apokryphen werden erzählt von irgendwelchen Phantasten, die sich Erzählungen zusammenspekulieren und die wahren Begebnisse, die in der Bibel stehen, als Hintergrund benutzen. Alles in allem sind es Scharlatane.« Der Propst nahm eine Bibel vom Bücherstapel, schlug sie an einer markierten Stelle auf und schob sie Peo hin. »Lesen Sie das hier vor, Kapitel acht, 18 bis 20 aus der Apostelgeschichte, das fünfte Buch des Neuen Testaments.«

Peo zog die Bibel zu sich herüber und las: *»Als Simon sah, daß durch die Handauflegung der Apostel der Geist verliehen* *wurde, brachte er ihnen Geld und sagte: Gebt auch mir diese Macht, damit jeder, dem ich die Hände auflege, den Heiligen Geist empfängt. Petrus aber sagte zu ihm: Dein Silber fahre mit dir ins Verderben, wenn du meinst, die Gabe Gottes lasse sich für Geld kaufen.*«

Peo schluckte. »Das gibt's ja gar nicht. Das ist ja genau die gleiche Episode.«

»Wer erzählt hier?«

»Der Evangelist Lukas.«

»Ja und nein«, sagte der Propst. »Lukas hat die Apostelgeschichte aufgeschrieben, aber es ist eine Glaubenswahrheit. Wir glauben, daß der wirkliche Erzähler der Heilige Geist ist, der diese Episode Lukas eingegeben hat. Der Erzähler ist Gott selbst, es ist das Wort Gottes, der es uns über den Heiligen Geist mitteilt.«

»Ja, sicher.«

»Aber wieso ist diese Stelle identisch mit einem Teil der Petrusakten? Hat Lukas bei den Petrusakten abgeschrieben, oder hat Gott den apokryphen Autoren Glaubenswahrheiten diktiert?«

»Das kann wohl kaum sein«, sagte Peo.

»Trotzdem steht die Stelle da. Wie erklären Sie sich das? Wie kommt die Wahrheit des Herrn in ein Buch, von dem die Kirche sagt, es sei ein Buch voller Lügen?«

»Ich verstehe das nicht.«

»Da sind Sie nicht der einzige. Ich sage Ihnen, der alte Propst ist darüber verrückt geworden. Er hat darum gekämpft, daß die Stelle aus der Bibel gestrichen wird, weil sie identisch ist mit den Petrusakten, die nicht zum Bibelkanon gehören. Er war überzeugt davon, daß diese Stelle zu Unrecht in die Bibel aufgenommen wurde. Aber ich sage jetzt: Das Gegenteil ist richtig.«

»Wie meinen Sie das?«

»Wenn ein Teil der Petrusakten die Worte des Heiligen Geistes sind, wie Sie gesehen haben, woher wissen wir dann, ob es in den Petrusakten vielleicht nicht noch andere Stellen gibt, die Worte des Heiligen Geistes sind? Kann es nicht sein, daß die Petrusakten zu Unrecht nicht als Teil der Bibel anerkannt werden? Was ist, wenn die Petrusakten komplett Gottes Wort sind und nur durch die Dummheit der Menschen nicht als solches erkannt wurden?«

Er schlug mit dem Stock auf den Tisch. Dann flüsterte er: »Daß die Stellen identisch sind, weist darauf hin, daß die Petrusakten ein Teil der Apostelgeschichte sind.« Er beugte sich zu Peo über den Tisch. »Gottes Wort ist unterschlagen worden.« Dann schob er Peo ein drittes Buch zu und sah ihn an.

Peo nahm es in die Hand. »Das kenne ich: Es ist die Legenda Aurea«, sagte er, »in der die Geschichte von Simon ausführlich erzählt wird.«

»So. Und wie kommt Ihrer Ansicht nach die ganze Simon-Legende da hinein, wenn sie doch in der Bibel unterschlagen wird?« fragte der Propst. »Wie kann eine Geschichte überleben, die zur Zeit der Apostel auf einem zerbrechlichen Papyrus aufgeschrieben wird und die schon die frühe Kirche für unecht hält und somit nicht für wert befindet, überliefert zu werden? Im Gegensatz zu den Evangelien. Dieses zerbrechliche Manuskript, von dem vielleicht eine halbe Handvoll im Umlauf war, ist auf dem Müllhaufen der Geschichte gelandet. Zufällig fanden ein paar Forscher 1957 in Ägypten eine erhaltene Handschrift. Aber warum, bitte schön, wurde ausgerechnet diese Geschichte tausend Jahre lang immer weitererzählt? So daß ein Bischof aus Genua sie 1263 in seine Heiligen-Sammlung aufnimmt? Wie hat sie diese tausend Jahre überstanden? Und wie kam sie aus Palästina nach Genua?«

»Ich weiß es nicht«, sagte Peo.

Der Propst sah ihn lange an. Dann sagte er nachdrücklich: »Wie dumm Sie doch sind! Es war Gott. Er hat sein Wort vor dem Untergang bewahrt. Und was hier geschehen ist . . .«

». . . ist ein Zeichen Gottes?«

Der Propst legte das vierte Buch auf den Tisch. »Das hier ist das Buch von Hippolyt, dem Gelehrten aus dem zweiten Jahrhundert, der die Petrusakten für echt hält. Lesen Sie. Da, diese Stelle, was da angestrichen ist, sechstes Kapitel, Abschnitt zwanzig.«

Peo las: *»Dieser Simon, der durch Zauberei viele verführte, gegen ihn leistete Petrus kräftig Widerstand.«*

»Es paßt alles zusammen«, flüsterte der Propst. »Marion Meiering sagt mir, sie solle unter der Kirche begraben werden, befreit den Geist des Simon, und was tut sie als nächstes? Sie verführt einen Vikar! Sie haben mich mehrmals gefragt, was damals während der Prozession beim Pfarrfest wirklich passiert ist.«

»Sie haben mir nie geantwortet.«

»Jetzt werde ich sprechen.«

Sich zu erinnern schien für den Propst eine gewaltige Anstrengung zu bedeuten. Er schwitzte, als hätte er einen Sack Steine zu tragen. »Ich habe sie gesehen, verstehen Sie?«

»Nein«, sagte Peo.

»Ich habe Marion Meiering gesehen, da oben am Himmel. Ich, der Pfarrer der einzigen Kirche Italiens, die Simon dem Zauberer gewidmet ist. Sie schwebte über uns, und die Leute blickten nicht mehr auf den Leib Christi, den ich in der Monstranz in Händen hielt. Sie sahen zu ihr hinauf. Ich weiß bis heute nicht, was in diesem Augenblick in mich gefahren ist, warum ich die Nerven verlor, warum ich niederkniete, wie Petrus es in der Legenda Aurea tat, und warum ich betete, wie Petrus betete: *›Ihr Engel Satans, die ihr ihn tragt, laßt ihn herunterstürzen!‹* Oder wie es in den Petrusakten heißt: *›Erzeige, Herr, schnell deine Gnade und bewirke, daß er entkräftet von oben herabfällt.‹* Ich weiß nicht, warum ich das damals getan habe. Jetzt glaube ich, daß es mir aufgetragen wurde.«

Peo starrte ihn an.

»Wissen Sie, daß ich ein solches Mosaik schon einmal in einer Kirche gesehen habe? Im Dom von Monreale ist dargestellt, wie Simon abstürzt. Es war genauso. Verstehen Sie?« sagte der Propst. »Ich sah sie dort oben und betete, und sie stürzte herab. Als ob der noch nicht zu Ende gedachte Gedanke, das kaum gesprochene Wort des Gebets eine allmächtige Waffe wäre, ein Blitzschlag, der die Welt verändert, so begann der Drachen über uns zu schaukeln, sie geriet ins Trudeln und stürzte ab.«

»Ist das wahr?« fragte Peo.

»Ja, das ist wahr, und seitdem habe ich jeden Tag zu Gott gebetet, daß wir nicht zusehen müssen, wie sich eine Prophezeiung erfüllt. Ich habe darum gebetet, daß es ein Zufall ist, daß sie über dem Grab des Simon abgestürzt ist, daß sie glaubt, in der Kapelle begraben zu werden, daß es ein Zufall ist, daß sie meinen Vikar verführt, daß sie mit ihm ausgerechnet dieses Grab öffnet, in dem ein Geist ruht. Ich betete darum, daß das alles ein Zufall ist.«

Der Propst nahm den Stock und zog sich das Buch von Hippolyt heran. Er las laut vor: »Es heißt bei Hippolyt 6,20: *Simon ließ seine Anhänger ein Grab schaufeln, und dann sagte er: Ich werde wieder auferstehen.«*

»Aber ich bitte Sie«, warf Peo ein. »Weder in der Bibel noch in der Legenda Aurea hat Simon irgend etwas mit Ariccia zu tun. Daß die Simon-Legende an der Wand unserer Kirche abgebildet wurde, heißt doch nicht, daß der Zauberer in der Kapelle begraben liegt. Und daß eine Geschichte über Jahrtausende weitererzählt wird, macht sie nicht wahr.«

Der Propst schob Peo noch einmal die Petrusakten zu. »Lesen Sie die markierten Sätze in Kapitel acht, Abschnitt zweiunddreißig.«

Peo las: *»Und Simon fiel von oben herab und brach den Schenkel an drei Stellen. So ins Unglück gekommen, fand er einige, die ihn des Nachts von Rom nach Ariccia brachten. Und dort gab der Engel des Teufels das Lebensende dem Simon.«*

Der Propst beugte sich zu Peo und flüsterte: »Die Polizei hat die Knochen des Skeletts mitgenommen, das in der Kapelle ohne Grabstein lag. Sie haben sie untersucht und mich angerufen, um mir das Ergebnis mitzuteilen. Der Mann starb vor knapp zweitausend Jahren an den Folgen eines dreifachen Bruchs des Beines.«

Peo spürte, daß er blaß wurde. Propst Sante della Cave erhob sich mühsam und wankte zur Tür. Dann drehte er sich noch einmal um. Er suchte Peos Blick, sah ihm in die Augen und sagte: »Ich werde kämpfen müssen, und ich will, daß Sie dabei auf meiner Seite stehen.« Dann wandte er sich ab und ging hinaus.

Pfarrbrief der Gemeinde von San Nicola

7. bis 13. September

»Das sollst du wissen: In den letzten Tagen werden schwere Zeiten anbrechen. Die Menschen werden selbstsüchtig sein, habgierig, prahlerisch, überheblich, bösartig, ungehorsam gegen die Eltern, undankbar, ohne Ehrfurcht, lieblos, unversöhnlich, verleumderisch, unbeherrscht, rücksichtslos, roh, heimtückisch, verwegen, hochmütig, mehr dem Vergnügen als Gott zugewandt.« (2. Timotheus, Kapitel 3, Vers 1–4)

Mit Bestürzung habe ich zur Kenntnis genommen, daß Unbekannte in unsere Kirche eingebrochen sind und die Mauer der seit Menschengedenken zugemauerten Kapelle aufgebrochen haben. Bisher haben wir keine Hinweise auf die Motive und die Täter erhalten. Wer in der Nacht zum 30. August Verdächtige gesehen hat, möge sich bitte bei mir melden.
gezeichnet: Propst Sante della Cave

Sonnabend:
18 Uhr: Messe.

Sonntag:
8 Uhr: Messe.
10 Uhr: Hochamt. Predigt Propst Sante della Cave.
17 Uhr: Vesper.
18 Uhr: Abendmesse.

Montag:
14 Uhr: Treffen der Meßdienergruppe »Kirchenmäuse« zur Schnitzeljagd.

Donnerstag:
19 Uhr: Gruppenleiterrunde: »Die Sophisten« treffen sich. Gemeinsames Kochen. (Pasta mitbringen, Tomatenmark ist noch da.)

XX

Vincenzo Peo hatte das Fenster der Sakristei geöffnet. Er konnte von hier aus die Straße überblicken, die zum Palast der Chigi führte. Aber noch sah er sie nicht kommen. Ein kleines Mädchen, das übermütig seine Einkaufstüte geschwenkt hatte, bis sie zerrissen war, saß am Straßenrand und versuchte zwischen den zersplitterten Mayonnaisegläsern und geplatzten Milchtüten ein paar unversehrte Dosen und einen Brotlaib zu retten. Das Mädchen stapelte die verschmierten Überbleibsel des Einkaufs auf eine Mauer.

Peo versuchte sich seine Chance auszurechnen. Er hatte unten am Grabmal der Familienkapelle der Chigi noch einmal nachgesehen. Heute war ohne Zweifel der Todestag des Fürsten Massimo Chigi. Es war natürlich möglich, daß gar nichts geschah. Aber Peo war ziemlich sicher, daß der traditionsbewußte Alessandro den Todestag seines Großvaters nicht vergessen würde. Natürlich könnte er allein kommen, Blumen auf das Grab legen und wieder verschwinden. Aber Vincenzo hoffte, daß er zusammen mit Marion erscheinen würde.

Das Kind am Straßenrand hatte jetzt genug vom Sortieren. Es klemmte die geretteten Sachen unter den Arm und lief die Straße hinunter.

Wenn Alessandro den Todestag nicht vergessen hatte, würde er bald auftauchen. Der Fürst wußte, daß er das Grab seines Großvaters nur vor halb fünf ungestört schmücken konnte, also bevor der Rosenkranz gebetet wurde, an den sich Vesper und Abendmesse anschlossen.

Peo wollte schon aufgeben, als er sie um die Ecke biegen sah. Sie wirkten wie Geschwister, weil beide von Kopf bis Fuß in schwarzer Kleidung steckten und keinerlei Notiz voneinander nahmen. Er trug einen Eimer, aus dem die Köpfe von Schnittblumen herausragten. Sie ging mit vor der Brust verschränkten Armen, den Blick auf den Boden gerichtet, am Straßenrand entlang.

Peo schloß hastig das Fenster, stürmte aus der Sakristei, stand schon in der Kirche und wußte, daß jeden Augenblick die Tür des Südportals aufspringen konnte, als ihm aufging, daß er keinen Plan gefaßt hatte. Was sollte er jetzt tun? Er meinte schon, ihre Schritte zu hören, und schlüpfte in den Beichtstuhl unter der Orgel.

Er zog den Vorhang des Beichtstuhls zu und raffte ihn dann ein wenig an der Seite, so daß er durch einen Spalt hindurchblinzeln konnte. Er sah trotzdem zunächst nichts. Er hörte nur, wie die Tür aufsprang und Schritte durch die Kirche hallten. Peo vergrößerte den Spalt und konnte jetzt sehen, daß Alessandro mit seinem Blumeneimer in der Seitenkapelle der Chigi verschwand, während Marion mit immer noch verschränkten Armen neben dem Eingang stehengeblieben war.

Peo zog vorsichtig den lila Vorhang zur Seite. Alessandro würde jetzt mit einem Lappen die Grabplatte sauberwischen. Peo pochte mit dem Knöchel seiner Hand gegen das Holz des Beichtstuhls. Das Geräusch schien durch die ganze Kirche zu hallen. Marion schaute zum Beichtstuhl hinüber.

Peo zog den Vorhang ganz zurück. Marion starrte ihn erschrocken an, senkte den Blick und schaute dann verstört wieder zu ihm hinüber. Peo winkte ihr zu, und nach endlosen Augenblicken kam sie in seine Richtung, durchquerte die Kirche, blieb neben dem Beichtstuhl stehen und bückte sich, als müsse sie ihren Schnürsenkel zubinden.

»Was zum Teufel tust du hier?« zischte sie.

»Ich muß mit dir sprechen«, flüsterte Peo. »Es ist wichtig.«

»Ich will nicht, daß du mir nachstellst.«

»Marion«, rief Alessandro. »Marion, wo bist du?«

»Sag ihm, daß du eine Vase suchst. Er weiß, daß der Propst hier die Vasen aufstapelt«, flüsterte Peo.

»Marion!« hallte es durch die Kirche.

»Ich suche nur eine Vase. Hier stehen doch immer ein paar herum«, rief Marion.

»Ja, das ist gut«, antwortete Alessandro.

»Hast du verstanden?« zischte sie. »Ich will nicht, daß er uns zusammen sieht.«

»Aber ich muß dir etwas sagen. Mein Gott, wir haben uns seit mehr als einer Woche nicht gesehen«, flüsterte Peo. »Ich habe etwas entdeckt.«

»Was?«

»Es gibt einen Zusammenhang zwischen deinem Buch und der Grabkapelle.«

»Ist das wahr?«

»Marion! Wo bleibst du denn?« rief Alessandro.

»Sag ihm, die Vasen haben alle einen Sprung, das ist tatsächlich so, das weiß er auch«, flüsterte Peo.

»Die Vasen haben alle einen Sprung!« rief Marion. Sie richtete sich auf.

»Ich weiß«, rief Alessandro zurück.

»Ich schau mal, ob ich eine heile Vase finde!« Marion bückte sich wieder. »Was willst du mir sagen?« flüsterte sie.

»Gib mir deine Hand.«

Er sah jetzt ihre Augen, die nur ein paar Zentimeter von ihm entfernt waren. Er legte seine Hand auf das Türchen des Beichtstuhls. »Gib mir deine Hand, bitte«, wisperte er.

Sie legte ihre Hand auf seinen Arm, und Vincenzo strahlte sie an.

»Wie hieß noch dieses Kennwort, das du gelesen hast?«

»Seine jungfräuliche, schön aufgewachsene Tochter.«

»Marion!« rief Alessandro. »Hast du was gefunden?«

»Sag ihm, daß du eine Vase gefunden hast und jetzt noch frisches Wasser holst.«

»Wo soll ich denn jetzt Wasser hernehmen?«

»Sag es ihm!«

»Alessandro, ich habe eine Vase. Ich hole noch frisches Wasser.«

Peo schlich sich gebückt aus dem Beichtstuhl, hockte sich neben sie und war sich nicht klar darüber, ob es nur an ihrer Überraschung lag, daß sie das Gesicht nicht wegdrehte, als er sie auf den Mund küßte.

»Komm«, flüsterte er.

Sie schlichen in eine Nische neben dem Beichtstuhl. Peo nahm eine große Vase. Aus der Wand ragte ein Wasserhahn. Er ließ Wasser einlaufen.

»Also, was ist mit der Lösung?«

»Der gleiche Satz steht am Anfang der Petrusakten.«

»Was für Akten?« flüsterte sie. »Simon hat eine Tochter?«

»Nein«, sagte Peo. Die Vase war jetzt voll. Er zog ein dickes schwarzes Buch aus der Tasche. »Simon hat keine Tochter. Aber Petrus hat eine. Er ist verheiratet in den Petrusakten. Er hat eine Tochter, und sie nennen sie ›seine jungfräuliche, schön aufgewachsene Tochter‹.«

»Marion! Was ist denn nun?« rief Alessandro.

»Ich kann das Buch jetzt nicht mitnehmen. Er wird mich fragen, wo ich es herhabe.«

»Ich bringe es dir in den Palast.«

Sie hörten jetzt Alessandros Schritte.

»Ich komme«, rief Marion.

Peo drückte ihr die Hand, und er fühlte, wie ihre Finger mit den seinen spielten.

»Komm morgen abend nach zehn Uhr. Dann schläft er.«

Sie verschwand im Halbdunkel im Säulenwald der Kirche.

XXI

Der Schlüssel lag noch immer, bewacht vom Blick des Vaters, in der schmalen Vertiefung der Fensterbank im Ankleidezimmer des Palastes. Sein Vater hatte ihn damals nur angesehen und kein Wort gesagt. Aber Alessandro Chigi hatte verstanden, was für ein Vertrauensbruch es gewesen wäre, diesen Schlüssel jemals anzurühren. Er hatte sich immer daran gehalten. Jetzt tastete Alessandro nach dem Schlüssel, wog ihn in der Hand und steckte ihn in das Schloß der doppelflügligen, mit abgenutztem Samtbrokat bespannten Tür. Er ließ sich leicht drehen. Alessandro betrat den verbotenen Saal.

Auf dem Steinfußboden neben dem Fenster spiegelten sich die Strahlen des Mondlichts in einer Pfütze. Regen mußte durchgesickert sein, obwohl die Jalousien und die Fenster geschlossen waren. Er ging ein paar Schritte in die Mitte des Raumes und erkannte das Himmelbett, von dem er wußte, daß es mit rotem Samt bezogen war. Er stand jetzt ungefähr dort, wo er auch mit seinem Vater gestanden hatte. Er konnte bereits das lebensgroße Porträt Kardinal Massimo Chigis in der Uniform eines Malteserritters an der Wand sehen. Das Mondlicht verlieh der Klinge des Schwertes, auf das der Kardinal sich mit beiden Händen stützte, eine außergewöhnliche Schärfe, als sei es soeben erst geschliffen und poliert worden. Nach und nach schälten sich die Umrisse des Nachttisches aus dem Dunkeln. Er konnte darauf das aufgeschlagene dicke Notizbuch erkennen, von dem er wußte, daß es in helles Leder gebunden war.

Sein Vater war noch nicht geboren worden, als die Lakaien den toten Kardinal Chigi aus diesem Zimmer getragen hatten, der nur bis zur aufgeschlagenen Seite in dem Tagebuch hatte nachlesen können, was seine Vorfahrin, die Gräfin Albernoz-

Chigi, im napoleonischen Lager während des russischen Kriegs erlebt hatte. Das Tagebuch lag seit dieser Zeit unberührt, und es schien Alessandro, als könnte er den Schauer, der ihn damals ergriffen hatte, noch spüren. »Wenn es je angerührt würde, müßte die Geschichte des Rußlandfeldzugs neu geschrieben werden«, hatte sein Vater gesagt.

Um es in die Hand zu nehmen, brauchte Alessandro nur vier Schritte zu gehen und sich leicht zu bücken. Er wagte nicht, seinem Vorfahren auf dem Gemälde noch einmal in die Augen zu blicken. Eine Sekunde lang stellte er sich vor, daß der Ritter sein blitzendes Schwert heben und auf seinen Nacken sausen lassen würde, während er sich bückte. Die Klinge würde die Sehne am Hals durchtrennen, Luftröhre und Adern durchschneiden, die Knochen zersplittern, bis der Kopf auf den Boden rollte. Aus dem Torso würde sich ein armdicker Strahl Blut ergießen und den Fußboden knöcheltief bedecken. Alessandro trat an das Bett, streifte den Samt, bückte sich, viel länger als nötig, als warte er auf etwas, erhob sich dann und ging mit dem Buch in der Hand aus dem Raum.

Er schloß die Tür hinter sich ab, steckte das Buch in die Manteltasche und formulierte im Geiste die ersten beiden Sätze, die er Marion sagen würde. Er wollte anfangen mit: »Dies ist ein echter Schatz unserer Familie. Wenn du das übersetzt und einem Verlag anbietest, wird man es mit Kußhand nehmen.« Er ging die Treppe hinunter. Sie würde zwar sofort erraten, daß er wußte, daß Don Bozzi ihr gekündigt hatte, aber das mußte er riskieren. Er war sicher, daß sie schon zu packen begonnen hatte, denn sie hatte ihn zum erstenmal um etwas gebeten. Sie hatte ihn gefragt, ob sie die Zeichnung behalten dürfe, die sie zusammengeknüllt gefunden hatte, als das Dach über dem Ballsaal repariert wurde.

Alessandro sah sich auf einem modischen Ledersofa in einem modernen Verlagsbüro sitzen und auf ermüdende Fragen über seine Familie Auskunft geben.

Er ging zum Vorplatz hinunter, wo die eisenbeschlagenen

Holzräder der Kaleschen einst tiefe Furchen in die Bodenplatten vor der Waffenkammer geschnitten hatten, in der jetzt Marion vermutlich an ihrem Schreibtisch saß und las. Dort, wo die Pferde angezogen hatten, die Hufe fest auf die Erde stampfend, waren die Ziegel zu Staub zerbröselt.

Er klopfte an ihre Tür. Unter dem Türspalt war kein Licht zu sehen, und er wußte, daß sein Klopfen nicht zu hören war, wenn sie die Zwischentür geschlossen hatte. Er drückte die Klinke herunter, aber es war abgeschlossen. Er hatte es ihr selbst geraten. Immer wenn er, noch zitternd vor Erregung, nachdem er mit ihr geschlafen hatte, auf den Hof trat, weil es zu ihren Regeln gehörte, daß er nicht über Nacht blieb, hatte er sie gebeten, doch abzuschließen, weil Wilderer nachts durch den Park streifen konnten. Er fühlte das Buch in der Tasche, freute sich heute aber nicht auf die Stille, die ihn in seiner Kammer erwartete, auf die Zeit, die er damit zubringen konnte, dem immer länger werdenden Schatten seines Betts im Mondlicht zuzusehen. Es gab eine vage Möglichkeit, daß sie noch einen Tee in der Bar von Simonetta Fracassi nahm, also ging er den Pfad hinunter, der in den Park führte, bog ab und stieg den vom Regen aufgeweichten Weg zur Straße hinauf.

Er drehte an dem Zahlenschloß, das die Holztür des Nebeneingangs versperrte, stemmte sich mit der Schulter gegen den abgesenkten Pfosten, an dem das Tor hing, um es wieder geradezubiegen, und sah im Scheinwerferlicht der vorbeifahrenden Autos plötzlich Abdrücke von großen Schuhen, die sich tief in den Schlamm gegraben hatten. Er kontrollierte den Zaun, sah, daß ein weiterer Pfosten schief war, daß sich jemand über den Zaun geschwungen haben mußte, der dann den Pfeiler heruntergezogen und ihn dabei tief in den regenweichen Boden gestoßen hatte. Die Spuren ließen vermuten, daß dieser Jemand ins Tal gelaufen war. Alessandro folgte dem Weg bis zur Gabelung und stieg dann langsam den schlammigen Pfad in den Park hinab. Er versuchte sich im Schatten der Bäume zu halten, ohne in das Dickicht zu geraten, wo das

Unterholz unter seinen Schritten knacken würde. Der Mond beleuchtete den breiten Weg, der zum See hinunterführte. Er fiel einmal hin, rappelte sich aus dem Schlamm wieder auf, rutschte erneut hinunter und versteckte sich schließlich zwischen den Resten des Vesta-Tempels, den sein Urgroßvater als Ruine hatte bauen lassen, weil die Chigi im Gegensatz zu den Aldobrandeschi keine echten römischen Ruinen im Park besaßen.

Er spürte eine eisige Kälte an den Armen, wußte nicht, wie lange er schon gewartet hatte, als er sah, daß Rehe, so leicht, als könnten sie schweben, auf der Lichtung erschienen. Sie blickten sich vorsichtig um, tranken vom Wasser, sahen dann in seine Richtung und verschwanden wieder im Dunkel des Waldes. Alessandro wartete darauf, daß jetzt ein Schuß die Stille zerreißen würde, aber alles blieb ruhig. Er stapfte den schlammigen Weg wieder hinauf und ging an den Außenmauern des Seitenflügels des Schlosses entlang.

Er hätte sich gern dicht im Schutz des Gebäudes gehalten, aber die Regenrinnen hatten direkt neben den Mauern des Schlosses knietiefe Pfützen entstehen lassen. Alessandro sank bis über die Knöchel im Matsch ein. Er umrundete den Seitenflügel und sah plötzlich Licht aus der Luke strahlen, die zu Marions Behausung gehörte. Da das Schloß auf dieser Seite an einen Hang gebaut war, sah er die Luke hoch oben, vier oder fünf Meter über sich. Das Licht, das mit einem starken Rotschimmer nach außen drang, hätte der Widerschein eines Kamins sein können.

Er tastete sich wieder an der Mauer entlang. Seine durch den Schlamm stapfenden Füße machten ein Geräusch wie wenn Hände Hackfleisch mit Eiern mischen. Er blieb stehen, weil er plötzlich eine Stimme gehört hatte, Marions Stimme, die womöglich im Schlaf sprach. Er näherte sich wieder der Mauer, über der die Luke lag, und erteilte sich einen scharfen Verweis, weil er vorhatte zu lauschen. Vermutlich weil der Wind sich gedreht hatte und weil seine Schritte nicht mehr jedes Geräusch übertönten, hörte er wieder ihre Stimme – und noch eine. Die Stimme von Vikar Peo.

»Wir drehen uns im Kreis«, hörte er Marion sagen. »Ich will vor allem eins wissen: Was für eine Art von Akte ist das Buch, das du mir mitgebracht hast?«

»Es ist keine Akte, das Wort Petrusakte kommt vom lateinischen Actus, das bedeutet Handlung. Es ist eine Sammlung der Taten Petri. Das Buch ist um das Jahr 150 nach Christus entstanden. Die Kirche erkennt es nicht als Teil der Bibel an.«

»Immerhin habe ich endlich etwas in der Hand, etwas ganz Konkretes, ein richtiges Buch.«

»Und was jetzt?«

»Das weiß ich noch nicht, aber jedenfalls bin ich einen großen Schritt weiter. Diese Geschichte, die meinen Tod voraussagt, hängt irgendwie mit den Worten ›seine jungfräuliche, schön aufgewachsene Tochter‹ zusammen. Kein Mensch, der bei Sinnen ist, wird jemals zufällig solche Worte benutzen, und genau diese Worte finden sich in der Petrusakte. Also hängt die Prophezeiung meines Todes irgendwie mit diesem Buch zusammen. Es muß der Schlüssel zu allem sein. Ich kann mir nur beim besten Willen nicht eklären, wie ...«

»Komm, laß dich noch mal in den Arm nehmen ...«

Alessandro stapfte den Hügel hinauf, wandte sich an der Gabelung in Richtung Straße, hob einen Knüppel vom Boden auf und schlug ihn mit aller Kraft gegen einen Baum.

Er stellte sich nicht vor, wie er in das Schloß gehen und gegen Marions Tür poltern würde. Er stellte sich nicht ihr furchtsames, verwirrtes Gesicht vor. Statt dessen sah er etwas vor sich, was er noch nie gesehen hatte: das überraschte, schmerzverzerrte Gesicht des Vikars Peo, nachdem er einen heftigen Schlag in die Magengrube, einen Tritt gegen die Nieren und einen schweren Schlag mit einer Eisenstange auf den Kopf bekommen hatte. ›Es darf ihn nicht nur schmerzen‹, dachte Alessandro, ›es muß ihn vernichten. Es muß ihn ein für allemal außer Gefecht setzen.‹ Er stapfte durch den Matsch den Weg hinauf, fiel beinahe hin, öffnete das Tor und lief dann über die Straße.

Die Welt erschien ihm wie eingefroren. Kein einziges Auto war auf der Straße zu sehen. Ein Schatten lag auf der Tür der Bar von Simonetta Fracassi. Er lief an der Kirche vorbei die Gasse hinunter und klingelte drei-, viermal an der Tür des Propstes.

Die Haushälterin schien ihn erst nicht zu erkennen, sah ihn dann aber erfreut an und machte einen Knicks. Sie zeigte den Flur entlang. Er ging zum schmalen Studierzimmer und öffnete die Tür.

Der Propst blickte auf. Er sah nicht überrascht aus, nur müde. Die Haushälterin blieb neugierig im Türrahmen stehen, bis Alessandro die Tür hinter sich schloß.

Er sah den Propst an, der vor einem dicken, offenbar wissenschaftlichen Buch saß, das er jetzt zuklappte. Einen Augenblick lang schien es Alessandro, als habe er alles falsch gemacht. Er wurde sich seiner lehmverschmierten Stiefel bewußt, dachte an die Dreckspur, die er durch das Haus des Propstes gezogen haben mußte, aber dann war der Augenblick vorbei, und er sagte laut: »Ich verlange, daß Vikar Peo bestraft wird. Er muß weg.«

Der Propst sah ihn an. »Wer hat es Ihnen gesagt?«

Alessandro antwortete nicht.

»Ich wußte, daß es nur eine Frage der Zeit sein konnte, bis Sie es erfahren. Alle wissen es.«

»Sie wußten es auch?«

»Frau Locarini hat Marion nach der Nacht, in der Sie sie suchten, aus der Wohnung des Vikars kommen sehen. Er wird seine Strafe bekommen. Aber nicht jetzt.«

Alessandro schwieg.

»Ich verstehe Ihren Zorn«, sagte der Propst. »Ich wußte nicht, wie ich mich Ihnen gegenüber verhalten sollte. Aber ich kann ihn jetzt nicht wegschicken. Wir müssen das Gerede vermeiden. Es würde unsere Gemeinde, ja den ganzen Ort in

Verruf bringen. Wir müssen ein paar Monate warten, vielleicht bis Weihnachten, dann können wir ihn unter dem Vorwand wegschicken, daß er eine Vertretung übernehmen muß. Bis dahin wird er sie nicht wiedersehen.«

»Ich verlange Garantien.«

»Ich garantiere Ihnen, daß er sie nicht wiedersehen wird. Setzen Sie sich doch, wenn Sie wollen«, sagte der Propst.

Er machte eine Pause, dann sah er Alessandro an. »Vielleicht ist es besser, wenn Sie Marion nun, ich will sagen, vielleicht ist es besser, wenn Sie sie gehenlassen.«

Einen Augenblick trat Stille ein, dann sagte Alessandro, jedes Wort betonend: »Ich werde sie heiraten. Ich werde sie reinwaschen von diesem ganzen Schmutz. Sie wird meine Frau, Principessa Marion Chigi Aldobrandi Albernoz.«

Der Propst sah den Fürsten überrascht an. »Aber bisher wollte sie nicht Ihre Frau werden.«

»Sie wird es wollen, Sie werden sehen.«

»Sie wissen, was geschehen ist?«

Alessandro ließ sich auf den Stuhl fallen und stützte seinen Kopf mit den Händen. »Ich weiß nicht, was geschehen ist.«

»Gut«, sagte der Propst. »Das ist es eben, was mich beunruhigt. Ich weiß auch nicht, was geschehen ist.«

Es war jetzt sehr still.

»Sie wissen nicht«, fragte Alessandro, »ob eine Bestie, die unter San Nicola lag, geweckt wurde, weil Marion über dieser Kirche abstürzte?«

»Und ich weiß nicht, wie Marion den Vikar dazu gebracht hat, die Mauer einzureißen. Hippolyt nennt Simon Magus den Verführer.«

»Quatsch«, sagte Alessandro. Er schlug mit der flachen Hand auf den Tisch. »Ich habe es auch gedacht, ihre Augen beobachtet, ihre Gesten, aber es ist sie, es ist Marion und niemand sonst, mit allem, was gut oder schlecht an ihr ist. Sie hat mir selbst die Augen geöffnet, sie hat mir gesagt, daß es Unsinn ist, diese Angst vor dem Zauberer.«

»Was?« fragte der Propst. »Was hat sie Ihnen gesagt?«

»Ich habe in der Legenda Aurea gelesen. Ich habe es ihr vorgelesen. Und Marion hat mir erklärt, daß es keinen Grund gibt, an die Macht des Zauberers in Ariccia zu glauben. Simon der Magier stürzte in Rom ab. Er wird in Rom begraben worden sein. Das hat mir Marion gesagt, und damit hat sie recht.«

Der Propst schwieg und starrte auf den Tisch.

»Was ist? Was ist denn daran auszusetzen? Warum sehen Sie mich nicht an?« Alessandro Chigis Stimme überschlug sich. »Sie hat mir die Augen geöffnet. Simon starb in Rom. Sie sollten ihr dankbar sein.«

Der Propst sah ihn schweigend an. »Sie hat Sie angelogen. Ich kann nicht mehr anders, ich muß Sie warnen. Schicken Sie sie weg, wer immer sie ist! Ich beschwöre Sie, schicken Sie sie weg! Sehen Sie denn nicht, daß sie die Spuren verwischen will, daß sie alles tut, um Sie in die Irre zu führen, damit Sie nicht sehen, was die Wahrheit ist, daß sich in ihr Simon der Zauberer verbirgt?«

»Ich versteh das nicht«, flüsterte Alessandro. »Die Legenda Aurea sagt doch ...«

»Der Bischof, der im Mittelalter die Legenda Aurea verfaßte, stützte sich auf ein viel älteres Buch, die sogenannten Petrusakten. Aber er kannte damals nur einen Teil der Schriften. Erst 1957 entdeckten Forscher Originalhandschriften der Petrusakten. Darin steht, daß Simon in Ariccia starb. Daran gibt es keinen Zweifel.«

XXII

Alessandro wußte, daß Valentina, die Haushälterin des Propstes, ihm hinterhersah und sich wunderte, daß er nicht zum Palast zurückging, sondern um die Ecke bog. Als er aus ihrem Gesichtsfeld verschwunden war, lehnte Alessandro Chigi sich in der Dunkelheit an eine Hauswand. Von hier aus konnte er den Treppenaufgang sehen, der zu Vikar Peos Wohnung hinaufführte.

In absehbarer Zeit würde ein Möbelwagen vor dem Eingang halten, und Vikar Peo würde mit dem niedergeschlagenen Blick eines Davongejagten Kiste um Kiste aus dem Haus schleppen. Vermutlich würde der eine oder andere stehenbleiben und scheinheilig fragen, ob es dem Vikar in Ariccia nicht gefallen habe.

Aber noch packte der Vikar seine Sachen nicht. Alessandro vermeinte, das Getrappel rascher Schritte zu hören. Hatte Peo Marion die Treppe vor ihm hinauflaufen lassen? Oder hatten sie sich an den Händen gefaßt und waren zusammen die Treppe hinaufgestürmt bis zur Wohnungstür, wo Peo seinen Schlüsselbund aus der Hosentasche nahm und aufschloß? War sie ihm gleich im Flur um den Hals gefallen, und hatte er sofort die Gelegenheit ergriffen, ihren Rock hochzuziehen und gleichzeitig seine Hosen herunterzulassen?

Alessandro versuchte, sich jede Einzelheit genau vorzustellen. Welchen Slip hatte sie getragen? Einen einfachen weißen oder einen schwarzen? Wie hatte ihr Gesicht ausgesehen, als sie glücklich aufschrie unter den fest zupackenden Händen des Priesters? Glücklich, weil sie endlich von seinem jämmerlichen Körper, seinen kraftlosen Händen und seinem ganzen kümmerlichen Ich befreit worden war. Er stellte sich vor, wie

Marion den Priester bat, ihre Bluse zu öffnen, ihre Brüste zu küssen, und jedes neue Bild versetzte ihm einen Stich ins Herz, bis er sich schließlich ihr Gesicht beim Orgasmus vorstellte und sich über die Wucht des Schmerzes wunderte, der ihn traf.

Alessandro hastete die Gasse hinauf. Er würde durch das Hauptportal in seinen Palast zurückkehren und in Marions Zimmer eindringen. Dann wollte er nur einen Satz sagen: »Raus aus meinem Haus!« Marion würde verschämt zu Boden blicken, während Peo wie ein geprügelter Hund in die Dunkelheit davonschleichen würde.

Alessandro war jetzt vor dem Palast angekommen, aber statt das Portal zu öffnen, ging er durch die Holztür in Richtung Park und stapfte, den Hauptweg meidend, durch das dichte Gebüsch, weil er sich davor fürchtete, auf Vikar Peo zu treffen. Am Sattelplatz versteckte er sich hinter einem Pfeiler und beobachtete die verschlossene Tür zu Marions Kammer. Es war kein Lichtstrahl zu sehen. Im Wald schrie ein Käuzchen. Alessandro fror.

Auf Zehenspitzen überquerte er den Sattelplatz und öffnete leise die Tür zur Küche. Er tastete sich durch den dunklen Raum, nahm eine Flasche Grappa vom Regal und goß sich ein Wasserglas voll. Er leerte es auf einen Zug, schenkte sich nach und setzte sich an den Tisch unter dem Fenster zum Hof. Er schrak zusammen, als plötzlich mit einem entschiedenen Ruck der Riegel ihrer Tür zurückgeschoben wurde und Marion auf den Vorplatz hinaustrat. Sie ging zielstrebig auf die Küche zu, als habe sie dort etwas zu erledigen. Alessandro beobachtete sie gespannt, und es dauerte eine Weile, bis er begriff, warum sie so verwandelt schien.

Sie trug einen Rock und eine leichte Bluse, die er noch nie an ihr gesehen hatte, aber es waren nicht die Kleider, die ihn verwirrten. Es war ihr Gang, der nichts mehr mit dem energischen ausgreifenden Schritt zu tun hatte, mit dem Marion sonst die Straße entlanggegangen war oder die Arbeiter auf die Baustellen begleitet hatte. Marion bewegte sich plötzlich mit dem graziösen Gang einer Frau, die er nicht kannte.

Sie blieb in der Mitte des Vorplatzes stehen, sah sich um, schien auf irgend etwas zu lauschen und drehte sich dann um. Peo tauchte in der Tür auf, und Marion schien erleichtert, als der Priester, der sie wieder und wieder in den Arm nehmen wollte, endlich in bester Laune im Park verschwand. Marion blickte sich noch einmal um und ging schließlich, die Hände zufrieden in den Rocktaschen vergraben, auf die Küche zu. Sie schaltete kein Licht ein, und er wußte, daß sie ihn nicht sofort bemerken würde. Sie nahm ein Glas aus der Spüle und ließ Wasser einlaufen.

Als Alessandro sich räusperte, fuhr sie zusammen, faßte sich aber erstaunlich schnell und sagte: »Ach, du bist es.«

»Es tut mir leid, daß ich dich erschreckt habe. Ich konnte nicht einschlafen. Ich dachte, ich hätte Stimmen gehört.«

Es war ihr nicht anzusehen, ob sie befürchtete, daß er sie und Peo von seinem Platz aus hatte sehen können.

»Stimmen, was für Stimmen?« fragte sie.

»Du hast nicht mit irgend jemandem geredet?«

»Nein, mit wem hätte ich reden sollen?« Sie nahm ihr Glas und hatte fast schon die Tür erreicht, als er sagte: »Du hast mich belogen.«

Marion blieb stehen, drehte sich um und lehnte sich gegen die Wand. Es schien ihm, als habe er mit diesem einen Satz ein Karussell in Bewegung gesetzt. Die Welt um sie herum drehte sich, aber ihre Haltung verriet, daß sie nicht zum erstenmal vor einem heftigen Streit stand, daß sie mehr Erfahrung hatte als er und daß er es schließlich sein würde, der von diesem Karussell heruntergeschleudert wurde.

»Es stimmt nicht, daß der Zauberer in Rom starb. Er starb hier in Ariccia«, sagte Alessandro.

Er konnte trotz der Dunkelheit sehen, wie sie sich entspannte.

»Wie kommst du darauf?« fragte sie.

»Der Propst hat es mir gezeigt. Es steht in den Petrusakten.«

»Dieser uralten Schrift aus Ägypten?«

»Genau. Warum also hast du mich belogen?«

»Alessandro, ich bin kein Theologe. Woher soll ich wissen, was in antiken Manuskripten steht?«

Sie drehte sich um und stand schon in der Tür, als er sagte: »Du warst damals, in dieser Nacht, nicht auf dem Dachboden der Kirche. Und du warst auch nicht allein.«

Sie wandte sich ihm wieder zu. »Wer hat dir so einen Quatsch erzählt? Natürlich war ich allein auf dem Dachboden.«

Er sah ihren weißen Hals in der Dunkelheit schimmern und einen Teil ihrer Schulter, und es waren noch immer ihr Hals und ihre Schultern, aber etwas hatte sich verändert. Das nackte Fleisch war jetzt eine Waffe, die ihn niederstrecken konnte, weil der Priester jeden Millimeter dieser Haut mit Küssen bedeckt hatte.

»Die Leute haben dich am Morgen aus dem Haus des Vikars kommen sehen. Du hast den Rock für ihn gehoben, damit er dich besteigen konnte. Du hast ihm deine Scham gegeben, bis er sie satt hatte. Ich hätte deine geilen Schreie auf der Straße vor seinem Haus hören können.«

Sie setzte das Glas ab. »Gib mir eine halbe Stunde zum Packen! Mehr brauche ich nicht. Und trink nicht soviel Schnaps! Du verträgst ihn nicht.« Dann drehte sie sich um und ging nun wieder mit dem Schritt, den er so gut kannte, über den Platz und verschwand hinter ihrer Tür.

Alessandro trank das Glas aus, stand dann auf und folgte ihr. Die Tür war nur angelehnt. Er setzte sich auf den Lederstuhl im Vorraum. Die Tür zu ihrem Schlafzimmer war geschlossen. Er hörte, wie sie die Schränke aufriß, Koffer herauszerrte und aufs Bett warf.

»Du hast dich sehr verändert«, schrie er. »Ich erkenne dich kaum wieder. Was ist bloß in dich gefahren?«

Sie antwortete nicht. Er hörte, daß sie die Schreibtischschublade aufzog und in ihren Akten wühlte. Dann rief sie zurück: »Alessandro, ich möchte dir jetzt nur noch wie ein anständiger Mensch auf Wiedersehen sagen.«

»Du hast hier mit mir zusammengelebt. Wir haben am Palast gebaut, wir waren ganz normale Menschen. Was ist bloß mit dir geschehen, daß du auf einmal bei Don Bozzi und im Kirchenarchiv einbrichst, daß du die Mauer in der Kirche einreißt und den Vikar in dein Bett schleppst?«

Es war plötzlich still. Sie öffnete die Tür und sah ihn an. »Ich habe mich geändert. Ja, das stimmt, und Vincenzo Peo hat mir dabei geholfen. Ich habe verstanden, daß es ein Fehler war, hier bei dir einzuziehen. Das ist es, was in mich gefahren ist.«

»Er hat sein Ding in dich reingesteckt. Das ist es, was in dich gefahren ist.«

Sie schlug die Tür zu. Er hörte, daß sie abschloß. Er hämmerte gegen die Tür.

Es war still auf der anderen Seite. Sie packte jetzt nicht mehr.

»Was ist bloß mit dir passiert?« schrie er.

Er wartete einen Augenblick, dann hörte er leise ihre Stimme: »Du denkst doch genauso wie der Propst, daß wir da unten unter der Kirche irgend etwas befreit haben. Es stimmt, wir haben etwas befreit. Mich. Verstehst du?«

»Wer um Gottes willen bist du denn?« schrie Alessandro.

»Wenn es dir hilft«, hörte er sie sagen, »wenn es dir hilft, dann stell dir vor, ich bin Simon der Zauberer. Hörst du? Ich bin Simon aus der Bibel, der Simon der Legenda Aurea, der Simon der Petrusakten. Ich bin Simon der Zauberer. Deswegen muß ich jetzt weggehen. Und es ist das beste für uns, wenn du nicht versuchst, mich aufzuhalten.«

Marion suchte nach Zigaretten in ihren Rocktaschen, fand eine und zündete sie an. Sie lauschte. Es war jetzt endlich alles still. Nach ein paar Zügen drückte sie die Zigarette im Aschenbecher auf dem Schreibtisch aus, als plötzlich die Tür, als habe sie sich selbständig gemacht, aus dem Rahmen sprang. Sie hing noch halb in der Luft. Marion konnte Alessandros fahles Gesicht durch den oberen Türspalt sehen, als er erneut zutrat und die Tür auf den Boden krachte.

Sie stellte sich vor die gepackten Taschen, als wollte sie die Vase schützen, die obenauf lag, und sagte ungläubig: »Alessandro.«

Er ging auf sie zu. »Mach dir keine Sorgen«, sagte er.

Sie drehte sich um und wollte ihre Tasche nehmen, als sie von einem Schlag in den Nacken getroffen wurde. Sie verlor das Gleichgewicht und fiel auf ihr Gepäck. Die Wut ließ sie rasch aufspringen. Sie fühlte sich stark, als ein zweiter Faustschlag ihr Gesicht traf und sie mit dem Kopf gegen die Wand schlug. Sie spürte Blut aus der Nase strömen und einen heftigen Schmerz an der Schläfe, als sie eine schwarze Blase vor ihren Augen sah und dachte: ›Ich glaube, jetzt werde ich ohnmächtig.‹

XXIII

Alessandro lehnte an der Säule auf dem dunklen Sattelplatz und versuchte, die Geräusche zu ignorieren, die ihn umgaben: das Klirren der Scheiben, das Klappern der zerbrochenen Fensterläden, das Kratzen der Äste an den Fenstern. Jedes der 126 Zimmer des Palastes schien ein eigenes Geräusch in die Nacht hinauszuschicken, das den Wind übertönte.

Alessandro meinte, das langgezogene Quietschen der Tür zu hören, die zum Palast führte. Dabei war niemand da, der jetzt hätte herunterkommen können. Weder der seit langem tote Vater noch der Großvater, Geister gab es auch nicht, und trotzdem wußte Alessandro, daß die beiden jetzt in irgendeinem Zimmer des Palastes standen und ihre Köpfe zusammensteckten. Zwischen dem Klirren der Fensterläden und dem Wispern der Holzbalken hörte Alessandro eine Stimme, die sagte: »Er hat sich eine Hure geholt und sie wie ein betrunkener Kutscher zusammengeschlagen. Er taugt nicht für das Geschlecht der Chigi, der Kardinäle und Herren von Ariccia.« Er erschrak. Es war seine eigene Stimme, die da sprach.

Alessandro drehte langsam seinen Kopf und blickte auf die Tür zu Marions Kammer, auf die der Mond sein fahles Licht warf. Drinnen war es dunkel. Er hatte das Licht ausgeschaltet, als er in den Hof getreten war, um Luft zu schnappen. Gleich würde sie zu sich kommen, sich erheben, wütend ihre Koffer schließen und gehen.

Aber in der Kammer blieb es still.

Alessandro ging durch den Vorraum und stieg über die aus den Angeln getretene Tür, die wie ein krankes Tier im Raum hing.

Marion lag mit dem Gesicht nach unten mit ausgestreckten Armen auf ihren Koffern, und ihre Mundwinkel waren seltsam verzogen, so daß in dem diffusen Licht ein Teil ihres Kiefers zu sehen war wie bei einem Hund, der die Zähne bleckt.

Alessandro beugte sich über sie und sah jetzt erst, daß das, was er für einen Schatten gehalten hatte, schwarzes Blut war, das ihr Haar verklebte. Er faßte sie um die Hüften, drehte sie um und legte sie dann behutsam auf das Bett.

Auf Marions Stirn klaffte eine Wunde, aus der noch immer Blut sickerte. Sie hatte aus der Nase geblutet, und ein münzgroßes Stück Haut unter ihrem Auge war aufgeschürft. Alessandro glaubte zu erkennen, daß sie schwach atmete. Er setzte sich an den Tisch, auf dem noch eine halbgepackte Reisetasche stand, und betrachtete die Konturen ihres blutverschmierten, bleichen Gesichts. Seine Hand ertastete im Halbdunkel Teelichter auf dem Tisch. Er fand ein Feuerzeug und zündete ein paar Lichter an. Er stellte sie auf den Boden neben das Bett und konnte jetzt deutlich sehen, daß ihre Brust sich hob und senkte. Alessandro zog leise den Stuhl neben ihr Bett.

Das Licht der Kerzen zeichnete einen gelb leuchtenden Himmel unter die Decke. Er sah jetzt erst, wie blutleer und schmal ihre Lippen waren. Er versuchte, seinen stoßweisen Atem zu drosseln und darüber nachzudenken, was er ihr sagen würde, wenn sie zu sich kam. Daß er sich nicht erklären könne, was geschehen sei, daß er noch nie in seinem Leben jemanden geschlagen, daß er nicht einmal einen Hund verprügelt habe.

Er wußte, daß sie seine Entschuldigung nicht annehmen würde. Wenn sie erst aufwachte, würde sie nur wenig Zeit brauchen, um sich zu orientieren, sich zu erinnern, was geschehen war, und dann würde sie auf der Stelle ihre Sachen packen und gehen.

Er hätte jetzt gern einen Lappen genommen und ihr Gesicht abgewischt, aber er traute sich nicht, weil er fürchtete, sie zu wecken. Er zündete noch ein Teelicht an und hielt es in der Hand. Ihre Augenlider waren fest geschlossen.

Alessandro versuchte darum zu beten, daß ihr nichts passiert war, daß sie nicht irgendeine innere Verletzung hatte. Er wartete lange, dann faßte er vorsichtig nach ihrer Hand. Sie war kalt, aber nicht eiskalt. Er stand langsam auf, erschrak über den übergroßen Schatten, den sein Körper unter die Decke warf, legte dann ihre Hände auf ihrem Leib zusammen und deckte sie mit einem Bettlaken zu, das sich neben ihr zu einem Knäuel gebauscht hatte.

Erst jetzt sah er, daß ihre Schulter so schief auf dem Bett ruhte, weil etwas Großes darunterlag. Er hob vorsichtig ihren Arm und zog ein Buch hervor.

Es war eine einfache Bibel mit schwarzem Einband. Er wollte sie schon auf den Schreibtisch legen, als er zwei Zettel entdeckte, die darinsteckten. Er nahm ein Teelicht vom Boden und schlug die erste der beiden markierten Stellen auf. Mit einem dicken Filzstift hatte sie den 31. und 32. Vers im achten Kapitel bei Matthäus angestrichen. Er las: *»Da baten die Dämonen Jesus: Wenn du uns austreibst, dann schick uns in die Schweineherde! Er sagte zu ihnen: Geht! Da verließen sie die beiden und fuhren in die Schweine. Und die ganze Herde stürzte sich den Abhang hinab in den See und kam in den Fluten um.«*

Alessandro strich die Seite glatt und blätterte weiter zu der Stelle, an der der zweite Zettel eingelegt war. Der 24. bis 26. Vers im elften Kapitel des Lukas-Evangeliums war ebenfalls mit einem Stift markiert. Er las: *»Ein unreiner Geist, der einen Menschen verlassen hat, wandert durch die Wüste und sucht einen Ort, wo er bleiben kann. Wenn er keinen findet, sagt er: Ich will in mein Haus zurückkehren, das ich verlassen habe. Und wenn er es bei seiner Rückkehr sauber und geschmückt antrifft, dann geht er und holt sieben andere Geister, die noch schlimmer sind als er selbst. Sie ziehen dort ein und lassen sich nieder. So wird es mit diesem Menschen am Ende schlimmer werden als vorher.«*

Alessandro las den ersten Satz noch einmal: *»Ein unreiner Geist, der einen Menschen verlassen hat, wandert durch die*

Wüste und sucht einen Ort, wo er bleiben kann.« Er blickte Marion an, und plötzlich schien es ihm, als hätte sie ein Auge aufgeschlagen. Er meinte, das Weiße ihres Augapfels erkennen zu können, als lauere sie auf seine Bewegung.

Alessandro stand sehr langsam auf, ließ sie nicht aus den Augen, nahm die Teelichter und stellte sie eins nach dem anderen um das Bett herum. Jedesmal wenn er sich bückte, um ein Licht auf den Boden zu stellen, ballte er die freie Hand zur Faust, um sofort zurückzuschlagen, wenn sie sich aufrichten sollte. Er war erleichtert, als die Lichter die Form eines Kreuzes um ihr Bett bildeten. Er beobachtete wieder ihr Augenlid und glaubte, es sich vorsichtig öffnen und wieder schließen zu sehen.

›Sie muß es gespürt haben‹, dachte Alessandro. Sie mußte diese Stellen in der Bibel gesucht haben, weil sie hoffte, Hilfe zu finden. Sie mußte sie gesucht haben, um zu verstehen, was mit ihr geschah, als der Geist von ihr Besitz ergriff. Hatte sie nicht laut gesagt: »Ich bin Simon der Zauberer«?

Er hatte das Gefühl, daß ihr Blick ihm folgte, während er langsam um das Bett herumging.

So mußte es gewesen sein.

Er hätte niemals eine Frau von hinten niedergeschlagen. Er hatte ihn gespürt, den Geist Simons in ihr, und deswegen hatte seine Faust sich selbständig gemacht.

Es mußte jetzt alles sehr schnell gehen.

»Er holt sieben andere Geister, die noch schlimmer sind als er selbst.«

›Er wartet nur darauf, daß ich ihm den Rücken zudrehe‹, dachte Alessandro. Er spürte jetzt ganz deutlich, daß der gekrümmte Körper, der da auf dem Bett lag, nur auf den Moment lauerte, an dem er Alessandro am Kragen packen und gegen die Decke schleudern konnte.

Er mußte etwas für sie tun. Sie hatte die Bibel auf das Bett gelegt, damit er sie finden konnte, um sie zu retten, um sie davor zu bewahren, daß sie, vom bösen Geist getrieben, weglief. Er mußte ihr helfen. Aber dazu mußte er sie an einen sicheren Ort bringen.

Alessandro nahm das Kettchen mit dem goldenen Kreuz von seiner Brust und legte es ihr vorsichtig um den Hals. Er atmete erleichtert auf, weil sie nicht versuchte, ihn zu packen. Er wußte, daß er aufgeschrien hätte vor panischer Angst. Er meinte, Blut und Speichel aus ihrem Mund tropfen zu sehen, seit das Kreuz ihre Brust beschützte. Ihre Augen waren jetzt wieder geschlossen.

Vorsichtig nahm er sie auf den Arm. Sie rührte sich nicht, sie versuchte nicht, sich zu wehren. ›Ich muß schnell handeln, bevor er seine Kräfte sammeln kann‹, dachte Alessandro.

Er hastete mit ihr über den Platz und war von dem Gewicht ihres Körpers überrascht. Schritt für Schritt schleppte er sie die steilen Stufen in den Keller hinunter. Er fand einen Lichtschalter und kämpfte sich einen schmalen Gang entlang, bis er endlich die Stahltür erreicht hatte. Er zog sie mit einer Hand auf, durchquerte den Korridor, öffnete die zweite Tür und legte Marion auf eine Matratze, die hier vor langer Zeit von den Erntearbeitern vergessen worden war.

Sein Vater hatte diese Wohnung im Keller für die Erntehelfer einrichten lassen. Der Raum war weiß und feucht, aber es gab ein großes Bad und elektrischen Strom.

Er deckte Marion mit einer Wolldecke zu, die auf einem Regal lag, verschloß die Tür und lief nach oben. Er packte ihre Sachen in die Taschen, die auf dem Boden herumstanden, nahm ihr Bettzeug und schleppte alles hinunter in den Vorraum. Dann kehrte er in Marions Kammer zurück, sammelte ihre Bücher ein, baute ihren Computer ab und brachte alles hinunter in die Kellerwohnung. Als er gehen wollte, sah er, daß Marion sich auf ihrer Matratze stöhnend zur Seite drehte. Alessandro zog die Stahltür zu, verschloß sie und legte sich schweißgebadet auf die Pritsche im Korridor. ›Jetzt ist sie in Sicherheit‹, dachte er, bevor er erschöpft einschlief.

XXIV

In Simonetta Fracassis Bar herrschte an diesem Abend Hochbetrieb. Doch Propst Sante della Cave beachtete nicht, was seine Augen sahen. Er achtete nicht auf den dichten Rauch, der im Raum hing, und er interessierte sich auch nicht für die metallen schimmernde Bar, hinter der Simonetta Fracassi die Gläser füllte. Er achtete nicht einmal auf den Traktorhändler, der neben ihm stand und ihm seine Sorgen über den Lebenswandel seiner Tochter beichtete. Der Propst wußte, daß er allem, was er sehen konnte, immer weniger Bedeutung beigemessen hatte, je älter er geworden war. Auch wenn andere es für einen Tick halten mochten, er glaubte, daß der angeschlagene Postkartenständer in der Ecke, die Sägespäne auf dem Fußboden der Bar, daß alles, was seine Augen ungefragt an ihn weiterleiteten, nur den wahren Blick auf sein Inneres verstellte. Seine Augen schienen ihm das größte Hindernis zu sein, sich auf die wichtigen Momente in seinem Leben zu konzentrieren, weil sie ein beständiges belangloses Bild vor ihm aufbauten. So wie jetzt, da er sich weit mehr für das interessierte, was er nicht sah: die Sakristei, in der Vikar Peo nach der Abendandacht gerade den Kelch wegschließen mußte.

Jeden Moment konnte Peo die Sakristei verlassen und zum Palast hinaufschlendern, und kurze Zeit würde der Propst seinen Augen dafür dankbar sein, daß sie ihm hinter der Glastür zur Straße den jungen Vikar zeigen würden.

Darauf wartete der Propst. Er ließ sich ein weiteres Glas schalen Wassers geben und hörte zu, wie die Tochter des Traktorhändlers den dritten ernsthaften Heiratskandidaten abgelehnt hatte, als alle Energie, die in ihm war, sich darauf konzentrierte, die alten Linsen seiner Augen so scharf wie möglich auf das einzustellen, was sich jetzt draußen vor der Tür abspielte.

Eine schlaksige sportliche Gestalt, die Gestalt Vikar Vincenzo Peos, schwang sich über den Zaun neben dem Palast der Chigi und verschwand in der Dunkelheit des Parks.

›Das schwarze Gewand, das die priesterliche Würde symbolisiert, benutzt er wie einen Tarnanzug, um in der Finsternis der Nacht zu verschwinden‹, dachte der Propst.

Es störte ihn nicht, daß der Traktorhändler ernsthaft beleidigt war, als er sein Glas auf den Tresen stellte und grußlos aus der Tür eilte. Er überquerte die Straße und hastete auf den Palast zu. Der Matsch, der in seine Schuhe dringen würde, war ihm gleichgültig, und er dachte auch nicht an die Schmerzen, die sich in seinen Hüften bemerkbar machen mußten, wenn er den Weg zum Vorplatz hinauflief. Wie an einem Seil wurde er von drei Worten vorwärts gezogen: »Schluß«, »ist« und »jetzt«. Er hörte schon den Ton des leise, aber scharf gesprochenen Satzes »Jetzt ist Schluß«, mit dem er gleich den Vikar stellen würde. Er spürte die Kraft dieser Worte, die Peo rückwärts taumeln lassen und ihn wie einen geprügelten Hund nach Hause treiben würden.

Propst Sante della Cave überquerte die Straße und versuchte, sich an die Zahlenkombination der Sicherheitskette zu erinnern, die Alessandro Chigi ihm schon vor seinem ersten Besuch verraten hatte. Seltsam, dachte er, 6 und 6 und 6, die Zahl des Teufels. Dann schloß er hinter sich ab und eilte durch den Matsch den Weg hinauf. Von der Gabelung aus entdeckte er am Bach ein Reh, das wie ein Wachhund zu ihm hochsah und ihm die Gewißheit gab, daß niemand den Hügel hinuntergelaufen war. Er hastete zum Vorplatz des Palastes, versuchte gar nicht erst, das klackernde Geräusch seiner Absätze zu dämpfen, sah schon den Eingang zur Waffenkammer und hörte plötzlich eilige Schritte auf der Prunktreppe zum Palast. Der Propst humpelte, so schnell er konnte, die Treppe hinauf.

Als er oben angelangt war, sah er einen Schatten, der keinerlei Ähnlichkeit mehr mit Vikar Peo hatte. Dann war der dunkle Fleck verschwunden, und plötzlich war auch nichts mehr zu hören. Er lauschte, vernahm aber nur das Pfeifen des eigenen Atems. Er trat in den Korridor. Die Statuen in den Nischen schienen wie aus Eis modelliert.

Der Propst lauschte wieder, machte ein paar Schritte und hörte, wie unten am Vorplatz eine Tür geöffnet und wieder zugeschlagen wurde. Dann vernahm er die sicheren Schritte eines Mannes, der sich als Hausherr fühlt. Mit jedem Schritt schien die Stille aus dem Korridor schneller vertrieben zu werden. Dem Propst war, als legte sich eine Kette um seine Brust, die ihm den Atem abschnürte, so daß er nicht den Mund aufmachen und, wie beabsichtigt, die Stille mit dem Satz zerschneiden konnte: »Erschrick nicht, Alessandro! Ich bin es, Propst Sante della Cave.«

›Er wird sich doch höchstens ein wenig erschrecken‹, dachte der Propst und floh, als ziehe die Stille des Palastes ihn mit sich, weg von den selbstbewußten Schritten auf der Treppe zum Ballsaal. Er erkannte durch den Türspalt die Silhouette Alessandro Chigis, der mit einem Tablett in der Hand den Flur entlangging.

Es schien dem Propst, als sei er plötzlich stehengeblieben. Er meinte das Klirren von Geschirr und Schritte zu hören, die zurückkamen. Er tastete sich durch den Ballsaal, dorthin, wo die Tür der Kapelle sein mußte, fand sie, zog sie auf und schloß sie vorsichtig hinter sich. Wie immer brannten auf dem Altar neben dem goldenen Kreuz zwei Kerzen.

Alles blieb still. Der Propst ließ sich auf die Kirchenbank fallen, faltete die Hände und betete: »Herr, wenn nicht ein Blatt von einem Baum fällt, ohne daß du es willst, warum hast du mich dann hierhergeschickt?«

›Weil du ein alter Narr bist‹, sagte eine Stimme in ihm. ›Weil sie dich hier in der Kapelle finden werden und dann allen Grund haben, sich über deine Verschrobenheit zu wundern.‹

›Vielleicht auch nicht‹, verteidigte ihn eine andere Stimme. ›Was ist, wenn er durch einen Schatten hergelockt werden sollte, der an Peo erinnerte?‹

›Aber wozu?‹ dachte der Propst. ›Zu welchem Zweck? Was soll ich hier?‹

Er starrte ins Halbdunkel der Kapelle, tastete mit seinen Augen Bank um Bank ab, bis er sicher war, allein zu sein. Dann hörte er plötzlich deutliche Schritte im Ballsaal. Sie kamen auf die Tür der Hauskapelle zu.

Der Propst erinnerte sich an die Seitenausgänge. Der eine führte nach oben und eine weitere Tür, die versteckt hinter der Wandbespannung lag, in die kleine Sakristei. Er tastete die Wand ab, fand die Klinke und schob sich durch die Tür. So leise er konnte, schloß er sie hinter sich. Es war stockdunkel in der Sakristei.

Plötzlich leuchtete über ihm an der Decke eine Glühbirne auf. Jemand hatte die Kapelle betreten und das Licht angemacht; die Lampen mußten am gleichen Stromkreis hängen.

Neben ihm standen mit Teppichen verhängte Bilder. Er drückte sich gegen eine mannshohe Platte, die ebenfalls mit einem Teppich abgedeckt war. Er verlagerte das Gewicht von seinem schmerzenden linken Fuß auf den rechten, streifte dabei mit der Schulter den Teppich, der langsam herabglitt und eine Staubwolke aufsteigen ließ. Der Propst versuchte, ruhig zu atmen, und preßte die Hände vor den Mund, mußte aber trotzdem zweimal trocken husten. Wer immer sich in der Kapelle nebenan auch aufhielt, er mußte es gehört haben.

Aber alles blieb still. Das Licht brannte noch immer. Der Propst wischte sich den Schweiß von der Stirn. Warum kam er nicht herein? Von nebenan war nichts zu hören. Der Propst drehte sich auf der Suche nach einem Versteck um – und erblickte eine Marmorplatte. In ihre Oberfläche waren Zeichen eingemeißelt, über die er seine Hände gleiten ließ. Sie ertasteten das, was seine Augen schon erkannt hatten: Buchstaben. Das S, das I, das M, das O und das N und darunter das große MAGUS, Zauberer.

Die düstere Ahnung, die nur im Dunkel seines Kopfes gehaust hatte, bahnte sich endlich einen Weg und zeigte den mannshohen Grabstein, der jetzt vor ihm an der Wand lehnte, aber nicht hier, sondern in der Krypta unter der Kirche, in jener Nacht, als sich in der feuchten Kapelle langsam, Zentimeter um Zentimeter, der Stein gehoben und den Geist Simons freigegeben hatte. Der Geist, der dann den Stein durch die zugemauerte Tür zauberte, ihn durch die Kirche fliegen ließ, durch das Dach bis in den Palast von Ariccia, um ihn hier abzulegen. Der Geist hatte in der Kapelle geruht, bis Marion sie geöffnet hatte und er sich ihrer ganz bemächtigen konnte, so schien es dem Propst. Sie mußte es gewesen sein, die diese Platte hier versteckt und mit dem Teppich zugedeckt hatte.

Das Licht erlosch. Propst Sante della Cave stand plötzlich im Dunkeln, und wer immer auch nebenan gewesen sein mochte ging hinaus. Die Tür des Ballsaals schlug zu. Der Propst bemühte sich, langsam und regelmäßig zu atmen. Schließlich öffnete er die Tür zur Kapelle, ging rasch hindurch, durchquerte den Ballsaal, erreichte den leeren Korridor und lief die Treppe hinunter.

Der Platz war leer. Der Propst stolperte und hob einen Lappen auf, über den er fast gefallen wäre, ein mit einer Flüssigkeit getränktes Tuch, mit dem eine Wunde ausgewaschen worden war. Blut rann in seinen Ärmel. So laut er konnte, rief der Propst in die Nacht: »Ich habe deine Warnung verstanden, hörst du?«

XXV

Eine Dissonanz in ihrem Kopf, ein auf einem verstimmten Klavier angeschlagener Akkord, ein Klang, der sogar in ihrem schmerzenden Magen mitschwang, trieb Marion von der Matratze. Sie wunderte sich nicht, daß sie so wenig sah, obwohl Licht brannte. Sie fragte sich auch nicht, warum drei Schritte neben ihrem Bett, wo doch die Tür zum Badezimmer sein mußte, eine feuchte Wand glänzte. Sie war nur froh, daß sie nach ein paar Schritten in eine andere Richtung eine Badezimmertür und ein Waschbecken gefunden hatte. Das kalte Wasser, das sie über ihr Gesicht laufen ließ, schien die äußere Hülle des Schmerzes abzubauen, den der Ton in ihrem Kopf erzeugt hatte. Marion wischte energisch das angetrocknete Blut ab, das sich wie ein Spinnennetz über ihre Haut gelegt hatte, aber es gelang ihr noch nicht, einen Zusammenhang zwischen der aufgeplatzten Stirn und der geschwollenen Nase, die sie vor sich im Spiegel sah, und ihrem eigenen Gesicht herzustellen.

Sie beschäftigte sich minutenlang mit der Wunde, deren Ränder sie wieder und wieder zusammendrückte, um zu sehen, ob noch Blut herauskam. Dann erst tastete sie sich zurück in den Raum, in dem sie offenbar geschlafen hatte, erkannte ihren lieblos auf einem Tisch abgestellten und nicht verkabelten Computer, ihre Taschen, die übereinandergeworfen worden waren, und das zerwühlte Bett. Aber erst als ihr aufging, daß sie im Keller des Schlosses sein mußte, als sie die Klinke hinunterdrückte und erkannte, daß sie eingesperrt war, als sie Alessandros Stimme auf der anderen Seite der Tür hörte, der ihr mitteilte, er käme gleich mit Kaffee – da tauchte zum erstenmal wieder so etwas wie eine Empfindung in ihr auf.

Dann ging alles ganz schnell. In Windeseile brachte der Schmerz im Kopf ihre vorübergehend betäubte Fähigkeit zu hassen auf Trab und weckte aufs neue ihre Abneigung gegen Alessandro. Sie würde jetzt eine Salve von Beschimpfungen gegen ihn abfeuern, die ihn in ein zuckendes Weichtier verwandeln würde, sobald er durch die Tür käme.

Marion setzte sich aufs Bett und war gerade dabei durchzuladen, die einzelnen Geschosse ihrer Vorwürfe zu sortieren und alle Sicherungen herauszunehmen, als die Tür aufsprang und Alessandro mit einem Tablett hereinkam. Sie stand auf und ging, ohne ihn anzusehen, an ihm vorbei durch die Tür in den Korridor, drehte sich dann erst um und wollte loslegen, aber irgendwie hakte der Mechanismus.

Sie stotterte nur einen Bruchteil dessen heraus, was sie hatte sagen wollen, daß sie es sich nie verzeihen werde, sich auf einen so kümmerlichen Schlappschwanz eingelassen zu haben, der in seiner lächerlichen Frömmigkeit den ganzen Tag auf den Knien herumrutsche und doch nur ein brutales Schwein sei. Dann ging sie den Korridor entlang, drückte die Klinke der zweiten Metalltür herunter, konnte nicht glauben, daß sie abgeschlossen war, polterte dagegen und schrie schließlich: »Mach sofort auf!«

»Ich bin hier, um dir zu helfen. Ich will dir beistehen, das ist alles«, sagte Alessandro und schenkte ihr eine Tasse Kaffee ein.

»Und das tust du, indem du mich in ein Kellerloch sperrst?«

Er sah sie an, und sie las in seinem Blick, daß er Angst vor ihr hatte.

»Die bösen Geister hätten dich so weit getrieben, daß du allen immer wieder deine Scham gegeben hättest, bis sie dich besudelt in der Gosse liegengelassen hätten.«

»Du mußt verrückt geworden sein.«

»Du vergißt, was du mir selbst gesagt hast.«

»Du nimmst doch nicht etwa diese Geschichte mit dem Zauberer ernst? Nur weil ich im Zorn gesagt habe, ich wäre Simon?«

»Ich habe die Bibel gefunden und die Stellen, die Marion angestrichen hat.«

»Ich bin Marion. Ich habe das angestrichen, weil ich es nicht fassen konnte, daß es in der verdammten Bibel tatsächlich ausgetriebene Geister gibt.«

»Ich weiß nicht, wer du bist«, sagte er.

»Verdammt noch mal, das ist mir ganz egal. Ich will hier raus, und du Scheißkerl schließt jetzt sofort die Tür auf! Hier kann ich ja noch nicht einmal die verdreckte Toilette benutzen.«

Er sah sie an und schien tatsächlich etwas in ihren Augen zu suchen.

»Dann sauf deine stinkende Pisse!« sagte Alessandro leise. »Du bist nicht Marion. Sie hätte nie die Religion beleidigt und so vulgär gesprochen. Ich erkenne dich nicht.«

Marion wischte sich eine Strähne aus dem Gesicht. »Was hast du da gesagt? Erst prügelst du mich, bis ich mit aufgedunsenem Gesicht vor dir stehe, und dann sagst du, du erkennst mich nicht mehr? Du bist von Sinnen!«

Sie hatte nur noch den einen Wunsch, daß der Schmerz in ihrem Kopf endlich nachließ, und trank einen Schluck aus der Kaffeetasse, die auf dem Tisch stand, schätzte aber die Wucht, mit der sie sie abstellte, nicht richtig ein, so daß die Untertasse zerbrach.

»Wenn du Marion bist, dann setz dich einen Augenblick«, sagte Alessandro.

»Ich stehe lieber.«

»Gut, dann bleib stehen, aber gib mir dein Wort, daß du mir bis zum Ende zuhören wirst. Gibst du mir dein Wort?«

Sie nickte.

»Marion würde ihr Wort nicht brechen.«

»Ich gebe dir mein Wort«, sagte sie.

»Der Schlüssel für die Tür, die nach draußen führt, liegt unter der Pritsche im Korridor. Aber du hast den Zauberer so weit im Griff, daß du dein Wort nicht brechen wirst. Du weißt, es fällt mir schwer, dich hier unten ...«

Sie hörte nicht, was er dann noch sagte, schlug seinen Arm weg, mit dem er sie festhalten wollte, und lief in den Korridor. Sie griff unter die Matratze, warf sie auf den Boden. Da war kein Schlüssel.

Sie kehrte zu Alessandro zurück. »Was für ein Spiel ist das?« fragte sie. Alessandro sah sie nicht an. Ihr fiel ein Buch ein, das sie einmal übersetzt hatte und in dem gestanden hatte, daß Menschen in Lebensgefahr auffallend häufig das Richtige tun, weil ihnen eine starke Dosis Adrenalin zugeführt wird. Sie versuchte, sich auf die Frage zu konzentrieren, ob sie jetzt in Gefahr sei.

Sie setzte sich zu ihm an den Tisch. Er blickte ihr in die Augen.

»In Ordnung«, sagte Marion. »Ich freue mich, daß du mir helfen willst. Erkennst du mich jetzt?«

Alessandro nickte.

»Ich bin froh, weil ich selbst nicht weiß, ob irgend etwas in mir ist, was ich nicht kenne. Aber du kannst mir nicht helfen. Ich brauche einen Priester. Der Propst kann mir helfen, verstehst du?«

»Ich weiß, daß ich dich nicht heilen kann«, sagte Alessandro. »Ich kann nur verhindern, daß der Zauberer dich ganz in seine Gewalt bekommt und dich von einer Schande in die nächste treibt.«

»Gut«, sagte Marion. »Dann laß mich mit dem Propst sprechen.«

Alessandro schwieg.

»Alessandro, der Propst wird dir sagen, was ich jetzt auch sage: daß man Menschen nicht in ein Kellerloch sperren darf, auch wenn man glaubt, sie seien von bösen Geistern besessen, denn es gibt Gesetze da draußen und die Polizei. Laß uns also zum Propst gehen.«

Alessandro nickte. »Du hast recht«, sagte er. »Ich will den Propst holen, so schnell es geht.« Er stand auf. »Aber er ist heute nicht da. Richte dich einfach ein bißchen hier ein. Bau doch den Computer auf. Du weißt, ich kann damit nicht umgehen. Morgen bin ich wieder hier.«

Marion sprang auf. Alessandro hatte die Klinke schon in der Hand.

»Du willst mich doch nicht einen ganzen Tag hier in diesem Loch sitzenlassen?«

Er drehte sich zu ihr um. »Ich liebe dich, verstehst du? Deswegen muß ich versuchen, dir zu helfen. Hier bist du sicher.«

Alessandro drehte sich um und öffnete die Tür. Er spürte den stechenden Schmerz erst, als seine Kniescheiben auf den Steinfußboden schlugen. Er hob die Arme, um sich zu wehren, dann schlug er zurück, trat zu, bis er irgend etwas traf. Er raffte sich auf, warf die Tür rasch hinter sich zu und verriegelte sie. Er spürte, daß Blut über seinen Hinterkopf lief. Marion polterte gegen die Tür.

»Ich werde immer bei dir bleiben«, rief Alessandro. »Ich bin für dich da, was immer auch passiert.«

Pfarrbrief der Gemeinde von San Nicola

21. bis 27. September

»Wenn die tausend Jahre vollendet sind, wird der Satan aus seinem Gefängnis freigelassen werden.« (Offenbarung, Kapitel 20, Vers 7)

Sonnabend:
18 Uhr: Vorabendmesse.

Sonntag:
8 Uhr: Frühmesse.
10 Uhr: Hochamt. Die Predigt hält Propst Sante della Cave.
17 Uhr: Vesper.
18 Uhr: Abendmesse.

Dienstag:
15 Uhr: Die Jugendgruppe »Thomas Morus« trifft sich zur Vorbereitung der Organisation der Fastenaktion »Hungersuppe« in der Sakristei.

Mittwoch:
16 Uhr: Vorbereitungstreffen der Teilnehmer der Reise nach Fatima (Portugal). Noch immer haben viele die Anzahlung nicht hinterlegt.

Freitag:
20 Uhr: Im Palazzo Chigi liest der Autor der Geschichte »La Storia«, die in Deutschland in der Übersetzung von Marion Meiering erscheinen wird.

XXVI

Bis zu dem Augenblick, da Vikar Vincenzo Peo auf einem Tischchen in der Kirche die druckfrisch hereingekommenen Pfarrbriefe zu sortieren begann, hatte er sich in Gedanken mit den Alltagspflichten beschäftigt, die er ab sofort nicht mehr vernachlässigen wollte. Er hatte sich vorgenommen, die Fenster seiner Wohnung zu putzen, die alte Frau Meuzzi zu besuchen, die erst kürzlich ihren Mann verloren hatte, und seiner Mutter einen Brief zu schreiben. Aber plötzlich las er die Worte »im Palazzo Chigi« und dann den vollständigen Satz: »Im Palazzo Chigi liest der Autor der Geschichte ›La Storia‹, die in Deutschland in der Übersetzung von Marion Meiering erscheinen wird.«

Als hätte ihm seine Erinnerung eine Machete in die Hand gegeben, schlug Peo sich durch das Unterholz seiner jüngsten Eindrücke. Er wußte, daß da etwas gewesen war, was erst jetzt einen Sinn bekam. Und er fand schließlich, was er suchte.

Am Vormittag war er am Palazzo Chigi vorbeigegangen und hatte hinter dem Tor zum Park Bretter auf dem Boden liegen sehen. Er hatte geglaubt, Alessandro Chigi habe sie dort hingelegt, um seine Schuhe vor dem Schlamm zu schützen. Jetzt aber bekamen die Bretter ihre wahre Bedeutung. Sie waren für die Gäste bestimmt, die heute abend trockenen Fußes den Weg bis zum Schloß hinaufgehen sollten. Gäste, von denen einer Vincenzo Peo sein würde. Der Propst würde ihm natürlich verbieten, dort hinzugehen. Aber er würde sich darüber hinwegsetzen. Auf einer öffentlichen Veranstaltung würde der Propst es nicht zum Eklat kommen lassen.

Peo knöpfte seine Soutane auf und fragte sich einen Augenblick, ob er wirklich hingehen sollte. Wahrscheinlich würde

Marion ihn gar nicht beachten, sondern demonstrativ Alessandro Chigis Hand halten. Aber zumindest einmal würde sie ihm in die Augen sehen. Und sein Herz freute sich darauf, daß es am Abend wieder schlagen durfte.

Peo goß die Blumen am Hauptaltar, und plötzlich sah er vor sich, daß heute abend doch alles ganz anders kommen konnte. Marion würde während der Lesung den Saal verlassen, und er würde den Mut haben, ihr zu folgen, obwohl der Propst und Alessandro hinter ihm hersahen. Irgendwo im Dunkel des Palastes würde Marion auf ihn warten. Wie froh sie sein mußte, endlich den Autor des vermaledeiten Buches gefunden zu haben. Wahrscheinlich war es doch ein Verwandter oder ein Schulfreund gewesen.

Peo löschte das Licht am Altar, schloß die Kirche ab, witterte den Geruch von Vanille, betrachtete mit dem schier grenzenlosen Interesse eines Menschen, der Zeit totschlagen will, in dem Schaufenster eines Reisebüros einen ausgestopften Fisch, machte sich zu Hause etwas zu essen, das anbrannte, sortierte die Bücher in seinem Regal, stellte sich schließlich ans Fenster und wartete.

Als es endlich dunkel wurde, putzte er die Zähne, kämmte sich sorgfältig, zog den Mantel über und eilte dann hinauf zum Palazzo Chigi.

Er erkannte am Geräusch der zuschlagenden Glastür, daß der Propst ihm in der Bar aufgelauert hatte. Sante della Cave sagte kein Wort, hakte sich nur am Arm seines Vikars ein, und so überquerten sie die Straße. Die sechs Damen des Gesangvereins, die jede Kulturveranstaltung besuchten, standen bereits auf den Holzbrettern neben Alessandro Chigi, der einen dunklen Anzug trug und eine tiefe Verbeugung machte, als er den Propst sah.

Dann hinderte er die Damen am Weitergehen, stellte sich in Positur, schlug einen feierlichen Ton an und sagte: »Was mich heute am meisten ehrt, ist, daß der Propst mir gezeigt hat, wie sehr er mir vertraut. Es war ihm genug, den heutigen Abend im Pfarrbrief zu avisieren. Er war sich sicher, daß ich ihn sofort nach dem Erscheinen lesen und das Haus herrichten würde.«

Die Damen applaudierten und trippelten dann über die Holzbretter auf den Palast zu.

Der Propst setzte langsam Schritt vor Schritt, blieb mehrfach stehen, und obwohl er sich nur leicht auf seinen Vikar stützte, schien es Peo, als trage er ein tonnenschweres Gewicht. Er wußte, daß Marion, wenn sie jetzt aus dem Palast käme, es nicht wagen würde, ihm in die Augen zu sehen oder gar ein Wort zu sagen, solange der Propst neben ihm ging. Peo kam sich mit Sante della Cave am Arm vor wie ein vierbeiniges und vierarmiges Ungeheuer der Religion.

»Haben Sie diese Lesung hier organisiert?« brummte der Propst.

»Nein«, sagte Peo.

»Lügen Sie mich nicht an. Wer soll es denn sonst gewesen sein?«

»Ich schwöre, ich habe es genau wie Sie aus dem Pfarrbrief erfahren.«

»Sie waren vor drei Tagen im Schloß, obwohl ich es Ihnen verboten habe«, schnarrte der Propst.

»Nein«, sagte Peo.

»Ich habe Sie gesehen, Sie haben sich in der Dunkelheit wie ein Dieb eingeschlichen.«

»Sie irren sich. Vor drei Tagen war Dienstag, da saß ich den ganzen Abend zu Hause auf dem Sofa.«

»Lügen Sie mich nicht an. Ich kann einen Priesterrock wohl noch erkennen, und wer außer Ihnen sollte im Dunkeln durch das Schloß geistern? Meine Geduld mit Ihnen ist am Ende.«

»Ich lüge nicht. Ich war nicht im Schloß.«

Sie erreichten den Vorplatz und gingen zur Treppe; von oben waren die Stimmen der Damen und die Alessandro Chigis zu hören. Der Propst blieb am Fuß der Treppe stehen, und schlagartig verstummte das Gekicher und Gelächter.

»Hören Sie, wie still es ist? Als wenn sie auf einmal alle verschwunden wären«, sagte der Propst.

»Sie werden da oben einen Saal vorbereitet haben und haben einfach die Tür hinter sich geschlossen. Deswegen können wir sie nicht mehr hören.«

Der Propst stieg eine Stufe hinauf. Dann blieb er stehen.

»Was ist?« fragte Peo.

»Da war jemand im Park. Jemand, der uns gefolgt ist.«

»Sind Sie sicher?«

»Ja, da war jemand. Ich habe Schritte gehört. Warten wir ab. Er wird nachkommen.«

Jetzt erklangen Schritte vom Hof, dann knarrte eine Tür. Sie drehten sich um. Der Platz vor dem Eingang zur Waffenkammer war leer. Sie warteten einen Augenblick, als plötzlich die Tür zu Marions Räumen aufgestoßen wurde und Meinhard von Hohendorff herauskam. Er schloß die Tür hinter sich, sah dann den Propst und den Vikar, nickte ihnen zu und stieg an ihnen vorbei die Treppe hinauf.

»War das nicht der Leiter des Biblicums?« fragte der Propst.

»Ich glaube ja«, antwortete Peo.

»Was macht er hier?«

»Ich habe keine Ahnung«, sagte Peo.

Langsam stiegen auch sie die Stufen weiter hinauf, traten in den Korridor und öffneten die Tür zum Ballsaal. Alessandro Chigi hatte eine Glühbirne hoch oben auf der Galerie angebracht, so daß nur Schatten über die weite Tanzfläche glitten, auf der mehrere Reihen von Stühlen standen. Alessandro stellte ein Glas Wasser auf den Tisch, der für den Autor bestimmt war. Der Propst setzte sich in die zweite Reihe und sah den Damen zu, die sich um ein Tischchen versammelt hatten, auf dem Gläser und Flaschen aufgebaut waren. Alessandro kam mit zwei Gläsern Wein für den Vikar und den Propst und wollte sich schon zu ihnen setzen, als die Damen ihn riefen.

Der Propst stellte das Glas auf dem Stuhl neben sich ab und faltete die Hände. Dann sagte er leise zu Peo: »Trotz allem, was Sie ihm angetan haben, kann es sein, daß er Sie bitten wird, ihm zu helfen.«

»Warum sollte er?«

»Er war gestern abend bei mir. Er hat jetzt erkannt, wie es um seine Freundin steht. Er sucht einen Priester, der Marion Meiering hilft. Aber ich kann das nicht tun.«

»Sie meinen immer noch die Geschichte mit dem Zauberer?«

»Sie halten mich für verrückt. Ich weiß das. Aber mittlerweile gibt es Beweise.«

»Beweise für einen Geist?« fragte der Vikar und nippte an seinem Glas.

Der Propst sagte leise: »Ich habe den Stein gefunden. Den Grabstein. Der Geist hat ihn mit sich genommen. Er hat ihn im Schloß versteckt.«

»Das glaube ich nicht.«

»Was Sie glauben, ist nebensächlich«, sagte der Propst. »Aber ich will nicht, daß Sie die Gelegenheit ausnutzen, Marion Meiering noch einmal zu treffen. Wenn Sie Fürst Chigi einreden, Sie könnten ihr helfen, werde ich dem Bischof schreiben. Dann ist Ihre Priesterlaufbahn beendet.«

Der Propst drehte sich um und deutete in das bleiche Licht hinter ihnen. »Ist das wirklich dieser von Hohendorff?«

»Ja«, sagte Peo. »Ich kenne ihn sogar.«

»Und dann haben Sie nicht genug Anstand, ihn wenigstens zu begrüßen?«

Peo stand auf und ging durch die Reihen nach hinten. Von Hohendorff erhob sich und gab ihm die Hand. Peo setzte sich neben ihn. Die Damen standen noch immer im Halbdunkel neben dem Tisch mit den Flaschen.

»Ich wußte nicht, daß Sie sich so sehr für zeitgenössische Literatur interessieren, daß Sie für eine Lesung sogar den weiten Weg aus Rom auf sich nehmen.«

»Für eine Einladung in dieses Schloß würde mancher noch viel weitere Wege zurücklegen«, bemerkte von Hohendorff.

»Hat Don Bozzi Sie gebeten hierherzukommen?«

»Der Verleger? Wir verkehren nicht miteinander.«

»Ich hatte ihn hier erwartet. Er behauptete nämlich bisher, den Autor des Buches, das er veröffentlicht hat, nicht zu kennen.«

»Ach so«, sagte von Hohendorff. Er zeigte sich nicht sonderlich interessiert.

»Don Bozzi hat Marion Meiering gebeten, das Werk zu übersetzen. Und hat sie damit in beträchtliche Verwirrung gestürzt. Denn sie glaubt, daß es ihr Leben erzählt und sogar ihren Tod voraussagt. Eine seltsame Geschichte, nicht wahr?«

Von Hohendorff schwieg. Dann fragte er: »Wissen Sie, wer die Lesung hier organisiert hat?«

»Ich ging davon aus, daß Don Bozzi dafür gesorgt hat, um Marion für den Schrecken zu entschädigen, den er ihr bereitet hat.«

»Warum ist Frau Meiering dann nicht hier?« fragte von Hohendorff.

»Dazu möchte ich nichts sagen.«

»Warum so geheimnisvoll?« Von Hohendorff zog die Augenbrauen hoch. »Sie werden doch wissen, wo sich Frau Meiering zur Zeit aufhält.«

»Warum interessiert Sie das?«

Von Hohendorff schwieg einen Augenblick. Dann sagte er: »Ich möchte nicht, daß man uns zuhört. Wir sollten einen kleinen Rundgang durch den Saal machen, bevor die Veranstaltung beginnt.«

Sie schoben sich durch die Stuhlreihen, und von Hohendorff führte Peo zum Musikerpodium in den hinteren Teil des Ballsaales. Er stellte sich vor die Harfe, an der zwei Saiten gerissen waren, und betrachtete sie, als habe ihn noch nie etwas auf der Welt so interessiert wie diese morschen Musikinstrumente auf dem Holzpodium, das vor Jahrhunderten die Musiker von den Tänzern getrennt hatte. Lebensgroße Puppen, die von Motten zerfressene Lakaienuniformen trugen, sollten offenbar den Eindruck verstärken, daß hier gerade ein Ball gegeben worden war.

Von Hohendorff starrte weiter auf die Instrumente. Peo konnte von der Seite sehen, daß sein sonst glattes Gesicht angespannt wirkte.

»Warum interessieren Sie sich so sehr für Marion Meiering?« fragte Peo. »Sie haben sie doch nur ein einziges Mal gesehen.«

»Mich interessiert nur, warum Sie sich nicht darüber wundern, daß sie jetzt nicht hier ist.«

»Ihre Abwesenheit ist meiner Anwesenheit zuzuschreiben, aber ich habe nicht die Absicht, diese Problematik vor Ihnen auszubreiten. Vielleicht genügt es Ihnen zu wissen, daß Marion Meiering sich entschlossen hat, mich vorerst nicht wiederzusehen. Deshalb ist sie nicht in diesem Saal.«

Von Hohendorff sah ihn jetzt zum erstenmal direkt an. Seine Lippen schienen noch schmaler geworden zu sein. »Mein Gott, Peo, verschonen Sie mich mit Ihrem verliebten Gefasel, und sagen Sie mir einfach, wann Sie Frau Meiering zuletzt gesehen haben!«

»Lieber Herr Professor von Hohendorff, das geht Sie gar nichts an«, zischte Peo.

»Vikar Peo, es könnte Ihnen später leid tun, daß Sie sich mir nicht anvertraut haben.«

»Warum suchen Sie sie eigentlich? Was wollen Sie von ihr?«

Von Hohendorff schwieg.

»Waren Sie das, der hier nachts durch das Schloß gelaufen ist?« fragte Peo. »Der Propst meint, einen Priester gesehen zu haben.«

»Das geht Sie nichts an«, antwortete Hohendorff. »Sagen Sie mir endlich, was Sie wissen! Ihnen muß doch auch der Pfarrbrief aufgefallen sein.«

»Wieso?«

»Wer hat denn das Motto in den Brief setzen lassen, daß der Satan nach tausend Jahren freigelassen wird? Der Propst? Sie selbst? Oder wer?«

»Ich weiß es nicht, aber was hat das mit Frau Meiering zu tun?«

»Herrgott, so einfältig können Sie doch nicht sein. Es gibt diese Lesung hier, auf die Frau Meiering brennen müßte, und sie kommt nicht. Im Pfarrbrief ist vom Satan die Rede, und Ihnen fällt nichts dazu ein. Sagen Sie mir jetzt endlich, wo sie ist!«

»Ich werde gar nichts sagen. Ich werde mir die Lesung anhören und dann gehen«, brummte Peo.

»Ich bezweifle stark, daß es eine Lesung geben wird«, sagte von Hohendorff.

»Wieso sollte es keine geben?«

»Weil der Autor nicht kommen wird«, antwortete der Leiter des Biblicums und verließ den Saal.

XXVII

Alessandro preßte ein Auge gegen das Guckloch. Weil er Marions Hinterkopf auf dem Bett, den aufgeräumten Schreibtisch und das sauber abgewaschene Geschirr scharf und deutlich sehen konnte, glaubte er, das Glas sei aus dem Spion gefallen, denn er roch auch die beißende Mischung aus Urin und Moder. Der Gestank erinnerte ihn an ein Reh, das sein Großvater angeschossen hatte und das sich noch tagelang durch den Park geschleppt hatte, bis es verendet war.

Er wußte, daß auf dem Bild vor seinem Auge irgend etwas anders war als an den Tagen zuvor, aber es dauerte eine Weile, bis er erkannte, was es war. Der Schimmel, der sich in die Wand gegenüber gefressen hatte, trug ein neues Muster. Alessandro mußte zweimal hinsehen, bis er das in den Fleck geritzte Wort HILFE erkennen konnte. ›Sie hat keine scharfen Gegenstände, sie muß es mit den Fingern gemacht haben, aber auch die Fingernägel trägt sie dafür eigentlich zu kurz. Mit den Zähnen‹, dachte er, ›sie hat es mit den Zähnen gemacht. Denke an die Regeln! Du mußt die Regeln genau einhalten! Immerhin ist sie jetzt schon seit sechzehn Tagen hier unten, also halte mindestens zwei Meter Abstand von ihr! Dann ist es nicht gefährlich‹, dachte er. Er ging noch einmal zurück, vergewisserte sich, daß die Tür des Vorraums verschlossen war, nahm dann das Tablett auf, drehte mit der rechten Hand langsam den Schlüssel in der Tür und öffnete sie. Marion stand auf, ohne ihn anzusehen, und setzte sich an den Schreibtisch. Er hörte das Feuerzeug aufklappen und roch den Zigarettenrauch, während er hinter sich abschloß und den Schlüssel in die Hosentasche steckte.

Er stellte das Tablett auf das Bett und setzte sich daneben.

Sie sah ihn an. Uber dem Auge hatte sie eine eiternde Wunde, die nur zur Hälfte verschorft war, sie erinnerte Alessandro an den Umriß einer Insel. Ob es Zypern oder Kreta war, wußte er nicht genau. Er erkannte nicht, ob sein Schlag vor drei Tagen sie so schwer verletzt hatte oder ob sie gefallen war. Sie hatte mit etwas Schminke versucht, die Wunde zu überdecken, aber trotzdem sah ihr Gesicht blaß und verschmiert aus.

Auf dem Tisch sah er sauber aufgereihte Stapel von Tellern und ein Bündel mit Wäsche, so als hätte sie gepackt, um zu gehen.

»Du warst wieder nicht beim Propst, stimmt's?« fragte Marion.

»Doch«, sagte er.

»Gott sei Dank. Wenn ich richtig gerechnet habe, ist heute Sonntag, ich wußte, daß du mit einer guten Nachricht kommst«, sagte sie und drückte die Zigarette aus. »Was hat er gesagt? Kommt er? Hast du ihn mitgebracht, oder gehen wir zu ihm?«

Alessandro schwieg.

»Hast du ihm gesagt, daß du mich hier unten einsperrst, daß du das für meine Sicherheit tun mußt, hast du ihm gesagt, wie lange ich schon hier unten bin?«

»Ich habe ihm gesagt, daß du bei mir bist und daß du seine Hilfe brauchst, und ich habe ihn gebeten mitzukommen, um nach dir zu sehen.«

»Und was hat er gesagt?«

»Er kann dir nicht helfen. Er hat mir die Adresse von einem vatikanischen Exorzisten in Rom gegeben.«

»Das glaube ich nicht. Du schließt jetzt augenblicklich die Tür auf, und ich rede selbst mit ihm.«

»Er hat mich vor dir gewarnt, Marion. Aber ich werde dir helfen. Wir beide werden es allein schaffen. Ich werde bei dir hier unten bleiben. Ich kann dich nicht hinauslassen.«

»Was sagst du da?«

Er ballte die Fäuste vor Schreck, aber nicht wegen der Lautstärke, in der sie ihn anschrie. Er erschrak, weil er sah, wie sehr der Schrei sie schüttelte. Sie schrie gar nicht ihn an, sie schrie gegen die Wand, gegen die Decke, gegen die Tür, gegen die Welt.

»Das kann doch einfach nicht sein, es kann nicht sein!« schrie sie immer wieder. »Sie lassen mich hier unten in diesem Loch verfaulen, es kümmert sie gar nicht! Sag, daß es nicht wahr ist! Sag mir, daß du gar nicht beim Pfarrer warst!«

»Doch, ich war da«, sagte er leise.

»Sie lassen mich hier verrecken! Ist denn die Welt verrückt geworden? Alessandro, ich sterbe hier drin, siehst du das denn nicht?« schluchzte sie. Sie nahm die sauber aufgeschichteten Teller und warf damit wild um sich, sie trat gegen den Schreibtisch, wischte mit einer Hand die Plastikgefäße vom Tablett, die auf das Bett fielen, das jetzt voller Flecken war.

»Sie lassen es zu, daß ich hier hocke und Nacht für Nacht darauf warte, daß du mit einer Eisenstange herunterkommst, um mich wie einen tollwütigen Hund zu erschlagen. Und ich habe sie sogar gehört. Ich habe sie über meinem Kopf herumlaufen hören.«

Marion ließ sich auf den Stuhl vor dem Schreibtisch fallen, drehte Alessandro den Rücken zu und stützte den Kopf in die Hände. Er konnte nicht sehen und auch nicht hören, ob sie weinte. Es war plötzlich still. Er schwieg. Er wußte nicht, wieviel Zeit vergangen war, als er endlich die schmerzenden, immer noch zu Fäusten geballten Hände lockerte.

»Du warst es, nicht?«

Sie schwieg.

»Du hast in den Pfarrbrief hineingeschrieben, daß ein Autor, den es gar nicht gibt, in unserem Schloß lesen wird. Ich habe es erst begriffen, als er nicht kam und der Propst und der Vikar fragten, wer die Lesung eigentlich organisiert hat. Warum hast du das getan?«

Sie drehte sich blitzartig um. Ihre Augen waren rotgeweint. »Weil ich mir nicht vorstellen konnte, daß sie nicht nach mir suchen, wenn sie sehen, daß ich nicht dabei bin. Ich kann doch nicht der einzige Mensch sein, der sieht, wie blaß du bist, daß du eine Narbe am Hinterkopf hast. Haben sie denn, verdammt noch mal, wenigstens nach mir gefragt?«

Marion war aufgestanden und einen Schritt auf ihn zugegangen. Alessandro wich zurück und lehnte sich mit dem Rücken an die Wand.

»Ja, bleib immer nur schön weit weg von mir«, fauchte sie. Sie hielt ihm ihre Hände hin. »Sieh dir meine Finger an, sieh sie dir an, diese gefährlichen Frauenhände, die dich niederschlagen und erwürgen könnten, wenn du nicht auf der Stelle aufschließt.«

»Ich kann es nicht tun, ich liebe dich.«

Sie lachte und ließ sich wieder auf den Stuhl fallen.

»Ja, sie haben nach dir gefragt.« Er stand auf. »Ich muß dein Bett neu beziehen. Du hast alles schmutzig gemacht.«

Er sammelte die kalten Nudeln, die Plastikbecher und die Teller mit klebrigem Kuchen ein und warf alles in einen Plastikkorb. Als er das Laken wechseln wollte, sah er, daß sie ihren Pullover auszog, sah ihren weißen Rücken, das leicht gerötete Fleisch, die Stelle, wo der Büstenhalter ihr in die Haut schnitt.

»Was machst du da?« fragte er.

»Mir ist warm. Du hältst mich doch für einen Geist und nicht für eine Frau, also kann es dir doch egal sein, ob ich hier nackt sitze, und wenn es dir nicht egal ist, dann schau eben weg.«

Alessandro warf ein frisches Laken auf das Bett und ärgerte sich, daß er die Matratze nicht trockengerieben hatte. In der Mitte wurde das neue Laken durch den Tee, der in die Matratze gesickert war, bereits wieder feucht.

»Ich muß hinaufgehen und dir ein anderes Laken holen«, sagte er.

Sie saß immer noch am Schreibtisch, den Kopf in die Hände gestützt. Er starrte auf ihren nackten Rücken, streckte die Arme aus und streichelte vorsichtig mit einem Finger ihren

Nacken. Er war darauf vorbereitet, daß sie seine Hand wegschlagen oder sich ducken würde, aber ihre Haut schmiegte sich an seine Hand. Sie ließ sich den Nacken massieren. Er hielt die Arme waagerecht von sich gestreckt, ließ seine Hände so um ihren Hals spielen, daß er sie, sobald sie sich umdrehen würde, am Hals fassen und notfalls würgen könnte, wenn sie wieder versuchen sollte, nach ihm zu schlagen.

Aber es geschah nichts. Wie eine Schlange ließ sie ihren Nacken sich unter seinen Händen winden. Er hielt eine Hand an ihrem Hals, die zweite ließ er langsam an ihren Schulterblättern hinuntergleiten. Er hatte zweimal die Träger des Büstenhalters berührt, aber er war sich nicht sicher, ob er es gewesen war, der ihn geöffnet hatte. Die Träger glitten jetzt von ihren Schultern herunter, der Spitzenbüstenhalter fiel zu Boden.

Er streichelte ihre Schultern, blieb jedoch noch immer einen Schritt hinter ihr, aber seine Hände, die bisher so fest gewesen waren, als müsse er ein störrisches Pferd zur Tränke führen, wurden jetzt weich. Endlich strich er über die Spitzen ihrer Brüste, als ein Schlag ihn wie ein Feuerball traf. Alessandro spürte einen Schmerz, als hätte eine Eisenkralle Teile seines Unterleibs herausgerissen. Er taumelte zurück, schlug mit dem Kopf gegen etwas Hartes. Dann durchwühlte eine Hand seine Hosentasche, und er hörte, wie die Tür aufgeschlossen und wieder zugeschlagen wurde. Er griff an der Stelle vorbei, die nur noch ein blutiger Brei sein konnte, ertastete erleichtert den zweiten Schlüssel und hörte auch schon ihr Hämmern an der äußeren Tür des Korridors.

Alessandro raffte sich vom Boden auf, schleppte sich in die Nähe der Tür und konnte klar und deutlich ihre Stimme und seinen keuchenden Atem hören.

Pfarrbrief der Gemeinde von San Nicola

28. September bis 4. Oktober

»Der Herr sagte zu mir: Gehe noch einmal hin und liebe die Frau, die einen Liebhaber hat und Ehebruch treibt, so wie der Herr die Söhne Israels liebt.« (Buch Hosea, Kapitel 3, Vers 1)

Sonnabend:
18 Uhr: Vorabendmesse.

Sonntag:
8 Uhr: Frühmesse.
10 Uhr: Hochamt. Die Predigt hält Propst Sante della Cave.
17 Uhr: Vesper mit Rosenkranzgebet.
18 Uhr: Abendmesse.

Dienstag:
15 Uhr: Treffen der Meßdienergruppe »Kirchenmäuse« in der Sakristei. Übung und anschließendes Fußballspielen.

Mittwoch:
13 Uhr: Treffen der Mitglieder des neuen Kirchenchores bei Vikar Vincenzo Peo. Erwartet wird das neue Mitglied Maurermeister Vissani.

Donnerstag:
20 Uhr: Seniorengruppe »Agathenkreis« lädt zum Muschelessen ein in der Scheune der Familie del Sio. Mit freiwilliger Spende wird gerechnet. (Wein ist mitzubringen.)

XXVIII

Alessandro Chigi wußte, daß er nicht mehr schlief. Es mußte an der Trägheit seines Bewußtseins liegen, daß er etwas Langes, Schwarzes an seiner Schulter zu erkennen glaubte, das aussah wie ein Flugzeugflügel, in Wirklichkeit aber sein Arm sein mußte. Er konnte trotz der Kopfschmerzen, die ihm die Sinne vernebelten, deutlich unterscheiden, was Wirklichkeit war, etwa die blau gestrichene, glitschig-feuchte Stahltür, gegen die er sein schmerzendes Knie gepreßt hatte, oder was ein Traum gewesen sein mußte, wie die gerade erlebte Beerdigung seines Vaters.

Die Pferde, die den Karren ins Tal hinunterzogen, die Rehe, die im Wald die Köpfe hoben und zusahen, wie die Menschenmenge schweigend dem Sarg folgte, all das war während der Trauerfeier tatsächlich so gewesen. Aber warum hatte er auf dem mit einem wappenbestickten Tuch verhüllten Sarg gesessen, rittlings gesessen, als wollte er der Holzkiste die Sporen geben?

Alessandro richtete sich auf. Sein Nacken schmerzte, im Grunde tat ihm alles weh, und er fragte sich, wie lange es her war, daß er immer wieder Blut uriniert hatte. Als er das zerwühlte Bett sah, fiel ihm wieder ein, daß er in einer Schublade im Bad Schmerztabletten gefunden hatte und zu viele davon genommen haben mußte, daß er dort auf dem Bett Stunden, vielleicht schon Tage verschlafen hatte, daß er irgendwann aufgestanden war, um gegen die Stahltür zu hämmern, und sich dann davor auf den Boden gelegt hatte.

Er stand auf, ging langsam zum Tisch und schenkte sich ein Glas Wasser ein. Er versuchte noch einmal zu lauschen, aber er wußte, daß er hier unten allein war und nichts hören würde.

Aus dem Korridor zu entwischen mußte für den Zauberer, der den Grabstein durch die zugemauerte Tür der Kapelle geschafft hatte, ein Kinderspiel gewesen sein.

Er war allein, und er würde hier unten verhungern. Er wußte, daß in den nächsten Wochen niemand nach ihm suchen würde. Er war immer ein Einzelgänger gewesen. Er trank einen Schluck Wasser. Er hatte genug Wasser, aber nichts zu essen. Wie lange dauerte es, bis ein Mensch verhungerte? Er sah auf den Beutel mit den zusammengekratzten, stinkenden Abfällen. Er war froh, daß er sie nicht weggeworfen hatte.

Er ging die paar Schritte zur Tür und wartete darauf, daß etwas geschah, doch er hörte nichts. Er sackte zusammen, ließ den Kopf gegen die Wand fallen und spürte, daß er schon wieder müde wurde.

›Wie viele Pillen habe ich genommen?‹ fragte er sich. Tatsächlich war der Schmerz im Unterleib nur wie von fern zu spüren. Er war irgendwo in seinem Körper, aber so weit weg, daß er schon fast nichts mehr mit ihm zu tun hatte. Alessandro schlief wieder ein.

Er wußte nicht, ob er ein paar Stunden oder nur ein paar Minuten geschlafen hatte, aber er wußte genau, daß er von irgend etwas geweckt worden war. Er öffnete die Augen, sah sein nasses Knie und begriff. Er blickte auf die Spur des Urins, das Rinnsal, das unter der Tür durchgesickert war und jetzt sein Knie näßte.

»Mach auf!« schrie er. Er polterte mit dem Fuß gegen die Tür. Er hörte ihre leise, unsichere Stimme.

»Bist du endlich aufgewacht? Ich habe stundenlang gegen die Tür geklopft. Mein Gott, ich dachte, du bist tot.«

»Ich lebe«, flüsterte er, »mach die Tür auf!«

Er hörte eine Weile nichts. Dann sagte sie leise: »Schieb den Schlüssel für die Außentür unter der Tür durch!«

»Er wird nicht hindurchpassen. Er ist viel zu dick. Mach die Tür auf!«

»Bitte, versuche es!«

Er faßte ganz vorsichtig an seine Hose, ohne den geschwollenen schmerzenden Ballen an seinem Unterleib zu berühren. Er konnte den Schlüssel noch fühlen.

»Bitte«, flehte sie, »bitte, schieb ihn unten durch! Dann mache ich sofort die Tür auf.«

»Marion, mach jetzt die Tür auf!«

»Dann versprich mir, daß du mich gehenläßt! Schwöre es!«

»Ich kann dich noch nicht gehenlassen. Das weißt du doch.« Er lauschte, aber sie schwieg.

»Bald wird jemand kommen und mich hier herausholen«, sagte sie schließlich.

»Niemand wird kommen.«

»Sie werden nach mir suchen, sie werden meine Sachen in der Kammer finden.«

»Ich habe alles zusammengerafft und hier heruntergebracht. Das weißt du doch. Niemand wird eine Spur von dir finden.«

Jetzt schrie sie: »Das ist eine Lüge! Ich hatte noch viel mehr Sachen. Du lügst!«

»Nein, es ist wahr. Ich habe alles nach unten gebracht. Dein Zimmer sieht aus, als wärst du ausgezogen. Mach die Tür auf!«

»Du wirst mich noch anbetteln, die Tür aufzuschließen, wenn du vor Hunger umkommst. Ich halte lange aus, länger als du, das kannst du mir glauben.«

»Unsinn!« schrie er. »Ich habe Wasser. Du wirst verrückt werden vor Durst. Du bist es wahrscheinlich jetzt schon. Mach die Tür auf!«

Sie schwieg lange. Er sah, daß Blut aus seiner Hose sickerte und eine kleine Lache auf dem Boden bildete.

Plötzlich hörte er sie wieder. Er glaubte, ihrer Stimme anzuhören, daß sie geweint hatte.

»Bitte, Alessandro, bitte versprich mir, daß du mich gehenläßt! Ich kann nicht mehr. Ich kann wirklich nicht mehr. Ich flehe dich an.«

Er sah den Blutstropfen zu, die auf dem Boden eine Lache bildeten.

»Alessandro, hörst du mich? Ich habe dich nie um etwas gebeten, aber ich bitte dich jetzt: Versprich mir, daß du mich endlich gehenläßt!«

Er hörte deutlich, daß sie schluchzte.

»Marion!« rief er. »Marion, versteh mich doch! Was meinst du, was es für mich bedeutet, deine süße Stimme zu hören? Aber du weißt auch, da ist etwas in dir, das dich dazu treiben wird, immer wieder für Männer wie Peo deinen Rock zu heben, bis du so voller Schmutz bist, daß der Dämon endlich von dir abläßt und du in einer Gosse verkommst. Das kann ich doch nicht zulassen.«

Es krachte. Sie hatte mit etwas Schwerem gegen die Tür geschlagen. Sie schrie jetzt: »Meine süße Stimme? Wie stellst du dir eigentlich vor, wie ich reden soll? Soll ich so reden wie dein Dämon? Wie redet der denn deiner Ansicht nach? Meinst du, ich fange an, wie ein Hund zu bellen? Oder der Dämon läßt mich wie ein Pferd wiehern, und dabei steigt schwefliger Rauch aus meinem Mund?«

Er schwieg.

»Wie stellst du dir das vor – daß ich dich anschreie wie ein Dämon, daß ich sehen will, wie du in deiner Scheiße wühlst, daß du meine Schuhe küssen sollst für jeden Tritt, den ich dir gebe?«

»Hör auf!« brüllte er.

»So soll das sein?« schrie sie. »Daß da plötzlich eine Stimme aus mir spricht, die sagt: Ich bin Simon der Zauberer?«

»Hör auf! Hör sofort auf!«

»Das ist es also, was dir imponiert. Das ist es also.«

»Nein, aber man macht keine Scherze darüber, also hör auf damit!«

»Und wenn ich sage, daß ich es bin? Ich bin Simon der Zauberer! Ich bin stärker als Marion, ich bin stärker als du. Wenn ich mit dir fertig bin, wirst du deine Pisse saufen und vor Dankbarkeit dazu grunzen.«

»Hör endlich auf!« schrie er und polterte gegen die Tür.

»Glaubst du immer noch, daß da ein Dämon in Marion ist?«

Er schwieg.

»Ich weiß es nicht«, sagte er dann. »Nein, ich glaube es eigentlich nicht. Nur manchmal glaube ich es doch.«

Er hörte sie schreien. Er glaubte eine Stimme zu hören, die er nicht erkannte, und wich vor der Tür zurück.

»Merkst du es denn nicht, daß ich Simon der Zauberer bin? Habe ich nicht die ganze schwarze Sünde aus dir herausgeholt, hast du nicht dein geiles Becken an ihrem Weiberhintern reiben wollen?«

»Was soll das? Sei still«, flüsterte er. Dann rief er: »Ich rühre dich nie wieder an.«

»Darum geht es nicht«, sagte sie. »Es geht darum, daß du es getan hast. Der barmherzige Samariter, der dem besessenen kleinen Geist helfen will, möchte zunächst einmal seine ganze Geilheit in ihn hineinpumpen. Ist das nicht so? Wenn du willst, mach ich auf. Hast du deine Hose schon bis zu den Kniekehlen heruntergezogen?«

»Hör auf«, schrie er. »Ich rühre dich nie wieder an.«

»Ich sag dir doch, es geht nicht darum, was du nicht mehr tun willst. Es geht darum, was du getan hast. Und du hast versucht, mich zu bespringen, statt mich zu bekehren. Ich habe dich dazu gebracht. Ich habe den ganzen Dreck aus dir herausgeholt.«

Er schwieg.

»Zweifelst du immer noch daran, daß diese Stimme die Stimme von Simon dem Zauberer ist? Nein, du weißt es jetzt. Deswegen befehle ich dir: Nimm den Schlüssel und schiebe ihn unter der Tür durch! Nimm ihn in die Hand und schiebe ihn durch den Schlitz!«

Alessandro faßte in seine Hose, nahm den Schlüssel und schlug gegen die Tür. Er versuchte ihn durch den Schlitz zu schieben, aber er war zu dick.

»Dann mache ich jetzt die Tür auf, und du wirst ihn mir geben«, sagte die Stimme, die doch irgendwie Marions Stimme war. »Ich werde die Tür aufmachen, und dann wirst du Marion sehen. Sie gehört mir, es ist mein Körper. Wenn du willst, gebe ich sie dir, du kannst sie besteigen, solange du willst. Sie wird sich winden vor Geilheit.«

»Sei still!« rief Alessandro.

»Ich kann mit ihrem Körper machen, was ich will. Ich werde es dir zeigen. Ich befehle ihr, den Zeigefinger auszustrecken und ihn in ihr linkes Auge zu stoßen, bis die Flüssigkeit des Augapfels über die Wange läuft.«

Alessandro stand mühsam auf. »Nein«, schrie er, »das wirst du nicht!«

»Dann gib mir den Schlüssel! Leg ihn in Marions Hand, wenn ich gleich die Tür aufmache.«

»Ich erkenne dich jetzt, Dämon«, schrie Alessandro. »Marion hätte mich nie wie ein Schwein abgestochen, so daß ich blute wie im Schlachthaus.«

Er trat einen Schritt zurück. Die Tür ging langsam auf. Er sah eine Hand, die sich durch den Spalt tastete. »Gib mir den Schlüssel!« Die Tür sprang ganz auf, und er sah sie jetzt im Rahmen stehen.

»Er hat es nicht getan mit deinen Augen, Gott sei Dank«, sagte Alessandro. Er sah sie an.

Sie war am ganzen Körper voller roter Flecken, winziger Schürfwunden, ihr Gesicht war entstellt und geschwollen. Aus dem Korridor kam ein beißender Geruch nach Kot und Urin. Sie nahm eine Decke, die auf dem Bett lag, und wickelte sich hinein. Sie starrte ihn an. »Gib mir den verdammten Schlüssel, sonst mache ich mit Marion, was ich versprochen habe.«

»Er liegt auf dem Tisch«, sagte Alessandro.

»Bleib stehen, wo du bist!« fauchte Marion. »Rühr dich nicht vom Fleck!«

»Ich habe Angst«, sagte Alessandro. Er wich einen Schritt zur Seite.

»Bleib verdammt noch mal stehen, sonst trete ich dir in den blutigen Fleck, über dem deine Hose schlottert.«

Er tastete sich weiter.

»Bleib stehen!« schrie sie. »Du willst zur Tür und mich wieder einsperren wie eine Ratte in die Falle. Der Schlüssel liegt gar nicht auf dem Tisch.«

»Doch«, sagte er, »er liegt da. Du kannst ihn von der Tür aus nicht sehen.«

»Bring ihn mir! Leg ihn mir in die Hand!«

»Nein«, sagte Alessandro.

»Eine Lüge ist eine Sünde gegen Gott. Hast du schon oft gelogen?«

»Nur als Kind«, stotterte Alessandro.

»Lügst du jetzt?«

»Nein«, sagte er.

»Schwöre es mir. Schwöre mir im Namen Gottes und des Herrn Jesus Christus, daß auf diesem Tisch da der Schlüssel für die Schleuse liegt und du nicht lügst.«

»Ich schwöre es«, sagte er.

»Und bleib genau da stehen. Ich warne dich«, sagte sie.

Sie ging rasch zwei Schritte, aber Alessandro stieß sie mit aller Kraft, die er noch hatte, zur Seite, schleppte sich zur Tür, zog sie hinter sich zu und verriegelte sie.

Er tastete nach dem Schlüssel in der Hose, zog ihn heraus, öffnete damit die zweite Tür der Schleuse und atmete tief durch.

Als sie gegen die Tür polterte, drehte er sich um.

»Ich bringe mich um, hörst du? Wenn du wiederkommst, ist nur noch meine Leiche da. Ich fresse so lange das Plastik des Duschvorhangs, bis ich sterbe, ich und dein Hirngespinst des Zauberers. Dann habe ich es geschafft, dann bist du endlich ein schmutziger, gemeiner Mörder. Ich werde auf die Wand kritzeln, daß du mich umgebracht hast.«

Er machte einen Schritt.

»Wenn du jetzt weggehst, dann findest du mich nur noch tot. Du bist ein dreckiger Lügner und achtest nicht einmal deinen Gott.«

»Kann Marion mich hören?« rief er zurück. »Wenn ich jetzt etwas sage, kann sie mich dann hören?«

»Du verdammter Idiot. Du Irrer! Wer außer mir soll denn noch hier sein?« schrie die Stimme Marions.

»Sie kann also hören. Ein Schwur, erzwungen von einem Engel Satans, gilt nichts.«

»Laß mich raus!« Alessandro hörte, daß sie jetzt hemmungslos weinte. »Bitte, Alessandro, mein lieber Alessandro, bitte, bitte, laß mich hier raus!«

»Du hast recht«, sagte er. »Es geht so nicht. Ich kann dir auch nicht helfen. Keiner kann uns helfen. Ich weiß jetzt, was zu tun ist. In genau vier Tagen bist du draußen. Ich verspreche es. Vielleicht nicht einmal vier Tage. Hörst du?«

Er vernahm nur ihr Schluchzen.

»Nur noch vier Tage. Wenn du Marion bist, dann hast du nichts zu befürchten. Und wenn du es nicht bist, dann kannst du ja verschwinden.«

»Du bist wahnsinnig geworden«, rief sie. »Was soll das? Was hast du vor?«

»Noch vier Tage«, schrie er zurück. »Ich gehe jetzt und hole frische Wäsche und etwas zu essen. Es kann ein paar Augenblicke dauern. Ich muß mir auch noch einen Verband anlegen.«

XXIX

Daß Vikar Vincenzo Peo in seinem Arbeitszimmer immer noch vor einem leeren Blatt Papier saß, lag nicht daran, daß er nicht wußte, was er Marion schreiben sollte. Im Gegenteil. Er wollte den Brief mit einem freundlich verpackten Vorwurf beginnen, der in etwa darauf hinauslief, daß er beim besten Willen nicht begreifen konnte, wie sie einfach hatte abfahren können, ohne sich von ihm zu verabschieden. Er hatte jeden einzelnen Tag, an dem er sie nicht gesehen hatte, im Kalender markiert. Er zählte 20 Kreuze: Am 11. September hatte er sie zuletzt gesehen, und heute war schon der zweite Oktober. Dann wollte er überleiten zu der Bitte, sie möge ihm doch ihre neue Anschrift endlich mitteilen, damit er sich davon überzeugen könne, daß es ihr gutgehe. Was es Peo stundenlang unmöglich machte, auch nur eine Zeile zu Papier zu bringen, war das Problem der Adresse. Er konnte nur an den Palazzo Chigi schreiben und hoffen, daß Alessandro wußte, wohin sie gefahren war. Das würde sehr wahrscheinlich bedeuten, daß Alessandro seinen Brief öffnen und lesen würde. Er mußte also jedes Wort abwägen.

Während die Sonne draußen hinter einer Wolkendecke verschwand und ein Regenschauer die Menschen von der Straße trieb, entwarf und verwarf Peo einen Briefanfang nach dem anderen. Er war froh, als es an der Haustür klingelte und er einen Grund hatte aufzustehen. Draußen stand ein kräftiger, glatzköpfiger junger Mann, der sich in seinem dunklen Anzug ganz offensichtlich so unwohl fühlte, daß Peo sich fragte, wer ihn da hineingesteckt hatte. Peo kannte Menschen wie diesen vor allem vom Strand, wo er sich immer über ihre behaarten Rücken, ihre Körperkraft und ihre sonderbare Art von Humor gewundert hatte, wenn sie sich mit Feuerquallen bewarfen oder unermüdlich junge Frauen ansprachen.

»Ich soll mich hier melden«, sagte der Mann.

Peo bat ihn in den Flur und schloß die Tür hinter ihm. »Bei mir muß sich niemand melden, wir sind ja nicht bei der Armee. Was kann ich denn für Sie tun?«

»Ich will nur sagen, daß ich nicht singen kann. Auf Wiedersehen«, erklärte der Mann und wandte sich zur Tür.

»Moment mal!« Peo hielt ihn auf. »Ich verstehe kein Wort.«

Der Mann holte einen Pfarrbrief aus der Tasche und tippte auf die Stelle, wo stand, daß Maurermeister Vissani um 13 Uhr zum Probesingen für den Kirchenchor in der Vikarswohnung erwartet würde.

»Erstens bin ich nicht Meister, sondern nur Geselle. Und zweitens treffe ich keinen Ton. Sie müssen sich jemand anderen suchen für Ihren Chor.«

»Ich weiß gar nichts von einem Chor«, wunderte sich Peo. Der Mann im Anzug sah ihn fragend an. »Vielleicht hat Ihnen jemand einen Streich spielen wollen?«

Er sah, wie der Maurergeselle nachdachte, offenbar die Reihe der Bekannten durchging, die zu so etwas fähig wären, zu keinem Ergebnis kam und schließlich einen drohenden Gesichtsausdruck aufsetzte, der offenbar dem Unbekannten galt, der ihn in diesen Anzug und in diese Lage gebracht hatte. Er schnaufte nur noch einmal kurz, sagte auf Wiedersehen und ließ die Tür hinter sich ins Schloß fallen.

Vincenzo Peo ging in die Küche und setzte den Wasserkessel auf den Herd. Einen Moment lang wünschte er sich, die Energie aufzubringen und der Küche ihren provisorischen Charakter zu nehmen, ein paar Töpfe zu kaufen, den Kühlschrank zu füllen und endlich einmal jemanden zum Essen einzuladen. Und sei es nur den Propst.

Er sah auf die Uhr. Es war Zeit, das Brevier zu nehmen und seinen täglichen Pflichten als Priester nachzukommen, zu beten und in der Bibel zu lesen. Vincenzo suchte im Küchenschrank nach einem Feuerzeug.

Alle seine Professoren waren sich einig gewesen, daß Peo genau der Typ war, der sich um das tägliche Gebet drücken würde. Das stimmte nicht. Peo hatte immer einen intensiven Dialog mit Gott geführt. Seit dem Studium war das Beten allerdings ein heikles Thema für ihn geworden.

Er fand ein Feuerzeug, zündete die beiden Kerzen vor dem Kreuz an, das er in Jerusalem aus echten Zweigen vom Ölberg gebastelt hatte, zog die Soutane über und kniete auf dem improvisierten Bänkchen nieder.

Fast jedesmal, wenn er sich auf das Gebet vorbereitete, mußte er an jenen Tag im Priesterseminar denken, der ihm beinahe die ganze Studienzeit ruiniert hätte. Er war übermütig gewesen nach einem allzu salbungsvollen Vortrag und hatte schlicht den Mund nicht halten können, hatte unbedingt fragen müssen: »Wie redet man Gott im Gebet eigentlich an?« Er hatte sich mit der Antwort »mein Schöpfer oder einfach Herr« nicht zufriedengegeben, sondern weitergefragt, »ob man Gott siezen muß oder duzen darf«. Der Professor hatte ihm einen Verweis erteilt. Zu diesem Zeitpunkt wäre er aber noch nicht verloren gewesen, wenn er den geordneten Rückzug angetreten hätte. Statt dessen hatte er dem Professor erklärt, daß es seiner Ansicht nach vollkommen in Ordnung gehe, wenn man, wie es ihm selbst widerfahren war, nach dem Besuch am Bett eines krebskranken Kindes auch einmal betete: »Lieber Gott, was soll der Scheiß?«

Diese Geschichte hatte die ganze Universität erfahren und weitererzählt. Peo war nur dank der Fürsprache seines einzigen Gönners nicht hinausgeworfen worden. Danach hatte er immer das Gefühl gehabt, daß die Kommilitonen ihn beim Beten in der Kirche besonders aufmerksam beobachteten. Und deshalb hatte er sich angewöhnt, immer in ganz korrekter Haltung zu beten.

»Herr im Himmel«, betete er jetzt, »ich weiß beim besten

Willen nicht mehr, ob mein Aufenthalt hier in Ariccia deinem Willen entsprach oder ob ich mir mein Elend ganz allein zuzuschreiben habe. Ich bitte dich, Herr, weise mir den Weg, wieder Aufgaben zu finden, für die ich eher geschaffen bin, als in dieser Gemeinde zu versauern.«

Er wartete eine Weile. Sein Gebet kam ihm immer vor wie ein leicht gestörtes Telefongespräch. Nach ein paar Augenblicken erst hörte er die Antwort: »Du bist undankbar und hochmütig.«

Vincenzo hatte sich schon vor langer Zeit klargemacht, daß er sich die Antworten im Gebet selber gab, daß er aber seinem Schöpfer in diesen Dialogen trotzdem nahekam, daß sie ihm halfen, Gottes Willen zu erforschen. Nur an besonderen Glückstagen hatte er das Gefühl, Gott spreche direkt zu ihm.

»Du hast dein Gelübde gebrochen und eine Frau verführt. Die Frau eines anderen. Und statt vor Scham und Reue über deine Sünden in den Boden zu versinken, wagst du es, Forderungen zu stellen?«

»Ich kann nicht aufrichtig bereuen, was ich getan habe, denn ich bezweifle, daß es eine Sünde war. Sie hat mir sogar gedankt.«

»Du bist anmaßend und verantwortungslos. Wenn sie mit ihrem Mann nicht glücklich war, hättest du beiden geistlichen Beistand leisten müssen. Statt dessen hast du sie verführt. Und bist in mein Haus eingebrochen.«

»Es tut mir leid.«

»Nichts hast du bisher unternommen, um dich mit jenen zu versöhnen, denen du unrecht getan hast. Und nichts hast du unternommen, um herauszufinden, welchen Dienst du deinem Schöpfer in Ariccia erweisen kannst. Statt dessen fragst du nach neuen Aufgaben? Du kennst ja nicht einmal deine Gemeinde. Hochmütig meidest du die einfachen, anständigen Leute wie den Maurer Vissani. Du kümmerst dich nicht einmal um sie, wenn sie zu dir geschickt werden.«

Der Dialog riß plötzlich ab.

›Vissani, Giorgio‹, dachte Peo. Er blies die Kerzen aus und erhob sich. ›Stand da nicht Giorgio Vissani?‹ Peo warf den Mantel über, suchte den Hausschlüssel, fand ihn endlich in seiner Hosentasche und verließ die Wohnung.

Er ging rasch, überholte Hausfrauen mit schweren Einkaufstaschen, fragte an der Bar nach dem Maurer Vissani, ließ sich den Weg erklären und schlenderte dann vorbei an ein paar Kneipen, in denen Männer Spanferkelbrötchen aßen und Wein tranken.

An der beschriebenen Stelle fand er ein ummauertes Gelände mit Lastwagen, Sandbergen und Zementsäcken. Er ging durch das Tor. Unter einem Vordach saß der Maurergeselle Vissani, jetzt im Blaumann, und ließ sich von einer gebeugten weißhaarigen, faltigen Greisin einen Teller dampfender Nudeln geben. Er blickte feindselig zu Vikar Peo hinüber, der langsam auf ihn zukam.

»Wollen Sie auch etwas essen?« fragte Vissani.

»Nein, danke«, sagte Peo. »Ich möchte Sie nur etwas fragen.«

Unschlüssig stocherte Vissani in seinen Nudeln. »Entweder wir essen etwas zusammen, oder wir reden, aber wenn wir reden, dann werden die Nudeln kalt, also essen wir was.«

Er winkte der alten Frau, die einen zweiten Teller Nudeln auf den Tisch stellte. Peo setzte sich. Vissani schenkte ihm ein Glas Wein ein und sagte: »Lassen Sie sich's schmecken.« Dann schaufelte er schweigend die Nudeln in sich hinein. Als der Teller geleert war, nahm er einen Schluck aus seinem Glas, wischte sich mit dem Ärmel den Mund ab und sagte dann: »So, jetzt können Sie meinetwegen reden.«

Peo legte die Gabel auf den Teller und fragte: »Sie sind mit Giorgio Vissani verwandt, nicht wahr?«

»Der ist lange tot.« Vissani deutete auf ein Schwarzweißfoto, das hinter einer Plastikfolie an der Wand der Baracke hing. Es zeigte einen kahlköpfigen, griesgrämigen alten Mann. Davor glühte eine elektrische Kerze.

»Wissen Sie, ob er je für uns, also für die Kirche, gearbeitet hat?«

»Der hat alles gemacht, was Geld brachte. Das können Sie mir glauben«, sagte Vissani.

»Ja, aber hat er auch für die Kirche gearbeitet?«

Vissani winkte der alten Frau. »Oma, komm mal. Der Herr Pfarrer hier will was wissen über den Opa.«

Die alte Frau setzte sich an den Tisch, senkte den Kopf, vergrub ihr Gesicht in den Händen, und Peo konnte sehen, daß sie weinte. Zuerst konnte er ihr Geflüster nicht verstehen, dann aber hörte er, daß sie unentwegt wiederholte: »O Gott, geht es uns schlecht, bald ist alles hin, die Schulden, die Schulden.«

»Hör auf, Oma!« sagte Vissani. »Es geht uns blendend. Hören Sie nicht auf sie, sie ist alt!« Dann schrie er der Greisin ins Ohr: »Sag mal, hat Opa auch für die Kirche gearbeitet?«

Die alte Frau hörte auf zu schluchzen und blickte den Vikar an.

»Das müßte im Jahr siebenundfünfzig gewesen sein«, sagte Peo.

»Ja, siebenundfuffzig«, meinte die Alte. »Da war Salvatore gerade geboren. Der arme Junge. Sein Vater taugt nichts. Sitzt den ganzen Tag in der Kneipe und hält alle frei. Ich hab der Anna gleich gesagt, daß sie ihn nicht nehmen soll. Aber sie ist mit ihm durchgebrannt. Wenn der Opa nicht gewesen wär, das Kind wär verhungert. Tag und Nacht hat er geschuftet. Ja, auch nachts haben sie ihn gerufen, und er hat später immer gesagt, was für eine Hetzerei, und das bei den Kirchenleuten.«

»Was hat er in der Kirche gemacht?« fragte Peo.

»Oma, erzähl ihm das richtig.«

»Unter der Kirche war eine Schatztruhe. Der Propst Chigi, der wollte sie holen, da hat er den Opa nachts kommen lassen. Die haben den Schatz heben müssen. Der de Santis, der war auch dabei, aber der ist ja auch nicht mehr.«

»Was für ein Schatz?« fragte Peo.

Die Alte sah traurig aus. »Den hat nie einer zu sehen gekriegt. Aber was mußte der Opa schuften. Mit acht Mann haben sie den Schatz in das Schloß gebracht. Danach mußten sie noch das Loch wieder dichtmachen. Konnten nicht mal einen Tag warten. Viel hat er nicht gesehen dafür. Wissen Sie, Herr Pfarrer, der Opa, der hat schon immer gesagt, die Kirche nimmt gern, aber mit dem Geben hat sie's nicht so.«

Peo trank einen Schluck Wein. Dann sah er Vissani an. »Also, verstehe ich recht, daß 1957 nachts etwas Schweres aus der Krypta getragen und in das Schloß der Familie Chigi gebracht wurde?«

»Ach, lassen Sie mal, die Oma redet immer einen Haufen dummes Zeug, wenn sie über den Opa erzählt. Was für ein Unsinn mit dem Schatz. Was soll da für ein Schatz unter der Kirche gewesen sein?«

»Was weiß ich, was es war«, sagte die alte Frau.

Peo stand auf. »Vielen Dank für die Nudeln.« Er gab Vissani die Hand.

›Sie ist noch hier‹, dachte Peo. ›Um Himmels willen, sie ist noch hier.‹

XXX

Marion hatte schon lange wach gelegen und mit geschlossenen Augen ihrem Atem gelauscht. Aber als sie schließlich die Augen aufschlug, nahm sie nichts anderes wahr als die rauchschwarz gepunktete Dunkelheit, die auch auf der Innenseite ihrer Augenlider geherrscht hatte. Sie drehte den Kopf und starrte dorthin, wo der Computer stehen mußte. Als sie dessen kleines oranges Lämpchen leuchten sah, schloß sie die Augen und ließ das beruhigende Licht hinter den Augenlidern tanzen, bis es plötzlich zu platzen schien und sich in tausend bunte Punkte auflöste.

Marion verschränkte die Arme hinter dem Kopf und spürte an der Enge um ihre Brust, daß sie sich wieder angezogen schlafen gelegt hatte. Aus Protest. ›Aber wer soll das eigentlich zur Kenntnis nehmen‹, dachte sie. ›Du mußt aufhören, dich wie ein verzogenes Mädchen zu benehmen. Du darfst nicht mehr soviel rauchen und trinken. Du mußt dafür sorgen, daß du so lange wie möglich bei Kräften bleibst. Mehr kannst du nicht tun. Aber das zumindest mußt du tun.‹

Sie tastete in der Dunkelheit nach dem Duschkopf, den sie schon am ersten Tag ihrer Gefangenschaft abgeschraubt hatte, um das Plastik über einer Kerze zu einer pfeilspitzen Waffe zu formen. Sie hatte an Alessandros Augen, an der Art, wie er zusammengesackt war, und an seinem schweren Atem erkannt, daß sie ihn ernsthaft verletzt hatte. Er mußte ein tiefes, rundes Loch im Unterleib haben. ›Ich muß ihn das nächste Mal am Hals treffen‹, dachte sie. ›Und wenn er dabei verreckt? Was ist, wenn er da oben jetzt gerade stirbt? Wenn plötzlich schwarzes Blut aus der Wunde sickert und er in der Küche umfällt und verendet? Dann wird niemand dich je finden.‹

Sie zog die Bettdecke bis zur Nase hoch und versuchte, ihren Abscheu vor dem muffigen Gestank in dem Kellerloch zu unterdrücken. Sie schloß erneut die Augen, sah den tanzenden Lichtern unter ihren Augenlidern zu und nahm dann wieder den Faden auf, der sie nun schon seit Tagen beschäftigte. Warum war sie damals mit einem unbekannten Mann allein in diesem Haus geblieben? Warum hatte sie sich nie darüber gewundert, daß Alessandro hier ganz allein lebte? Daß keine andere Frau, kein Freund, kein Bekannter zu ihm in den Palast gezogen war? Warum war sie nicht mißtrauischer gewesen, als er immer nur schwieg und darauf wartete, daß sie auf alles eine Antwort gab? Sie zweifelte jetzt nicht mehr daran, daß er ihr im Grunde von Anfang an zuwider gewesen war. Sie hatte es genossen, daß nach kurzer Zeit die Handwerker und die Händler mit ihr sprachen, als gehöre ihr das Schloß, weil sie sich darum kümmerte; sie war ein Teil des Hauses geworden. Aber er war ihr zuwider gewesen, sie hatte es sich nur nicht eingestanden, obwohl sie es ganz deutlich gespürt hatte, wenn sie, nachdem sie zusammen geschlafen hatten, auf dem Bett saßen, wie eigentlich alle Paare, die sich lieben, danach auf dem Bett sitzen und plaudern und rauchen oder was auch immer. Dann hatte sie es ganz deutlich gespürt.

Er hatte nicht wie die Männer, die sie vor ihm gekannt hatte, scherzhaft ihre nackten Arme geküßt oder ihre Brust gestreichelt, er hatte sie angestarrt, und er hatte sie betatscht. Er war der erste Mann, vor dem sie sich danach geschämt hatte, so daß sie sich immer etwas überzog, und jedesmal, wenn sie wieder ihr T-Shirt überstreifte, hatte sie es ganz genau gespürt, daß er ihr im Grunde zuwider war.

Sie hatte ihn nicht mehr in ihr Zimmer gelassen, aber wie hatte sie übersehen können, daß er genauso war wie dieses verdammte alte Gemäuer, stumm und haßerfüllt gegen alles, was lebendig war und noch nicht starr und tot und deswegen zertreten, eingesperrt und vernichtet werden mußte. Das hatte sie nicht gemerkt, und deswegen mußte sie jetzt sterben.

Sie fühlte wieder diese Welle von Hysterie in sich hochsteigen, die durch scheinbare Kleinigkeiten ausgelöst wurde. Da lag Staub auf dem Boden, und sie hatte keinen Eimer, kein Wischtuch, konnte keinen Staubsauger holen. Die Decke war schmutzig, das Plastikgeschirr lag herum, aber sie konnte nichts dagegen tun, und das einzige, woran sie sich hoffnungsvoll klammern konnte, war der verdammte Duschkopf in ihrer Hand.

Marion stand auf, tastete sich ins Bad und trank einen Schluck Wasser aus dem Hahn. Erst als sie ins Zimmer zurückkam, sah sie, daß die Tür nur angelehnt war. Sie glaubte nicht, daß die Tür wirklich offenstand. Sie wagte nicht, es zu glauben, dachte aber auch nicht weiter nach, sondern nahm die Klinke in die Hand. Die Tür ließ sich aufziehen. Im Korridor brannte Licht, auch die andere Tür des Vorraums stand offen. Sie konnte ihrem Kopf nicht verbieten, unpassende Fragen zu stellen, zum Beispiel, ob sie jetzt etwas mitnehmen mußte, dann riß sie die zweite Tür der Schleuse auf, stand in einem dunklen Gang und atmete tief durch.

Sie versuchte, ihr Herz zu beruhigen, das ihre ganze Aufmerksamkeit in Anspruch nahm und immer lauter klopfte, so daß sie nichts hören, sich nicht orientieren konnte. Dabei mußte sie doch so schnell wie möglich entscheiden, ob die Treppe, die sie hinauf in die Freiheit führen würde, auf der linken oder der rechten Seite des Ganges lag.

Rechts konnte sie weit hinten ein fahles Licht erkennen, als sei gerade im Park der Tag angebrochen. Sie vermutete, daß es einen Ausgang aus dem Keller in den Park geben mußte, und lief an der Wand entlang. Sie hörte ihre Schritte kaum, tastete sich immer weiter, konnte jetzt die Holztür, die in den Garten führte, direkt vor sich sehen, als diese plötzlich zuschlug. Marion blieb stehen und lehnte sich gegen die Wand. Sie zitterte jetzt, aber nicht, weil das Tor zugeschlagen war, sondern weil sie wußte, daß er hier irgendwo sein mußte, ganz in ihrer Nähe. Aber was für einen Zweck sollte das haben? ›Laß dich jetzt nicht erschrecken‹, dachte sie, ›es kann ja sein, daß nur der Wind das Tor zugeschlagen hat. Lauf!‹

Sie richtete sich auf und lief weiter, prallte gegen die Holztür, versuchte, sie aufzudrücken, aber die Tür ließ sich nicht bewegen. Sie tastete in die Dunkelheit. Neben dem Tor gab es noch eine weitere Tür, sie drückte die Klinke herunter, stieß die Tür auf. Ein schwaches elektrisches Licht brannte unter der Decke. Sie sah, daß der Raum ebenfalls keine Fenster hatte, daß er wie ihre Zelle in den Felsen geschlagen worden war. Sie ging trotzdem hinein, weil sie hoffte, in dem aufgetürmten Gerümpel vielleicht ein Werkzeug, eine Eisenstange oder einen Schraubenzieher zu finden, um das Tor zum Park aufzubrechen.

Erst als sie das Bett sah und die Zahnbürste, die noch verpackt neben dem Waschbecken lag, begriff sie, drehte sich um, konnte aber nur noch einen Schatten erkennen, der die Tür zustieß und verriegelte.

»Mach dir keine Sorgen«, rief Alessandro von draußen. »Nur Mut! In wenigen Tagen schon ist es soweit.«

XXXI

Erst nachdem er geklingelt hatte, fiel Vincenzo Peo ein, daß der Propst um diese Zeit seinen Mittagsschlaf hielt. Als Sante della Cave mit zerzaustem Haar und schlechtsitzender Soutane in der Tür stand, sah er so alt und so verärgert aus, daß Peo am liebsten gleich wieder gegangen wäre. Er sagte, so rasch er konnte: »Ich muß dringend mit Ihnen sprechen. Es ist wirklich wichtig, sonst hätte ich Sie nicht gestört. Ich bitte Sie, lassen Sie uns in das Kirchenarchiv gehen.«

Auf dem Gesicht des Propstes waren deutlich die Spuren der Auseinandersetzung zu sehen, die jetzt in ihm tobte. Er fragte sich ganz offensichtlich, ob es besser sei, mit dem Stock aufzustampfen und Peo zum Teufel zu schicken, oder ob es letztendlich weniger ermüdend sein würde, dem Gefasel seines Vikars zuzuhören. Peo war gefaßt darauf, daß der Propst ihm einen einzigen energischen Satz entgegenschleudern würde wie: »Lassen Sie mich in Ruhe und kommen Sie heute abend wieder!« Aber es geschah nichts dergleichen. Der Propst ging einfach vor ihm her den Korridor hinunter zum Kirchenarchiv, und Peo merkte seinen mechanischen Schritten an, daß er nur mitkam, weil er Peo noch genau eine Chance geben wollte, die letzte.

Der Propst schloß die Tür auf und ließ sich an dem langen Tisch in einen Stuhl fallen. Peo riß den Schrank auf, in dem die Akten aus dem Jahr 1957 abgelegt waren, und warf den Ordner auf den Tisch. Er sah, daß der Propst jetzt langsam wach wurde. Peos Zeit lief.

»Was machen Sie da?« herrschte sein Vorgesetzter ihn an.

»Ich suche nach einem Hinweis, hier in den Akten. Aber da ist nichts mehr. Da war wirklich nur der eine Zettel. Mist!«

»Was für ein Zettel?«

»Marion hat ihn herausgerissen und mitgenommen.«

»Und Sie haben das zugelassen? Das war Kircheneigentum.«

»Es war sehr wichtig«, sagte Peo.

»Um so schlimmer«, stöhnte der Propst.

»Hören Sie mir doch einen Augenblick zu«, versuchte Peo zu beschwichtigen. »Es war eine Quittung für eine Maurerarbeit in der Kirche, unterschrieben von Maurermeister Vissani. Er bekam zweihundert Lire.«

»Na und?«

»Heute war ich bei Vissani, das heißt, ich bin zu ihm hingeschickt worden.«

»Wer hat Sie da hingeschickt?«

»Marion Meiering.«

»Sie stehen also immer noch mit ihr in Kontakt?«

»Nein. Das heißt, ich wußte gar nicht, daß sie einen Kontakt zu mir suchte. Vissani kam zu mir nach Hause. Er war über den Pfarrbrief dazu aufgefordert worden. Marion nutzt den Pfarrbrief, um mit mir in Kontakt zu treten.«

»Was soll der Unsinn? Ich lese den Pfarrbrief jede Woche. Da steht nichts von ihr drin.«

»Und das Motto? Haben Sie es nicht gelesen? Der Satan, der freigelassen wird, und die Frau, die Ehebruch treibt?«

»Ja und? Das waren korrekt zitierte Bibelstellen.«

»Ja, aber es waren Bibelstellen, die erzählen, was hier passiert ist. Sehen Sie das denn nicht? Wer hat sie denn ausgewählt?«

»Alessandro wahrscheinlich, diese Frau Meiering ist doch meines Wissens längst nicht mehr hier.«

»Nein. Marion hat die Stellen ausgesucht. Ich Dummkopf habe erst jetzt begriffen, was von Hohendorff mir sagen wollte. Sie ist in Gefahr. Sie hat die Lesung in den Pfarrbrief setzen lassen, damit wir sie suchen. Und weil wir nichts begriffen haben, hat sie jetzt diesen Vissani zu mir geschickt.«

»Warum sollte sie in Gefahr sein?«

»Ich weiß es nicht. Ich glaube, daß sie gar nicht abgereist ist, sondern daß dieser Chigi sie im Schloß gefangenhält und sie die Nachrichten an ihm vorbeischmuggeln muß. Deswegen sind die Botschaften verschlüsselt. Damit er nichts merkt.«

»Sie haben zu viele Romane gelesen. Der nächste Pfarrbrief ist bestimmt schon in der Druckerei. Sie werden sehen, daß da nichts von ihr drinsteht. Ihre Phantasie geht mit Ihnen durch, weil Sie nicht begreifen wollen, daß diese Frau nur mit Ihnen gespielt hat. Fürst Chigi soll sie gefangenhalten? Zusammen mit dem Schloßgespenst?« Der Propst lachte höhnisch. »Er hat mich selbst gebeten, auf Knien gebeten, zu ihm zu kommen, um ihr den Kopf zurechtzurücken, als sie noch da war. Ich habe ihm gesagt, er soll sie wegschicken, und das hat er getan. Wenn er sie eingesperrt hätte, warum sollte er mich dann zu ihr rufen? Damit wir sie zusammen in Ketten legen können? Sie kennen den jungen Chigi nicht.«

»Ich sage ja: Ich weiß nicht, ob ich recht habe. Es war von Hohendorff, der als erster vermutete, daß da irgend etwas nicht in Ordnung ist.«

»Was hat der denn damit zu tun?«

»Das weiß ich eigentlich auch nicht«, sagte der Vikar.

Der Propst wollte aufstehen.

Peo stammelte: »Hören Sie mir noch eine Sekunde zu. Das wichtigste ist nämlich ...«

Der Propst unterbrach ihn: »Ich habe jetzt genug von Ihren Überspanntheiten!« Doch dann fügte er hinzu: »Sagen Sie, was Sie zu sagen haben. Aber fassen Sie sich kurz!«

»Ich war also beim Maurer Vissani.«

»Ja, und?« fragte der Propst.

»Sein Großvater hat den Grabstein aus der Kapelle geholt. Sie haben 1957 die Platte herausgebrochen und zum Schloß geschleppt.«

Der Propst schien plötzlich interessiert. »Vissani, der da unten neben der Weinhandlung das Baugeschäft hat? Der will sich also an so etwas erinnern? Der ist, soviel ich weiß, doch viel zu jung dafür.«

»Nicht er selbst, seine Großmutter erzählte mir das«, sagte Peo.

»Die alte Giovanna? Wenn mich nicht alles täuscht, ist die ganze Stadt voller Geschichten, an die sich die alte Giovanna zu erinnern meint. Das Mütterchen ist ein wenig verwirrt.« Er tippte mit dem Finger gegen den Kopf.

»Sie konnte sich genau an das Jahr erinnern, es war 1957. Das Jahr, in dem Propst Chigi in Ungnade fiel. Sie sagte etwas von einem Schatz, der aus der Kapelle herausgeholt wurde. Sie erinnerte sich daran, daß acht Männer nötig waren, um ihn wegzuschleppen. Das muß der Grabstein gewesen sein.«

Der Propst schüttelte den Kopf.

»Verstehen Sie?« fragte der Vikar. »In dieser Zeit, im Winter 1956/1957, ist der Fund der Petrusakten bekanntgeworden. Vielleicht hat der Propst aus der Zeitung etwas darüber erfahren. Simon der Zauberer war auf einmal in aller Munde, und seine Kirche war, wie die Inschrift beweist, einem Ketzer geweiht. Er brauchte nur im Kirchenarchiv nachzublättern und zwei und zwei zusammenzuzählen, dann wußte er, daß in der Krypta der Antichrist begraben sein konnte. Und bevor jemand danach fragte, ließ er die Mauer aufbrechen und entdeckte, daß sein Verdacht nur zu berechtigt war. Um Schande von seiner Kirche abzuwenden, ließ er den Stein in seinen Palast bringen und die Unterlagen über die Kapelle vernichten. Deswegen finden wir auch nichts. Weil er aber ein korrekter Mann war, ließ er die Quittung in der Akte. Es war schließlich Geld der Kirche an Vissani gezahlt worden.«

Der Propst sah Peo jetzt nachdenklich an.

»Es könnte so gewesen sein«, beharrte der Vikar. »Daß Sie den Stein im Schloß gefunden haben, war purer Zufall, aber keineswegs ein Beweis für den Geist des Simon. Sie haben sich geirrt!«

»Bisher verstehe ich nur eins: Es ist möglich, daß sogar der alte Chigi ahnte, daß da unten in der Kapelle etwas Furchtbares verborgen war. Etwas, das meine Gemeinde heimgesucht hat, hier alles aus den Fugen brachte, meinen Vikar verführte.«

Peo blickte zu Boden.

»Aber wenn das stimmt, was Sie sagen, wenn Giovanna Vissani, die ihre Enkel mit ihren Kindern verwechselt, sich tatsächlich an etwas erinnern kann, wenn der Schatz, von dem sie spricht, die Platte war, wenn ihr Mann wirklich da unten war, dann könnten Sie vielleicht recht haben. Aber es könnte auch alles nur Gerede sein.«

»Und die Quittung? Ist die kein Beweis?« rief Peo.

»Ja, wo ist sie denn, diese Quittung?« Der Propst nahm den leeren Aktenordner und warf ihn auf den Tisch. »Ich will nichts mehr hören von Ihren Vermutungen, ich will Ihnen sagen, was ich sehe. Ich sehe einen Vikar, der mir wärmstens empfohlen wurde und der sich von einer gewissen Marion Meiering verführen ließ. Sie brachte ihn so stark unter ihren Einfluß, daß er glaubt, wie von ihr ferngesteuert zu leben. Er empfängt undeutliche Signale, macht seltsame Entdeckungen. Dabei ist sie schon so lange weg. Das sehe ich. Ich sehe, daß etwas, was stärker sein muß als ein mannstolles Weib, über die Gemeinde gekommen ist. Und wenn der alte Chigi das alles schon geahnt hat und den Stein herausbringen ließ – nehmen wir einmal an, das wäre wirklich so gewesen –, dann ist das doch nur ein weiterer Beweis dafür, daß da unten etwas war, was freigelassen wurde von Ihrer wunderbaren Frau Meiering. Etwas, das sich ihrer bemächtigt hat und das meinen Vikar weiter quält, obwohl sie längst über alle Berge ist. Das sehe ich.« Er stand auf. »Hier in Ariccia feiert man Erntedank mit einem Feuer. Alessandro Chigi war so freundlich, uns seinen Garten anzubieten. Auf dem Vorplatz vor dem Weinkeller im Park soll der Holzstoß für das Freudenfeuer aufgeschichtet werden. Ich möchte, daß Sie da mithelfen.«

Er warf die Tür hinter sich ins Schloß.

XXXII

Was die Ausschilderung des Gewerbegebiets anging, unterschied sich Ariccia nicht von den anderen Städten Mittelitaliens, die Vincenzo Peo kennengelernt hatte. Eine unübersichtliche Menge von Metalltafeln, die an jeder Straßenecke und Kreuzung übereinandergetürmt wurden, Hunderte von gelben Schildern mit schwarzer Aufschrift und Richtungspfeilen ließen vermuten, daß täglich Heerscharen von Kunden oder Lieferanten auf der Suche nach den in der Stadt weit verstreuten bedeutenden Unternehmen waren. In Wirklichkeit lagen alle Firmen direkt nebeneinander, so daß ein einziger Wegweiser zum Gewerbegebiet völlig ausgereicht hätte, um jeden Suchenden zum Ziel zu führen. Wahrscheinlich war die Pflege des Schilderwaldes aus psychologischen Gründen so wichtig, dachte Peo. Wahrscheinlich sollte der an allen Ecken der Stadt ständig wiederkehrende Hinweis auf die Firma das Pleitegespenst vertreiben.

Die Druckerei bestand aus einem langgestreckten Gebäude, das vor ein paar Jahren einmal rot angestrichen gewesen sein mußte. Jetzt war nur noch ein Mosaikteppich aus Farbtupfen übrig. Es gab nur eine Glastür, die direkt neben einem verschlossenen Tor lag, durch das die Lastwagen bei Bedarf beladen wurden. Peo blickte durch die Scheibe in ein kleines Büro. Zwei etwa fünfzigjährige Männer, einer in einem schmutzigen T-Shirt und einer alten Hose und ein zweiter in einem blauen Arbeitsoverall, beugten sich über eine Vorlage, die auf dem Tisch lag. Im Hintergrund räumte eine Sekretärin einen Schrank auf. Peo klopfte gegen die Scheibe, öffnete die Tür und hatte kaum guten Tag sagen können, als der Blaumann aufsah, ihn kurz musterte und dann anfuhr: »Hat der Propst Sie geschickt?«

»Della Cave?« fragte Peo.

»Nee, der andere, der aus Genzano.«

»Der ist krank.«

»Ist ja auch egal«, sagte der Blaumann. »Wenn er Sie geschickt hat, weil er noch mehr Rabatt für den Druck seines Gemeindeblättchens will, dann sagen Sie ihm, wenn er nur eine Lira weniger zahlt, kann er sich das Heftchen selber malen.«

»Deswegen komme ich gar nicht«, stotterte Peo.

Das Neonlicht unter der Decke war eingeschaltet, obwohl draußen die Sonne schien, und gab dem Raum die Atmosphäre eines Aquariums.

»Ich möchte nur fragen«, sagte Peo leise, »ob der neue Pfarrbrief schon angeliefert wurde. Ich würde den gern sehen, bevor er in Druck geht.«

»Na, mit diesem Blättchen gibt's ja mehr Theater als mit einer Doktorarbeit. Der Fürst, Seine Hoheit, wollte den Abzug auch schon sehen«, sagte der Blaumann.

»Ach ja?« fragte Peo. »Ist das normal? Kontrolliert er den Abzug jede Woche?«

»Ist das hier eine Quizsendung, oder wie soll ich das verstehen? Wir haben zu tun.«

Der Mann im schmutzigen T-Shirt sah jetzt auf. »Nein«, sagte er freundlich, »er wollte den Abzug noch nie vorher sehen. Er brachte immer nur die Diskette. Ich hatte den Eindruck, als könne er gar nicht mit einem Computer umgehen. Ich glaube, diese Deutsche, die bei ihm wohnt, schrieb das Manuskript. Sie machte das immer sehr ordentlich.«

»Und was hat der Fürst gesagt, als er den Abzug gesehen hat?« fragte Peo.

Der Blaumann starrte ihn wieder an. »Ziehen Sie jetzt von Haus zu Haus und predigen am Arbeitsplatz, oder was wollen Sie noch?«

»Laß doch!« sagte der Mann im schmutzigen T-Shirt. »Der Fürst hat etwas ändern wollen an dem Text, der auf der Diskette war. Das haben wir dann auch gemacht.«

»Kann ich den alten Abzug mal sehen? Es ist sehr wichtig, denn das hieße …« Ja, was hieße das eigentlich, fragte sich Peo und überlegte, wie er seinen Satz zu Ende bringen sollte. Daß Marion tatsächlich irgendwo eingesperrt sein mußte und einen Hilferuf an Alessandro vorbeischmuggeln wollte auf dieser Diskette, die sie beschrieb und die Alessandro nicht lesen konnte, und daß Alessandro Verdacht geschöpft hatte und deswegen den Text kontrollieren wollte, das hieß es. Aber wie sollte er den Männern das begreiflich machen? Peo brachte den Satz nicht zu Ende, aber sein Mienenspiel schien zu verdeutlichen, wie wichtig ihm die Sache war.

»Wenn Sie wollen, können Sie den Mülleimer durchwühlen. Da schmeißen wir die alten Abzüge rein. Viel Spaß!«

»Jetzt mach aber mal halblang«, sagte der Mann im schmutzigen T-Shirt. »Warten Sie. Wir werfen die Abzüge nicht gleich weg.«

Er wühlte in einem Papierhaufen auf einem Tischchen, dann zog er zwei Zettel hervor und gab sie Peo.

»Sehen Sie, hier ist der alte Pfarrbrief, vor der Korrektur durch den Fürsten, und das hier ist der Pfarrbrief danach. Sie können beide mitnehmen.«

»Vielen Dank«, stammelte Peo.

Der Blaumann grunzte nur. Der im schmutzigen T-Shirt gab ihm die Hand. »Meine Tochter heiratet bald in San Nicola.«

»Dann sehen wir uns ja«, sagte Peo und ging hinaus.

Er hielt die Zettel ganz fest in der Hand, als könnte plötzlich ein Sturm aufkommen und sie wegreißen. Er ging ein paar Schritte, so daß man ihn vom Fenster des Büros aus nicht mehr sehen konnte. Dann lehnte er sich gegen den Zaun, der die Druckerei umgrenzte. Er hörte jetzt, wie in dem Gebäude Maschinen ansprangen. Er hielt die Zettel nebeneinander.

Schon nach den ersten Worten wuchs seine Enttäuschung. Er wußte nicht genau, was er erwartet hatte, zweifellos aber hatte er mit einem eindeutigen Hilferuf gerechnet. Davon war nichts zu erkennen. Die beiden Pfarrbriefe waren Zeile für

Zeile identisch. Er hielt sie nebeneinander. Nur einen Satz hatte Alessandro streichen lassen, weil er es sich wahrscheinlich anders überlegt hatte. In der ersten Fassung wurde mitgeteilt, daß die Besucher des Erntedankfestes in seinem Garten ihre Haustiere zur Segnung mitbringen durften. In der zweiten Fassung hatte er den Satz entfernen lassen. Ihm war offenbar eingefallen, daß die Viecher seinen Park verdrecken und die Rehe aufschrecken würden. Deshalb war er in die Druckerei gefahren.

Peo machte sich auf den Weg zurück in die Stadt. Er strich jetzt Bild für Bild aus seiner Vorstellungswelt. Erst verschwanden die Bilder, die Marion gefesselt und mißhandelt in einem Verlies gezeigt hatten, dann verschwand er selbst, als er gerade die Kerkertür aufbrach, mit purer Muskelkraft, und Marion auf seinen Armen hinaustrug. Er war jetzt sicher, daß sie doch abgefahren war. Er hatte sich offenbar in irgend etwas hineingesteigert. Er sah es jetzt ein.

Pfarrbrief der Gemeinde von San Nicola

5. bis 11. Oktober

»Ich weiß, wo du wohnst; es ist dort, wo der Thron des Satans steht.« (Offenbarung, Kapitel 2, Vers 13)

Sonnabend:
18 Uhr: Vorabendmesse.

Sonntag:
8 Uhr: Frühmesse.
10 Uhr: Hochamt.
17 Uhr: Vesper.
18 Uhr: Abendmesse.

Freitag:
10 Uhr: Messe zur Feier des Erntedankfestes.
16 Uhr: Diskussion der Gruppenführer der Meßdiener mit Vikar Peo: »Priester – Beruf oder Berufung?«
19 Uhr: Freudenfeuer zur Feier des Erntedank. Propst Sante della Cave segnet die mitgebrachten Feldfrüchte.
Mit Dank nimmt die Gemeinde die Einladung an, in diesem Jahr das Feuer im besonders schönen Park der Familie Chigi brennen zu lassen.
(Wer alte Stühle oder brennbares Holzmaterial hat, kann das ab Donnerstag in den Park bringen.)
20 Uhr: Festliches Beisammensein in der Trattoria von Gianfranco. Unkostenbeitrag wird erhoben!.

XXXIII

Wenn das Blitzlicht in der Kapelle ausgelöst wurde, erstrahlte unter der Decke ein Himmel, an dem Hunderte kleiner Sonnen ihr goldenes Licht auf das flatternde blaue Gewand des fliegenden Zauberers warfen. Der Fotograf verschob das Stativ um wenige Zentimeter und drückte wieder auf den Auslöser.

»Mosaiken sind kein Problem, wissen Sie? Normalerweise mache ich für das Kultusministerium Aufnahmen von Fresken. Die sind auch easy. Aber wissen Sie, was mich rasend macht?«

»Nein«, sagte Peo.

»Was mich wirklich kirre macht, sind A-secco-Bilder. Verstehen Sie was von Malerei?«

»Nein«, sagte Peo.

»A secco ist auf den trockenen Putz gemalt. Eine ziemlich bröselige Sache. Die meisten versuchen, das Ganze haltbarer zu machen, indem sie Wachs draufschmieren.«

»Ach so«, sagte Peo.

»Wissen Sie, was passiert, wenn man Wachs mit einem Blitz fotografiert? Dann sehen Sie außer einem weißen Fleck nichts von dem Kunstwerk.«

»Ach so«, sagte Peo.

»Warum hockt der Heini da eigentlich im Feuer?«

»Der Heini ist Simon der Zauberer«, sagte Peo. »Und zu seinen Tricks gehört es, unversehrt durch Feuer gehen zu können. So steht es jedenfalls in der ausführlichsten Legendensammlung, die es über ihn gibt, in den sogenannten Petrusakten.«

»Und was ist das da für ein Wuffi?« fragte der Fotograf.

»Wie bitte?«

»Na, da oben unter der Decke, der Hund mit den Schlappohren.«

»Ach so. Unser Simon hat es mit den Hunden. Er kann sie sogar zum Sprechen bringen. Steht auch in den Petrusakten.«

»Hunde sind für mich sowieso die einzigen Haustiere«, sagte der Fotograf. »Meine Frau mag ja Katzen, aber ich kann Katzen nicht ausstehen, genausowenig wie mein Toff. Ist ein kleiner bretonischer Jagdhund. Braucht viel Auslauf. Er und ich, wir freuen uns immer schon die ganze Woche darauf, am Sonntag zum Laufen an den Strand zu fahren. Na ja, ich bin jetzt hier fertig.« Der Fotograf begann seine Kamera einzupacken. »Nett, daß Sie herübergekommen sind, um mir aufzuschließen. Die Kapelle ist ganz zufällig entdeckt worden, habe ich gehört?«

Peo nickte.

»Ich sag ja immer, Italien ist voller Schätze, und keiner kümmert sich darum.«

»Da haben Sie wohl recht«, sagte Peo. Er wollte jetzt allein sein. Er wollte, daß der Teil seines Kopfes, der dem Fotografen zuhören und antworten mußte, endlich Zeit hatte, dem anderen Teil zu Hilfe zu eilen, der sich mit irgend etwas beschäftigte, das Peo bisher nur vage erahnte.

»Ich schicke Ihnen ein paar Abzüge.«

»Das wäre aber nett«, sagte Peo.

»Sagen Sie mal die Adresse.«

»Schicken Sie sie einfach an den Propst von San Nicola, Ariccia. Das kommt dann an.«

»Die Bilder werden sicher bald im Ministerium ausgestellt. Kommen Sie dann vorbei?«

»Ich will es versuchen«, sagte Peo.

Die Kirchentür fiel endlich hinter dem Fotografen zu.

Peo ging zum Altar des Heiligen Franziskus und nahm einen Pfarrbrief in die Hand. Und dann hatte die eine Hälfte des Kopfes endlich der anderen beigestanden, und Peo erschrak so heftig, daß er den Pfarrbrief fallenließ. Es war, als habe sich der Zauberer, der da unten an der Decke schwebte, befreit und einen Augenblick lang sein Gesicht gezeigt. Im Pfarrbrief hatte gestanden, die Leute sollten ihre Haustiere zum Freudenfeuer mitbringen. Was denn wohl für Haustiere? In dem Wort Haustier war der Hund verborgen, der Hund, der nur eine Zeile neben der Ankündigung des Feuers stand. ›Der Hund und das Feuer, die Zeichen von Simon‹, dachte Peo. Zufall vielleicht, wie viele Mitteilungen auf dieser Welt mochte es geben, in denen Hund und Feuer vorkamen, aber das hier war nicht irgendein Zettel. Und Alessandro hatte die Botschaft gestrichen.

Vincenzo kniete vor dem Altar nieder und betete. Er bat den Herrn darum, ihn erkennen zu lassen, was die Botschaft bedeutete. Wenn Marion die Symbole dort hineingeschmuggelt hatte, was hieß das? Was wollte sie ihm sagen? Na, was schon, durchzuckte es ihn plötzlich. Er stand auf, zog die Soutane aus, warf sie achtlos über die Kirchenbank und lief zur Tür. ›Simon bedeutet Gefahr‹, dachte er. ›Wenn ich falsch liege, dann werde ich keinem Menschen erklären können, warum ich in das Chigi-Schloß eingebrochen bin.‹

Vincenzo Peo rannte zum Palast hoch, kümmerte sich nicht um die Autos, galoppierte über die Straße, und diesmal war es ihm gleichgültig, was die Leute über den verrückten Vikar denken mochten. Er sah aus dem Augenwinkel, daß Simonetta Fracassi, die in der Tür ihrer Bar stand, mit ansah, wie er in hohem Bogen über den Zaun vor dem Palazzo Chigi sprang und über die Bretter den Weg zum Schloß hinaufstürmte.

Auf dem Vorplatz war vor der Holztür zum Weinkeller ein gewaltiger Scheiterhaufen entstanden. Die Tür selbst war verschlossen. Peo lief weiter hinauf bis zum Sattelplatz, rüttelte an der Tür von Marions Behausung und fand sie ebenfalls abgeschlossen. Er versuchte sich zum Nachdenken zu zwingen, während seine Beine am liebsten die Prunktreppen zum Palast hinaufgerannt wären. Die zweite Tür zum Hof ließ sich öffnen. Peo trat in einen Küchenraum mit einem gewaltigen offenen Kamin, in dem einst wohl ganze Kälber gebraten worden waren. In der Ecke summte ein bescheidener Kühlschrank. Auf der Ablage der Spüle sah er ein Tablett mit Essensresten auf Papptellern. Auf eine kleine Schiefertafel an der Wand war mit gelber Kreide geschrieben: »Kaffee, Öl, Joghurt.« Darunter: »Keine Messer, Gabeln, Gläser.«

Auf dem Tisch lag eine angebrochene Medikamentenpackung. Eine grüngestrichene Tür, die offenbar in die Speisekammer führte, war nur angelehnt. Dahinter verbarg sich eine Treppe, die hinunterführte und in einem dunklen Gang endete. Weit hinten erkannte Peo einen Lichtstrahl. Der Gang wurde jetzt breiter. Ab hier war er nicht mehr gemauert, sondern aus dem Felsen herausgeschlagen worden. Er mußte in das Innere des Schloßbergs führen. Der Fels verschluckte alle Geräusche. Peo konnte seine Schritte nicht mehr hören. Rechts fand er eine Stahltür. Er öffnete sie und betrat einen Korridor, in dem es nach Latrine stank. An der Wand lehnte eine Pritsche. Auch die zweite Stahltür dahinter ließ sich leicht öffnen. Vincenzo fand einen Lichtschalter. Als die nackte Glühbirne an der Decke den Raum ausleuchtete, wurde Vincenzo übel.

»HILFE« hatte sie in den Schimmelfleck an der Wand des fensterlosen, stickigen Raumes geritzt, und niemand hatte ihren stummen Schrei gehört. Auf einem Tisch erkannte Vincenzo Marions Computer. Darunter standen zwei prall gefüllte Reisetaschen. Rechts an der Wand lag eine fleckige Matratze. Die Wolldecke darauf war sorgfältig zusammengelegt. Peo atmete tief durch, gab der Tür hinter dem Schreibtisch einen Stoß und war erleichtert. Das Badezimmer war leer. Fliesen, Waschbecken und Sanitäranlagen mußten noch aus den vierziger Jahren stammen. Die Fugen waren verschimmelt, die Keramikbecken abgestoßen, die Kloschüssel wackelte, der Geruch verstärkte noch Peos Übelkeit.

Er verließ den Raum und trat durch den Korridor zurück auf den Gang. Der flackernde Lichtschein am rechten Ende mußte von einer Kerze stammen. Plötzlich sah Peo eine Hand vor dem Licht und wußte, daß sich jemand in seine Richtung gedreht hatte, daß er gesehen worden war. Dann erkannte er einen schwarzen Umhang und das bleiche Gesicht Alessandro Chigis. Er kniete vor einem niedrigen Altar, auf dem ein Kruzifix stand, das von einem Windlicht beleuchtet wurde. Alessandro Chigi hatte die Hände gefaltet. Peo trat näher und sah erst jetzt, daß Alessandro vor einer Tür hockte. Der Gang endete einen Meter weiter vor der Holztür.

»Ach, Sie sind es, Herr Vikar.«

Peo deutete auf die Tür. »Ist sie da drin?«

Alessandro Chigi nickte. »Ja, sie ist da drin, aber keine Sorge. Ich bin ein bißchen krank und muß mich ausruhen, aber ansonsten habe ich jede Minute in ihrer Nähe verbracht. Ihr hat es an nichts gemangelt. Ich war immer für sie da. Ich habe alles für sie getan.«

»Sie sind verrückt«, sagte Peo.

»Wer hat Ihnen gesagt, daß Sie hierherkommen sollen?«

»Sie.« Peo deutete auf die Tür.

»Das ist unmöglich.«

Peo bemerkte jetzt, wie schleppend Alessandro sprach. Er schien starke Schmerzen zu haben.

»Haustiere sind beim Fest erlaubt.«

Alessandro schwieg, dann nickte er plötzlich. »Der Zauberer hat Sie hierhergerufen. Aber er ist sicher dort drin. Vier Benzinkanister sind bei ihr, der ganze Boden ist getränkt mit Benzin. Morgen, wenn alle da draußen sein werden«, er zeigte auf die Holztür, »dann wird es ein Feuer geben. Ich werde neben der Tür stehen. Und wenn die Flammen ihr auch nur ein Haar versengen sollten, werde ich dasein und eine Decke über sie werfen und das Feuer löschen, und alle werden sehen, daß sie nicht der Zauberer ist.«

»Sie sind verrückt«, sagte Peo leise.

»Oder aber die Tür wird aufspringen, und die Flammen werden um sie herumschlagen und werden ihr nichts anhaben können, und dann wird sie mich anlächeln und sagen: Jetzt weißt du es endlich. Und dann wird der Zauberer frei sein und gehen.«

»Sie sind krank. Kommen Sie, schließen Sie die Tür auf!«

»Ja, ich bin ein bißchen krank. Mein Bauch schwillt immer mehr an, meine Beine wollen kaum noch gehen, aber bis morgen, bis zu dem Feuer, halte ich durch.«

Peo baute sich vor ihm auf. »Geben Sie mir den Schlüssel!« sagte er.

Alessandro schüttelte den Kopf.

Peo wußte, daß es falsch war, ihn jetzt am Kragen zu packen und auf die Beine zu stellen. Er tat es trotzdem und sah, wie sich Alessandros Augen vor Schmerz weiteten. Er wollte ihn nur abtasten und faßte in seine Manteltasche, als er wie aus der Perspektive eines Flugzeugpiloten, der einen nächtlichen Waldbrand beobachtet, eine Flamme am dunklen Boden aufleuchten sah.

Alessandro hatte mit seinem Knie die Kerze des Windlichts umgestoßen. Sie schien zunächst zu verlöschen, um dann ein kleines Inselchen aus Feuer zu bilden. Peo verstand nicht sofort, wieso auf einmal der ganze Gang kniehoch in Flammen stand. Er begriff auch nicht gleich, warum seine Hände schmerzten. Erst als er sah, daß Alessandro wie eine Fackel brannte und plötzlich schneller, als Peo es ihm je zugetraut hätte, den Gang hinunterwirbelte, konnte er reagieren.

Alessandro prallte gegen die Wand, rannte weiter und fiel schließlich ein paar Meter vor dem Vorraum hin. Peo zerrte ihn hinein, schlug die Tür zu dem Inferno zu, das den Gang blitzschnell mit dichtem Qualm ausgefüllt hatte, warf eine Decke auf Alessandro, der in den beißenden Geruch verbrannten Fleisches eingehüllt war, übergoß ihn mit einer Schüssel Wasser und riß ihm dann den Umhang vom Leib. Er hörte eine heftige Explosion, dann noch eine. An Alessandros Beinen hatten die Flammen vier Male ins Fleisch gebrannt, auch an seinem Hals sah Peo eine schlimme Brandwunde.

Alessandro, der ihn jetzt mit hilflosen Augen anstarrte,

wollte etwas sagen, aber dann sah Peo, daß er das Bewußtsein verlor. Er prüfte, ob er atmete, deckte ihn mit der Wolldecke zu und stand auf.

Vorsichtig öffnete er einen Spaltbreit die Tür zum Vorraum und sah, daß Lichtstrahlen durch den dichten Rauch drangen. Die Explosionen mußten die Holztür zum Garten aufgerissen haben. Die Flammen waren in den Park geschossen und hatten den Holzstoß entzündet.

Er hielt sich ein Taschentuch vor den Mund und wankte durch den langsam abziehenden Rauch, der wie eine graue Säule aus dem Inneren des Schloßbergs nach draußen quoll. Er ging langsam und sah schließlich aus ein paar Metern Entfernung, daß die Tür der Kammer, in der Marion eingesperrt gewesen sein mußte, durch die Explosion herausgebrochen war und den Altar unter sich begraben hatte.

Vincenzo preßte das Taschentuch vor den Mund und versuchte ruhig zu atmen, er wünschte sich, im Gang stehen bleiben zu können, bis Hilfe kam, weil er eine grauenhafte Angst davor hatte, daß der Klumpen verbrannten Fleisches, der dort drinnen sein mußte, noch einen Laut von sich geben könnte, wenn er hineinging. Daß das, was da drinnen war, ihm noch einmal die verkohlten Arme entgegenstrecken könnte, daß Marions Augen ihn fragen könnten, warum er sie nicht gerettet hatte. ›Wenn du dazu nicht ein Priester bist, dann bist du es für nichts‹, dachte er, preßte sich das Tuch vor den Mund und trat in den Raum.

In der Mitte stand ein Bettgestell. Es mußte weniger Benzin im Raum gewesen sein, als er vermutet hatte. Die Matratze war mit Ruß überzogen, hatte aber nicht gebrannt. Es mußte einen einzigen kurzen Feuerball gegeben haben. Vielleicht hatte sie es überlebt.

Er wandte sich rasch um, ging in die Knie, tastete nach etwas, das sich als ein leicht angekokeltes Bettlaken erwies. Er kniete sich hin und suchte unter dem Bett, aber da war nichts. Der Raum war leer.

Er ging hinaus in den Garten und holte tief Luft. Niemand war zu sehen. Peo ließ sich auf die Erde fallen und blickte zum Himmel.

»Herr«, betete er, »vergib mir, daß ich nicht sehen wollte, daß das die Kraft war, die man die Große nennt.«

XXXIV

Zunächst interessierte sich niemand für Vikar Peo, der mit rußgeschwärztem Gesicht auf einem Baumstamm saß. Die Neugier galt ausschließlich der attraktiven jungen Ärztin, die neben der Trage herlief, auf der Alessandro Chigi aus dem Kellerschacht gebracht wurde. Da weder die Ärztin noch die Pfleger es besonders eilig zu haben schienen, hoffte Peo, daß Alessandro trotz der schweren Verbrennungen nicht in Lebensgefahr schwebte.

Ein älterer Mann, der davon überzeugt war, daß der noch immer brennende Scheiterhaufen auf dem Platz die Explosion im Keller ausgelöst hatte, versuchte das Feuer mit einem einzigen Eimer zu löschen, was noch Stunden dauern würde, da er den Eimer nur an der mindestens 200 Meter entfernten Tränke für die Rehe nachfüllen konnte.

Schließlich schien sich die Menge auf den Vikar zu besinnen. Die Schaulustigen bildeten einen Halbkreis um ihn und stellten Fragen, die Vincenzo so verwirrten, daß er aufstand und grußlos davonging. Die Schaulustigen wichen zur Seite, und Peo spürte ihre enttäuschten Blicke in seinem Rücken.

Obwohl er völlig verschmutzt war, nahm niemand auf der Straße von ihm Notiz. Nur die alte Laura Locarini, die wie immer am geöffneten Fenster saß, ein Kissen unter ihre aufgestützten Arme gelegt, blickte zufrieden zu ihm hinunter, als ob ein Theaterstück, auf das sie lange gewartet hatte, jetzt endlich begonnen hätte. Peo nickte ihr wortlos zu, lief die Treppe hinauf, stieß die Wohnungstür auf und ließ sie hinter sich ins Schloß fallen. Er kickte einen Fußball aus dem Weg und setzte sich in seinen Lesesessel. Er schloß die Augen und genoß die Stille, die ihm noch intensiver vorkam, als der Kühlschrank summend ansprang. Er sah plötzlich noch einmal den Korridor voller Flammen vor sich, den Feuerteppich, der sich in Windeseile auf dem Boden ausgerollt hatte. Er versuchte, sich so genau wie möglich zu erinnern. Er sah, wie der Umhang Alessandro Chigis Feuer fing, erinnerte sich an sein überraschtes Gesicht. Aber nein, das konnte er gar nicht gesehen haben. Er hatte nur seinen Rücken gesehen, als Alessandro brennend den Korridor hinuntergetaumelt war. Jetzt sah er sich selbst im Korridor stehen, vor Marions Tür, also dort, wo er gar nicht gewesen war, wo er gar nicht hätte gewesen sein können, weil genau da die Benzinkanister explodierten.

Was war dort geschehen, während er mit Alessandro im Korridor lag? Marion hatte hinter dieser Tür gesessen. Wie lange schon, wußte er nicht, aber sie war ständig von Alessandro bewacht worden, hatte nie eine Chance gehabt zu entkommen. Sie war sehr wahrscheinlich blaß und krank von den knapp vier Wochen in dem Keller. Sie mußte geahnt haben, was ihr bevorstand. Der Boden im Zimmer war – wie der im Korridor – mit Benzin durchtränkt. Gegen diese Bedrohung war sie machtlos. Sie hätte versuchen können, das Benzin mit ihren Kleidern aufzuwischen, aber allein die Dämpfe hätten genügt, um eine Explosion zu verursachen. Was war mit ihr geschehen, als die Flammen sich ausbreiteten, als die Kanister explodierten?

Er stand auf, ging in die Küche und füllte Wasser in ein Glas.

Eines war sicher, dachte er. Sie hätte geschrien. Jeder hätte geschrien. Die Flammen mußten augenblicklich ihre Haare, ihre Kleider in Brand gesetzt haben. Die Tür war aus den Angeln geflogen, das Tor zum Garten war aufgesprungen. Jeder wäre hinausgelaufen, hätte sich auf den Boden geworfen, hätte versucht, die Flammen zu löschen. Schlimmstenfalls wäre sie bis zum Bach hinuntergelaufen. Ihn schauderte, wenn er daran dachte: Konnte ein brennender Mensch so weit laufen?

Er trank das Wasser aus und ging ins Wohnzimmer zurück. Er ließ sich wieder in den Sessel fallen und schloß die Augen.

Aber sie war dort draußen nicht gewesen, und niemand hatte geschrien. Er hätte es hören müssen, das war der springende Punkt. Keiner hatte sie gesehen, und keiner hatte sie gehört.

›Denk nach‹, dachte er. War es überhaupt vorstellbar, daß nach Jahrtausenden, nur weil sein Bild an der Wand entdeckt wurde und ein rätselhaftes Grab, die Macht eines Zauberers sich entfaltete? Klang das nicht einerseits wie ein Ammenmärchen? War die Kraft des Zauberers andrerseits nicht zweifellos sichtbar geworden? War der Propst nicht ein anderer Mensch geworden? Hatte Alessandro sich nicht wie ein Wahnsinniger benommen? War es denkbar, daß ein paar Meter neben ihm, während er mit Alessandro in diesem Korridor lag, sich ein Wunder zugetragen hatte?

›Denk nach‹, sagte er sich, ›denk nach, du bist vernünftig genug, um darüber nicht verrückt zu werden.‹ War es möglich, daß mitten in dem Flammenmeer ihre Haare, ihre Arme, ihr Körper unversehrt geblieben waren? Dieser völlig normale menschliche Körper, der ihm eine kurze Zeit lang genauso nahe gewesen war wie sein eigener, war der unbeschadet durch die Flammen gegangen? War er der Schauplatz eines Wunders geworden? Was war passiert, als die Kanister explodierten und Marion sah, daß die Flammen sie nicht verletzen konnten? Sie hatte nicht geschrien. War sie in diesem Augenblick gestorben vor Angst und Entsetzen? Und ihr Körper, der durch die Flammen ging und unbeobachtet den Hügel hinaufstieg und den Park verließ, war dieser Körper nur noch beseelt vom Geist des Zauberers und Marions maßloser Angst? Aber was hatte er dann mit ihr gemacht? Würde ihr geschundener Körper eines Tages in irgendeinem Irrenhaus auftauchen, wo hilflose Ärzte versuchen würden zu erklären, woher dieses Entsetzen kam, das immer noch in ihren Augen stand?

Er erhob sich und trat einen Ball durch das Zimmer, der

gegen einen Sessel prallte und durch die geöffnete Tür in die Küche rollte. Er glaubte einen Moment lang, daß es an der Tür geklingelt hätte. Er war sicher, daß der Propst inzwischen erfahren hatte, was geschehen war, und mit ihm sprechen wollte, aber es blieb still.

›Unsinn‹, dachte er. Er steckte die Hände in die Hosentaschen und ging auf und ab. ›Ich glaube es nicht‹, dachte er, ›ich glaube nicht an die Macht eines toten Zauberers, und wenn er hundertmal in der Bibel vorkommt.‹ Er blieb stehen und blickte aus dem Fenster auf die leere Straße. ›Aber ich kann es auch nicht ausschließen‹, dachte er. ›Es ist möglich, daß sich so etwas wie ein Wunder zugetragen hat.‹

XXXV

Wer gekommen war, ließ sich daran erkennen, daß alles Mürrische aus dem Gesicht der Haushälterin gewichen war und einem stummen Erstaunen Platz gemacht hatte.

»Wie viele sind es?« fragte der Propst.

»Zwei«, sagte Valentina.

»Hast du sie ins Wohnzimmer geführt?«

Sie nickte.

Er erhob sich aus dem Sessel und blickte in den Spiegel, strich sich die weißen Haare glatt. Er sah erschöpft aus, und er fühlte sich zu müde für das, was ihm bevorstand.

Valentina reichte ihm den Stock, aber er winkte ab. Er wollte nicht, daß sie dachten, er erwarte Mitleid, weil er so alt war. Er ging über den Korridor und sah die Silhouetten zweier Soutanen durch die Milchglasscheibe. Als sie seine Schritte hörten, zogen sie die Tür auf. Er erkannte von Hohendorff, der ihm freundlich die Hand gab und ihm dann Professor Joseph Cunnings vorstellte.

Die beiden Monsignori behielten wegen der Kühle im Raum ihre schwarzen Mäntel an, und Propst della Cave erkannte den teuren Stoff aus dem luxuriösen Geschäft für Priesterausstattung in Rom, den er sich nie gegönnt hatte.

»Setzen Sie sich doch bitte«, sagte della Cave.

Sie setzten sich, so als sei es abgesprochen gewesen, an die linke und rechte Seite des Glastisches und ließen am Tischende den Platz für den Propst frei. Von Hohendorff öffnete seine schwarze Tasche und nahm eine Akte heraus.

Der Propst blieb stehen, drehte sich mit dem Rücken zum Fenster, ließ seinen Blick über die Anrichte mit den kitschigen Tellern, über den Schrank und das Kruzifix gleiten, in der

Hoffnung, er könne irgendwo Halt finden. Dann sagte er: »Dies ist ein Disziplinarverfahren. Ich weiß es.«

Von Hohendorff sah ihn überrascht an. »Ich entschuldige mich erst einmal für unseren Überfall, aber damit hat unser Besuch nun wirklich gar nichts zu tun.«

Der Propst unterbrach ihn und sagte leise: »Ich bin Ihnen dankbar dafür, daß Sie es nicht offen aussprechen wollen. Doch ich habe zwei Augen und einen Kopf zum Denken, und ich weiß, wann ein Dorfpfarrer Besuch von zwei Professoren aus dem Kirchenstaat bekommt.«

Cunnings stand auf. »Aber Sie mißverstehen wirklich. Wir sind lediglich hierhergekommen, weil wir eine Bitte an Sie richten möchten.«

»Ich sagte, es ist gut«, beharrte der Propst. »Ich weiß, daß längst unten in Rom bekannt ist, was hier passiert ist. Daß ich ein katastrophaler Seelsorger sein muß, wenn ich nicht verhindern kann, daß ein junger Vikar mit einer sozusagen verheirateten Frau für einen Skandal sorgt. Ein Propst, der nicht verhindern kann, daß in seiner Kirche Wände von Unbekannten eingerissen werden.«

»Man macht sich nur Sorgen, nachdem der Vikar am heutigen Tag, wie wir im Radio hörten, knapp einer Explosion entgangen ist. Das ist alles schon recht abenteuerlich«, sagte Cunnings.

»Und man hat Sie hergeschickt, um in Erfahrung zu bringen, was hier eigentlich los ist. Das verstehe ich. Ich habe das erwartet. Ich bin sogar sehr froh, daß es jetzt endlich soweit ist.«

»Aber nein«, versicherte von Hohendorff. »Wir haben keinerlei disziplinarischen Auftrag.«

»Unterbrechen Sie mich nicht«, sagte der Propst. »Lassen Sie mich ausreden. Ich will Ihnen ja sagen, was hier passiert ist.«

Er drehte ihnen den Rücken zu, obwohl er wußte, wie unhöflich das war, und blickte aus dem Fenster hinunter zu dem glänzenden Streifen, der das Meer war. Er hatte plötzlich alle Anspannung und jedes Interesse verloren. Er wollte nur noch, daß es rasch vorbei war und sie gingen. Er wollte am Fenster stehen bleiben, unbeweglich, und auf den Silberstreifen hinuntersehen, wie er es oft tat, selbst wenn er schon Valentina rufen gehört hatte, die ihn suchte und glaubte, er wäre, ohne ein Wort zu sagen, hinausgegangen.

»Ich bin schuld an dem, was hier passiert ist, weil ich es immer gewußt habe, weil mich nichts von dem, was passierte, überrascht hat«, sagte der Propst. »Die vielen Kirchen, in denen ich gepredigt, die vielen Messen, die ich gelesen habe, ließen es mich gleich wissen: Hier war der Segen wirkungslos. Die Worte Gottes schienen von der Kirche verschluckt zu werden. Ich habe diesen Moder unter den Steinen gespürt, ich habe gewußt, daß da irgend etwas war, etwas sein mußte, und dann habe ich es gesehen. Mit meinen eigenen Augen habe ich gesehen, wie die Macht des Gebetes es vom Himmel holte.«

»Ich kann Ihnen nicht folgen«, sagte Cunnings.

»Ich meine nur, daß da etwas war, und als die Mauer aufgebrochen wurde, da spürte ich in der ganzen Kirche den Gestank des Hasses und der Sünde, der sich erst nach Wochen legte.«

»Sie meinen die Mauer zu der Kapelle in Ihrer Kirche, in der die Legende von Simon dem Zauberer abgebildet ist?« fragte Cunnings.

»Es ist nur eine Legende, das weiß ich. Nichts weiter als eine Legende, aber sie wirkte wie ein fauliger Wind, erfaßte die ganze Gemeinde, verseuchte alles, womit sie in Berührung kam«, sagte der Propst.

Er drehte sich jetzt wieder zu seinen Besuchern um.

»Ich habe mich damals über nichts gewundert, nicht einmal, als ich versuchen mußte, den Skandal um Vikar Peo zu vertuschen. Ich habe immer gewußt, daß dort unten im Moder etwas ist, eine Legende, wie Professor Cunnings sagt. Es war eine Legende, die den Fürsten Chigi in den Irrsinn trieb, so daß er sich mit dieser Frau in seinem Keller einschloß.«

»Ist das der Mann, der bei der Explosion verletzt wurde?«

Der Propst nickte.

»Überall im Ort redet man darüber, daß er seine Frau da unten eingeschlossen hatte«, sagte Cunnings.

»Seine Frau?« fragte der Propst. »Ich weiß nicht, ob man sagen kann, daß sie seine Frau war. Er wußte wohl nicht mehr, was er tun sollte. Was muß er durchgemacht haben, daß er darauf verfiel, sie einzusperren.«

»Um ganz ehrlich zu sein: Ich weiß nicht, worauf Sie hinauswollen«, sagte Cunnings.

Der Propst schwieg, dann lehnte er sich an den Tisch, der vor ihm stand. »Ich meine: Dort unten, dort, wo die Explosion ausgelöst wurde, da ging eine Frau unbeschadet durch das Flammenmeer.«

»Was soll das heißen?« fragte von Hohendorff.

»Das, was ich sage. Es gab eine Explosion. Vikar Peo war dabei. Fürst Chigi wurde verletzt, und diese Frau ging durch die Flammen, unbeschadet. Es ist mir egal, ob Sie das glauben oder nicht. Es ist mir auch egal, was Sie von mir halten. Ich weiß, Sie denken, daß ich ein alter Narr bin, weil die Bibel klar sagt, daß dieser Zauberer in Samaria lebte.«

»Sie brauchen sich nicht ...«

»Lassen Sie mich ausreden«, sagte der Propst. »Ich habe diese Stelle der Bibel wieder und wieder gelesen. Ich habe mir immer wieder gesagt, daß dieser Mann, dem meine Kirche gewidmet ist, als Bekehrter in Samarien starb und nicht in Ariccia, weil die Kirche die Petrusakten nicht anerkennt.« Er machte eine kleine Pause. »Und dann bekam ich die Petrusakten in die Hand, und da stand schwarz auf weiß, daß sie ihn nachts nach Ariccia brachten, hierher. Ich weiß, was Sie jetzt von mir denken, aber ich kann dieses Buch, die Petrusakten, nur noch an die Lippen drücken und sie mit Weihrauch segnen, weil sie eine heilige Schrift sind, das Wort Gottes. Das ist die Wahrheit.« Der Propst drehte sich um. »Sie glauben mir nicht, Sie halten mich für einen verrückten alten Narren.«

»Der Grabstein des Simon ist schließlich nie gefunden worden«, sagte Cunnings.

Der Propst wandte sich wieder zum Fenster. Dann sagte er: »Ich habe den Stein gefunden.«

Von Hohendorff sprang auf. »Ist das wahr? Er wäre schließlich ein unerhörter Beweis dafür, daß Sie vielleicht recht haben. Ein Beweis dafür, daß ein Mensch, der im Neuen Testament genannt wird, tatsächlich in Ariccia gewesen ist. Darf ich Sie bitten, uns den Stein auszuhändigen? Wissen Sie, wo er ist?«

»Glauben Sie, ein Dorfpfarrer wie ich würde zwei Würdenträgern des Vatikans einen Wunsch abschlagen?«

»Der Grabstein gehört theoretisch der Gemeinde, Ihrer Gemeinde. Aber trotzdem würden wir Sie bitten, ihn uns zu überlassen. Wir wollen, daß er von Fachleuten untersucht wird.«

»Sie sollen ihn haben.«

»Gut«, sagte Cunnings. Auch er stand auf. Von Hohendorffs Lederkoffer schnappte zu.

»Sie werden mich vom Dienst suspendieren müssen«, sagte der Propst. »Ich glaube an das, was ich sage.«

Sie gaben ihm die Hand, aber er antwortete nicht auf ihr leise gemurmeltes »Auf Wiedersehen«. Sie gingen hinaus.

Sie waren schon draußen auf der Treppe, als Cunnings von Hohendorff anhielt. »Wie Sie wissen, ist eine ganze Menge schiefgelaufen in letzter Zeit«, sagte er.

»Wir haben es nun einmal angefangen, und jetzt werden wir es auch zu Ende bringen«, antwortete von Hohendorff.

XXXVI

Das Bad sauberzumachen war im Grunde eine Sache von Minuten. Vikar Peo hatte die Armaturen poliert, die beiden weißen Handtücher ausgetauscht und saß jetzt seit einer halben Stunde auf dem Badewannenrand und drehte die Zahnbürste in der Hand, die sie nur einmal benutzt hatte.

Es sprach überhaupt nichts dagegen, sie wieder in das Zahnputzglas zu stellen, als Ersatz, sobald die Borsten an seiner Zahnbürste abgenutzt waren. Aber Vincenzo dachte darüber nach, ob er sich vor sich selbst lächerlich machen würde, wenn er sie, in Stanniolpapier eingewickelt, in die Schublade legte. Er kam zu dem Schluß, daß er sich lächerlich machen würde, wollte sie aber trotzdem gerade einwickeln, als es an der Haustür klingelte. Vincenzo stellte Marions Zahnbürste zurück ins Glas und lief die Treppe hinunter.

Propst Sante della Cave war ohne seinen Stock gekommen. Er drängte sich nicht mürrisch in die Wohnung, sondern sagte nur: »Ich hoffe, ich komme nicht ungelegen.«

Der Vikar erkannte, daß irgend etwas Positives geschehen sein mußte. Er bat seinen Vorgesetzten, doch in das Wohnzimmer mitzukommen, entschuldigte sich für das Durcheinander im Flur, während der Propst abwinkte, das mache doch gar nichts. Er wollte im Korridor stehen bleiben, so daß auch Peo sich an die Wand lehnte.

»Ich habe wenig Zeit. Man wird mich gleich abholen und hinunter nach Rom bringen. Ich werde erst am späten Abend wieder zurück sein«, sagte der Propst, dann machte er eine Pause und sah Peo an. »Der Grabstein aus der Kapelle ist heute abgeholt worden, und man hat mir gleichzeitig eine Mitteilung gebracht, daß ich als Mitglied der Kommission nominiert wurde, die sich um die Untersuchung des Steines kümmert. Natürlich bin ich kein Wissenschaftler, und sie haben mich bestimmt nur gerufen, weil der Stein bei uns in der Gemeinde gefunden wurde, aber es ist trotzdem eine Ehre für mich.«

»Ich gratuliere«, sagte Vikar Peo.

»Die Kommission wird untersuchen, ob der Stein echt ist, und dann wird man darüber entscheiden, ob eine Bibelkommission darüber beraten muß, ob die Petrusakten nicht doch ein Teil der Bibel sind«, sagte der Propst. »Sie wissen ja, was ich denke. Man scheint meine Meinung im Vatikan nicht mehr für ganz abwegig zu halten.«

»Ein schöner Triumph, Propst. Ich freue mich«, sagte Peo.

Der Propst betrachtete jetzt seine Schuhspitzen. »Da ist noch etwas, was ich Ihnen sagen möchte, und es fällt mir nicht ganz leicht.«

Vincenzo Peo sah den Staubkörnern in dem Lichtstreifen zu, den die Nachmittagssonne durch den aufgeklappten Briefkasten schickte.

»Als die Sache mit Ihnen und Frau Meiering ruchbar wurde, habe ich ein Disziplinarverfahren gegen Sie einleiten lassen. Ich hielt das damals für meine Pflicht«, sagte der Propst. »Man wird Ihnen in den kommenden Tagen mitteilen, daß das Verfahren eingestellt wurde.«

Peo nickte.

Der Propst reichte ihm die Hand. »Ich muß jetzt gehen. Sie werden mich gleich abholen.« Er öffnete die Tür. »Ach, noch etwas. Ich habe den Fürsten Chigi im Krankenhaus besucht. Er würde Sie gern sehen. Könnten Sie bei ihm vorbeischauen? Er bat mich darum.«

Peo nickte. »Ich gehe heute noch hin.«

Der Propst gab ihm noch einmal die Hand. Peo hatte das Gefühl, daß dies der erste freundliche Händedruck war, den er je mit dem Propst getauscht hatte. Dann schlug die Tür zu.

Vincenzo Peo ging wieder nach oben ins Badezimmer und wollte da weitermachen, wo er aufgehört hatte, warf dann aber den Schwamm in die Wanne, zog den Pullover aus, holte die Soutane aus dem Schrank, zog sie an, suchte sein Schlüsselbund, fand es auf der Kommode im Flur und machte sich auf den Weg. Er wollte den Besuch bei Alessandro Chigi sofort hinter sich bringen.

Er nahm wieder den Zickzackweg, den er sich angewöhnt hatte, seitdem die Leute ihn auf der Straße anhielten, um nach Einzelheiten des Brandes zu fragen, um sich zu erkundigen, ob es wahr sei, daß er nur knapp mit dem Leben davongekommen war, und wie wohl das Feuer im Schloß hatte ausbrechen können.

Das Krankenhaus lag hinter hohen Mauern, nur wenige Schritte vom Schloß entfernt. Eine verwitterte Marmortafel erinnerte an den Stifter der Klinik, der sich einen Park für die Genesung gewünscht hatte. Tatsächlich verriet das Gestrüpp vor dem langgestreckten Gebäude, daß hier einmal üppige Oleanderbüsche geblüht haben mußten. Auf dem schlammigen Rest des Rasens parkten Autos und Mopeds. Ein Brunnen war zum Teil abgerissen worden, um einer nachlässig angelegten Asphaltstraße Platz zu machen, die durch das Tor über den ehemaligen Kiesweg zum Eingang führte. Überall lagen Berge von blauen Müllsäcken herum.

Die ungepflegte Anlage mußte nicht automatisch auf eine mangelhafte medizinische Versorgung in diesem staatlichen Hospital schließen lassen. Aber sie flößte den Patienten, die hier eingeliefert wurden, auch nicht gerade Vertrauen ein, dachte Peo.

Er ging durch den Haupteingang über einen langen Flur, auf dem gutgelaunte Ärzte mit einer Gruppe Krankenschwestern gerade das Angebot der Kantine diskutierten, und blieb vor einer Glasscheibe stehen, auf der in verblichenen Buchstaben »Auskunft« stand. Dahinter saß auf einem Drehstuhl, dessen Armlehnen abgebrochen waren, ein dicker, schnauzbärtiger Mann, rauchte und las eine Sportzeitung. Peo klopfte an die schmutzige Scheibe, aber der Mann blickte nicht auf, sondern grunzte nur: »Was ist?«

»Ich möchte zu Alessandro Chigi. Wo finde ich ihn?«

Der Mann ließ endlich seine Zeitung sinken, musterte Peos Priestersoutane und schnauzte dann: »Sind Sie ein Pfarrer?«

»Das sehen Sie doch.«

»Sind Sie der neue Vikar?«

»Ja«, sagte Vincenzo Peo. »Würden Sie so freundlich sein und mir sagen, in welchem Zimmer Alessandro Chigi liegt?«

Der Schnauzbart antwortete nicht, sondern nahm den Hörer eines antiquierten Telefons ab, dessen Kabel an zwei Stellen mit fleischfarbenem Pflaster geflickt worden war. Er murmelte etwas in die Muschel, dann zündete er sich eine neue Zigarette an, drehte Peo den Rücken zu und las weiter in der Sportzeitung.

»Was ist jetzt?« fragte Peo.

Der Schnauzbart schwieg. Peo versuchte, in Gedanken einen Satz zu formulieren, der für einen Priester gerade noch akzeptabel war, aber den Pförtner trotzdem wie eine Ohrfeige treffen würde.

Er hatte noch nichts Passendes gefunden, als eine resolute Schwester auf ihn zutrat und fragte: »Vikar Peo?«

»Ja.«

»Kommen Sie bitte mit. Der Krankenhauspfarrer Don Sabatini möchte Sie gern sprechen.«

Peo sagte leise und beherrscht: »Ich möchte nur einen Krankenbesuch machen. Aber dieser freundliche Pförtner will mir die Zimmernummer nicht nennen.«

»Das ist schon in Ordnung«, sagte die Schwester. »Folgen Sie mir bitte.«

Sie ging los, rasch und entschlossen, ohne sich umzudrehen, so daß Peo keine andere Wahl hatte, als hinter ihr her zu trotten. Sie stiegen eine breite Treppe hinauf und passierten den Eingang zur Krankenhauskapelle, in die gerade zwei alte Frauen in Rollstühlen geschoben wurden. Die Schwester öffnete eine schwarzgestrichene Tür und führte ihn durch ein Vorzimmer, in dem eine ältere Dame mit blondierter Turmfrisur vor einer klapprigen Schreibmaschine saß. Dann zog sie eine weitere Tür auf und ließ Peo in ein gemütliches Zimmer mit hellem Teppichboden eintreten. Der Schreibtisch vor dem Bücherschrank war mit Papierstapeln bedeckt. Auf Pappordnern, die vermutlich Krankenakten enthielten, stand ein Tablett mit Milchkännchen und Zuckertopf. Die dazugehörige Kaffeetasse thronte auf einem Berg von Briefdurchschlägen und hatte das oberste Blatt Papier mit einem braunen Rand befleckt.

»Der Don kommt gleich, setzen Sie sich!« befahl die Schwester und schloß die Tür hinter ihm.

Peo betrachtete einen Moment die Einbände der Bücher im Schrank. Er entdeckte vor allem Werke über Moraltheologie. Daneben standen Heiligenviten, und ganz links fand er die zweibändige Ausgabe der kommentierten neutestamentlichen Apokryphen. Vincenzo erinnerte sich, diese Bücher einmal während seiner Studienzeit in der Hand gehabt zu haben. Sie mußten auch eine Abhandlung über die Petrusakten beinhalten.

Peo drehte den Schlüssel am Bücherschrank. Die rechte Glastür ließ sich sofort öffnen, aber die linke klemmte. Peo fand den Verschlußriegel und rüttelte daran, bis die Tür aufflog.

Peo fluchte. Mit seinem Ellbogen hatte er die Kaffeetasse auf dem Schreibtisch umgestoßen. Der Rest zäher brauner Flüssigkeit ergoß sich über den Stapel von Unterlagen, durchtränkte Briefkopien und Notizen.

Peo versuchte zu retten, was sich retten ließ, zog die noch nicht beschmutzten unteren Seiten heraus und wollte sie gerade zur Seite legen, als ihm das Wort »jungfräulich« in die Augen stach. Er zog das Blatt heraus und las: ›An seine jungfräuliche, schön aufgewachsene Tochter, Piazza San Calisto 3, Rom‹.

Peo hörte jetzt Schritte, die sich näherten. Sein Verstand warf ihm wortreich vor, wie unsinnig und überflüssig es war, den Zettel zu lesen. Wenn er ihn lesen wollte, sollte er ihn einstecken. Doch er hörte nicht auf den inneren Rat. Seine Augen jagten Zeile für Zeile über den Brief, nahmen rastlos auf, was der Briefeschreiber, Don Sabatini, wortreich beschrieb, welchen Eindruck er bei einem zufälligen Zusammentreffen mit Frau Meiering an einem Dienstag im Februar um 16.10 Uhr von ihr gewonnen hatte, daß sie Kamillentee getrunken und die Angewohnheit hatte, während sie sprach, am Armband ihrer Uhr zu spielen. Peo hörte, daß die Tür des Vorraums aufgerissen wurde, aber er las schon den letzten Satz, las, daß Marion in der Stadt einen Trenchcoat zu tragen pflegte, als die Tür des Büros aufgerissen wurde. Don Sabatini, ein Priester, der kaum älter sein konnte als er selbst, starrte ihn an.

»Mir ist da ein kleines Malheur passiert«, sagte Peo und sortierte hektisch die Unterlagen des Kollegen.

»Bemühen Sie sich nicht weiter, Vikar Peo. Meine Sekretärin wird das gleich in Ordnung bringen. Unser Zusammentreffen wird ohnehin von sehr kurzer Dauer sein«, sagte der Monsignore. »Ich weiß, was man im Ort über Sie erzählt, und ich weiß, daß man sich auch an höherer Stelle schon für Sie interessiert. Der Propst ist nicht zu beneiden. Ich will Ihnen sagen, daß die Erlaubnis, Alessandro Chigi zu sehen, eine absolute Ausnahme ist. Ich will Sie hier in meinem Krankenhaus nicht wieder sehen. Adieu!« Der Don zog die Tür auf.

Peo ging beschämt hinaus, blieb einen Augenblick im Vorzimmer stehen und fragte die Dame mit der Turmfrisur: »Wissen Sie, in welchem Zimmer Alessandro Chigi liegt?«

Die Dame schwieg, aber er hörte, daß Don Sabatini in seinem Rücken murmelte: »Zimmer 345, dritter Stock.«

Peo versuchte sich auf dem Flur zu sammeln und stieg dann die Treppe zum dritten Stock hinauf. Eine Krankenschwester kam gerade aus dem Zimmer 345 und sah ihn mürrisch an, ließ ihn aber hineingehen.

Alessandro Chigi lag ganz allein in dem Krankenzimmer. Er sah noch blasser aus als gewöhnlich. Sein rechtes Bein war in einen schmuddeligen Verband gewickelt. Peo murmelte leise:

»Guten Tag« und ging auf das Bett zu. Es war unübersehbar, daß sich niemand um Alessandro Chigi kümmerte. Auf dem Nachttisch stand eine einsame Karaffe mit Wasser, während sich die Beistelltische in den Krankenzimmern, an denen Peo vorbeigegangen war, unter dem Gewicht von Keksen und Fruchtsäften gebogen hatten. Peo ärgerte sich, daß er nicht daran gedacht hatte, etwas mitzubringen. Er ließ sich auf einem Stuhl nieder, aber Alessandro klopfte mit der Hand auf das Laken. Peo setzte sich zu ihm auf das Bett und sah erst jetzt, daß er weinte. Er hatte mehrere Pflaster und einen dicken Verband am Hinterkopf. Er ließ sich von Peo ein Taschentuch geben und wischte sich die Augen.

»Entschuldigung«, sagte er. »Es tut mir leid.«

Peo faßte ihn am Arm und spürte, daß Alessandro seine Hand suchte und sie fest drückte.

»Ich bin sehr froh, daß Sie gekommen sind«, sagte er. »Sie werden wenig Zeit haben.«

Peo fiel auf, daß er stark abgenommen hatte. »Soviel Sie wollen«, sagte er.

Alessandro sah ihn wieder mit diesem abwesenden Blick an. »Ich wollte, daß Sie kommen, weil ich Sie etwas fragen möchte.«

Peo nickte.

»Haben Sie sie gesehen? Ich erinnere mich an nichts, nur an die Flammen auf dem Korridor und den Rauch, aber ich kann mich an nichts Genaues erinnern. Haben Sie sie aus der Tür kommen sehen? Haben Sie gesehen, wie sie durch die Flammen gegangen ist?«

»Nein«, sagte Peo, »ich habe sie nicht gesehen.«

»Seltsam.«

»Ich war mit Ihnen in dem Vorraum, als die Kanister explodierten. Ich hörte es zweimal knallen, dann muß die Tür rausgeflogen sein, und auch die Holztür, die in den Park führt, sprang auf.«

»Sie haben sie also nicht gesehen?«

Peo schüttelte langsam den Kopf.

»Das war alles, was ich wissen wollte.«

»Stimmt es, daß Sie sie da unten eingesperrt hatten?« fragte Peo.

»Nein«, sagte Alessandro. »Wir haben uns beide eingeschlossen. Ich habe mich mit ihr eingeschlossen, weil ich glaubte, so hätten wir eine Chance gegen den Dämon. Sie sehen ja, es hat nichts genützt.« Alessandro schwieg.

Peo schenkte ihm ein Glas Wasser ein.

»Ich möchte Sie noch um etwas bitten«, sagte Alessandro. »Sie hat immer geschrieben, nicht nur die Pfarrbriefe, sie hat da unten stundenlang gesessen und geschrieben. Können Sie nicht ins Schloß gehen und mir ihre Aufzeichnungen bringen? Es kann sein, daß sie sonst irgend jemand wegnimmt und wegwirft. Der Palast ist ja nicht verschlossen. Wer weiß, wer da unten alles herumläuft.«

Peo nickte. »Ich werde hingehen, ich verspreche es Ihnen.«

Alessandro nickte ebenfalls. »Gehen Sie gleich morgen. Heute ist es schon zu spät, es wird ja bereits dunkel.«

»Morgen geht es nicht«, sagte Peo. »Morgen habe ich etwas sehr Wichtiges vor, aber übermorgen gehe ich hin.«

Alessandro ließ sich zurück ins Kissen fallen. Sein Blick war zur Decke gerichtet. Dann fielen ihm ganz plötzlich die Augen zu.

Peo wartete eine Weile, dann machte er sich vorsichtig von Alessandros Hand los, stand auf und ging zur Tür. Er hatte schon die Klinke in der Hand, als Alessandro wieder aufwachte, sich aufrichtete und Peo ansah, als erkenne er ihn gar nicht. Dann sagte er: »Ich war gerade bei Marion, für einen Augenblick. Es geht ihr gut.«

Peo nickte, sagte auf Wiedersehen und ging hinaus.

XXXVII

Als die Tür aufsprang, drängte sich eine Gruppe Schüler in den Bus. Peo ließ sie vor, stieg dann selber ein und setzte sich in eine Reihe, in der noch niemand saß. Er schloß die Augen, hörte, wie der Motor brummend ansprang, und hoffte, daß jetzt niemand mehr einstieg, der ihn kannte.

»Na, Herr Pfarrer, auch hinunter nach Rom? Zum Papst wohl, was?« sagte ein Dicker in einer abgewetzten Jacke, der sich, statt eine leere Reihe zu suchen, mit einer Fünf-Liter-Korbflasche, die er in beiden Händen hielt, neben Peo in den Sitz fallen ließ.

»Ich nehme den immer mit«, sagte der Mann und deutete auf die Weinflasche, als der Bus aus Ariccia hinausrollte. »Ich sage zu meinem Schwager immer, das Zeug in Rom, das ihr trinkt, aus dem Supermarkt, das bringt euch um. Ich garantiere es, früher oder später bringt es euch um.«

Peo kannte diesen schweren gelben Landwein, den jeder Bauer in den Albaner Bergen selbst kelterte. Der hausgemachte Wein war ihm in Ariccia wieder und wieder angeboten worden. Er schmeckte im Gegensatz zu den industriell produzierten Weinen aus der Region fürchterlich und zog schon nach zwei bis drei Gläsern ebenso fürchterliche Kopfschmerzen nach sich.

Peo sah jetzt, daß der Mann keinen Gürtel trug, sondern einen aufgeschnittenen Gummischlauch durch die Schlaufen der Hose gezogen hatte. Nachdem er das Thema Wein ausgiebig abgehandelt hatte, berichtete er jetzt von seinem Garten, den unvergleichlichen Auberginen, den fruchtigen Tomaten, seinen süßen Erdbeeren, schwenkte dann zu den Obstbäumen über und zählte schließlich alle Kräuter auf, die er selber zog.

Die Hälfte der Fahrt war vorüber. Der Bus hatte bereits den römischen Stadtrand erreicht, als Peo von seinem Nebenmann in die Seite gestoßen wurde. »Eigentlich mag ich keine Pfarrer, aber Sie sind in Ordnung.«

Dann lachte er, entkorkte die Flasche, nahm einen Schluck aus einem offenbar schon häufiger benutzten Plastikbecher, der ein kleines Loch hatte, und nötigte Peo zum Trinken.

Da seine Strategie, den Redefluß des Mannes durch beharrliches Schweigen zu stoppen, fehlgeschlagen war, unterbrach Peo ihn jetzt und sagte: »Kennen Sie die Piazza San Calisto in Rom?«

»Klar«, sagte der Dicke. »Das ist in Trastevere.« Er deutete aus dem Fenster. »In ein paar Minuten könnten Sie da sein, wenn der Bus hier halten würde.«

»Er hält erst am Bahnhof Termini, nicht wahr?« fragte Peo.

»Ja«, nickte der Dicke. »Aber wenn er jetzt halten würde, dann bräuchten Sie nur ... Sehen Sie da, diese Straße da, die bräuchten Sie nur hinunterzugehen. Dann wären Sie schon an der Piazza San Calisto.« Er drückte Peos Arm. »Lassen Sie mich mal«, sagte er.

Dann schrie er dem Busfahrer jenes römische Universalwort zu, das aus einer einzigen Silbe besteht und wie »AUWH« klingt und, wenn es sehr laut gebrüllt wird, zweierlei bedeutet: erstens, daß der Benutzer des Wortes keinen Wert auf gute Manieren legt, und zweitens, daß er aus einem wichtigen Grund beachtet werden will.

Der Busfahrer merkte, daß er gemeint war, und schrie zurück: »Was is?«

»Halt an!« schnauzte der Dicke. »Der Pfarrer hier muß mal.« Dann kicherte er laut. »Auwh! Halt an!« schrie er noch einmal, stand dann langsam auf und ging in Richtung Fahrerkabine. Peo wußte, daß der Dicke bereits gewonnen hatte. Schon als er begann, einen Wortschwall auf den Fahrer niederprasseln zu lassen, zeigte sich, daß der Angestellte der römischen Verkehrsbetriebe der Attacke nicht gewachsen war.

Der Fahrer stoppte den Bus an einer schmalen Piazza und öffnete die Tür für Peo, der kurz danke sagen wollte. Aber der Dicke drückte plötzlich fest seine Hand. »Herr Pfarrer«, sagte er. »Ich weiß, daß die Zigaretten mein Verhängnis sind. Beten Sie für mich.« Peo sah, daß ihm Tränen in den Augen standen. Er segnete ihn, stieg aus und tauchte im Gewirr der Gassen unter.

Er ging an den bunten Marktständen, den Pyramiden aus Apfelsinen und Zitronen vorbei, hörte das Geschrei der Händler, die irgend etwas für 1000 Lire anpriesen, und stand schon auf der Piazza San Calisto. Das Gebäude mit der Hausnummer drei erwies sich als eine braune, kaum überschaubare Schachtel. Der Eingang war ein Durchgang, mehr nicht. Dahinter lagen mehrere Höfe mit weiteren Schachtelbauten und schier endlosen Fensterreihen. Peo steuerte auf einen Glaskasten zu, der die Pförtnerloge sein mußte. Darin saßen drei Männer in blauen Uniformen an einem wackligen Tisch und spielten Karten.

»Das hier ist doch die Postadresse Piazza San Calisto Nummer drei?« fragte Peo.

Einer der Pförtner stand auf, kam an die Sprechklappe und sagte: »So isses. Wollen Sie was abgeben?«

»Nein«, sagte Peo. »Es geht um einen seltsamen Brief, der hierhergeschickt wurde.«

»Wissen Sie was?« sagte der Mann. »Hier arbeiten mehr als tausend Leute in mehr als zweihundert Büros, also was meinen Sie, was wir hier für komische Post kriegen.«

»Das kann ich mir denken«, sagte Peo. »Trotzdem ist der Brief ja vielleicht jemandem aufgefallen: Er war adressiert an ›Seine jungfräuliche, schön aufgewachsene Tochter‹.«

Der Mann stierte ihn an. Dann lachte er los, schlug mit der Hand fest auf den Pförtnertisch, rang nach Atem, sah dann Peo wieder an, und der erkannte an dem Blick, daß der Pförtner etwas sagen wollte wie: »Haben Sie in Ihrer Kirche den ganzen Meßwein ausgesoffen, Mann?«, sich das aber nicht traute.

»He«, rief er den anderen beiden zu, »der hier ist gut. Der Pfarrer hat an eine Jungfrau geschrieben. Haben wir hier noch eine?«

»Laß mal«, sagte sein Kollege, der sich jetzt zu Peo umdrehte. »Hochwürden hat recht. Da kam ein ganzer Stoß solcher Briefe.«

»An wen gingen sie?« fragte Peo.

»Woher soll ich das wissen? Wir legen die Post für das ganze Haus da vorne auf den Tisch, wo ›Eingang‹ steht.« Er zeigte auf eine lange Bank, die in einem Glashäuschen neben der Eingangstür stand und auf der sich Postberge türmten. »Die Postboten weigern sich nämlich, durch die ganzen Gebäude zu laufen. Die kippen die Sendungen da hin, und die Leute aus dem Haus holen sie sich ab. Ich kann mich an die Briefe erinnern, weil der Postbote mich darauf aufmerksam gemacht hat. Und dann sind zwei übriggeblieben. Die hat keiner mehr abgeholt. Wir haben sie zurückgeschickt. Das gehört zum Service des Hauses.«

»Dann kann jeder einfach herkommen und sich einen Brief aus dem Postberg holen?«

»Wem das nicht paßt, der kann sich seine Post ja per Einschreiben schicken lassen«, sagte der Pförtner.

»Wissen Sie noch, wohin Sie die Briefe zurückgeschickt haben?«

»An zwei Pfarreien in Deutschland. Aber fragen Sie mich nicht mehr, wo das war.«

»Und ist es möglich zu erfahren, wer die Briefe hier abgeholt hat?«

»Nee, sag ich ja. Wer zum Haus gehört, der nimmt seine Post einfach mit.«

»Sagt Ihnen der Name Propst Sante della Cave etwas?«

»Nie gehört, kann aber trotzdem sein, daß er hier arbeitet«, sagte der Pförtner.

»Sind hier denn Priester beschäftigt?«

»Ein Teil des Gebäudes gehört dem Vatikan.«

»Sagt Ihnen der Name Cunnings etwas?«

»Warten Sie, ich schaue mal in der Liste nach.« Er nahm eine dicke Mappe aus der Schublade. »Wie sagten Sie?«

»Cunnings mit C und zwei n.«

»Nein, haben wir nicht.«

»Meinhard von Hohendorff?«

»Nie gehört.«

»Li Kim?«

»Nein, ganz sicher nicht.«

»Altavilla de Jerez?«

»Wir haben nur einen Perez.«

»Und Alessandro Chigi?«

»Nee, auch nicht. Tut mir leid.«

Peo sah ihn fragend an. »Erinnern Sie sich vielleicht noch, wie lange das her ist, daß diese Briefe hier ankamen?«

»Lassen Sie mich nachdenken. Wir haben jetzt Anfang November, es muß mehr als ein halbes Jahr hersein, im Februar oder März müssen die letzten Briefe gekommen sein.«

»Danke«, sagte Peo. »Wenigstens etwas.«

XXXVIII

In die oberste Schublade seines braunen Küchenschranks hatte Vikar Peo das Besteck gelegt, in das Fach darunter Frischhaltefolie und Tesafilm und all die anderen Dinge, von denen er nicht sofort gewußt hatte, wohin damit. Die Schublade darunter hatte er noch nie geöffnet. Als er es jetzt versehentlich tat, weil er ein Geschirrhandtuch suchte, fand er neben ein paar Stromkabeln und Glühbirnen auch eine Taschenlampe. Er knipste sie an und stellte zufrieden fest, daß die Batterien noch funktionierten. ›Genau das richtige‹, dachte er und beschloß, sofort aufzubrechen.

Er behielt Jeans und Hemd an und zog nur eine Regenjacke über, die sich auf der Straße als zu dünn für diesen kalten Herbsttag erwies. Der Nieselregen besprühte ihm das Gesicht.

Dic Kette, die den Eingang zum Schloßpark versperrt hatte, war aufgeschnitten worden. ›Vermutlich von den Feuerwehrleuten‹, dachte Peo. Er ging hinunter zum Festplatz, wo nur noch ein großer Haufen Holzkohle übriggeblieben war. Das Tor zum Weinkeller stand noch immer weit offen. Peo kam der Eingang vor wie die verlassene Höhle eines Drachen, aus der noch Schwefelgeruch strömte.

Er stieg über die herausgebrochene Holztür und knipste die Taschenlampe an. Der Strahl bohrte sich in die Dunkelheit des Ganges. Einen Moment lang glaubte er, ein Geräusch zu hören, kam aber zu dem Schluß, daß er nur das Pfeifen des Windes vernommen hatte.

Er lief rasch den Gang entlang und suchte mit der Taschenlampe die linke Wand nach der Stahltür zu Marions Gefängnis ab. Der Gang kam ihm länger vor als am Katastrophentag.

Endlich entdeckte er den muffigen Vorraum und betrat eine seltsame, fremde Welt.

Alles war mit einer daumendicken Schicht feiner grauer Asche bedeckt. Er wischte die Asche vom Stuhl und setzte sich. Er sah den abgekratzten Lack an der Lehne des Stuhls, erkannte jetzt, daß überall Kratzspuren waren, von jemandem, der seine Hände nicht hatte ruhig halten können, der nervös mit den Fingernägeln dünne Schichten Lack abgekratzt hatte.

Peo fand neben dem Computer einen Zettelkasten. Darin steckten fast ausschließlich die Vorlagen für die Pfarrbriefe. Er nahm sie alle heraus. Er fand Eintragungen für die Versammlungen der Meßdiener, die Einladung zu einem Seniorentreffen, den handgeschriebenen Hinweis auf den Drachenflug zum Pfarrgemeindefest. Er entdeckte auch eine Karte, die Marion gezeichnet haben mußte. Sie hatte die Umrisse des Schlosses aufgemalt, um sich klarzumachen, wo der Keller ungefähr liegen mußte. Er betrachtete die Zeichnung und sah, daß sie ihn an einer falschen Stelle vermutet hatte. Sie hatte bis zum Schluß nicht verstanden, wo sie war. Er schaltete ihren Computer ein, der sofort ansprang, aber ein Paßwort verlangte, so daß Peo aufgab und die Maschine wieder ausknipste. Er stand auf, schaltete das Licht aus und ging den Gang zurück.

Er ließ die Taschenlampe über den Boden kreisen. Einmal glaubte er, eine kleine Maus im Lichtkegel erkannt zu haben. Es war totenstill im Gang. Er blieb vor der herausgebrochenen Tür, die am Boden lag, stehen und kauerte sich hin. Er prüfte sorgfältig das unbeschädigte Schloß, zog dann an der Klinke, sprang auf und untersuchte den Türrahmen. Dann kniete er sich noch einmal hin, ließ das Licht der Taschenlampe jeden Zentimeter des Türschlosses abtasten, untersuchte erneut die Türfüllung, knipste dann die Lampe aus und trat hinaus in den Park.

Er lief den Weg zur Straße hinauf und schaute kurz in

Simonettas Bar, um zu sehen, ob der Propst zufällig da war. Er war es nicht. Dann ging er die Straße hinunter zu della Caves Wohnung und klingelte.

Er sah Valentina, die im weißen Kittel die Tür öffnete, gleich an, daß er unwillkommen war. Im Flur türmten sich Kisten. Sie hatte gerade begonnen, Bücher einzupacken.

»Was wollen Sie?« schnarrte sie.

»Ziehen Sie um?«

»Genau. Wieder heißt es: Hopp-hopp, pack die Sachen! Auf unsere alten Tage wollen wir uns noch einmal wichtig tun im Vatikan.«

»Man hat ihn nach Rom gerufen?«

»Ja, sie lassen ihn nicht in Ruhe. Hat man es Ihnen noch nicht gesagt?«

»Ich hatte keine Ahnung.«

»Na, wo Sie schon mal hier sind, können Sie sich auch gleich von ihm verabschieden.« Sie zeigte auf die Tür zum Arbeitszimmer. »Er ist da drin.«

Peo ging über den Flur und öffnete die Tür. Propst Sante della Cave saß am Arbeitstisch und las einen Brief. Er schaute hoch und lächelte. »Vikar Peo. Ich wollte noch zu Ihnen kommen und mich verabschieden. Die Kommission, die die Petrusakten untersucht, hat mich gebeten, nach Rom zu ziehen. Was sein muß, muß sein.«

»Gratuliere.«

»Ich komme nachher zu Ihnen, um ordentlich auf Wiedersehen zu sagen. Jetzt habe ich noch zu tun.«

Peo blieb in der Tür stehen.

»Ist noch was?« fragte der Propst.

»Ja«, sagte Peo kalt. »Ich werde zur Polizei gehen.«

Der Propst zuckte zusammen. »Was soll das denn jetzt schon wieder?«

»Ich war im Schloß. Ich weiß, daß Marion nicht da unten war, als das Benzin explodierte. Die Tür, hinter der sie angeblich eingesperrt war, war gar nicht abgeschlossen. Man kann es ganz klar sehen. Das Türschloß ist durch die Explosion nicht herausgerissen worden.«

»Ja, das ist doch erfreulich. Was wollen Sie dann noch?« fragte der Propst.

»Ich will wissen, wo sie ist. Ein Mensch kann doch nicht einfach so verschwinden.«

»Wie kommen Sie darauf, daß sie verschwunden ist? Nur weil sie sich nicht bei Ihnen meldet? Und was geht Sie das eigentlich an? Alessandro Chigi, der immerhin mit ihr zusammengelebt hat, vermißt sie nicht.«

»Es ist etwas passiert mit ihr. Alessandro hatte sie dort unten eingesperrt, und dann muß etwas mit ihr passiert sein.«

»Sie sind aber auch der einzige, der angeblich weiß, daß Alessandro sie da unten eingekerkert hatte.«

»Mein Gott«, schrie Peo. »Es gibt ihre Zelle noch, das Gefängnis, in dem sie eingesperrt war.«

»Das hat doch alles weder Hand noch Fuß. Was haben Sie denn vorzuweisen? Ein leeres Zimmer und eine nicht abgeschlossene Tür, und damit wollen Sie zur Polizei gehen? Dann machen Sie das mal!«

»Es ist etwas passiert, und Sie sind auch nicht unschuldig daran. Sie haben Alessandro eingeredet, seine Frau sei vom Dämon besessen, sie sei Simon der Zauberer!«

»Jetzt reicht's«, brüllte Propst della Cave. »Sie sind ein Trottel ersten Ranges. Wenn die Dame da unten eingekerkert war, ja warum ist sie dann nicht zur Polizei gegangen, als sie wieder frei war, um ihren Kerkermeister anzuzeigen? Warum hat die Staatsanwaltschaft denn Alessandro nicht längst verhört und auch mich verhaftet? Wenn der Dame irgendeine Unbill zugestoßen wäre, dann hätte sie bei der Polizei Zeter und Mordio geschrien, so wie ich sie kenne. Das hat sie aber nicht getan. Warum denn wohl nicht? Weil ihr nichts passiert ist, weil sie ihr Bündel geschnürt hat und abgereist ist.«

»Ihre Koffer sind noch im Schloß. Und ich bin nicht der

einzige, der sie vermißt. Von Hohendorff hat sie auch gesucht, als er zu der Dichterlesung kam.«

»Ja, dann fragen Sie doch ihn, wo Frau Meiering jetzt eingemauert ist, Herr Vikar. Welcher Zerberus sie jetzt gefangenhält. Oder waren gar irgendwelche Mordbuben am Werk? Ach, lassen Sie mich in Ruhe, und erzählen Sie den ganzen Quatsch meinetwegen der Polizei! Aber gehen Sie jetzt, und lassen Sie mich in Frieden.«

Der Vikar öffnete die Tür. Dann drehte er sich noch einmal um. »Es sind Briefe verschickt worden«, sagte er. »Sehr seltsame Briefe mit Informationen über Marion Meiering.«

»An wen?« brummte der Propst.

»An die Tochter von Petrus. Aber das war natürlich nur ein Deckname.«

»Mir reicht die Märchenstunde jetzt«, sagte der Propst leise. »Raus!«

Peo zog die Tür hinter sich zu.

Er ging durch den Flur und wollte sich gerade an Valentina vorbeischleichen, die eine Küchenuhr in eine Kiste packte. Aber sie richtete sich auf. »Es ist besser so, daß sie weg ist. Glauben Sie mir«, sagte sie. Dann packte sie weiter, und Peo ging hinaus.

XXXIX

Wer wie Vikar Peo den Weg zur päpstlichen Universität Urbana auf dem römischen Hügel Gianicolo zu Fuß ging und sich deshalb durch tosenden Verkehr schlängelte und an ausgebrannten Mülleimern und absterbenden Pinien auf abfallübersäten Rasenflächen vorbeistapfte, der mußte glauben, am Eingang der Urbana in eine bessere Welt zu treten. Noch wenige Schritte vor dem Tor war die Straße gesäumt von Unrat, vor allem von ausgeschlachteten Mopedwracks, Resten gestohlener Vespas, die in Rom niemandem mehr auffielen. Hinter dem Tor der päpstlichen Universität hingegen drang der Verkehrslärm nur noch gedämpft ans Ohr.

Dem Chaos der Stadt wurde es nicht gestattet, in den prächtigen exotischen Park einzudringen, in dem polierte Metallplaketten an den Palmen und Obstbäumen die botanisch exakte Herkunft der Pflanze erklärten. Die grüngestrichenen Mülleimer am Rand der mit bunten Steinen ausgelegten Wege enthielten höchstens eine sorgfältig zusammengefaltete Zeitung oder eine ordentlich weggeworfene Wasserflasche. Der Rasen präsentierte sich genau so, wie man es von einer Grünfläche erwartete, auf der noch nie ein Ball entlanggerollt war und auch nie rollen würde.

Das Flüstern der paarweise zwischen den zahlreichen Gebäuden flanierenden Theologiestudenten schien darauf abgestimmt zu sein, das Zwitschern der Vögel in den Bäumen nicht zu übertönen. Peo senkte unwillkürlich den Blick und meinte allein deshalb aufzufallen, weil er als einziger nicht ein Exemplar dieser schmalen schwarzen Ledertaschen bei sich hatte, die an Hunderten von Händen durch den Park getragen wurden.

Er verbrachte die erste halbe Stunde damit herauszufinden, wo das Institut für Kirchenrecht lag, wanderte dann durch eine schier endlose Zahl von Korridoren, vorbei an nahezu leeren Tafeln für »Studentische Mitteilungen«, an denen er ein Gewirr von angehefteten und angeklebten Zetteln erwartet hätte. Die Lehrsäle, an denen er vorbeikam, waren mit eleganten Sesseln ausgestattet. Der Bezug der Sitze war in dem freundlichsten aller möglichen Grautöne gehalten und erinnerte an das Innere sehr teurer Limousinen. Dieser fleckenlose Stoff und die farblosen Flure mußten eigens dafür geschaffen worden sein, das Rot der gelegentlich über die Korridore schreitenden Kardinäle noch intensiver leuchten zu lassen.

Vor dem Büro von Li Kim entdeckte Peo einen handschriftlichen Aushang, in dem der Professor darauf hinwies, daß er wegen einer Studienreise nach Syrien seine Sprechstunden verlegen müsse. Peo brauchte nur einen Blick auf die seltsam krakelige Handschrift zu werfen, um wieder umzudrehen und im Nebengebäude zu suchen, wo er nach einer weiteren halben Stunde vor dem Beratungszimmer von Professor Joseph Cunnings stand. Er konnte zunächst keinen Aushang entdecken, warf dann einen Blick in einen hell ausgeleuchteten Glaskasten, in dem eine Aufforderung von Cunnings an die Studenten hing, die Einschreibefrist nicht zu überschreiten. Er hatte eine schöne Handschrift, die winzigen Buchstaben waren klar voneinander abgesetzt, aber Peo zweifelte auch hier nicht eine Sekunde und machte sich auf die Suche nach dem Zimmer von Meinhard von Hohendorff.

Er mußte zweimal den Park durchqueren, bis er das große weiße Gebäude für Moraltheologie entdeckte. Er schritt über einen Hof, in dem zwei Katzen in der Sonne spielten, denen seltsamerweise gestattet worden war, hier zu leben.

Es war schon später Nachmittag, und die Sonne drohte bald unterzugehen, als er endlich über die langen Korridore des Biblicums wanderte.

Vor dem Sprechzimmer von Professor von Hohendorff saßen zwei ernst dreinblickende Studenten. Peo sah sich den Aushang vor dem Zimmer an, in dem von Hohendorff eine Änderung der Sprechzeiten mitteilte. Er erkannte es nicht gleich, zog dann einen Zettel aus der Tasche, sah auf das seltsam verschnörkelte E, das fast völlig ausgesparte H. Er überlegte einen Augenblick, lauschte dem Rhythmus des Gebäudes, den quietschend geöffneten Türen, dem Klack-Klack der Schritte der Boten, die Aktenberge schleppten, dem Quietschen einer anderen Tür und dem scheppernden Geräusch, als sie wieder zufiel.

Dann hatte er sich entschieden, riß den Aushang ab und setzte sich auf die Bank neben die beiden Studenten. Sie ließen ihm kaum Zeit, Platz zu nehmen, und erklärten ihm sofort, daß sie ohne Zweifel die einzigen seien, die von Hohendorff heute noch empfangen würde. Peo habe ohne einen festen Termin nicht die Spur einer Chance auf eine Sprechstunde.

»Es ist sehr wichtig, und ich kann jetzt auch nicht länger warten«, sagte Peo, stand auf und klopfte an.

»Aber da ist jemand drin«, sagte der blonde, hagere Student mit dem starken deutschen Akzent. »Außerdem sagte ich Ihnen bereits, daß Sie ja gar nicht dran sind.«

Peo begann die absurde Geschichte zu erzählen, er sei ein Cousin von Hohendorffs und müsse ihn sofort wegen eines plötzlichen Todesfalls in der Familie sprechen, wobei er auch noch stark errötete. Er sah den beiden Studenten an, daß sie ihm lediglich aus Respekt vor seiner Soutane nicht ins Gesicht sagten, er sei ein Lügner, und ein plumper dazu. Peo klopfte noch einmal und öffnete die Tür.

»Gleich, wir sind gleich soweit. Moment noch«, hörte er von Hohendorff rufen.

»Es ist sehr dringend«, sagte Peo durch den Türspalt.

»Nur einen Augenblick!« rief von Hohendorff zurück.

Peo lehnte die Tür nur einen Spalt an. Nach wenigen Augenblicken hörte er, wie Stühle gerückt wurden. Ein hochgewachsener junger Priester kam ihm mit mürrischem Blick entgegen. Peo zog die Tür hinter sich zu.

Ein Arbeitszimmer wie das von Professor von Hohendorff hatte Peo während seines ganzen Theologiestudiums nicht gesehen. Hier waren die Bücherschränke und Pulte nicht wie bei den übrigen Doctores ausschließlich dazu da, eine Aura des Wissens um den Fachtheologen zu verbreiten. Die herumliegenden aufgeschlagenen Bücher, die weit geöffneten Schränke zeigten, daß von Hohendorff wirklich ein Mann war, der sein Fach liebte und es offensichtlich auch mit Begeisterung lehrte. Er saß in einem Sessel an einem weißen Schreibtisch, der viel zu klein wirkte. Das bleiche Gesicht, die schütteren blonden Haare tauchten hinter einem Berg von Büchern auf. Vor dem Tisch standen zwei Stühle.

Er blickte nicht auf, schien irgend etwas zu schreiben, sagte lediglich: »Herein.«

Peo ging an den offenen Metallschränken vorbei, stellte sich hinter einen der Stühle und wartete. Er sah, wie von Hohendorff irgend etwas auf eine dicke Mappe kritzelte, dann aufblickte, und hörte ihn sagen: »Das ist ja eine Überraschung«, wobei Peo an der Betonung des Wortes ›Überraschung‹ erkannte, wie ungelegen er kam.

Von Hohendorff forderte ihn weder durch eine Geste noch durch ein Wort auf, sich zu setzen, und so blieb Peo stehen und stützte sich mit den Armen auf den Stuhl.

Er sah, daß von Hohendorff sich jetzt gegen die Rückenlehne seines Sessels fallen ließ, als brauchte er dieses zweite, vertraute Rückgrat, um sich sicher zu fühlen.

»Ich freue mich, Sie hier zu sehen, aber Sie müssen verstehen ...«

»Sie meinen, Sie haben wenig Zeit.«

»Genau. Ich wußte nicht, daß Sie kommen würden. Sie hätten sich anmelden sollen. Sehen Sie, heute ist meine Sprechstunde. Ich kann meine Studenten nicht warten lassen«, sagte von Hohendorff.

»Schicken Sie sie weg!«

»Wie bitte?« fragte von Hohendorff.

»Wo ist Marion Meiering?«

Von Hohendorff legte den Stift aus der Hand und starrte ihn an. »Wie um Gottes willen kommen Sie auf die Idee, daß ich wüßte, wo sich Ihre Freundin befindet?«

»Sie wissen es. Entweder Sie sagen es mir, oder Sie werden sehr ernste Schwierigkeiten bekommen.«

Von Hohendorff lachte. »Ich weiß nicht, was in Sie gefahren ist, aber ich glaube, Sie gehen jetzt besser.«

»Sie haben Marion Meiering gesucht, damals, während der Lesung im Schloß. Ich schwöre, Sie haben sie später dann auch gefunden. Und ich will jetzt wissen, wo sie ist.«

»Das ist doch absurd.« Von Hohendorff sprach jetzt lauter. »Einen solchen Unsinn muß ich mir ja nun wirklich nicht länger anhören.«

»Doch«, sagte Peo laut. »Und ich rate Ihnen, mir sehr genau zuzuhören.«

Von Hohendorff starrte ihn stumm an.

»Sie haben gewollt, daß Marion da unten im Schloß eingesperrt wird. Sie haben sie da unten hingebracht, denn Sie waren es, mein lieber Herr Professor, der das Buch über sie geschrieben hat. Sie haben dafür gesorgt, daß der Propst und Alessandro glaubten, sie wäre der Zauberer.«

»Das ist doch lachhaft.«

»Sie haben alle Priester, die je etwas mit ihr zu tun hatten, um einen genauen Bericht gebeten. Sie sollten schreiben an ›Seine jungfräuliche, schön aufgewachsene Tochter‹, Piazza San Calisto Nummer drei.«

»Lächerlich«, sagte von Hohendorff. Er nahm seinen Füller und widmete sich demonstrativ seinen Notizen.

»Es war so eingefädelt, daß man keine Beziehung zu Ihnen entdecken konnte.«

»Und warum hätte ich das alles tun sollen?«

»Weil Sie erreichen wollten, daß Marion auf der Suche nach

ihrem Grab die Kapelle aufbricht. Mit meiner Hilfe. Deshalb brauchten Sie mich in Ariccia.«

»Sie müssen verrückt geworden sein«, sagte von Hohendorff. »Welchen Grund hätte ich für all das haben sollen?«

»Sie haben vermutet, daß die Petrusakten echt sein könnten, daß unter der Kapelle tatsächlich Simon begraben liegt. Sie wollten in Ihrem maßlosen Ehrgeiz beweisen, daß die Petrusakten ein Teil der Bibel sind. Und Sie haben es weit gebracht. Eine Kommission beschäftigt sich jetzt mit der Sache.«

Von Hohendorff lachte schallend. »Dann müßte ich der größte Idiot der Universität sein. Erst vermute ich, wie Sie sagen, daß da unten das Simonsgrab ist, daß die Petrusakten ein Teil der Bibel sind, und dann überlasse ich, trotz meines hemmungslosen Ehrgeizes, den ganzen Ruhm dem Propst Sante della Cave?«

»Sie sitzen doch sicher auch in der Kommission, die den Stein untersucht.«

»Nein, diese Ehre wurde mir nicht zuteil. Sie haben zuviel gearbeitet, ruhen Sie sich mal richtig aus. Aber nicht hier in meinem Büro.«

Peo schob den Stuhl zur Seite und stemmte beide Hände auf den Schreibtisch. Von Hohendorff richtete sich auf.

»Ich weiß nicht, warum Sie es gemacht haben. In Ordnung, ich weiß es wirklich nicht. Aber ich kann beweisen, daß Sie das alles eingefädelt haben.«

Er zog den Zettel mit der Ankündigung der Sprechzeitenänderung aus der Tasche und legte ihn auf den Tisch. »Das ist doch Ihre Schrift, nicht wahr?«

»Unerhört«, sagte Hohendorff und stand auf. »Hängen Sie das unverzüglich wieder auf, und gehen Sie jetzt endlich.«

Peo faßte in die Soutane, nahm zwei weitere Zettel heraus und legte sie auf den Tisch. »Sie können sie ruhig zerreißen, es sind nur Fotokopien.«

Von Hohendorff starrte auf den Tisch.

»Das ist der handschriftliche Wunsch nach guter Genesung

für den abgestürzten Drachenflieger, und das ist die Ankündigung, daß es diesen Drachenflug geben wird. Beide sollten in den Pfarrbrief aufgenommen werden, und da standen sie ja auch drin.«

Von Hohendorff nahm die Zettel in die Hand und betrachtete sie.

»Ich habe sie unten im Keller des Schlosses gefunden, in der Zelle, in die Marion eingesperrt war. Sie hat sie abgetippt. Als ich die Zettel in der Hand hielt, habe ich gedacht: Diese Handschrift hast du doch schon einmal gesehen, und das habe ich auch. Vor langer Zeit in einem Kloster in Umbrien, als mich vier Professoren baten, für eine kurze Unterredung in eine Kapelle zu kommen. Das ist nämlich Ihre Handschrift, Herr Professor von Hohendorff.«

Von Hohendorff sah ihn an. »Diese Geschichte, mein Lieber, glaubt Ihnen doch kein Mensch.«

Peo nickte. »Stimmt. Ich habe sie zunächst nämlich auch nicht geglaubt. Aber jetzt kann ich es beweisen. Ich gehe hier nicht eher raus, als bis Sie mir gesagt haben, wo Marion Meiering ist, mein lieber Professor von Hohendorff. Ich fürchte, Ihnen ist überhaupt nicht klar, in welcher Lage Sie sich befinden.«

Von Hohendorff schwieg.

»Ich glaube, daß Sie, Herr Professor, sie umgebracht haben, weil Sie auch skrupellos genug waren, den Drachen anzusägen, damit er abstürzte. Ich glaube niemals, daß es Zufall war, daß er genau im richtigen Moment abstürzte.«

»Er war nicht angesägt«, flüsterte von Hohendorff. Dann sagte er: »Einen Moment«, ging zur Tür und verschwand auf dem Flur. Peo hörte, wie er den beiden Studenten draußen auf dem Flur nahelegte zu gehen. Dann kam er zurück.

Von Hohendorff setzte sich an den Schreibtisch und sah zu, wie auch Peo Platz nahm. Er mied seinen Blick.

Nach einer Weile sagte er: »Der Drachen war so eingestellt, daß sie nur nach unten segeln konnte.«

»Immerhin hätte sie sich die Beine brechen können.«

»Das stimmt nicht«, flüsterte von Hohendorff. »Sie mußte nur sanft heruntergleiten, wie es ja auch geschehen ist.« Er schwieg einen Augenblick. Dann sagte er: »Es stimmt, wir haben sie da unten gefunden. Eingesperrt in dieser Zelle, am Ende des Ganges.«

»Ich habe es gewußt«, rief Peo.

»Aber wir haben nie geahnt, daß es soweit kommen könnte.«

»Unsinn«, rief Peo. »Sie haben sie dahin gejagt. Sie haben dafür gesorgt, daß der Propst Alessandro einredete, Marion sei Simon der Zauberer.«

»Lassen Sie mich ausreden. Sie haben unrecht. Wir haben nicht damit gerechnet. Als sie plötzlich verschwunden war, haben wir das ganze Schloß durchsucht und sie schließlich auch gefunden. Alessandro schlief. Er stand unter dem Einfluß starker Schmerzmittel.«

»Und dann haben Sie sie herausgeholt und ihr eins über den Kopf gezogen«, schrie Peo.

»Ganz und gar nicht«, sagte von Hohendorff. »Wir haben sie versorgt und in Sicherheit gebracht.«

Peo schlug mit der flachen Hand auf den Tisch. »Sie lügen. Wenn Sie sie befreit und laufengelassen hätten, dann wäre sie zur nächsten Polizeiwache gegangen und hätte Alessandro Chigi angezeigt. Sie wäre zurückgekommen, um ihre Sachen zu holen, sie hätte sich bei mir verabschiedet. Sie wäre niemals so einfach vom Erdboden verschluckt worden.«

»Nein«, sagte von Hohendorff leise, »es ist nicht so gewesen, wie Sie glauben. Es stimmt, wir haben die Sache am Anfang inszeniert.«

»Sie haben auch das Buch geschrieben.«

»Cunnings«, flüsterte er. »Es war Cunnings, der die Pastoren, die sie in ihrer Kindheit in Deutschland gekannt haben, dazu brachte, Berichte an uns zu liefern.«

»Die Sie zu einem Buch zusammengeschrieben haben.«

»Mit Cunnings und Li Kim«, sagte von Hohendorff. »Wir wollten einfach sehen, was passiert, wenn jemand in Ariccia anfängt zu suchen. Wir wußten, daß es möglich war, wie es in den Petrusakten steht, daß Simon der Zauberer da begraben wurde. Wir waren uns aber darüber im klaren, daß nie jemand eine wirkliche Spur in Ariccia gefunden hatte, daß es sehr schwierig sein mußte. Der alte Propst hatte ja alle verfügbaren Unterlagen vernichtet. Wir wußten zwar, daß da unten eine Kapelle war, aber wir wußten nicht, wie wir sie aufbrechen lassen konnten. Es gab ja dieses Gelöbnis. Es war wie ein Experiment.«

»Ein Experiment mit Menschen! Sie haben mich und Marion und den Propst als Versuchskaninchen mißbraucht!«

Hohendorff sah ihn an. »Wir wollten, daß der Propst mißtrauisch wird, daß er nach Simons Spuren sucht. Dazu mußte er einen Anstoß bekommen. Wir wollten, daß jemand kommt und sagt: ›Ich soll da unten begraben werden.‹ Wir wollten wissen, was dann passieren würde.«

»Und Sie mußten sich auf diese Weise auch nicht die Finger schmutzig machen.«

»Wenn Sie es so nennen wollen. Aber dann ist uns die Situation entglitten. Wir hätten nie gedacht, daß Frau Meiering tatsächlich die Kapelle aufbricht, daß Alessandro sie wirklich für den Zauberer hält. Wir hatten die Entwicklung nicht mehr in der Hand.«

»Sie wollen mir doch nicht weismachen, daß Sie nie vorhatten, Marion in diese Zelle sperren zu lassen.«

»Das hatten wir in der Tat nie vor.«

»Und dann ist es doch passiert, und Sie waren bei Frau Meiering in der Zelle und haben ihr eins über den Kopf gezogen, weil sie der einzige Zeuge Ihres Spielchens war«, sagte Peo.

»Das ist absoluter Unsinn«, sagte von Hohendorff. »Unser Plan hat sich verselbständigt. Es war, als hätte jemand anders die Fäden in die Hand genommen.«

»Ich glaube Ihnen gar nichts, bis ich mit Marion Meiering geredet habe.«

»Das geht leider nicht. Es liegt im Interesse von Frau Meiering. Das müssen Sie mir glauben.«

Peo stand auf und sagte: »Sie verlangen doch nicht wirklich, daß ich das glaube. Ich glaube vielmehr, es liegt in Ihrem Interesse, daß die Leiche der Frau, die Sie verscharrt haben, nicht gefunden wird und niemand Fragen stellt.«

Von Hohendorff stand auf. »Frau Meiering will Sie nicht sehen.«

»Das ist eine Lüge. Ich kann Frau Meiering nicht mehr sehen, weil sie nicht mehr lebt«, sagte Peo. »Aber wissen Sie, was ich machen werde? Ich werde diesen Zettel nehmen und ihn ein paar Leuten zeigen, die es sehr wundern wird, was für seltsame Botschaften Professor von Hohendorff in den Pfarrbrief von Ariccia setzen läßt.«

»Der Zettel sagt gar nichts aus. Das wissen Sie so gut wie ich«, entgegnete von Hohendorff.

Peo drehte sich um und ging zur Tür. Er nahm die Klinke in die Hand und sah von Hohendorff an. »Ich werde schon jemanden finden, den es interessiert. Es sei denn, Sie sagen mir jetzt die Wahrheit.«

»Geben Sie mir eine Woche Zeit«, bat von Hohendorff.

Peo ging hinaus und knallte die Tür hinter sich zu.

XL

Propst Sante della Cave blickte durch das Fenster hinunter in den Hof des heiligen Damasus. Die hell strahlende Sonne ließ das schwarze Pflaster glänzen. Zwei Soldaten der Schweizergarde salutierten, als die erste Limousine vorfuhr. Er erkannte Kardinal Foch, der nur mit einer schmalen Aktentasche in der Hand aus dem Auto stieg. Dann rollten die Wagen von Kardinal Sepho, Kardinal Franceschini und Kardinal Einfeld vor. Er sah, daß keiner von ihnen Gepäck dabeihatte, daß sie mit dem Flugzeug, dem Zug und dem Auto schon gestern angereist sein mußten.

Man hatte offenbar nicht die Mühe gescheut, sie im vatikanischen Agathenheim übernachten zu lassen. ›Sie haben gestern schon zusammengesessen und alles besprochen‹, dachte Propst della Cave.

Ein junger Priester kam auf ihn zu und flüsterte ihm ins Ohr: »Sie müssen noch einmal hinaus auf den Flur gehen. Sie wissen schon, die Kardinäle treten zuerst in das Zimmer, dann die Bischöfe.«

Der Propst nickte eifrig, ging durch den großen hellen Raum über den glattpolierten honigfarbenen Marmor und stellte sich an ein Fenster auf dem Flur. Bunte Fresken belebten den Korridor, ein nachdenklicher Adam blickte ihn von der Wand her an. Er hörte rechts von sich Türen aufspringen und viele Schritte näher kommen. Er sah hinunter in den mit fröhlichen Touristen bevölkerten Hof des »Pinienzapfens«, der zu den Vatikanischen Museen gehörte. Ein Gemeindepfarrer erklärte einer Schulklasse gerade eine ägyptische Sphinx, die im Hof stand.

›Dort unten bei einer Schulklasse wäre dein Platz gewesen‹,

dachte er. ›Aber jetzt ist es zu spät.‹ Er drehte sich nicht um, als die Männer hinter ihm in den Raum einzogen. Er wischte sich den Schweiß von der Stirn und versuchte, die schweißnassen Hände an der Soutane abzutrocknen.

Als auf dem Flur endlich alles still war, nur ein leises Murmeln einsetzte, drehte der Propst sich um. Der junge Priester stand in der Tür und behielt ihn im Auge. Der Propst ging auf ihn zu. Der Priester zupfte ihn am Ärmel und sagte leise: »Sie können noch nicht hinein, der Präfekt der Glaubenskongregation fehlt noch.«

Propst della Cave nickte und stellte sich wieder ans Fenster. Die Schulklasse hörte unten im Hof nicht besonders aufmerksam zu, als der Priester begann, die Leiden des heiligen Sebastian zu schildern. Dann vernahm er hinter seinem Rücken wieder Schritte. Er drehte sich langsam um. Im Gewand des Kardinals kam langsam, den Blick zu Boden gerichtet, der weißhaarige Präfekt der Vatikanischen Glaubenskongregation den Gang herunter. Er war an della Cave beinahe schon vorbeigegangen, als er ihn erkannte. Er nickte dem Propst zu und bedeutete ihm, er möge vor ihm hineingehen. Della Cave zögerte. Dann trat er durch die Tür.

Die Tische waren hufeisenförmig aufgestellt. Der vordere war für den Präfekten freigelassen worden. Sante della Cave ging zu dem letzten freien Platz am unteren Ende des Tisches beim Fenster.

Alle hatten Akten vor sich aufgestapelt und Notizblöcke bereitgelegt. Nur der Propst hatte vor sich auf dem Tisch nichts als eine Bibel liegen.

Der junge Priester schloß die Tür und setzte sich an einen schmalen Tisch neben dem Eingang. Der Präfekt stand auf und musterte die Runde. Er hatte eine sanfte Stimme. »Ich habe dieses Treffen angeordnet, weil es mir dringend notwendig erscheint. Die Kirche ist ein lebendiges Geschöpf Gottes, ein Geschöpf, das aus Menschen besteht. Und Menschen können fehlen. In Ariccia, in der Gemeinde von Propst Sante della

Cave, den ich bat, uns hier vorzutragen, ist ein Grabstein gefunden worden, der vielleicht das Grab von Simon dem Magier verschloß, den die Bibel als Simon aus Samaria bezeichnet. Darunter lag ein Mann, der einen dreifachen Beinbruch aufwies, wie ihn die Petrusakten beschreiben.«

Die Zuhörer murmelten leise Worte der Verwunderung.

»Nun ist es sicher leicht zu sagen, daß die Frage, die vor so langer Zeit entschieden wurde, ein für allemal als geklärt anzusehen ist. Schon im vierten Jahrhundert und dann endgültig vom Konzil in Trient wurde über den Umfang der Bibel entschieden. Es wäre also einfach zu urteilen, daß diese Frage nicht mehr zur Diskussion steht. Aber wir wollen nicht den einfachen Weg gehen.«

Er blickte die Kardinäle an, einen nach dem anderen.

»Wir wollen auch nicht die Glaubenswahrheit in Zweifel ziehen. Wir wollen nicht die Wünsche der Welt erfüllen, die von uns verlangt, daß wir die Abtreibung und Tötung erlauben. Wir halten an den ewigen Worten und Werten fest, und wenn die Welt eine andere Moral haben will, weil die unsere ihr als zu streng erscheint, dann muß sie sich falscher Propheten bedienen.«

Ein leises Murmeln schien Zustimmung anzudeuten.

»Wir wollen daher prüfen, ob den Petrusakten in Teilen oder in ihrem vollen Umfang das Recht zugestanden werden darf, als Gottes Wort angesehen zu werden.«

Er setzte sich. Dann forderte er Sante della Cave auf: »Ich bitte Sie um ein paar kurze Worte.«

Der Propst erhob sich, versuchte die Bibel an der richtigen Stelle aufzuschlagen, verblätterte sich, fand endlich die Stelle und sah die Kirchenmänner in der Runde an.

Dann las er laut vor: »Erster Korintherbrief, Kapitel sieben, Vers 25 der Heiligen Schrift: *Was die Frage der Ehelosigkeit angeht, so habe ich kein Gebot vom Herrn.«*

Er schwieg einen Augenblick und sah in die fragenden Augen der Kardinäle, dann sagte er: »Das ist ein Wort Gottes.

Daß die Petrusakten stets abgelehnt wurden, weil Petrus in diesen Schriften verheiratet ist und eine Tochter hat, ist nur falsch verstandene Schamhaftigkeit. Es gibt, wie wir alle wissen, in der Bibel keine Stelle, die die Priester zur Ehelosigkeit verpflichtet.«

Ein Raunen setzte ein, ein Tuscheln und Rascheln. Der Präfekt sah in die Runde und wollte mit seinem verärgerten Blick allein wieder für Ruhe sorgen, doch das Flüstern ließ nicht nach.

»Sie wollen doch damit nicht etwa sagen, daß die Anerkennung der Petrusakten als Gottes Wort uns zwingen wird, die Ehelosigkeit der Priester abzuschaffen?« fragte plötzlich Kardinal Foch.

»Doch«, sagte der Propst. »Genau das meine ich.«

Zwischenrufe wurden jetzt laut.

»Ich bitte um Ruhe«, sagte der Präfekt leise. »Lassen Sie den Propst della Cave ausreden.«

Der Propst schlug die Bibel zu. »Ich bin mit großer Freude hierhergekommen, weil ich Zeugnis ablegen will über das, was sich in meiner Gemeinde zugetragen hat. Ich glaube, die Gnade erfahren zu haben, jenes Wort Gottes zu hören, das sich mir als das Wort der Petrusakten offenbarte. Ich unterwerfe mich dem Urteil der Kirche und im besonderen der Glaubenskongregation. Ich verlange nichts für mich und bin bereit, sollte die Kirche der Meinung sein, daß ich blind einer Täuschung erlag, alle Konsequenzen zu ziehen.«

Er setzte sich. Er glaubte, leise Zustimmung zu hören. Dann sagte der Präfekt: »Beginnen wir mit der Arbeit.«

XLI

Ich bin es, Simon aus Samaria, den man Simon den Magier nennt, der jetzt spricht. Ich bin die Kraft, die man die Große nennt. Meine Macht schrieb meinen Namen sogar in die Heilige Schrift der Bibel ein, so daß ich auf immer unsterblich bin und alle Völker mich kennen.

Du fragst mich nach einer Frau, nach dieser Marion Meiering, und nach Jacobus de Voragine, Erzbischof von Genua, und ich will dir Antwort geben, also höre:

Ihre Eitelkeit und die Fertigkeit der Ordensbrüder, die ihr Leben aufschrieben, ließen beiden keinen Ausweg. Sie lasen immer wieder die Worte über sich selbst, spürten die Fährten ihres eigenen Lebens nach. Sie waren nicht mehr die atmenden, lebendigen Menschen, sondern gelesene, beschriebene, erzählte, die in der biographischen Geschichte des Buches lebten, und schon da hatten sie keine Möglichkeit mehr, mir zu entkommen.

Denn ich mußte ihre Geschichte nur noch mit meiner Geschichte verschränken, so daß sie angesteckt wurden; wie Phosphor sich am Feuerstein entzündet, so schritten sie durch eine Pforte, verließen ihre Geschichte und gingen in meine über.

Als die anderen, wie durch einen Zauber verwirrt, sie nicht mehr zu erkennen schienen und in ihnen mich, den Zauberer, zu entdecken meinten, als ihnen meine Geschichte begegnete, da verließen sie den Weg, den das Schicksal für sie ausersehen hatte. Der Bischof kümmerte sich nicht mehr um die Gemeinde, die Frau verließ alles. Beide wollten nichts mehr über ihr, sondern nur noch alles über mein Schicksal und meine Geschichte erfahren, die Geschichte von Simon dem Zauberer aus Samaria.

So also …

Es klopfte. Marion nahm ein paar Löschblätter und versteckte das Blatt Papier darunter. »Herein«, sagte sie. Als die Tür aufgezogen wurde, blies ein Windhauch zwei der fünf Kerzen aus, die sie auf den Tisch gestellt hatte.

»Sie haben es aber dunkel hier«, sagte die kleine Nonne. »Warum haben Sie denn die Fenster verschlossen?«

»Das Licht stach so hell in den Raum.«

»Sie haben Besuch.«

Marion erkannte Meinhard von Hohendorff in der Tür.

»Kommen Sie herein, setzen Sie sich«, sagte Marion. Sie zündete die Kerzen wieder an.

Von Hohendorff schloß die Tür hinter sich.

»Ich wollte Sie nicht stören. Ich sehe, Sie arbeiten.«

»Nein«, sagte Marion, »Sie stören nicht.« Sie nahm das Blatt mit dem Löschpapier vom Tisch und legte es auf einen Stuhl neben sich. Von Hohendorff sah bewundernd die Reihe der Bücherschränke entlang. Sie saßen an dem großen Holztisch, der mit drei Stühlen die einzige Möblierung der hohen, weiß gekalkten Bibliothek bildete.

»Wir haben Ärger«, sagte er. »Das heißt, wir werden Ärger bekommen.«

»Wieso?« fragte Marion.

»Vikar Vincenzo Peo war bei mir. Wir haben leider einen Fehler gemacht. Er hat eine Spur gefunden, die zu uns führt.«

»Welche?«

»Die Zettel mit den Ankündigungen, die im Pfarrbrief erscheinen sollten.«

»Das ist aber ärgerlich für Sie.«

»Ich möchte Sie um Ihre Hilfe bitten.«

»Was soll ich tun?«

»Er will Sie unbedingt sehen. Wir sollten ihm den Wunsch erfüllen, damit Sie ihm den Kopf etwas geraderücken können. Wir haben doch, so hoffe ich, für Sie eine befriedigende Lösung gefunden, so daß ich es wagen darf, diese kleine Bitte vorzubringen?«

»Schicken Sie ihn zu mir.«

»Danke«, sagte von Hohendorff. Er stand auf und ging hinaus.

Sie wartete, bis sich seine Schritte entfernt hatten, dann zog sie das Blatt noch einmal hervor. Sie unterstrich mit dem Stift *»Ich bin es, Simon aus Samaria«*.

XLII

Seitdem der Propst abgereist war, mußte Peo mehr arbeiten, hätte seine Aufgaben aber ohne Schwierigkeiten bewältigen können. Daß dennoch Tag für Tag mehr liegenblieb, unter anderem die Post, war seiner seltsamen Mattheit zuzuschreiben, einer Dauererschöpfung, die ihn abends früh ins Bett trieb, obwohl er morgens relativ spät aufstand. Seit er allein in der Gemeinde war, hatten sich seine Pläne, mehr Meßdiener zu gewinnen, eine Laienspielgruppe aufzubauen und Pflegedienste für die Alten zu organisieren, mit zahllosen Versprechungen und unfertigen Projekten gepaart, so daß Peo das Gefühl hatte, ständig auf der Stelle zu treten. Dabei versuchte er jeden Tag durch die Rücknahme von Zusagen, durch Berichtigungen und Absagen das schier unüberschaubare Gewirr an Verpflichtungen zu entflechten, in das er sich verstrickt hatte.

Er hatte eigentlich keine Stunde länger bleiben wollen als der Propst, und der Generalvikar hatte seiner Versetzung grundsätzlich auch schon zugestimmt. Aber dann war Peo doch in San Nicola geblieben, ohne zu wissen, warum.

Nach der Abendmesse war er zur Bar von Simonetta Fracassi hinaufgegangen, hatte sich an den zahllosen vollbesetzten Tischen vorbeigedrängt und sich von Simonetta ein großes Glas Eistee einschenken lassen. Peo dosierte seine Barbesuche sehr genau, weil er wußte, daß die älteren Damen es verdächtig finden würden, wenn er zu Simonettas Stammkunden zählte.

An diesem Abend schickte Simonetta Fracassi ihre Nachbarin aus dem Sanitärgeschäft von nebenan, die an der Theke gestanden hatte, mit einem strengen Blick weg. Peo vermutete, daß dafür das zu Recht stadtbekannte Dekolleté ausschlaggebend war, das den Augen des Priesters nicht zugemutet werden sollte. Simonetta schenkte Vikar Peo Eistee nach und blieb bei ihm stehen, obwohl Hochbetrieb herrschte.

»Haben Sie es schon gehört?« fragte sie schließlich.

»Was?«

»Daß sie im Park des Palastes nach der Leiche von Marion Meiering suchen«, sagte Simonetta.

»Wie bitte?«

»Im Park hebt ein Bagger mehrere Erdlöcher aus. In der Zeitung steht zwar, daß dort neue Rohre verlegt werden, aber viele behaupten, daß die Polizei die Leiche sucht.«

Peo versuchte, ruhig zu bleiben. »Ach, Simonetta«, sagte er so salbungsvoll wie möglich. »Was die Leute nicht alles so reden.«

»Ich glaube es eigentlich auch nicht, denn Alessandro Chigi ist immerhin in Freiheit. Er soll ja sogar zur Kur gehen. Wenn die Polizei ihn im Verdacht hätte, dann würde sie ihn doch mit Sicherheit festnehmen.«

Peo trank von dem Eistee und war sich bewußt, daß Simonetta ihn abschätzend musterte. Sie erwartete von ihm als Augenzeugen eine Stellungnahme, ein paar Sätze, irgend etwas, was die Geschichte abrunden könnte, sie erzählenswerter machen würde. Was immer er jetzt auch sagte, es würde als authentisches Zitat des Vikars dafür benutzt werden, das Interesse der nächsten Zuhörer zu steigern. Er sah Simonetta an, daß sie es als unfair empfinden würde, wenn er jetzt schwieg. Also entschloß sich Peo zu einer schlichten Darstellung der Tatsachen:

»Ich war bei Alessandro, als es unter dem Schloß zur Explosion kam. Er kann niemanden, der da unten eingesperrt war, im Park begraben haben. Das ist Unsinn.«

»Na ja«, sagte Simonetta Fracassi, »vielleicht wird die Polizei Sie ja verhören wollen.«

Peo trank den Tee aus und genoß es, angesprochen zu

werden und endlich in ein paar Dutzend Gesprächen zu erfahren, was in seiner Gemeinde wirklich passierte, wer die Arbeit verloren hatte und wem die Frau weggelaufen war. Auf dem Weg nach Hause beschloß er, den Stapel Post durchzusehen.

Es war kein Brief von der Polizei dabei. Ein Umschlag fiel ihm aber sofort auf. Er war aus diesem dicken Papier, das für Einladungen zu besonders festlichen Anlässen wie Taufen oder Hochzeiten benutzt wurde. Er riß ihn auf.

Es war eine sorgfältig getippte Einladung zu einer Diskussion über die Bedeutung der Petrusakten für das Neue Testament. Die Veranstaltung würde in einem Kloster nahe Genua stattfinden. Der Text war mit dem Zusatz versehen, daß es das letzte Treffen dieser Art sein würde und mit Peos Erscheinen fest gerechnet werde. Gezeichnet war der Brief mit den Namen von Hohendorff, Cunnings, Li Kim und Jerez.

XLIII

Obwohl er sich mindestens zweimal verzählt hatte, war sich Vincenzo Peo sicher, daß er von der Bushaltestelle aus etwa 400 Stufen den Hügel hinaufgestiegen war. Er sah unten auf dem Meer zwei Tanker, die vor dem Hafen ankerten. Vor ihm lag eine schmale Straße, und von weitem konnte man nichts weiter sehen als den steil ins Meer abfallenden weißen Felsen, der zunächst spärlich, dann immer dichter mit Büschen bewachsen war, die sich weiter hinten in schwarze Punkte auflösten.

Erst als er näher kam, seine Augen sich an den scharfen Meereswind gewöhnt hatten und nicht mehr tränten, sah er, daß die schwarzen Punkte Fenster waren. Das Kloster wuchs aus dem weißen Felsen heraus.

Obwohl Winter war, konnte man nicht umhin, sich einen tollkühnen Springer vorzustellen, der auf einer der Fensterbänke balancierte und dann zum Sprung ansetzte, dazu ein langgezogenes Ahhhh ausstieß, den Hügel hinabsegelte, über die unten liegenden Vorstadtvillen der wohlhabenden Genuesen hinweg, um dann ins Wasser zu klatschen. Der Eingang des Klosters lag hinter einer schmalen Brücke. Es war unmöglich, dort einzudringen, wenn man an der Pforte abgewiesen wurde.

Er klingelte und wunderte sich über die junge Ursulinennonne, die auf ihn gewartet zu haben schien und ihm, statt ihn wegzuschicken, womit er fest gerechnet hatte, freundlich die Hand gab und in den Vorraum einließ.

»Ich habe eine Einladung von Professor von Hohendor…«

»Ja, ja, ich weiß«, flötete die Nonne. »Sie besuchen aber zuerst einmal Frau Meiering. Das freut mich. Sie bekommt ja so selten Besuch. Wir haben uns schon Sorgen gemacht. Sie wird sich sicher sehr freuen«, plapperte sie weiter.

Sie gingen durch die hellen, hohen Flure, wo überlebensgroße Madonnenstatuen gnädig auf den reichlichen Blumenschmuck schauten, der aus den Vasen vor ihnen quoll.

»Sie ist in der Bibliothek. Wir essen in einer halben Stunde. Selbstverständlich können Sie auch mit uns essen«, sagte die Nonne, die sich als Schwester Theodora vorgestellt hatte. Sie mochte etwa dreißig Jahre alt sein, schätzte Peo. Sie stiegen jetzt eine Treppe hinauf, die Schwester klopfte an eine große braune Holztür.

»Gehen Sie ruhig hinein, und grüßen Sie bitte Professor von Hohendorff von uns. Er ist ein so herzensguter Mensch, aber sagen Sie ihm ruhig, er soll nicht immer so viele Geschenke mitbringen. Er verwöhnt uns zu sehr.«

Sie ließ ihn eintreten und schloß hinter ihm die Tür. Er befand sich in einem hohen, weiß gestrichenen Raum voller schwerer hölzerner Bücherschränke. Ein Tisch stand in der Mitte. Er sah zunächst nur einen Stapel Bücher, dann erkannte er dahinter ihr Gesicht. Sie blickte auf, ihre Haare schienen ihm dunkler und das Gesicht viel blasser als früher.

»Vincenzo«, sagte sie und stand auf. Sie trug einen schwarzen Pullover und einen dunklen Rock.

Er lief auf sie zu, schloß sie in die Arme, fühlte ihr Herz gegen seine Brust schlagen – und spürte, wie sie sich vorsichtig losmachte, als seine Wange ihr Gesicht berührte. Er ergriff ihre Hände. »Mein Gott, bin ich froh, dich gefunden zu haben«, sagte er. Er nahm sie noch einmal in den Arm. »Und dem Herrn sei Dank, du lebst.« Sie wich behutsam zurück. »Mein Gott, laß dich ansehen, bist du gesund?«

»Ja«, sagte sie. »Es geht mir gut, setz dich doch.«

»Ich kann mich doch jetzt nicht setzen, gib mir deine Hand.« Er strich ihr übers Haar. Dann sah er sie besorgt an. »Können wir hier reden?« flüsterte er.

»Ja, klar«, sagte sie. »Wieso nicht?« Sie setzte sich neben ihren Bücherstapel und klappte einen dicken Band zu.

Er setzte sich zu ihr und nahm ihre Hand. »Mein Gott, ich

habe mir gleich gedacht, daß sie dich in so ein Kloster sperren würden, in exakt so eins. Aber mach dir keine Sorgen, sie haben jetzt Angst vor uns. Ich habe in zwei Tagen eine Unterredung mit einem einflußreichen Kardinal, und ich bin so froh, daß ich dich noch vorher gefunden habe. Von Hohendorff mußte ich zwingen, mir zu sagen, wo du bist. Ich habe Beweise.«

Sie ließ seine Hände los. »Aber ich bin gar nicht eingesperrt. Ich kann kommen und gehen, wann ich will. Im Gegenteil, alle sind hier sehr nett zu mir.«

»Du wirst sehen, wenn wir an die Pforte kommen, lassen sie dich nicht hinaus. Aber ich finde schon einen Weg.«

»Vincenzo, ich habe darum gebeten, daß ich hierherkommen darf, niemand hat mich hergeschickt. Außerdem bin ich von Hohendorff dankbar. Schließlich hat er mich da unten rausgeholt.«

»Dankbar?« rief Peo und sprang auf. »Mein Gott, ich Trottel, verzeih mir, du weißt ja wahrscheinlich gar nicht, wie es gelaufen ist. Was muß von Hohendorff dir für einen Unsinn erzählt haben.«

Er faßte sie behutsam am Arm. »Marion«, sagte er beschwörend. Dann überschlugen sich seine Worte: »Es war von Hohendorff, der das Buch hat schreiben lassen. Er hat ein Dutzend Theologen, die dich kannten, die dich getauft und gefirmt haben, bei denen du im Religionsunterricht warst, deinen Beichtvater, Priester, die deine Freundinnen kannten, lauter Leute, die etwas über dich sagen konnten, wahrscheinlich sogar deine Mutter, sie alle hat er gebeten, für ihn Informationen über dich zu besorgen. Nach dieser Vorlage hat er das Buch geschrieben.«

»Ich weiß«, sagte sie.

»Was?« rief er. »Du weißt das?«

»Ja«, sagte sie, »ich habe ein paar Tage Tür an Tür mit von Hohendorff gewohnt. Er hat mir alles erzählt.«

»Wo?«

»Nachdem sie mich da unten rausgeholt hatten, brachten sie mich in ein Kloster bei Ariccia. Von Hohendorff saß immer vor meinem Krankenzimmer. Sie holten einen Arzt. Am Anfang ging es mir ziemlich schlecht, ich muß irgendeine Infektion gehabt haben. Von Hohendorff hat sich bei mir entschuldigt. Er hat mir alles erzählt.«

»Was denn?« rief Peo. »Was hat er dir erzählt? Marion, du ahnst ja nicht, wie sie dich und mich mißbraucht haben. Sie haben den Propst mißbraucht, Alessandro, sie haben ein Experiment mit uns gemacht. Weißt du, daß es von Hohendorff war, der den Drachen manipulierte, so daß er abstürzte?«

»Ich weiß. Aber mir ist ja nichts passiert.«

»Ich verstehe nicht, daß du so ruhig bleiben kannst. Mein Gott, sie haben uns benutzt wie Ratten für einen Tierversuch. Sie wollten ein Experiment machen.«

»Hat von Hohendorff dir das erzählt?«

»Ja.«

Marion lachte. »Sie hätten dir reinen Wein einschenken sollen, das ist nicht fair.«

Er starrte sie an.

»Hast du dich nie gefragt, was diese vier Professoren verbindet?« fragte sie.

»Sicher. Aber ich weiß es nicht.«

»Sie glauben, du wärst längst drauf gekommen. An der Uni kursiert eine Liste.«

»Was für eine Liste?«

»Da stehen nur acht Namen drauf. Von Hohendorff und Elisabeth von Neurath, Joseph Cunnings und Jacky Bleak, Li Kim und Mary Su, de Jerez und Maria Santos. Sie haben sie mir gezeigt.«

»Was soll das heißen?«

»Sie haben alle eine Freundin, eine Lebensgefährtin, sie haben sich irgendwann hingesetzt und überlegt, wie man den Zölibat untergraben könnte. Von Hohendorff kannte die Petrusakten. Was meinst du, weshalb ich mich hier verstecken muß?«

»Du versteckst dich hier?«

»Natürlich. Es ist doch ganz einfach: Keiner von den vier Professoren hätte es sich leisten können, sich im Vatikan hinzustellen und über die Abschaffung des Zölibats zu diskutieren, weil viel zu viele Kardinäle wissen, daß sie Frauen haben. Sie mußten jeden Tag mit einem ernsten Disziplinarverfahren rechnen. Sie brauchten einen unbescholtenen Priester, den sie vorschieben konnten.«

»Wie bitte?« rief Peo.

»Denk doch mal nach. Die vier haben sich von Anfang an gedacht: Wenn wir in Ariccia nach Spuren von Simon suchen lassen, und wir würden fündig, könnten wir die Ergebnisse unserer Forschung nicht benutzen. Denn wenn wir den Zölibat in Frage stellen, dann glauben alle, wir handelten aus reinem Eigennutz. Die mußten einen alten Priester mit einem astreinen Lebenslauf dazu bringen, daß er sich für die Echtheit der Petrusakten einsetzt und den Zölibat zu Fall bringt.«

»Propst Sante della Cave.«

»Genau. Sie mußten ihn so weit bringen, daß er an die Echtheit der Petrusakten glaubt. Ich habe mit von Hohendorff und Cunnings oft darüber geredet. Du hättest auch darauf kommen können, wegen der Adresse, die sie benutzten.«

»An seine jungfräuliche, schön aufgewachsene Tochter?«

»Die Tochter von Petrus. Wenn der Vatikan anerkennen muß, daß Petrus eine Tochter hatte, dann ist der Zölibat reif für das Archiv der Kirchengeschichte.«

»Und warum mußt du dich jetzt verstecken?«

»Damit della Cave im Glauben bleiben kann, ich wäre unbeschadet durch das Flammenmeer gegangen.«

»Ja, aber das ist ein fürchterlicher Betrug.«

»Nein«, sagte sie. »Es ist nur etwas passiert, womit sie nicht gerechnet haben. Sie hatten das Spiel nie wirklich unter Kontrolle. Die Hauptrolle spielte ein anderer: Simon der Zauberer. Aber das ist eine lange Geschichte.«

»Was? Was redest du da?« Er stand auf.

Sie griff in ihre Rocktasche und holte eine Schachtel Zigaretten heraus. »Es ist verboten, hier zu rauchen, wir müssen nachher die Fenster öffnen.«

Sie zündete sich eine Zigarette an. »Setz dich doch«, sagte sie. »Es stimmt nicht wirklich, daß Cunnings das Buch mit von Hohendorff geschrieben hat.«

»Natürlich stimmt das«, sagte Peo.

»Nur zu einem Teil.« Sie stand auf und sah dem Rauch hinterher. Dann sagte sie nachdrücklich, als habe sie die Worte schon seit langem sagen wollen: »Es war nicht so, wie du denkst. Aber ich verstehe dich. Ich habe am Anfang auch gedacht, daß diese Geschichte, die ich gelesen habe, meine Geschichte, mich so furchtbar erschreckte, weil ich mir nicht erklären konnte, wer sie geschrieben hatte. Dabei hatte ich sie selbst erfunden.«

»Wie?« fragte Peo. »Du?«

»Erfunden in dem Sinne, daß es mein Leben war. Ich habe tatsächlich so gelebt. Was mich wirklich erschreckt hat, war nicht das, was mich noch erwartete, der baldige Tod. Was mich erschreckt hat, aber das verstand ich erst viel später, war das, was schon geschehen war. Mein bisheriges Leben, vor meinen Augen aufgereiht wie an einer Perlenschnur, war ein leeres und erbärmliches, ein ereignisloses und unsinniges Leben. Das hat mich so entsetzt. Verstehst du das?«

Er schwieg.

»Der Einbruch in die Kapelle, alles, was dann kam, es konnte nur geschehen, weil ich wollte, daß mein Leben, diese kümmerliche Aneinanderreihung von Belanglosigkeiten, nicht so weiterging: nach Deutschland zurückkehren, Architektin werden und sterben. Ich las meine Zukunft sozusagen schon mit. Ich las, was da gar nicht stand. Verstehst du das?«

»Und dann?«

Sie blies den Rauch aus und sah ihn an.

»Was dann?« fragte Peo.

»Weißt du, was ich mich in all dieser Zeit gefragt habe?«

»Ich weiß nicht, was du meinst.«

»Ich habe mich gefragt, ob eine Geschichte sich eines Menschen bemächtigen kann.«

»Wie bitte?«

»Das war das, was um mich herum geschehen ist. Der durch und durch bodenständige Propst wurde ein undurchschaubarer Mystiker, Alessandro verwandelte sich in ein Monstrum, und nicht, weil irgend etwas passiert, weil Gift oder Mord oder sonst irgend etwas im Spiel war. Das, was alles auslöste, war die einfache Geschichte von einem Mann, der fliegen konnte und abstürzte. Das ergriff uns alle. Und ich war plötzlich ein Teil davon.«

»Aber das ist doch Unsinn.«

»Das habe ich auch lange gedacht. Ich habe das ja auch nicht verstanden. Aber du hättest es verstehen müssen. Was ist denn die Bibel, was ist sie denn anderes als die Geschichte von Gott, der seinen Sohn in die Welt schickt, um ihn kreuzigen zu lassen. Es ist eine Geschichte, man mag Glaubenswahrheit dazu sagen, Offenbarung, was auch immer, aber zunächst einmal ist es eine Geschichte, und sie hat sich der Menschen bemächtigt. Bis in den letzten Winkel der Erde hinein. Selbst in Gegenden, wo man nicht einmal ahnt, wo Jerusalem liegen könnte, läßt man sich in der Stunde des Todes eine Bibel in die Hand geben, in der diese Geschichte steht.«

»Aber Marion, die Simonsgeschichte ist doch nur eine Legende, etwas für einen erbaulichen Abend am Kamin, weiter nichts.«

»Das ist nicht wahr, und deswegen werde ich nichts gegen von Hohendorff und Cunnings unternehmen.«

»Marion, das kannst du nicht machen.«

»Die Simonsgeschichte ist im zweiten Jahrhundert für unglaubwürdig gehalten worden. Keiner schrieb sie mehr auf, keiner erzählte sie mehr weiter. Während die römischen Kaiser die Geschichte des Evangeliums im ganzen Reich verbreiteten, während schon im vierten, fünften Jahrhundert in vielen Teilen Europas die Evangelien bekannt waren, kannte niemand mehr die Geschichte von Simon. Sie hatte nicht die Spur einer Chance zu überleben.«

Sie zündete sich eine zweite Zigarette an. »Ich werde nichts gegen sie unternehmen, aus einem ganz einfachen Grund: Ich habe etwas gelernt. Ich habe gelernt, daß eine Geschichte sich nicht zwischen zwei Buchdeckel einsperren läßt. Sie wehrt sich dagegen. Sie mag, erzählt in Form eines Bildes, wie in unserer Kapelle, jahrhundertelang ruhen, so daß sie keiner mehr versteht, aber dann kann sie mächtig werden, alles an sich reißen. Ich habe mich tagelang da unten im Schloß, in diesem Loch gefragt, was um Gottes willen eigentlich in Alessandro gefahren sein mochte. Er war nicht plötzlich verrückt geworden. Er glaubte diese Geschichte. Ich weiß jetzt, daß der Geist einer Geschichte sich eines Menschen bemächtigen kann, und ich weiß auch, warum.«

»Auf so eine Frage gibt es keine Antwort«, sagte Peo.

»Doch. Sie ist ganz einfach: Die Geschichte will weitererzählt werden. Sie will nicht vergessen werden. Deswegen bin ich benutzt worden, wie du und der Propst und Alessandro, aber nicht von den vier Professoren. Von Simon dem Zauberer.«

Er sah sie nachdenklich an.

»Weißt du denn immer noch nicht, weshalb ich hier bin? Das hier ist das Kloster von Varazze oder Voragine. Jacobus de Voragine hat hier gelebt.«

»Der Mann, der die Legenda Aurea schrieb?«

»Ja«, sagte sie. »Er starb vor siebenhundert Jahren hier, und er hat auch hier gelebt. De Voragine heißt ›aus Varazze‹, dem Ort, den du vom Fenster aus sehen kannst. Als er die Simonslegende entdeckte, kannte sie kein Mensch mehr. Ich will alles über diesen Mann wissen, weil ich glaube, daß ihm das gleiche passiert sein könnte wie mir. Von Hohendorff glaubt das ebenfalls. Vielleicht hat auch er sein Leben vor Augen geführt bekommen. Das will ich herausfinden. Ich werde ein Buch über ihn schreiben, ich arbeite gerade am Vorwort. Danach werde ich eine normale Architektin sein. Ich glaube, es ist möglich, daß Simon sich Jacobus und mich aussuchte, damit seine Geschichte weitererzählt würde. Wenn Cunnings eine solche Geschichte heilig nennt, dann bin ich damit einverstanden.«

Epilog

Kater Leo lag auf der Mauer in der Sonne und leckte sich die Wunde am Bauch. Er konnte mit einem Auge Marion beim Rosenschneiden zusehen und mit dem anderen die Bewegungen ihres gefleckten kleinen Hundes überwachen. Leo lebte in ständiger Rekonvaleszenz. Im Gegensatz zu den anderen drei Katzen, die Marion ebenfalls abgemagert und krank zugelaufen waren und sich in prächtige Tiere verwandelt hatten, war Leo nahezu ununterbrochen verletzt. Er hatte das Pech, in jede Falle zu tappen, die einem Kater auf dem Lande drohte. Leo hatte sich schon alle vier Pfoten gebrochen, sich in einer Fuchsfalle den Bauch aufgeschlitzt, einen Teil seines Schwanzes in einer Rattenfalle verloren, er war von einem Auto angefahren worden, hatte sich von einem Schäferhund erwischen und sich von einem Rivalen das linke Ohr kappen lassen.

Marion hatte eine überzeugende Theorie entwickelt, warum der Kater trotz allem noch am Leben war: Er besaß ein kaum vorstellbares Repertoire an herzzerreißenden Miautönen. Wenn Leo miaute, dann schossen dem abgebrühtesten Katzenhasser die Tränen in die Augen. Er konnte selbst dem hartherzigsten Menschen auf der Stelle zu verstehen geben, daß er der ärmste Kater dieser Welt sei. Das tat er mit einer solchen Ausdrucksstärke, einer solchen Fülle von Gesichtsausdrücken und Variationen des Grund-Miaus, das jede Katze beherrscht, daß kein Bauer es fertigbrachte, den Kater, wenn er wieder geschunden in einer Falle saß, als mutmaßlichen Taubendieb zu erschlagen, sondern ihn auf freien Fuß setzte.

Als es an der Tür des gelbgestrichenen Landhauses am Stadtrand von Tuscania klingelte, spitzte der Kater nur die Ohren und beobachtete aufmerksam, wie der Hund an ihm vorbei zum Gartentor lief, ließ sich von Marion mit einem gemurmelten »Ach-armer-Leo« über den Kopf streicheln und sah ihr nach, wie sie zum Tor ging. Davor stand ein Dorfpolizist, der in seiner blauweißen Uniform mit dem imposanten Helm und dem weißen Vollbart wie ein Opernheld aussah.

Bürgermeister Regino setzte ihn mit Vorliebe ein, wenn es darum ging, Eindruck zu schinden, und Marion Meiering wunderte sich deshalb auch nicht darüber, daß der Beamte sie lediglich bat, rasch ins Rathaus zu kommen.

Marion ging ins Haus, wusch sich die Hände, zog den Lippenstift nach, stellte sich vor den Spiegel und entschied sich, beim Countryside-Outfit zu bleiben. Sie zog ihre grüne englische Wachstuchjacke über Jeans und Pullover und wählte dazu ein passendes Halstuch. Sie schämte sich heute noch, wenn sie daran dachte, wie sie damals in Rom aus modischen Gründen mit der gleichen Jacke, die, wie sie jetzt wußte, dazu gemacht war, tagelang Wind und Regen zu trotzen, ins Restaurant gegangen war. Sie mußte jetzt immer lachen, wenn sie Römer sah, die nach Tuscania kamen und sich für den Sonntagsspaziergang durch die kleine Altstadt spiegelblank geputzte Wanderstiefel anzogen. Es waren genau die Stiefel, von denen Marion wußte, daß man sie ausgezeichnet brauchen konnte, wenn der Fluß über die Ufer getreten war und man im Schlamm die Zäune der Koppel reparieren mußte.

Marion tröstete den Hund, der empört blickte, als er begriff, daß er nicht mitdurfte, und ging die wenigen Schritte zum Rathaus hinauf. Bürgermeister Regino bat sie immer dann zu kommen, wenn es im weitesten Sinne um Deutschland ging, wenn eine deutsche Reisegruppe erwartet wurde oder im Kino ein deutscher Film laufen sollte, von dem er wissen wollte, ob er eine Kindern nicht zumutbare Szene enthielt.

Sie lief die Flügeltreppe hinauf und betrat das Rathaus, wo der Bürgermeister schon auf sie wartete. Sie sah seinen geröteten Wangen an, daß heute ein besonderer Tag war. Er nahm sie überschwenglich in den Arm, erklärte ihr mehrfach, wie froh er sei, daß sie so rasch gekommen war, und schob sie dann in sein Büro, in dem neben der obligatorischen Italienfahne das obligatorische Foto des lächelnden Staatspräsidenten hing. Darunter saß ein schmaler, sehr blasser junger Priester. Mit einem fadenscheinigen »Ich-bin-sofort-wieder-da« verschwand Regino. Er zog die Tür hinter sich zu. Als der Priester aufstand und mit einer höflichen Verbeugung auf sie zukam, wußte sie, daß etwas nicht stimmte.

»Ich bitte um Verzeihung wegen der umständlichen Art, Sie hierherzubitten. Ich freue mich, daß Sie gekommen sind.«

Marion gab dem Priester die Hand.

»Nebenan in der Bibliothek warten zwei Persönlichkeiten der Kirche, die gern mit Ihnen sprechen würden.«

»Ach ja«, sagte Marion. »Dann wollen wir sie nicht warten lassen.«

»Darf ich das als Einverständnis dafür deuten, daß Sie bereit sind, sich mit ihnen zu unterhalten?«

»Sicher«, sagte sie, »warum denn nicht?«

Sie sah seinem Gesicht an, weshalb sie ihn vorgeschickt hatten. Er sollte ihr auf den Zahn fühlen.

»Wenn Sie nicht einverstanden sind mit dem Gespräch, wäre es besser, Sie sagten es mir jetzt, ich möchte nicht ...«

»Daß ich eine Szene mache? Lassen Sie nur, ich kann mich benehmen.«

Sie sah, daß er errötete.

Er ging vor ihr her. Sie verließen das Rathaus und überquerten den Platz.

Jetzt erst fielen Marion die drei blauen Limousinen auf, die vor dem Rathaus geparkt waren. Domenico hatte die Tische vor seiner Bar schon nach draußen gestellt und sprengte gerade den staubigen Platz. Er und ein dicker blonder Deutscher, der mit seiner hübschen Frau in der Bar saß und zum Frühstück süße Hörnchen aß, waren die einzigen, die ihr hinterhersahen, als sie mit dem Priester die Treppe zur Bibliothek hinaufstieg. Das Gebäude war einmal eine kleine Kirche gewesen und wurde jetzt als Lesesaal benutzt. Sie sah, daß die

Tische, die sonst in der Mitte der Bibliothek standen, zur Seite gerückt worden waren. Fast alle Lichter waren ausgeschaltet. Im Halbdunkel vor sich erkannte sie zwei mächtige, goldlackierte Sessel, in denen zwei alte Männer im vollen roten Ornat der Kardinäle saßen. Die Sessel hatte sie noch nie gesehen. Sie mußten sie tatsächlich aus Rom mitgebracht haben. Hinter den weißhaarigen Herren standen zwei junge Mönche. Für sie selbst war ein Stuhl mitten in den Raum gestellt worden.

Marion hörte, während sie näher kam, aus dem Halbdunkel ein deutliches »Guten Tag, Frau Meiering«. Sie wußte nicht, wer es gesagt hatte, aber an dem Tonfall erkannte sie, daß die Nettigkeiten damit beendet waren. Sie stellte sich hinter den Stuhl und stützte die Hände auf die Lehne.

»Setzen Sie sich doch«, sagte einer der Mönche.

»Ich stehe lieber«, antwortete sie.

»Sie sind Marion Meiering«, sagte der rechts stehende Mönch, der sie aufmerksam musterte.

»So ist es«, sagte sie.

»Marion Meiering, Architektin und Autorin eines Buches über den Bischof Jacobus von Varazze?«

Sie nickte. Sie wollte antworten: »Ist das hier ein Verhör?«, schwieg dann aber.

Der Kardinal, der links von ihr saß, sah sie an und sagte: »Wir sind hierhergekommen, weil wir ein paar Auskünfte von Ihnen haben möchten. Wir glauben, daß Sie etwas sehr Wichtiges wissen. Wir sind bereit, Ihnen Ihre Mühen angemessen zu entgelten.«

Der Mönch, der hinter dem Kardinal stand, der geredet hatte, sagte: »Sie vermieten doch Wohnungen am See von Bolsena. Wir könnten dafür sorgen, daß sie für lange Zeit ausgebucht sind.«

»Reden wir doch später über den Preis«, sagte Marion. »Was wollen Sie von mir?«

Der Kardinal, der bisher geschwiegen hatte, richtete sich

jetzt auf. »Wir möchten wissen, was damals in Ariccia genau passiert ist. Alles, lückenlos.«

»Dann müssen Sie mir schon sagen, weshalb Sie das so brennend interessiert. Ich fürchte, sonst ist unser Gespräch beendet.«

»Gut«, antwortete der Kardinal. »Wir wollen ganz offen mit Ihnen reden. Sie wissen, daß die Kirche in einer sehr schwierigen Lage ist. Wir beide sind Äbte großer Orden. Mein Name ist Agostino Regna von den Benediktinern. Das hier ist Kardinal Kolvenhoch von den Franziskanern.«

»Sie wissen vermutlich, daß der Papst erwägt, den Zölibat abzuschaffen«, sagte Kardinal Kolvenhoch. »Wie Sie sicher auch wissen, bedeutet dies, daß die Orden sich auf einen vernichtenden Schlag vorbereiten müssen. Unsere Mönche leisten das Gelübde der Ehelosigkeit als Teil ihres Lebens im Orden, anders als die Priester, denen bisher der Zölibat auferlegt wurde als Teil ihres Priesteramtes. Wenn die Priester heiraten dürfen, droht unseren Orden ein furchtbarer Aderlaß. Wir werden Hunderte von uralten Klöstern schließen müssen. Wer will sein geistliches Leben noch ehelos im Orden verbringen, wenn er auch heiraten kann? Für uns ist das eine katastrophale Entwicklung. Wir werden sie vermutlich noch ein paar Jahre aufhalten können, vielleicht ein Jahrzehnt, aber nicht für ewig.«

»Von Ihrer Warte aus kann ich das durchaus verstehen«, sagte Marion.

»Sie kennen Propst della Cave, wie wir wissen. Und Sie wissen sicher auch, daß er einer der einflußreichsten unter den Priestern ist, die für die Abschaffung des Zölibats kämpfen.«

»Ja. Und?«

»Wir haben monatelang unseren Einfluß geltend gemacht, um herauszufinden, was diesen Propst mit seinem Grabstein und den Petrusakten in der Hand antreibt«, sagte Kardinal Regna. »Das Ergebnis ist leider sehr dürftig. Wir haben nach Monaten nur einen Bruder in Korea gefunden, der sich mit seinem Dienstherrn, Professor Li Kim, überworfen hat und als einzigen Satz aus ihm herausbekam, jetzt könne nur noch eine gewisse Marion Meiering verhindern, daß der Zölibat abgeschafft wird.«

Marion lächelte und wollte etwas sagen. Der junge Mönch, der hinter Kardinal Kolvenhoch stand, kam ihr jedoch zuvor. »Sie waren auch in Ariccia, als dieser Grabstein gefunden wurde. Was ist damals dort geschehen?«

»Was wissen Sie, das so entscheidend ist, daß Li Kim Ihnen zutraut, die Abschaffung des Zölibats verhindern zu können?« fragte Kardinal Regna.

Kardinal Kolvenhoch beugte sich vor. »Li Kim kann unmöglich allein diesen Propst dazu getrieben haben, wie ein Löwe zu kämpfen. Kim hat im Vatikan kaum Kontakte. Wer war noch dabei?«

Marion lachte. »Zwei habe ich neulich im Fernsehen gesehen. Sie sind inzwischen hohe Würdenträger. Soweit ich weiß, ist der dritte kein Priester mehr.«

Der Mönch, der hinter Kardinal Regna stand, rief: »Es waren also vier, zusammen mit Kim?«

Marion sah ihn an. »Sie sollen nicht vergeblich nach Tuscania gekommen sein«, sagte sie. »Ja, es waren vier.«

»Ihre Namen!« forderte Kardinal Kolvenhoch.

»Nennen Sie uns die Namen«, schnarrte jetzt auch Kardinal Regna. »Es muß ein Experte für apokryphe Schriften dabeigewesen sein, der den Zusammenhang mit den Petrusakten nachwies.«

»Namen!« wiederholte Kardinal Kolvenhoch.

»Es tut mir leid, Sie enttäuschen zu müssen. Sie werden die Namen von mir nicht erfahren«, sagte Marion. »Nicht nur, weil mir die Herren sympathisch sind. Ich möchte nicht die Rolle der Denunziantin spielen.«

»Wir sind durchaus bereit, auch über Bargeld zu verhandeln«, sagte der Mönch hinter Kardinal Regna.

»Geld interessiert mich nicht«, antwortete Marion.

»Was wissen Sie über diese vier, daß Sie soviel Macht haben, die Abschaffung des Zölibats noch zu verhindern? Sind es private Dinge?«

Marion ließ jetzt den Stuhl los, verschränkte die Arme vor der Brust und sah die Kardinäle einen nach dem anderen an.

»Ich kann Ihnen nicht geben, was Sie wollen. Aber ich will Ihnen sagen, was damals in Ariccia passiert ist.«

»Wir sind ganz Ohr«, sagte Kardinal Kolvenhoch.

»Ich glaube, daß damals auf eine gewisse Art und Weise wirklich Simon der Magier auferstand.«

»Mit Pulverrauch und Schwefelgestank?« bellte der Mönch hinter Kardinal Regna.

»Lassen Sie sie ausreden. Ich finde es sehr interessant, was sie sagt. Entschuldigen Sie bitte«, unterbrach Kardinal Kolvenhoch. »Wie meinen Sie das, daß Simon auferstand?«

»Ich glaube, daß die Geschichte des Zauberers ein paar von uns so sehr in ihren Bann zog, daß sie glaubten, Simon zu sehen. Für sie war der Magier da. Mehr kann eine Geschichte wohl nicht erreichen.«

»Sie meinen, die Geschichte wurde Wirklichkeit, so wie die Leute immer noch mit dem Boot zur toskanischen Insel von Montecristo fahren, weil sie glauben, daß dort wirklich Alexandre Dumas' Graf lebte und einen Schatz versteckte?«

»Ich glaube, daß es Zeiten gibt, in denen Geschichten in die Wirklichkeit eingreifen. Sie werden sofort verstehen, was ich meine: Es war die Geschichte einer Kreuzigung, die ganze Völkerscharen dazu trieb, sich auf lebensgefährliche Kreuzzüge einzulassen«, sagte Marion.

»Haben auch Sie den Magier gesehen?« fragte Kolvenhoch.

Marion blickte zu Boden. Dann sagte sie: »Ich habe seine Anwesenheit gespürt.«

Kolvenhoch sah sie nachdenklich an.

»Ist das alles, was Sie uns erzählen können?« fragte Kardinal Regna.

»Ich glaube, das ist alles, was ich weiß.«

»Wissen Sie, wo sich Vincenzo Peo aufhält? Er ist kein Priester mehr. Wir konnten keine Spur von ihm finden.«

»Da kann ich gern weiterhelfen. Wenn Sie auf den Platz hinaustreten, durch den Torbogen in Richtung Via Clodia gehen und dann ins Tal hinunterschauen, sehen Sie dort eine Koppel. Da gibt er geistig behinderten Kindern Reitunterricht.«

»Sehr gut«, sagte Kolvenhoch. »Können wir mit ihm sprechen?«

»Sicher können Sie das«, sagte Marion. »Aber ich muß Ihnen sagen, daß er mit zwei von den vieren seit einiger Zeit recht gut befreundet ist.«

»Dann hat es keinen Sinn.«

Marion sah Kolvenhoch an. »Ich kann Ihnen aber gern sagen, was er über das, was in Ariccia passiert ist, denkt. Er würde sagen, daß er in Ariccia ein Lehrstück darüber erlebt hat, wie eine Geschichte die Wirklichkeit ersetzen kann. Ich bin da ganz seiner Meinung.«

Sie sah, daß Kardinal Kolvenhoch seinem Sekretär ein Zeichen gab. Der sagte den offenbar auswendig gelernten Satz auf: »Wir sind Ihnen zu Dank verpflichtet. Es war uns eine große Freude, Sie kennenzulernen.«

Marion drehte sich um und ging hinaus. Das helle Sonnenlicht auf der kleinen Piazza blendete sie. Sie kniff wohlig die Augen zusammen, glücklich über den Nebel aus Helligkeit, der verhieß, daß ein langer, heißer Sommer begonnen hatte.

»Marion!« rief der Barbesitzer Domenico. »Ich soll dir sagen, daß Vincenzos Pferd sich losgerissen hat und über das Artischockenfeld zum Fluß gerannt ist. Ich glaube, es hat ein Bad genommen und dann in Lauras Garten die Apfelbäume abgefressen. Aber das wird dir Vincenzo nachher alles selbst erzählen.«

»Da bin ich aber gespannt«, sagte sie.

Anhang

Auszüge aus den »Akten des Petrus« (Petrusakten). Diese Legendensammlung erzählt Geschichten aus dem Leben Petri, entstand vermutlich im zweiten Jahrhundert nach Christus und war in der Antike weit verbreitet.*

[Aus: Fragmente des ersten Teiles]
Am ersten Wochentage aber, welcher der Herrentag ist, versammelte sich eine Menge, und man brachte viele Kranke zu Petrus, damit er sie heile. Einer aus der Menge aber wagte es, zu Petrus zu sagen: »Petrus, siehe, vor unseren Augen hast du bewirkt, (daß) viele Blinde sehen und die Tauben hören und die Lahmen gehen und hast den Schwachen geholfen und ihnen Kraft gegeben. Warum hast du deiner jungfräulichen, schön aufgewachsenen Tochter, die an den Namen Gottes geglaubt hat, nicht geholfen? Denn siehe, ihre eine Seite ist ganz gelähmt, und sie liegt verkrüppelt dort im Winkel. Man sieht die von dir Geheilten; um deine eigene Tochter hast du dich nicht gekümmert.« [...]

[Aus: Kapitel 8, Abschnitt 23]
[...] Alle (aber) riefen: »Zeige uns, Petrus, wer dein Gott ist oder welche Macht es ist, die dir Vertrauen gegeben hat. Sei den Römern nicht mißgünstig, sie sind Liebhaber der Götter. Wir haben aber die Proben Simons, wir wollen (nun) auch die deinen haben; beweist uns also beide, wem wir in Wahrheit

* Neutestamentliche Apokryphen in deutscher Übersetzung. Herausgegeben von Wilhelm Schneemelcher, I. Band: Evangelien

glauben müssen.« Und als sie dies sagten, kam auch Simon dazu. Verwirrt trat er an die Seite des Petrus und schaute besonders auf ihn. Nach längerem Schweigen sagte Petrus: »Ihr Römer, ihr sollt uns wahre Richter sein. Ich behaupte nämlich, daß ich an den lebendigen und wahren Gott gläubig geworden bin, von dem ich euch die Proben vorzuführen verspreche, soweit sie mir bereits bekannt sind, wie auch unter euch (schon) viele dafür Zeugnis ablegen (können). Ihr seht nämlich, daß dieser nur schweigt, da er überführt worden ist und ich ihn aus Judäa vertrieben habe wegen der Betrügereien, die er an Eubola, einer ehrenwerten und einfältigen Frau, durch seine Zauberkunst verübt hat. Von dort durch mich vertrieben kam er hierher, in dem Glauben, er könne sich unter euch verbergen; und siehe, nun steht er persönlich da. Sage, Simon, bist du nicht in Jerusalem mir und dem Paulus zu Füßen gefallen, als du die Heilungen, die durch unsere Hände geschahen, sahest und sagtest: ›Ich bitte euch, nehmt Bezahlung von mir, soviel ihr wollt, damit ich die Hand auflegen und solche Taten tun kann.‹ Als wir aber das von dir hörten, haben wir dich verflucht: ›Glaubst du, du könntest uns in Versuchung führen, weil wir Geld besitzen wollen?‹ Und jetzt fürchtest du nichts? Mein Name ist Petrus, weil der Herr Christus mich gewürdigt hat zu nennen ›bereit zu allen Dingen‹. Denn ich glaube an den lebendigen Gott, durch den ich deine Zauberei zerstören werde. Jetzt möge er (sc. Simon) die wunderbaren Dinge, der er getan hat, auch in eurer Gegenwart tun. Und was ich euch eben über ihn erzählt habe, wollt ihr es mir nicht glauben?« [...]

[Aus: Kapitel 8, Abschnitt 32]
Und schon am folgenden Tage lief ein größerer Volkshaufe nach der Via Sacra zusammen, um ihn fliegen zu sehen. Petrus aber, der ein Gesicht gesehen hatte, kam zu dem Ort, damit er ihn auch darin widerlege. [...] Dieser (Simon) stand nun an einem hohen Ort, und als er Petrus erblickt hatte, begann er

zu reden: »Petrus, jetzt vor allem, da ich vor diesen allen, die es sehen, emporsteige, sage ich dir: Wenn dein Gott mächtig ist, er, den die Juden getötet haben – sie haben ja auch euch, seine Auserwählten, mit Steinen beworfen –, so möge er zeigen, daß sein Glaube von Gott kommt; möge sich dabei zeigen, ob er Gottes würdig ist. Denn ich steige empor und will mich diesem ganzen Volke erweisen, wer ich bin.« Und siehe, er wurde in die Höhe gehoben, und alle sahen ihn sich über ganz Rom und über seine Tempel und seine Hügel erheben. Die Gläubigen (aber) blickten auf Petrus. Und Petrus sah das Unglaubliche des Schauspiels und schrie zu dem Herrn Jesus Christus: »Wenn du diesen tun läßt, was er unternommen hat, so werden jetzt alle, die an dich gläubig geworden sind, angefochten werden, und es werden die Zeichen und Wunder, die du ihnen durch mich gegeben hast, unglaubwürdig sein. Erzeige, Herr, schnell deine Gnade und (bewirke), daß er entkräftet von oben herabfällt, aber nicht sterbe, sondern unschädlich gemacht werde und den Schenkel an drei Stellen breche!« Und er fiel von oben herab und brach den Schenkel an drei Stellen. Da warfen sie Steine auf ihn und gingen jeder nach Hause, schenkten im übrigen alle dem Petrus ihr Vertrauen. [...] Simon aber, (so) ins Unglück gekommen, fand einige, die ihn des Nachts auf einer Tragbahre von Rom nach Aricia brachten. Und dort blieb er und wurde zu einem Mann (mit Namen) Kastor gebracht, der aus Rom wegen seiner Zauberei nach Terracina verbannt worden war. Und dort wurde er operiert, und (so) gab der Engel des Teufels das Lebensende (dem Simon?).

*Auszüge aus der Heiligen Schrift: Apostelgeschichte, Kapitel 8, Verse 4–25**

Die Gläubigen, die zerstreut worden waren, zogen umher und verkündeten das Wort. Philippus aber kam in die Hauptstadt Samariens hinab und verkündigte dort Christus. Und die Menge achtete einmütig auf die Worte des Philippus; sie hörten zu und sahen die Wunder, die er tat. Denn aus vielen Besessenen fuhren unter lautem Geschrei die unreinen Geister aus; auch viele Lahme und Krüppel wurden geheilt. So herrschte große Freude in jener Stadt.

Ein Mann namens Simon wohnte schon länger in der Stadt; er trieb Zauberei und verwirrte das Volk von Samarien, da er sich als etwas Großes ausgab. Alle hörten auf ihn, jung und alt, und sie sagten: Das ist die Kraft Gottes, die man die Große nennt. Und sie schlossen sich ihm an, weil er sie lange Zeit mit seinen Zauberkünsten betörte. Als sie jedoch dem Philippus Glauben schenkten, der das Evangelium vom Reich Gottes und vom Namen Jesu Christi verkündete, ließen sie sich taufen, Männer und Frauen. Auch Simon wurde gläubig, ließ sich taufen und schloß sich dem Philippus an; und als er die großen Zeichen und Wunder sah, geriet er außer sich vor Staunen.

Als die Apostel in Jerusalem hörten, daß Samarien das Wort Gottes angenommen hatte, schickten sie Petrus und Johannes dorthin. Diese zogen hinab und beteten für sie, sie möchten den Heiligen Geist empfangen. Denn er war noch auf keinen von ihnen herabgekommen; sie waren nur auf den Namen Jesu, des Herrn, getauft. Dann legten sie ihnen die Hände auf, und sie empfingen den Heiligen Geist.

Als Simon sah, daß durch die Handauflegung der Apostel der Geist verliehen wurde, brachte er ihnen Geld und sagte:

* Einheitsübersetzung der Heiligen Schrift

Gebt auch mir diese Macht, damit jeder, dem ich die Hände auflege, den Heiligen Geist empfängt. Petrus aber sagte zu ihm: Dein Silber fahre mit dir ins Verderben, wenn du meinst, die Gabe Gottes lasse sich für Geld kaufen. Du hast weder einen Anteil daran noch ein Recht darauf, denn dein Herz ist nicht aufrichtig vor Gott. Wende dich von deiner Bosheit ab, und bitte den Herrn; vielleicht wird dir dein Ansinnen vergeben. Denn ich sehe dich voll bitterer Galle und Bosheit. Da antwortete Simon: Betet ihr für mich zum Herrn, damit mich nichts von dem trifft, was ihr gesagt habt. Nachdem sie so das Wort des Herrn bezeugt und verkündet hatten, machten sie sich auf den Weg zurück nach Jerusalem und verkündeten in vielen Dörfern der Samariter das Evangelium.

Auszüge aus der sogenannten »Legenda Aurea«, die im 13. Jahrhundert bei Genua in Italien aufgeschrieben wurde.*

Zu jener Zeit gab es in Jerusalem einen Zauberer namens Simon. Er sagte von sich, er sei die erste Wahrheit, versicherte, er könne die, die an ihn glaubten, unsterblich machen, und behauptete, nichts sei ihm unmöglich. Im Buch des Klemens liest man, er habe erklärt: »Man wird mich wie Gott öffentlich anbeten, man wird mir göttliche Ehren erweisen, und ich werde alles tun können, was ich nur will. Einst hatte mich meine Mutter Rachel geheißen, aufs Feld zu gehen, um zu mähen. Da befahl ich der Sichel, die ich am Boden liegen sah, an meiner Stelle zu mähen, und sie mähte zehnmal mehr als die übrigen.« Gemäß Hieronymus fügte er noch hinzu: »Ich bin das Wort, das von Gott kommt, ich bin der Schöne, ich bin der Tröster, ich bin die Fülle Gottes.« [...] Und Simon: »Was du da sagst, ist nichts; ich aber, ich will dir die Macht meiner

* Jacobus de Voragine, Legenda Aurea, Heiligenlegenden, © Manesse Verlag, Zürich 1982

Gottheit zeigen, damit du mich auf der Stelle anbetest. Ich bin die erste Kraft; ich kann durch die Luft fliegen, kann neue Bäume erschaffen und Steine in Brot verwandeln, ich kann ohne Verletzung im Feuer verharren und kann überhaupt alles bewirken, was ich will!« Petrus führte nun ein Streitgespräch gegen ihn und deckte alle seine bösen Taten auf. Da sah Simon, daß er dem Petrus nicht widerstehen konnte, und warf alle seine Zauberbücher ins Meer, damit er nicht etwa als Zauberer entdeckt werde. Dann begab er sich nach Rom, um dort als Gott verehrt zu werden. Als Petrus das erfuhr, folgte er ihm nach und reiste ebenfalls nach Rom. [...]

Da schrie Simon voller Empörung: »Es sollen große Hunde hervorkommen und ihn verschlingen!« Und sofort erschienen riesige Hunde und wollten sich auf Petrus stürzen. Er aber hielt ihnen das gesegnete Brot entgegen und schlug sie damit sogleich in die Flucht. [...] Am festgesetzten Tage nun bestieg er einen hohen Turm oder – wie Linus sagt – das Kapitol. Dann warf er sich mit Lorbeer bekränzt in die Luft und begann zu fliegen. Da sprach Paulus zu Petrus: »Meine Pflicht ist es, zu beten, du aber sollst befehlen!« Und Nero sagte: »Dieser Mensch hat wahr gesprochen, ihr aber seid Verführer!« Da sagte Petrus: »Paulus, erhebe dein Haupt und schaue!« Paulus erhob sein Haupt, sah Simon fliegen und sagte zu Petrus: »Petrus, was zögerst du? Vollende, was du begonnen, denn schon ruft uns der Herr!« Da sagte Petrus: »Ihr Engel Satans, die ihr ihn tragt, ich beschwöre euch bei unserem Herrn Jesus Christus: Tragt ihn nicht weiter, sondern laßt ihn herunterstürzen!« Und gleich ließen sie ihn fallen. Simon stürzte zu Boden, brach sich den Nacken und gab seinen Geist auf. [...]